김미정 판타지 장편 소설

잃어버린 세계
The Lost World

1

잃어버린 세계 1
김미정 판타지 장편 소설

초판 1쇄 찍은 날 § 2001년 12월 7일
초판 1쇄 펴낸 날 § 2001년 12월 20일

지은이 § 김미정
펴낸이 § 서경석

편집장 § 문혜영
편집책임 § 권민정
편집 § 장상수 · 박영주 · 김희정
마케팅 § 정필 · 강양원 · 김규진

펴낸곳 § 도서출판 청어람
등록번호 § 제1081-1-89호
등록일자 § 1999. 5. 31
어람번호 § 제1-0177호

주소 § 경기도 부천시 원미구 심곡1동 350-1 남성B/D 3F (우) 420-011
전화 § 032-656-4452 팩스 § 032-656-4453
http://www.chungeoram.com
e-mail § eoram99@chollian.net

ⓒ 김미정, 2001

값 7,500원

ISBN 89-5505-232-4 (SET)
ISBN 89-5505-233-2 04810

※ 파본은 본사나 구입하신 서점에서 교환하여 드립니다.
※ 저자와 협의하여 인지를 붙이지 않습니다.

김미정 판타지 장편 소설

잃어버린 세계
The Lost World

1 뒤틀린 운명

도서출판 청어람

목

차

작가의 말 _6
프롤로그 _11
Part 1 **주사위는 이미 던져졌다** _19
Part 2 **『잃어버린 세계』라는 것은?** _55
Part 3 **묘족猫族의 아이** _115
Part 4 **마법검** _185
Part 5 **Wheel of Fortune운명의 굴레** _279

용어 해설 _322

 작가의 말

사실 저는 「작가」라는 칭호가 어울리지 않는 사람입니다. 아직은 스스로가 멀고 먼 이야기라고 생각해요. 그런 칭호를 쓰기 힘들지만 언젠가는 스스로가 그렇게 불릴 수 있도록 노력 중입니다.

글을 쓰는 것을 좋아합니다. 정말로 매력적인 것이라고 생각합니다. 머리속에 담긴 무언가를 한 장의 종이 위에 써 내려갈 수 있다는 것이 말입니다. 어떻게 표현이 되고 남에게 보일런지는 몰라도 스스로가 이 일을 하면서 많은 생각을 하게 해주는 그런 직업입니다.

요즘에는 슬픈 일들이 많습니다. 판타지라는 장르가 너무 흔해졌다는 이야기와 아무나 쓸 수 있다는 이야기, 그리고 그것을 뒷받침해 주는 일 중의 하나가 글을 쓰는 것을 단지 부업으로 생각한다는 많은 분들. 너무 슬프지만 그럴 수밖에 없는 현실에 아무런 말도 할 수가 없습니다.

저는 그러고 싶지가 않습니다. 지금 현재도 저는 글을 쓰는 것은 아르바이트라고 생각하지 않습니다. 단 한 번도 그런 적이 없습니다. 그래서 다른 일을 아르바이트로 하고 있습니다. 글을 쓰는 것은 물론 본업입니다. 힘든 일이고 그에 따른 결과물도 미흡하지만 그래도 「좋아하는 일」이니까 할 수가 있는 것 같습니다.

제가 쓰는 이 글을 몇 분이나 읽어주실지 모르겠어요. 하지만 열심히 했습니다(사실 제가 한 것은 거의 없답니다.편집부 분들께서 고생을…;). 너무나도 미흡하고 부족하기에 이렇게 보여진다는 것이 부끄럽기짝이 없지만 열심히 하여 내밀어진 결과입니다.

이 글에 담겨진 것은 제 생각입니다. 많은 생각들이 담겨져 있는 글입니다. 비록 알아주시는 분들이 몇 분 없더라도 단 한 분을 위해서라도 열심히 하겠습니다. 마치 가수가 앨범을 들고 나올 때 그런 기분인 것 같습니다. 부끄럽고 민망하네요. 가슴도 두근거리고 이 글이 과연 누구에게 공감이 갈 수 있는 그런 이야기일까 하는 기분입니다. 싫은 것도, 좋아하는 부분도 있으실 것 같습니다. 사람은 모두가 다릅니다. 그러니 어느 한 가지를 가지고 모두 다 좋아하라고 강요하는 것은 절대로 불가능한 것이나 마찬가지일 것입니다. 그러니 싫은 부분은 싫다고 말씀해 주세요. 그런 것이 제가 글을 쓸 때 많은 힘이 된답니다.

이 이야기의 주인공은 딱히 정해져 있지 않습니다. 한 명의 주인공을 너무 부풀리고 싶지 않은 것이 글을 쓰는 사람의 마음입니다. 이제까지도 많은 이들이 나왔지만 앞으로도 많은 인물들이 나올 것입니다. 그들의 이야기를 하나하나 풀어서 적어 내려가려면 상당히 많은 시간과 지면을 차지하게 될 것 같아서 힘들답니다. 한 사람의 이야기라는 것은 다른 사람이 이해하기 힘들 정도로 긴 것들도 있으니까요.

자신이 지나온 길을 모두 기억하는 진현이라는 인물은 보통 사람이 상상하기도 힘든 기억을 모두 가지고 살아가는 인물입니다. 그는 강하게 보이려고 노력하지만 지나간 과거의 기억에 휘둘려 그 과거의 파편을 보며 아파하고 슬퍼하는 약한 모습을 가진 인물입니다. 그리고 그의 바로 곁에 머물고 있는 현홍이라는 인물을 지난 과거와 함께 바라보고 있기도 합니다.

현홍은 약하고 마음 여린 울보입니다. 그렇지만 유약한 겉모습과는 달리 강한 마음을 가진 이이기도 합니다. 한없이 착하지만 자신의 의지를 표현할 줄 아는 그런 사람이지요. 진현과 그는 서로가 다르면서도 같습니다. 진현은 겉으로 한없이 강한 인물이지만 현홍은 속으로 한없이 강한 인물이지요. 이 두 사람은 긴 세월 동안 그렇게 살아오면서 서로의 단점을 보완해 주며 장점을 더욱 살려주었습니다. 전 이 글 속에서 이 두 사람을 「빛」과 「어둠」에 비유하고 싶습니다.

　글을 쓸 때 많은 도움을 주신 분들이 계세요. 정확히 말하자면 그분들의 글을 읽고 많은 힘을 얻었다고 할까요. 가장 처음 본 판타지 소설이라고 할 수 있는 창룡전의 다나카 요시키님, 지금 현재도 가장 존경하는 작가 분 중 단연 손꼽히는 드래곤 라자의 이영도님, 환생기의 검은 천사님, 카티스의 가온비님, 파라다이스 로스트의 치우님, 룬의 아이들의 전민희님, 은의 왕국의 신지연님, 오드 아이의 펜릴님, 데어칼테의 휘레인님, 소녀의 시간의 장진우님, 영혼의 물고기의 김유정님, 음유 시인 이야기의 이렌첼님……. 너무 많은 분들이 계시답니다. 이분들은 모두 제가 존경하고 좋아하는 글들을 쓰시는 분들입니다. 이분들의 글을 읽으면서 언젠가는 이분들처럼 하나의 글에 자신이 하고자 하는 이야기를 표현해 내는 작가가 되고 싶다고 생각했습니다. 비록 그것이 먼 훗날의 이야기일지라도 그렇게 노력한다면 언젠가는 반드시 될 수 있을 것이라 생각합니다. 그것이 제 목표입니다.

　그리고 집안에 아무런 도움도 되지 않는 나쁜 딸을 묵묵히 봐주신 제 어머니께도 감사드리며 제 사촌들과 남동생에게도 고맙다는 말을 하고 싶습니다. 그리고 항상 글을 쓰려고 컴퓨터 앞에 앉으면 방해를 하는 우리 집 고양이, 예쁘고 멋진 그림들로 우울했던 기분을 좋게 만들어주셨던 많은 좋으신 분들(슈르켈님, 환군님, 토스타야님, 유우끼님, 리노카님, 빈우님, 원상님, 키즈님, 진후님, 빙설님, 가화님, 미첼님, 카오루님, 레스님, 키라라님, 다이스님, 카에님, 미츠키님), 그리고 그 외의 모든 분들 정말로 감사합니다.

　정말로 Special Thanks to 같군요. 성함이 없다고 섭섭해하지는 않으시겠지요?(누가?)

감격적이기도 하지만 도마 위의 생선처럼 바들거리면서 떨고 있습니다. 정말로 그렇지요. 이제는 심판의 순간인 것입니다. 우습기도 하답니다, 제 이름으로 된 책이 나온다는 사실이. 열심히 노력하는 모습 보여드리겠습니다.

　엄청 길어졌군요. 부디 이 글에 나오는 이들의 말을 잘 새겨서 보아주셨으면 합니다. 그게 제가 이 글을 보시는 분들께 당부해 드리고픈 말이랍니다.

　제 첫 글인 이 「잃어버린 세계」는 처음이자 시작입니다. 아직도 많이 남았습니다. 언제 이 이야기가 끝을 맺고 그들의 일이 여러분들에게 꿈으로 남을지는 모르겠습니다. 하지만 언젠가는 끝이 나겠지요. 처음이라서 많이 부족한 실력인 것 잘 압니다. 너무나도 잘 알아서 몇 번이고 출판을 하지 말걸… 하고 후회도 했습니다. 하지만 이미 주사위는 던져졌습니다. 다시 돌려 잡을 수는 없습니다. 그저 판단하며 기다리고, 또한 노력해 나가는 일만 남았을 뿐입니다. 열심히 하겠습니다.

　이 글을 봐주셔서 정말로 감사할 따름입니다. 기대에 부응하여 멋들어진 결말을 낼 수는 없겠지만 노력은 하겠습니다. 제 마음속과 머리 속에 담겨진 수많은 이야기들을 풀어나가게 도와주셨으면 합니다.

　11월의 어느 날 까만 밤하늘을 무사하게 장식하는 유성들을 보셨나요? 그때의 기쁨과 즐거움을 언제나 마음속 깊은 곳에 간직하시길 바라겠습니다.

11월의 정말로 추운 날에 김미정 드림.

"…그리하여 어둠이 도래해 세상을 뒤덮을 때
빛을 머금은 한줄기 바람이 불 것이니…….
이것이 바로 신의 숨결…
축복받은 바람『신풍神風』이다."

프롤로그

까마득한 절벽의 산으로 둘러싸인… 아무도 발길을 둘 수 없을 것만 같은 곳. 하늘 높은 줄 모르고 치솟는 나무들의 밀림과 굽이져 흐르는 강물. 사람의 손길을 거부하고 단 하나의 탑만이 오롯이 그 자리를 지키고 있다. 계곡을 따라 흐르던 강물이 절벽을 만나 거대한 폭포수를 만들었다. 유수한 세월이 흘러 그 모습은 쇠퇴해 가고 점점 작아져 갔으나 여전히 장대한 폭포는 마치 거대한 물기둥이 하늘로 솟구친 모습과 같았다. 흩뿌려진 물방울들이 모이고 모여 한 치 앞도 볼 수 없는 물안개를 만들어냈고 그로 인해 계곡과 밀림은 수호를 받는 모습처럼 되어버렸다.

기묘한 모양으로 뒤틀리듯이 자라난 나무들이 빽빽하게 들어선 밀림 속에는 어떠한 생명체가 그 낮은 숨소리를 애써 죽이며 찾아들 침입자를 기다리고 있는지도 모른다.

주위는 지평선조차 보이지 않는 광활한 바다. 밀림의 야생 동물들과 몬스터들을 제외하면 인간이라고는 그림자 하나 비치치 못할 고립된 섬. 회색 빛의 웅대한 탑만이 단 하나 있을 뿐. 전설 속의 공주가 갇혀 있다는 탑마냥 그 주위를 겉도는 것은 오로지 잔잔하다가 거세졌다가를 반복하는 바람들이 전부였다. 그리고 안개들은 그런 바람들이 몰아칠 때마다 자리를 비켜주어야 했고 다시 바람들이 물러가면 탑을 가리웠다.

마치 서로가 서로를 이해하듯, 그렇게 자신이 사라지고 남은 빈자리를 지켜주길 바라듯이 애타는 몸짓으로 울어 젖히며.

아페 비 에트나—정령의 땅. 정령 왕이 만든 성스러운 정령들이 사는 곳인 이 섬에 인간들이 살지 못하는 것은 어쩌면 당연하다고도 할 수 있다.

더러워진 손으로 무엇을 만지랴. 마치 하얀 유리구슬에 검게 더러워진 손을 갖다 댈 수 없듯이 인간과 정령도 마찬가지인 관계였다. 정령들은 인간들에게 배타적이다. 인간들은 그들의 땅을 더럽히고 사로잡은 정령은 노예로 팔아버린다. 마치 노래를 부르는 카나리아처럼 새장 속에 가두고 그 자유를 박탈한다. 그 어떤 존재가 자신의 천적을 사랑할 수 있을까.

정령 왕이나 상급의 정령이 아닌 이상 하급의 정령들은 그리 큰 힘이 없다.

그저 자신의 숙주가 되는 꽃이나 나무와 일생을 같이하고 그 식물들을 돌보며 살아갈 뿐. 바람처럼 속성의 정령들은 그저 그들의 힘을 나타내는 것뿐이다. 그리고 속성의 정령들은 인간의 눈에 보이는 경우가 거의 없으니 안심할 수 있었다. 그러나 그렇지 못한 정령들은 인간들의 노리갯감이 되는 것이다. 유약한 식물과도 같은 그들은. 그래서 정령들은 하나둘씩 자신들만의 섬으로 찾아든다. 그들만의 낙원을 꿈꾸며 자신들의 땅에 발을 들인 존재를 용서하지 않는 것이다.

탑의 꼭대기 첨탑의 부근. 사람의 절반 정도 되는 커다란 창문 너머로 아래를 내려다보고 있는 남자가 있었다. 팔꿈치까지 내려오는 검은 머리카락과 그와 똑같은 음영의 구분도 되지 않을 만큼의 검은색 옷 때문에 전체적으로 분위기가 어두워 보였다. 하지만 화려해 보이는 금실과 붉은 실로 옷에 새겨진 용은 마치 살아 있는 것처럼 실감나게 만들어져 있었고, 옷 위의 허리띠는 사파이어와 루비가 박힌 금으로 만든 벨트였기에 옷 자체와 남자 자체를 화려하게 보여주었다.

차랑.

그의 귀에 걸려진 황금의 귀걸이가 불어오는 바람을 타고 찰랑거리며 흩날렸고 머리카락 역시 하늘거렸지만 정작 본인은 별로 신경을 쓰지 않는 눈치였다. 천천히 그의 입이 열렸다.

"이곳의 바람은 언제나 멈출 생각을 하지 않는군."

딸칵.

그런 그의 모습을 보고 있던 또 다른 청년이 자신이 들고 있던 하얀 자기 찻잔을 탁자 위에 내려놓았다. 그는 검지손가락을 이용하여 찻잔의 손잡이 부분을 살며시 쓰다듬으며 조용히 말했다.

"격렬한 분노를 가진 정령들은 인간이 이곳에 닿는 것 자체를 싫어하니까요. 항상 거센 바람으로 보호하는 것입니다. 이곳을."

차분히 내뱉는 그의 말은 조용하게만 들렸지만 충분히 느낄 수 있도록 분노의 감정이 곁들여져 있었다. 누구에 대해서? 당연히 인간들이다.

빛에 비친 그의 머리카락은 묘한 푸른빛을 띠었다. 빛이 없는 곳에서 보면 그냥 아름답게 빛나는 은발이었지만 자연의 빛이든 인위적인 빛이든 비친다면 그의 머리카락은 마치 밤하늘 달빛을 받고 빛나는 은은한 검광劍光과도 같은 빛을 발했다. 그리고 차가운 얼음을 보는 듯한 아이스 블루의 눈동자는 손을 대기만 해도 베여 버릴 것 같은 느낌이었다. 검은 옷의 남자는 고개를 저으며 다시 조용히 말했다.

"자네가 인간을 싫어한다는 건 잘 알고 있지만, 이 일에 자네 자신이나 정령들의 감정이 개입되면 안 되네. 그건 자네 역시 잘 알고 있을 것이라 생각하지만."

"어째서입니까!"

쾅!

은발의 남자는 소리를 버럭 지르며 주먹으로 탁자를 내려쳤다. 그 바람에 찻잔이 흔들리며 그 안에 담겼던 홍차가 밖으로 쏟아졌지만 남자는 개의치 않았다. 하얀 탁자 보가 오렌지 빛으로 물들어갔다. 그의 푸른 눈동자에는 살기가 충만했다. 생긴 것과는 다르게 다혈질인 이 사람을 보며 검은 옷의 남자는 속으로 혀를 찼다. 그가 고개를 젓고 있을 때 은발의 남자는 주먹을 쥐고 부르르 떨며 이를 악물었다.

"그 딴 하등한 인간들의 도움 따위가 없이도 잘할 수 있다고 생각합니다! 대체 신께서는 무얼 생각하시는 겁니까! 자연과의 조화도 바람의 흐름도 느낄 줄 모르고, 자신이 나아가는 데 방해가 되는 모든 것을 없애 버리는 그런… 그런 인간들이 이번 일을 잘 처리할 수 있을 거란 말입니까?!"

"그만 하게."

"율님! 블랙 드래곤들의 수장이신 당신이라면… 당신만 있어도 이번 일은 간단히 처리할 수 있습니다!"

"그들은 세피로트—생명의 나무에 의해서 선택되어진 자들이야. 무조건 힘만 있다고 해서 된다고 생각하나? 만약 힘만을 따진다면 나도 상관없고 정령 왕인 자네도 상관없어. 분명 인간은 약하디약하지만 우리 드래곤이나 정령, 신족들과 마족들조차도 알 수 없는 것을 가지고 있지. 이번 일은 그리 되었으니 자네도 알고 있으라고 말해 주러 온 것뿐이네."

"제기랄!"

정령 왕, 시겔 오베론은 자신의 앞에 블랙 드래곤의 수장이 있다는 사실에도 아랑곳없이 낮은 목소리로 욕지거리를 내뱉었다. 그러나 율은 시겔의 허물을 탓하지 않았다. 그는 그저 가만히 창밖만을 바라보고 있을 뿐이었다. 시겔은 탁자에 두 손을 짚은 채 고개를 숙였다. 정령 왕인 그로서는 수많은 정령을 농락하는 인간들의 도움 따위는… 아니, 도움이 아닌 그 무엇도 인간과는 연관되고 싶지 않았다. 속성의 정령들을 부리는 정령술사가 아닌 이상 모든 인간들을 싫어했다. 하다못해 갓난아기까지 모두 다.

인간이라는 총칭이 붙은 혈족을 저주하기에 이르렀다. 그러나 그 탓이 어디 정령 왕 자신에게 있겠는가. 악행의 결과였다. 불만도 차곡차곡 쌓이면 터져 버리듯, 그릇에 담긴 물도 많으면 밖으로 흘러넘치듯 선대 정령 왕들이 해결하지 못하고 시겔에게 넘겨 버린 일들은 너무나도 많았다. 그런 아픔과 고통을 아직은 젊은 정령 왕 시겔이 감당하기에는 무리가 있는 것. 율은 속으로 그리 생각하며 눈을 감았다.

인간들을 구하기 위해 나설 필요가 있겠는가? 드래곤 족과 정령족, 그리고 마족들의 수장급이 모인 회담에서 그렇게 물었던 신의 음색에는 묘한 모순이 담겨져 있었다.

그가 구한다면 구하는 것이고 멸망을 시킨다 하면 그렇게 되는 것이다. 왜 드래곤인 자신들에게 그 의견을 물었는지 궁금했다. 마족의 왕이자 신과 어깨를 나란히 하는 마신魔神은 그 의견을 수락했고 그로 인해 각 드래곤들과 정령들은 고개를 갸우뚱거렸다. 하지만 드래곤 족들 중에서 가장 마족에 가까운 성향을 가지고 있는 블랙 드래곤의 수장 율은 그의 뜻을 잘 알고 있었다.

인간들이 멸망하면 마족들은 자신들이 유혹할 대상을 잃는 것이다. 그렇다. 그렇게 재미있는 종족을 마족들이 멸망하도록 내버려 둘 리가 없는 것이다. 그 생각에 율은 실소를 내비칠 수밖에 없었다.

시겔은 천천히 고개를 들었다. 그리고 흡사 으르렁거린다는 착각을 불러일으킬 정도의 음험한 목소리로 말했다.

"…그럼, 제가 어찌해야 합니까? 당신의 말처럼 인간 중에서 저희 정령족의 대표를 뽑으란 말씀이십니까?"

"그렇다."

"당신들의 대표는?"

"우리는 이미 정해놓았다. 이제 그를 이 세계로 불러들이는 것밖에 남지 않았지."

시겔은 문득 의문이 생각났다는 표정으로 완전히 고개를 쳐들어 율을 올려다보았다.

"한 가지 의문점이 있습니다. 어째서 그…『잃어버린 세계』의 인간들이어야만 합니까? 이 세계의 인간은 안 되는 것입니까? 이곳에 사는 이들에게는 이런 일이 드물기는 하지만 아주 어색한 것은 아닐 터. 하지만 『잃어버린 세계』의 인간들에게는 초자연 현상과 같은 것일 텐데… 그리고 그 세계는 이미 예언서에 멸망한다고 되어 있는 세계가 아닙니까? 고대 언어로 된 그 예언이 틀렸다는 말씀은 안 하시겠지요?"

율은 정확한 것을 지적했다는 듯이 고개를 끄덕여 보이고는 곧장 자신의 턱을 괴며 대답해 주었다. 그러나 그의 입에서 나온 말에 시겔은 더 혼란스러운 표정을 지어야만 했다.

"그 세계가 멸망할지 안 할지가 바로 선택되어진 자들의 손에 쥐어진 것이니까. 그들이 하기 나름으로 그 세계가 정말로 『잃어버린 세계』가 될지, 아니면 그대로 이어 나갈지가 좌우되는 것이네."

"예?"

시겔은 눈을 동그랗게 뜨며 반문했지만 율의 입은 더 이상 열릴 생각을 하지 않았다. 그는 다시 고개를 돌려 창밖으로 시선을 돌렸다. 물안개로 가득 싸인 밀림은 조금만이라도 걸어다니면 비에 젖은 것처럼 젖어버릴 정도로 습기에 가득 차 있었다. 분명 거리는 수십 미터에 이르는 나무가 점 정도로 보일 정도로 멀었지만 보통 사람이 아닌 드래곤인 그에게 높은 시력은 당연한 것이었다.

율은 자신이 짚고 있는 차가운 돌로 만들어진 탑에서 전해져 나오는 습기에 살며시 손을 떼내었다. 이미 손은 촉촉한 물기로 젖어들고 있어 율은 살며시 손을 쥐며 고개를 들었다. 습기 가득한 바람이 율의 뺨을 젖게 만들었지만, 원래 습기가 많은 곳에서 사는 블랙 드래곤답게 그는 기분 좋은 상쾌함을 느끼며 천천히 눈을 감았다.

선택되어진 인간들은 과연 행복할까? 차라리 선택되어지지 않고 그저 살아가는 인간들이 더 행복할까? 정답은 당연히 후자였다. 세계가 멸망할 것을 알고 목숨을 걸고 운명이라는 배의 키를 돌려야 하는 그들은 아무것도 모르고 내일 멸망할지 그렇지 않을지 모르며 찰나를 살아가는 인간들보다 불행할 것이 분명했다. 모르는 것이 약이라는 소리도 있으니까.

선택되어졌다는 것 하나만으로 그들을 특별히 보는 인간들은 자신이 선택되어지지 않았다는 사실만으로 행복해야 한다. 경외의 시선을 버리고 오히려 동정을 해야 마땅할 것이다. 율은 그렇게 생각하며 씁쓸히 웃었다. 그럼에도 인간을 선택해야 하는 운명의 장난을 비웃으며, 그리고 그 운명의 그늘에서 벗어날 수 없는 생명을 가진 모든 이들을 비웃으며… 마지막으로 자신에게도 환멸의 비웃음을 던지며.

어두운 습기가 어린 바람은 섬을 떠돌다 남쪽으로 날아간다. 이것은 운명이 아닌 바람 자신의 의지로써……

Part 1
주사위는 이미 던져졌다

선택되어진 자들이여…
그대들의 앞에는 알 수 없는 미로가 실 타래처럼 얽혀져 있지만
그것도 그대들의 운명인 것을…
얽혀져 있는 것을 손끝으로 풀려 하지 마라.
풀리지 않음 역시 운명이니.

얼음 같은 마음속에 갇혀진 것은 불꽃과도 같은 강인함.
미소를 머금은 바람은 모든 것을 감싸는 자의 숨결.
쓰라린 미소 속에 감추어진 욕망은 칼날 같은 침착함.
어디에도 구속되지 않는 물결은 파란 거울이 되리라.

어둠이 도래해 세상을 뒤덮을 때 그것을 막을 수 있는 열 개의 구슬.
구슬들은 모여서 하나의 나무가 되어
세계를 떠받칠 것이다.

하나는 두 개가 되고 두 개는 다시 하나가 되리라.
찢겨진 깃을 하나로 만들어 그대들이 원하는 것을 손에 넣으라.
지혜가 있는 곳에 힘이 있으리라.
바라지 않는 소망을 바라지 말라.
이루어질 소망을 이루지 말라.
두 손에 쥐어진 것은 검이 아닌 바람.

잊지 말지어다, 선택되어진 자들이여.
그대들과 같은 운명의 깃을 걸어야 할 자들의 손을 잡으라.
핏줄로… 그리고 별의 운명으로써
같은 운명에 맺어진 이들을 찾으라.

그리하여 구슬들이 모두 모였을 때
바람이 인도하는 곳으로 가서… 그대들이 구하는 것을 얻으라.
자신의 믿음과 소망과 바램… 그것들을 위하여 싸운다면
그대들이 구하는 것은 얻어지리라.

대현자 예레미야의 예언서
테펜 체 에-디브 비 쎄크
(생명과 영혼의 서)에서 발췌.

주사위는 이미 던져졌다

여름이라는 것의 장단점에 대해서 논한다고 한다면 아마 끝이 없을 것이다. 하지만 단 하나 분명한 것은 남자들에게는 좋은 계절이라는 것. 여기저기서 덥다고 짧고 얇게 입고 다니는 8등신의 미인들을 보니 왜 좋지 않겠는가. 아슬아슬하게 내비치는 그 살결을 보면서 시선을 주지 않는 남자는 남자가 아니라 해도 과언이 아닐 것이다. 하지만 지금은 장마철이다. 언제 비가 와서 온도가 조금이라도 내려갈지 모르는 상황에서 그렇게 입고 다니는 여성들은 보이지 않았다. 공기 가득히 머금어져 있는 습기로 인해 팔이 끈적거리는 기분은 누구나 그렇듯이 그리 좋은 느낌은 아니었다.

그저 아침의 파란 하늘만 보고 우산도 준비하지 않은 채 집을 나선 현홍은 고개를 들어 하늘을 쳐다보고는 발길을 재촉했다. 메고 있던 가방의 끈을 부여잡은 채 길을 지나가는 그의 눈에는 수많은 사람들의 모습이 들어왔다.

각기 무슨 생각을 하면서 길을 걷고 있는 것일까. 분명하지는 않지만 짐작할 수 있는 사실은 하나뿐이었다. 그들 모두 자신과 관련된 생각을 하고 있을 것이라는 것 말이다. 어제 저녁 뉴스에서 몇 명이 죽었든 다른 나라와의 관계가 어떻게 돌아가고 있든 간에 가장 중요한 것은 자신의 일이다.

저녁 뉴스에서 죽은 사람 중 한 명이 자신이 알고 있는 사람이거나 친가 인척이 아니기 전에는 한 번 눈길만 줄 뿐. 사람들은 어렵고 무거운 정치 문제보다는 사건 사고에 더 관심이 많았다. 그 예전 로마 시대의 콜로세움에서 수많은 사람들이 사자에게 먹히는 노예들을 보면서 즐거워했듯이.

은회색 빛으로 잔뜩 찌푸린 하늘은 언제 비가 쏟아져 내릴지 모를 정도로 흐려져 있었다. 습기가 가득 찬 무더운 열기가 귓가를 스쳐 지나갔다. 얼마 전 가벼운 마음으로 거금을 들여 염색을 했던 레드 와인 빛의 머리카락이 바람에 살랑거렸다. 알 수 없는 느낌이 들었다. 이상스럽게도 오늘은 뭔가 알 수 없는 느낌으로 인해 가슴이 두근거렸다. 이런 느낌은… 종종 무슨 일이 일어나기 전에 몸이 반응하여 움직일 때뿐인데.

현홍은 모르겠다는 식의 표정으로 고개를 한 번 갸우뚱거리고는 오른손으로 차분히 심장 부근을 내리눌렀다. 이런 것은 그리 달갑지 않은 느낌이니까 어서 사라져 주길 바랬다. 그러나 오늘따라 이상하게도 그의 두근거리는 심장은 멈출 생각을 하지 않았다. 하지만 그의 그런 이상한 느낌도 자신을 힐끔거리며 쳐다보는 사람들의 시선으로 인해 조금씩 사라지기 시작했다. 현홍은 자신의 흰 얼굴을 살짝 붉히며 고개를 숙였다. 발걸음이 더욱 빨라졌다.

비록 그는 남자이지만 전체적인 모습으로 보면 오히려 여성에 더 가까웠다. 몸의 선이 대체적으로 얇았으며 170㎝가 약간 넘는 여성이라면 조금 크고 남자라면 작은 키, 잡티 하나 없는 하얀 얼굴과 흑진주처럼 동그란 눈 같은 여성적인 부분들이 그의 성별을 알 수 없게 해주었다. 그것이 그의 가장 큰 콤플렉스이자 약점이었다.

그리고 또 하나의 콤플렉스는 바로 절대적인 동안童顔이라는 것. 이제 그의 나이 만 24세였지만 주민등록증을 들이밀지 않으면 어떤 사람도 그의 말을 믿지 않았다. 그도 그럴 것이 그는 아무리 뜯어보아도 18세 이상으로는 보이지 않았기 때문이다.

다른 사람들이 들으면 부러워할 만한 얘기일 수도 있겠지만 정작 본인은 그렇지 않았다. 길을 지나가면 쳐다보는 사람들의 시선이 싫었다. 동물원의 원숭이 보는 듯한 호기심 어린 시선. 그것이 본인에게 있어서는 얼마나 커다란 상처인지를 다른 사람들은 모른다. 타인他人이니까.

거의 경보 수준으로 걸어가는 현홍을 넋 놓고 쳐다보던 여고생들은 노골적으로 〈예쁘다〉라는 말을 하며 꺅꺅 소리를 질러댔다. 불쾌했다. 무언가 울컥하는 기분이 들었지만 별수없었다. 현홍의 성격으로 뭐라 말을 할 수도, 대놓고 따질 수도 없는 노릇. 이어폰의 볼륨을 높이며 뛰었다.

'젠장… 이런 거 싫다고!'

구역질이 날 것만 같았다. 무언가 알 수 없는 비릿한 말들이 혀끝에서 맴돌았지만 입 밖으로 나오지는 않았다. 하지만 오히려 다행이다. 순간의 감정 때문에 수습하기 어려운… 아니, 귀찮은 일들을 만들고 싶지는 않았다.

이어폰에서는 얼마 전부터 관심을 가지고 있던 일본 여가수인 우타다 히카루의 목소리가 흘러나왔다. 음보다 그 가수보다 마음에 들었던 것은 그 노래의 가사와 그 가사를 너무나도 잘 이해하고 부른 그 가수의 목소리.

「どこか遠くへ
어딘가 먼 곳으로
逃げたら樂になるのかな
도망친다면 편안해지려나
そんなわけ無いよね
그럴 리 없어.」

"그럴 리… 없을까?"
자신에게 되묻듯이 중얼거린 현홍의 발걸음이 점점 느려졌다. 하늘은 이미 비라도 한바탕 쏟아질 듯이 검게 변해 있었다. 고개를 들어 하늘을 바라보았다. 이대로 비가 내렸으면 좋겠다. 그는 그렇게 생각을 했다. 시원하게 쏟아져 내리는 비를 맞으면 기분이 좋아지곤 했다. 물론, 뒤에 따라올 감기 정도는 감수해야 했지만. 현홍은 얇은 한숨을 내쉰 후에 고개를 내려 주위를 둘러보았다.
"……?"
이상한 한기寒氣가 자신의 등 뒤를 훑고 지나가는 느낌을 받았다. 방금 전까지 북적거리던 시내가 갑자기 한산해진 느낌. 자동차들의 경적 소리도, 시끄럽게 틀어져 나오던 최신 유행 댄스 가요들도 모두가

다 흡사 시간이 멈춰 버린 듯한 이 느낌. 지극히 조심스러운 동작으로 그는 귀에 꼽혀져 있던 이어폰을 살며시 뽑아 들었다. 하지만 변한 것은 없었다.

한차례의 바람이 대지를 훑고 지나가면서 나무들이 움직이는 소리 역시 여전히 들렸고 변한 것은 없었다. 모두가 다 이곳에 있는데… 존재하는데 꼭 자신만이 이 거리, 이 사람들과 다른 곳에 있다는 느낌을 받는 것은…….

이질감異質感.

알 수 없는 느낌에 몸을 떨어야 했다. 이곳이 어디지? 항상 미술 도구를 사러 오는 그곳인데 어째서 내가 존재하지 않는다는 느낌이 드는 거야! 칠흑처럼 어두운 방 안에 홀로 갇혀 있는 것 같다. 양팔로 몸을 감싸 안아보았지만 몸을 감도는 한기는 사라질 리 없다.

딸랑.

그렇게 공포로 인한 사고력의 마비에 한순간 불이 들어온 것은 어디선가 들리는 작은 방울 소리 덕분이었다. 방울? 아니, 자신의 집 베란다에 걸어둔 풍경風磬과 더 비슷한 소리. 정신을 맑게 하는 듯한 그 울림에 현홍은 번뜻 정신을 차렸다. 그리고 마치 잃어버린 무엇인가를 찾는 듯 애절하게 고개를 두리번거리며 소리의 진원震源을 찾기 시작했다. 지금 그에게 있어서는 그래야만 했기에.

그런 그의 눈에 들어온 것은 자그마한 가게였다. 너무 작고 길가의 모퉁이 같은 후미진 곳에 위치해 있어서 정말 주위에 신경을 써서 걷는 사람이 아니라면 발견조차도 하지 못했을 그런 가게. 매직미러인지 가게의 커다란 유리창은 까맣게 되어 있어서 쉽사리 안을 들여다볼 수 없었다. 문에 걸려진 작은 청동 풍경이 바람에 조용히 흔들리고 있었다.

"레퀴엠Requiem?"

현홍은 작게 중얼거리며 고개를 갸우뚱거렸다. 꽤나 거창한 가게 이름이었지만 확실히 가게 이름으로썬 어울리지 않는 이름이었다. 레퀴엠이라는 것은 죽은 이를 위한 미사곡을 이르는 말이니까. 안을 들여다볼 수 없어서 어떤 가게인지는 분명치 않았지만 문득 궁금해졌다. 그냥 그랬다. 지금 그의 몸은 이성의 통제를 벗어나 자신이 하고자 하는 일은 그대로 행하는 본능 그대로의 행동을 하고 있었다.

움찔거리는 손을 들어 조심스럽게 문고리를 잡은 현홍은 흠칫 몸을 떨며 뒤로 두어 발자국 물러섰다. 그리고 손바닥을 쫙 편 채 몇 번 흔들어보았다. 쇠로 만들어진 문고리가 보통의 물건보다 차가운 것은 당연한 것이었다. 그러나 지금 현홍의 손끝에 아릿하게 남아 있는 그 느낌은 마치 드라이아이스를 만진 것과 같은 느낌이다.

현홍은 작게 떨리는 오른손을 움켜쥐고는 목구멍으로 침을 삼켜 넘겼다. 그 소리는 분명 작고 약한 것이었다. 그러나 자신 이외에 아무것도 존재하지 않는다는 느낌을 받은 지금 그의 귀에는 침을 삼키는 평범한 행동조차도 긴장감 일색이었다. 조심스럽게 다시 손을 내밀었다. 손끝에 닿은 느낌은 분명 차가웠지만 방금 전과는 다른 보통 쇠의 느낌과 같았다.

그는 낮게 한숨을 내뱉고는 조심스럽게 문고리를 돌렸다. 가게에 들어가면서 이렇게 조심스럽게 행동하기는 처음이었다. 끼익거리는 지극히 낡은 나무의 마찰음을 내며 문은 천천히 열리기 시작했다. 조심스레 가게 안으로 들어섰다.

퀴퀴한 냄새가 코를 찔렀다. 눈으로 보지 않고도 알 수 있었다. 그것은 아주 오래된 책들의 냄새. 세월을 알 수 없을 만큼 오래된 사람들의 지식을 모아놓은 책들의 냄새였다. 자신과 같이 살고 있는 친구는 굉장한 활자 중독증의 사람이다. 그래서 집의 책꽂이에는 항상 수많은 책들이 전시되어 있다. 그래서 현홍은 그 친구와 같이 살아온 7년이라는 세월 동안 그런 책들과 같이 살아온 것이나 다름이 없었다. 그런 그에게 책이 썩어가는 퀴퀴한 냄새에 대한 거부감이 있을 리 만무했다.

딸랑거리는 소리를 내며 문은 처음과 마찬가지로 굳게 닫혔다. 그리고 그와 동시에 심장을 뛰게 했던 이상했던 느낌과 방금 전까지 들었던 이 질감도 사라졌다. 시내는 평상시의 분위기 그대로로 돌아갔다. 비록 지금 이곳에 전해져 오는 것은 없었지만 웃고 있는 사람들도, 지나가는 차들도 하나같이 원래의 살아 있는 분위기로 돌아가 활기 차게 움직였다.

그때 무언가가 발길을 잡아끌었다. 다시 밖으로 나가야 한다는 느낌.

현홍은 이상스럽다는 생각을 하며 고개를 몇 번 갸웃거렸으나 이미 물은 엎어진 뒤였다. 이곳에 발을 들여놓은 순간부터 더 이상 밖의 저곳과는 상관이 없는 세계에 와 있다는 생각이 강하게 들었다. 돌이킬 수 없다. 고개를 휘휘 저었다.

가게 안은 생각했던 것보다 훨씬 밝았다. 이곳저곳에 놓여진 청동 촛대에 꽂힌 초들은 환한 빛을 내며 타 내려가고 있었다. 보통의 다른 초들과는 비교도 할 수 없을 만큼 밝게. 화려하지 않은 단아한 멋을 내는 작은 수정 샹들리에 역시 20평 남짓해 보이는 가게 안을 밝게 밝히기에 충분한 역할을 했다.

"와~ 굉장히 오래된 것들 같네."

현홍은 자신도 모르게 탄성을 내지르며 가게 안을 둘러보았다. 수많은 골동품과 독특한 물건들. 아마 요즘 유행하는 신세대들을 겨냥한 골동품점 같았다. 하지만 이런 묘한 분위기의 가게는 현홍 자신도 처음이었다. 나름대로 골동품이나 다른 특이한 물건들에 조예가 깊다고 자부하고 있는 그조차도 보지 못한 물건들이 많았기 때문이다.

  붉은 옻칠을 한 원목 책장들과 여러 가지 모양을 한 십자가 목걸이와 귀걸이, 팔지 등이 실크로 만들어진 것 같은 하얀 천 위에 놓여져 있었다. 누가 훔쳐 가도 모를 만큼 그 수가 상당했다. 보기만 해도 수집가의 구미를 당기는 물건들 일색이었다. 그 밖에도 잘 구경하지 못하는 인도풍의 카펫도 둘둘 말려진 채 가게 한구석에 놓여져 있었고 영국의 박물관에서만 구경이 가능할 것 같은 장식용 검도 벽에 걸려 있어서 묘한 분위기를 이루어냈다. 동서양의 조화 같은 분위기랄까?

  여러 가지 물건이 잔뜩 널려 있어서 혼잡하다는 느낌도 조금 들었지만 그에 비해서 주인이 정돈을 잘해놓는 사람인지 그리 어지럽다거나 하지는 않았다. 깔끔하게 모양새를 갖춘 모양이나 먼지 하나 쌓이지 않은 선반을 보면 그것을 알 수 있다. 이리저리 가게 안을 둘러보며 구경을 하고 있던 현홍의 시선이 어느 한곳에 멈추었다.

  마른 대나무의 껍질을 엮어 만든 듯한 갈색의 바구니였다. 그 안에는 약간 낡은 느낌이 드는 아이보리 색 천이 담겨져 있었고 그 위에는 여러 가지 모양의 반지를 비롯한 장신구들이 자리해 있었다. 아마도 이렇게 내버려 두듯이 한 것으로 보아 그리 귀한 것들은 아닌 것 같았다. 그러나 그런 물건들 속에서도 그의 시선을 사로잡는 물건이 하나 존재했다.

  자세히 보지 않는다면 결코 사람의 손이 닿지 않을 만큼 깊숙이 자리해 있던 물건. 갈색의 나무를 둥글게 깎아 만든 묵주의 끝에 달린 은백색의 십자가. 주인의 허락없이 물건을 만지는 것은 내심 찔렸지만 대충 얼버무리기로 하고 현홍은 그것을 조심스럽게 들어 올렸다.

은으로 만들어졌다고 생각했지만 생각보다 무게가 있어서 내린 결론은 백금. 금보다 비싸고 은보다 더 고결해 보이는 은백색의 백금으로 만들어졌다면 상당히 고가일 것이다. 그런데도 이렇게 다른 물건들과 같이 어지러이 놔두었다면 다른 귀하게 모셔진 듯한 물건들은 과연 얼마나 고가란 말인가?

현홍은 지갑의 지폐들이 얼마나 남아 있느냐에 대해 속으로 짐작해 가며 유심히 자신의 오른손에 들린 십자가를 관찰했다. 보통 이런 묵주에 달린 십자가를 로사리오Rosario라고 하던데. 그는 턱을 매만지며 고개를 갸우뚱거렸다.

"음… 날개? 바람인가?"

현홍의 손바닥보다 약간 작은 정도의 크기를 가진 그 십자가의 중심에는 무엇인가 알 수 없는 문양이 아로새겨져 있었다. 현재 아르바이트 삼아 하고 있는 미술 학원 선생 경험을 살려 열심히 그 문양이 어떠한 것을 상징하는지에 대해 추론을 거듭하고 있던 그의 등 뒤로 나지막한 목소리가 들려왔다.

"아, 어서 오십시오. 그 물건이 마음에 드십니까, 손님?"

정말 놀랐다. 사람의 인기척이라고는 전혀 느낄 수가 없어서 혹시나 주인이 가게를 비운 것이 아닌가 하는 생각마저 들었던 가게에 다른 사람이 있다는 사실이 믿기지 않았다. 물론 다른 사람이 있는 것이 이상한 것은 아니다. 있을 수도 있는 일이지. 손님이라고 말을 하는 것으로 보아 분명 주인일 텐데. 하지만 현홍은 어렸을 적부터 운동이라면 도가 트일 정도로 배워왔다. 쿵푸, 태권도, 검도, 유도, 합기도와 권투까지. 겉으로는 전혀 그런 운동을 안 했을 것처럼 생겨먹었지만 얼굴 때문에 종종 괴롭힘을 당해왔던 그여서 부모님들이 특별히 시킨 것이

주사위는 이미 던져졌다 29

었다. 보통 그렇게 무술을 깊게 배운 사람들은 사람의 인기척이나 살기殺氣에 유난히도 예민하다. 현홍이 지금 인기척을 못 느꼈다는 것은 저 사람 역시 그만큼 대단한 사람이라는 것. 인기척을 지우는 것은 쉬운 일이 아니다.

너무 무방비하게 있어서였을까? 현홍은 하마터면 들고 있던 로사리오를 떨어뜨릴 뻔했다. 그런데 만약 땅에 떨어져 흠집이라도 난다면 손해 배상은 당연한 일. 은도 아니고 백금에다가 이 정도 크기라면 정말 상당히 고가일 것이다. 분홍색에다가 뒷면에 주민등록번호를 적어야 하는 지폐가 몇 장 들지도 모르는 일!

물론 지금 그의 지갑에 있는 것은 고작해야 한글을 만드신 분의 얼굴이 그려진 지폐 몇 장. 카드라는 것을 쓰기 싫어하고 기계치인 그로서는 현금 직불 카드나 신용 카드가 있을 리 만무했다. 그렇다면 돈을 가진 사람을 불러서 대신 지불해야 할 것이고 지금 그에게 그만한 돈을 한꺼번에 뿌릴 수 있을 정도의 재력을 가진 이는 단 한 명. 같이 살고 있는 친구이자 원수에 가까운 김진현이라는 인간뿐이었다. 웃으면서 와서는 친절하게 돈을 갚아줄 것이다. 어쨌거나 친구라는 이름에 속하는 사람이니까.

하지만 그는 나중에 집에 들어가서는 예전처럼 자신의 허리를 사랑해 줄 인간이다. 아주 부서지도록 지그시 밟아주겠지. 좋지 않은 방향으로 상상의 나래가 무한대로 펼쳐졌고 그럼으로 하여 현홍의 안색도 점차 파리하게 질려갔다. 겨우 잡아준 자신의 손과 반사 신경이 고맙기만 했다.

"이런, 손님… 괜찮으십니까?"

현홍은 자신을 죽음(?)의 문턱까지 가게 했다가 가까스로 올라오게 한 인물에게로 고개를 돌렸다. 그 순간 현홍의 눈이 동그랗게 뜨여졌다. 그의 눈앞에는 믿기 어려울 만큼의 훤칠한 미남이 서 있었던 것이다. 키는 대충 190㎝ 정도 되었을까? 진현의 키가 185㎝ 정도이니까 그보다 약간은 더 커 보인다. 상당한 장신에다가 검은색의 약간 달라붙는 정장을 입은 몸매는 모델이 울고 갈 정도였고 하얀 얼굴에 뚜렷한 이목구비는 영화배우 저리 가라였다.

마치 흑단黑緞을 연상시키는 듯한 긴 검은 머리카락은 위로 틀어 올린 채 길게 늘어뜨려 놓았다. 정말 바람 하나에도 머리카락이 모두 흩날릴 것 같은 느낌을 주는 머리카락이었다. 잘 다림질한 하얀 와이셔츠에 검은 넥타이와 은색의 넥타이핀이라. 옷을 입는 센스는 진현이와 비슷한 것 같은데 무언가 다른 것 같은 느낌. 그게 무엇인지는 잘 모르겠지만 하여간에 그런 것 같았다.

지금까지 현홍이 본 사람들 중에서 자신의 친구인 진현 정도로 아름답다고 말할 수 있는 사람은 없었다. 그런데 이 시간부로 한 명이 더 그 명부에 추가가 되었다. 멍하니 자신을 바라보는 현홍을 내려다보면서 그 남자는 생긋 미소를 지어주었다. 정말 멋진 미소였다. 보는 사람으로 하여금 마음 한구석이 따뜻하게 되는 것 같은 그런 미소 말이다.

남자는 바닥에 주저앉은 채 두 손으로 마치 보물이라도 감싼 듯이 로사리오를 쥐고 있는 현홍에게 손을 내밀었다. 그때까지 제정신이 아닌 듯 남자를 보고 있던 현홍은 자신의 얼굴 앞쪽으로 내밀어진 손을 보고 흠칫거리며 주섬주섬 일어났다.

"괜찮으십니까?"

"아… 예, 소란을 피워서 죄송합니다."

정말 걱정스러운 듯이 묻는 남자의 말에 현홍은 약간 멋쩍음을 느끼고는 고개를 숙이며 사과했고 남자는 손을 가로저었다.

"아니오. 괜찮습니다. 저도 하마터면 손님이 오신지도 모를 뻔했군요. 그건 그렇고… 그 로사리오가 마음에 드신 모양입니다? 약간 고가라서 손님 분들이 부담스러워하실 것 같아 외진 곳에 두었는데 말입니다."

하하… 역시. 고가라는 말을 듣고는 현홍은 그럴 줄 알았다는 식으로 망연히 웃어버렸다. 그리고는 머리를 긁적이며 조용히 대답했다.

"아뇨. 딱히 마음에 들었다라고 할 수는 없을 것 같은걸요. 이상하게 눈에 띄더군요. 마치 발견해 주기를 바라는 그런 느낌이라고 할까요? 그냥 느낌이지만. 하하."

그 말이 끝남과 동시에 남자의 안색이 눈에 띌 정도로 굳어져 갔다. 아주 미세할 정도로 양미간을 좁힌 채 현홍을 보던 남자는 뭔가 탐탁지 않다는 표정을 지은 채로 탁자 쪽으로 걸음을 옮겼다. 체스 모양이 그려져 있는 원목 탁자에 다다른 남자는 조용히 현홍에게로 고개를 돌렸다. 지그시 내려다보는 듯한 눈동자. 어디선가 본 듯한 눈이었다.

컬러 콘텍트렌즈라도 꼈는지 눈동자는 붉은색이었다. 현홍으로서는 그의 눈동자가 정말로 적안赤眼일 것이라고는 생각하지 않았다.

뭔가 말하고 싶은 그런 눈동자로 현홍을 바라보던 남자는 한숨을 내뱉었다. 그 한숨이 어찌나 깊게 느껴졌는지 현홍은 순간 움찔하며 남자를 올려다보았다. 남자는 쓴웃음을 지으며 조용히 눈을 감았다. 그리고는 나지막한 목소리로 중얼거리듯이 말했다.

"운명인지… 왜 당신이 이런 일에……."

"예?"

영문을 모르겠다는 식의 표정을 짓고는 현홍은 고개를 갸웃거렸다.

처음 보는 사람이었다, 분명. 자신의 앞에서 이상스러울 정도로 고민하고 있는 모습을 내비치는 이 남자는 분명히 오늘 처음 만난 사람이었다. 그런데 왜 이다지도 저 사람의 말이 귓가에 울리는 것일까. 왜 이다지도 저 사람이 어디선가 보았다는 느낌이 드는 것일까. 남자는 자신만의 생각을 끝마쳤는지 숙였던 고개를 들어 약간은 도도해 보이는 자세로 팔짱을 끼고는 현홍을 바라보았다.

밖은 어느새 비가 내리고 있었다. 비는 마치 무엇인가로 퍼붓는 듯이 내리고 있었다. 커다란 유리창을 훑고 지나간 빗방울은 땅으로 떨어져 내렸다. 회색의 콘크리트 건물들이 빗물로 젖어들었다.

우울해 보이는 모습. 창밖의 사람들은 각자 자신들의 우산을 펼쳐 들고 걸어가고 있었다. 언제나와 같은 모습. 그러나 지금 이곳에 있는 현홍과는 동떨어진 모습이었다. 고개를 돌려 창밖의 비를 마치 측은하다는 시선으로 바라보던 남자가 다시 입을 열었다.

"그 로사리오는… 운명은 당신을 선택한 것 같군요. 이유가……."

순간 남자의 말이 멈추었다. 그러나 말을 멈춘 시간은 그리 길지 않았고, 이내 현홍의 귓가에 들려온 말은 더 더욱 그를 알 수 없게 만들기에 충분했다. 그는 마치 유족에게 사망 소식을 전하는 의사마냥 침중沈重한 목소리로 말했다.

"…후, 이것이 진정 운명이라면. 알겠습니다. 저희는 당신을 선택하겠습니다. 우리 일족은 당신에게 모든 것을 걸도록 하지요. 당신이 우리 일족의 대표입니다. 우리의 주사위가 되는 것입니다, 현홍."

'처음 보는 사람인데 어떻게 내 이름을!' 그런 말이 입 밖으로 나오려고 했지만 현홍에게는 그럴 겨를이 없었다. 자신의 오른손에 쥐어져 있던 로사리오의 십자가는 마치 남자의 말을 기다렸다는 듯이 그의 말이 끝나자마자 환한 빛으로 둘러싸였다. 모든 것이 녹아내릴 것만 같은 광휘光輝. 마치 꿈을 꾸는 듯한 지금의 상황에서 현홍은 정신을 잃지 않는 것만으로도 다행이라 생각했다. 로사리오는 마치 불에 달군 그것처럼 뜨겁게 달아올랐다.

현홍은 자신도 모르게 입가에서 자그마한 신음을 흘렸다. 엄청난 고통에 그는 로사리오를 놓아버리려 했다. 그러나 로사리오는 이미 현홍의 손에 존재하지 않았다. 아니, 손에 있었고 존재했다. 단지 그 존재라는 것이 변하기는 했지만 말이다. 분명히 존재했으나 백금으로 만든 십자가의 그것이 아닌 문양으로 남아 있었다.

그의 오른 손바닥에는 십자가의 중심에 그려져 있던 문양이 그대로 남아 있었다. 은백색으로 십자가를 둘러싼 바람… 날개와도 같은 모양의 문양은 현홍의 손바닥에서 찬연히 빛을 발하고 있었던 것이다.

"무슨!"

현홍은 고통에 양미간을 찌푸리며 짧고도 낮게 소리쳤지만 그의 몸은 그의 이성의 제어를 벗어나 점점 뒤로 휘청거리며 넘어가고 있었다. 눈앞은 마치 눈물이라도 흘릴 때마냥 희미해져 갔다. 곧잘 읽던 판타지 소설에서만 있었던 일이 자신에게도 일어날 줄을 몰랐다. 물론, 이런 생각을 그 주인공도 했겠지.

이렇게 생각하는 그의 눈에 마지막으로 비친 것은 자신을 바라보고 있는 남자의 얼굴이었다. 마치 눈물이라도 흘릴 것 같은 그런 얼굴로 자식을 물가에 내놓은 어머니와 같이 걱정하는 듯한 얼굴로, 그는 그렇게 현홍을 보고 있었던 것이다. 그것이 끝이었다, 현홍의 기억 속에 남은 부분. 더 이상은 눈을 뜨고 있을 수 없었다. 어쩌면 자고 일어나면 자신의 집 침대에 누워 있을지도 모른다는 생각을 하며 현홍은 그대로 눈을 감아버렸다.

　자신의 앞에 어느새 생겨난 검은 공간으로 사라져 버린 현홍을 보며 남자는 고개를 돌렸다. 그의 입가에는 쓰디쓴 미소가 걸려 있었다.

　"그를 보낸 것이 사뭇 걱정된다는 표정이시옵니다, 전하."

　아무런 소리도 없이 그의 뒤에 붉은 장막이 생겨나면서 한 사람이 모습을 드러냈다. 마치 산속 깊숙한 곳에서 수도를 하는 은둔자 같은 차림새였다. 검은색의 망토에다가 후드를 덮어써서 얼굴을 최대한 가린 옷차림. 그래서 남자인지 여자인지 확실치는 않지만 음산하고 허스키한 목소리와 약간은 큰 키 덕분에 그가 남자라는 것을 짐작하게 해주었다.

　전하라고 불려진 남자는 조용히 고개를 저었다. 그러나 그의 행동과는 다르게 얼굴의 표정은 굳어질 대로 굳어 있었고 목소리는 차분히 가라앉아 있었다. 짧은 한숨을 내쉰 남자는 곧 뇌까리듯이 입을 열었다.

　"걱정이라고 할 것이 뭐가 있겠는가? 운명이라는 존재에 선택되어진「그들」은 분명 잘 해내 줄 것이네. 그렇게 믿어야지. 하지만 과연 선택되어졌다는 게 특권일까? 오히려 가장 많은 아픔과 슬픔과 고통을 겪어야 하는 건 그들인데……. 잘해줄 것이다. 자신들을 위해서… 그리고 자신들의 소중한 것을 위해서. 세계를 위해서라고 하고 싶지만 그들의 성격을 보아 짐작하건대 세계를 말아먹지나 않으면 좋을 사람들이지. 그리고 인간이라는 생물은 본디 그런 생물이 아닌가? 자신밖에 모르는 생물."

　그래서 더 재미있는 것이다, 인간이라는 존재는. 한없이 어리석고 힘에 대한 자각도 없으며 늪이라는 것을 알면서 빠져든다. 그러면서도 이상스러울 정도로 사랑스럽다. 그는 조용히 품에서 담배 한 개피를 꺼내어 입에 물었다. 기다렸다는 듯이 담배의 끝에서는 팟 하는 작은 소리와 함께 연기가 피어 올랐다. 입에 문 담배를 손가락 사이에 끼운 그가 다시 말을 이었다.

"다른 종족들의 선택은?"

"예, 전하. 정령족과 드래곤 일족의 선택은 이루어졌으며 그들이 선택한 인간들 역시 이계異界로 떠났다고 보고가 들어왔습니다. 한데 어이 된 일인지 신족의 선택은 아직 이루어지지 않았다고 합니다."

"쿡. 그들은 너무 어려운 인물을 선택했어. 그가 어디 호락호락한 인물인가? 자신을 위해서가 아니면 절대로 귀찮은 일은 하지 않기로 예전부터 유명하지 않은가. 그 성격은 생을 거듭해도 변함이 없는 것 같군. 하지만 분명 그도 갈 것이다. 자신을 위해서 말이네. 자신의 소중한 것을 위해서라고 해야 하지만……."

남자는 빙긋 웃고는 다시 밖으로 시선을 던졌다. 알 수 없는 세계… 그곳으로 내던져진 인간들이 어떻게 할런지 의문이었다. 과연 잘 해낼지도 의문이었다. 그러나 도박만으로 가치가 있었다. 아무것도 하지 않고 가만히 방관하는 짓은 멍청이들만 하는 것. 손가락 물고 가만히 앉아서 당하는 것 따위는 인간이라는 종족의 자존심이 용납하지 않을 것이다. 모든 것을 알게 되는 그 순간에 선택되어진 그들은 가장 강해질 것이다.

그리고 그것은 다른 종족들도 마찬가지로 생각을 했다. 그래서 모두 만장일치로 인간을 그 세계로 보낸 것이다. 각자의 대표를 만들어.

남자의 입가에 알 수 없는 미소가 떠올랐다. 웃는 것이 아닌 그저 입가의 끝을 올리는 그런 미소. 그는 천천히 발걸음을 옮겨 방금 전 현홍이 사라져 갔던 그 검은 원 안으로 들어가기 시작했다. 검은 후드를 둘러쓴 사내에게서 다시 높낮이가 없는 음산한 말이 흘러나왔다.

"한데 전하께서는 어쩔 예정이시온지? 마계로 돌아가실 것입니까?"

충성스러운 종복從僕의 물음에 남자는 뒤를 돌아보며 생긋 웃어 보였다. 그는 직위와는 어울리지 않는 미소라고 늘 다른 고위 마족들에게 핀잔을 듣곤 했다. 하지만 정작 본인은 전혀 상관없다는 식으로 그럴 때마다 그 특유의 미소로 웃어넘기곤 했다.

"아마도 그래야 하지 않을까 싶네. 얼마 후에는 고위 마족들 간의 회의가 열릴 것이니 내가 참석하지 않으면 야단맞을 것이 아닌가? 준비를 해주게."

"예. 분부 받들겠사옵니다, 벨리알 전하."

"6이 나올지, 아니면 1이 나올지는 아무도 모르는 것이니 한번쯤 기대를 걸고 싸워볼 만하지 않은가?"

그의 말 뒤에 따라온 웃음은 마치 자신을 향한 한 조각의 조소와도 같았다. 그것이 아니라면 운명에게로 향한? 붉은 벨리알, 그는 그렇게 차갑고도 스산한 웃음을 내뱉어 버리고는 검은 원 안으로 자신의 몸을 감추기 시작했다. 그런 그의 입에서는 혼잣말과도 같은 낮은 목소리가 흘러나왔다.

"현홍… 당신의 형에게 미움받지 않으려면 당신이 무사해야 하지만, 전 당신에게 아무런 도움도 드리지 못하겠군요. 부디… 당신이 사는 이곳이 『잃어버린 세계』가 되지 않도록 노력해 주시길 바랍니다."

*　　　*　　　*

탕!

눈부시게 흘러내리는 금발을 가진 청년의 손에 들려 있던 두꺼운 책은 이미 그의 손에서 벗어나 있었다. 자신이 가지고 있는 힘을 다해 던진 책은 그의 발 한 켠에서 뒹굴고 있었다. 평상시의 그라면 찾아보기 힘들 정도의 분노가 그의 얼굴에 짙게 드리워져 있었다. 무테에 연한 갈색의 색이 들어간 안경알 너머로 살며시 내비치는 그의 눈동자는 살기로 충만했다. 보는 이로 하여금 한순간 한기를 느끼게 할 만큼 오싹한 살기.

긴 스틱 형으로 만들어진 붉은 루비 귀걸이가 그의 몸짓에 따라 살짝 출렁거렸고, 남자는 자신의 붉은 입술을 지그시 깨물었다. 백지와도 같은 그의 하얀 얼굴이 화로 인해 더 더욱 하얗게 질려 있었다. 마치 솜씨 좋은 장인이 만들어낸 프랑스 자기 인형과도 같은 절제되고도 아름다운 미안美顔. 창백하리만치 하얀 얼굴은 솜씨 좋은 보석 세공사가 심혈을 기울여 깎은 다이아몬드와도 같이 아름답게 부드러운 곡선을 그렸다.

오른쪽 눈을 거의 완벽하게 가리는 긴 앞 머리카락을 한번 거칠게 쓸어 넘긴 그는 싸늘하게만 보이는 갈색의 눈을 내려 자신의 앞, 즉 가죽 소파에 다소곳이 앉아 있는 사람을 쳐다보았다. 하지만 말이 쳐다보는 것이지 거의 노려보는 것이라 해도 과언이 아니었다.

그의 이름은 김진현. 본디 일본인이지만 자신의 어머니의 고향인 한국에서 물려받은 회사를 경영하는 평범한—그의 나이에 세계의 대재벌 중 하나에 해당하는 회사의 회장이라는 것이 평범하다고 볼 수는 없지만—남자였다. 물론 인간 취급을 받지 못할 정도로 화려하고도 아름다운 용모를 가지고 있는 사람이기는 하지만 말이다.

진현은 짧게 분노 섞인 한숨을 내뱉었다. 그리고는 자신의 회색 와이셔츠에 매어진 검은색의 넥타이를 손가락을 이용하여 느슨하게 풀었다. 찌는 듯한 무더위 속에서도 비록 여름 정장이기는 했지만 검은색으로 이루어진 정장을 입는다는 것은 엄청난 인내심의 소유자라는 것을 여실히 보여주었다. 그러면서도 땀 한 방울 흘리지 않는 그를 보며 몇몇 사람들은 '괴물'이라고도 칭했지만 그는 차가운 눈길로 조소嘲笑를 보낼 뿐 별다른 말은 하지 않았다. 언제나 차갑기 그지없는 사람… 얼음과도 같은 마음의 소유자라는 칭호가 그를 따라다녔다. 하지만 그것은 어디까지나 회사 일과 사람들을 대할 때뿐, 집으로 돌아와 피곤한 몸을 누일 때에는 그도 영락없는 평범한 사람 중 한 명이다. 그런 그가 이토록 화를 내는 일은 아주 드문 일이다.

그의 몸은 위압적이고도 싸늘하다 못해 얼어버릴 정도의 냉기를 내뿜고 있었다. 그리고 그의 앞에 앉아서 두 손을 무릎 위에 고이 모으고 있는 남자. 하지만 곧장 남자라고 말하기에는 약간 어폐가 맞지 않을 정도로 아름다움을 갖춘 사람이었다. 어깨 위를 소담히 덮는 연한 푸른색을 띤 은발도 조용히 감고 있는 두 눈도 하얀 얼굴도 모두 다 인간의 것이라고는 할 수 없을 정도. 그러나 그 아름다움도 진현의 그것보다는 못하다고 할 수 있었다.

그는 어깨에 걸친 투명한 숄을 대충 끌어 내리며 조용히 입을 열었다. 하지만 마치 입을 열지 않고 말하는 것이라고 느껴질 정도로 그 입술은 아주 세밀하게 달싹여졌다.

"당신의 분노로 온몸이 아플 정도입니다. 부디 노여움을 거두어주십시오. 당신이 무엇을 걱정하고 계시는지는 잘 알 수 있습니다."

살며시 떠지고 있는 눈의 색깔은 놀랍도록 투명한 푸른색. 하지만 진현은 그런 그의 모습에도 전혀 감흥이 일어나지 않는다는 식으로 무심히 말했다.

"웃기지도 않는군. 잘 알고 있다고? 위선도 작작 떨었으면 좋겠어. 너희의 그 빌어먹을 위선에는 나도 넌덜머리가 난다."

너무나도 간단히 던지는 말. 보통의 사람이 들었다면 불같이 화를 내었겠지만 아쉽게도 그의 앞에 앉아 있는 존재는 사람이 아니었다. 진현의 말에 그는 침울한 표정을 지으며 슬픈 눈으로 진현을 바라보았다. 다른 사람들 같았으면 가슴 한구석이 저릴 정도로 슬픔을 담은 눈동자.

하지만 지금 분노를 겨우 참아내고 있는 진현에게는 길가의 돌멩이보다도 더 하찮은 것이었다. 진현은 한쪽 입꼬리를 말아 올리며 시니컬한 미소로 그를 바라보았다. 어디까지나 행동에 지나지 않는 그 미소를 보며 남자는 다시 한 번 정중히 입을 열었다.

"…그렇게 말씀하시지 말아주세요. 당신은 예전의 그 영화를 잊으셨단 말인지요? 물욕物慾의 세계에 떨어지기 전의 그 아름다웠던 곳들과 친우들은 다 잊으셨단 말인지요? 아닐 겁니다. 아니실 거예요. 어찌 잊을 수 있으시겠습니까? 그 아름답고도 화려했던 나날들을 버리고 이곳에 그 옥체를 두었던 그 순간, 그 고통을 잊지 못하실 겁니다. 전생을 잊지 마세요, 신의 왼편에서 그분의 권능과 힘을 상징하셨던 분이시여."

그의 말은 너무나도 정중했고 간절했다. 무릎 위에 단정히 모으고 있던 두 손은 어느새 가슴께로 들어 마치 무언가를 바라듯… 기도를 올리듯 그렇게 모아 쥐고 있었다. 곧 울어버릴 것만 같은 그 눈을 보며 진현은 미간을 찌푸렸다.

잊고 싶었던 일을 생각하게 만드는군. 그렇게 생각하며 그는 속으로 혀를 내둘렀다. 어떻게 잊을 수 있겠는가, 아름답고 따스했던 광경을. 하지만 현생을 살아가면서 그에게 전생의 기억은 불필요한 것뿐이었다. 게다가 종종 찾아와서 이렇게 울 듯한 표정으로 부탁을 하는 천사들은 정말 그의 골치를 아프게 하는 존재들뿐. 옛정이라는 단어를 들먹거리며 하는 부탁치고는 이번 부탁은 너무 크다. 하지만 이미 발을 뺄 수도 없게 되어버렸다.

차분히 머리를 식히고 생각을 하기로 했다. 분노를 해봤자 얻는 것은 흐려지는 이성 하나밖에 없었다. 웬만한 일에서는 냉정하고 침착한 그가 화를 낼 정도라면 조금 심한 일이다. 아니, 심한 정도를 넘어서고 있었다. 마음 같아서는 신계를 갈아엎고 싶을 정도였으니까. 그것도 그 빌어먹을 운명 탓을 하겠지. 그는 마음속 깊숙한 곳에서 밀려 올라오는 짜증을 억지로 누르며 한쪽 이마를 손으로 짚었다. 그의 지병인 신경성 편두통이 다시 고개를 들이미는 것 같았다.

"…방금 현홍의 기가 사라졌다."

"알고 있습니다."

진현은 다시 입술을 지그시 깨물어야만 했다. 하지만 그 지그시라는 것은 이미 그 단어의 포용력에서 벗어나 조금만 더 세게 깨물었다면 피까지 맺힐 정도였다. 고작 한다는 말이 '알고 있습니다' 라? 지금이라도 당장 그 빌어먹을 신이라는 작자에게 달려가 한바탕 난리를 피우고 싶은 것을 그는 정말 경지에 오른 인내심으로 참을 수밖에 없었다.

전생을 기억한다는 것이 특권? 웃기는 소리. 그 빌어먹을 전생의 기억 덕분에 그는 인간임에도 불구하고 이렇게 쓸데없고도 돈 한 푼 나오지 않는 일에 휘말려 들어야만 한다.

그래, 그렇지만 다른 사람까지 그럴 필요는 없지 않은가? 목이 울렁거리는 느낌을 받으며 천천히 그리고 충분한 분노를 담아 말했다.

"더 이상 내 인내심을 시험하는 짓거리는 하지 마라. 왜 현홍이가 그 일에 휘말려 들어야 하는 것이냐? 그 녀석은… 전생을 기억하지 못하는 그저 평범한 한 인간에 지나지 않는다."

"……."

진현의 말에 남자는 그 투명한 푸른 눈동자를 몇 번 껌벅거리고는 할 말이 없다는 식으로 고개를 푹 숙였다. 모아 쥔 두 손에는 더욱더 힘이 들어갔지만 차마 입은 열리지 않았다. 그 모습이 진현의 화를 더 돋우는 촉매 역할을 했다. 더 이상은 참지 못하겠는지 그는 눈을 크게 뜨며 다시 자신의 책상 위에 놓인 책 한 권을 손에 집어 들었다.

그리고 불쌍하게까지 느껴지도록 다소곳이 앉아 있는 남자에게 던지지는 못하겠는지 멀찍이 놓인 책장 쪽으로 힘껏 내던져 버렸다. 보통 사람이라면 던져도 닿지 않을 만한 거리였지만 진현에게는 식은 죽 먹기보다 더 쉬운 일이었다. 일반 사전 정도의 두께를 지닌 책은 그렇게 날아가 책장의 유리에 처박혔다.

쨍그랑!

책장의 유리가 산산이 조각나 깨어지면서 그 파편이 진현의 집무실 바닥을 어지러이 수놓았다. 유리가 깨어지며 난 소음에도 불구하고 진현의 직속 비서나 사무원 그 누구도 들어오지 않았다. 이미 그의 집무실은 결계를 쳐서 어느 소리도 나가지 않게 해놓았기 때문이다. 진현은 숨을 몰아쉬며 푹신하게 깔린 카펫 위에 떨어진 유리 조각들을 바라보고 있었다.

그토록 그 녀석만은 이런 일에 휘말리지 않기를 바랬거늘……. 진현은 눈을 감았다. 있는 힘껏 쥐어진 채 부들거리며 떨리는 그의 주먹은 그가 얼마나 분노하고 있는가를 여실히 보여주었다. 그런 그의 모습을 남자는 그저 애타는 듯한 심정으로 바라볼 뿐 차마 무어라 할 말이 생각나지 않아 보였다. 무슨 말을 해도 지금의 진현에게는 어떠한 말도 귀에 들어오지 않을 정도였다. 몇 번 그렇게 숨을 몰아쉰 진현은 다시 천천히 입을 열었다.

"침묵의 샤테이엘은… 그 직분처럼 침묵을 하겠다 이 말인가?"

"제가 당신께 더 이상 드릴 말씀은 없습니다. 그저 전 제게 내려진 임무 그대로 부디 당신께 우리 신족의 대표로서 이계로 가달라는 부탁을 드리러 왔습니다. 우리 신족뿐만이 아닙니다. 마족과 정령족, 그리고 드래곤 족의 선택은 이미 이루어진 상태. 그리고 당신의 그 소중한 친우께서는 마족의 대표로 선택되어져 이계로 가셨을 것입니다. 그분 역시 무한한 생을 살아오시고 위대한 고위 마족의 생을 살아가셨던 분. 충분한 자격이 되지요."

"쿡, 웃기지도 않는 소리. 그 녀석을 선택한 것은 어디까지나 그 녀석이 이계로 떨어진다면 틀림없이 내가 가리라는 추측 하에서겠지. 틀렸나?"

"부정하지는 않겠습니다."

샤테이엘이라 불린 남자는 조용히 고개를 끄덕였다. 그의 태도는 솔직했다. 그런 그를 보며 진현은 살며시 고개를 좌우로 흔들었다. 더 이상의 고민은 이미 그에게는 필요가 없는 것이다. 오히려 시간만 흘러가게 되어 지금 현재 아무것도 모른 채 이계로 날려가 버렸을 그 녀석만이 위험해질 뿐. 진현은 이 이상의 고민하고 있을 여지가 없다는 듯이 샤테이엘을 보면서 나직이 말했다.

"네 말처럼 그곳에 가면 뭘 해야 하는 거지? 뭔가 이유가 있을 것이 아닌가? 설마 아무것도 모른 채 무작정 날려 버린 다음 [여행을 하면 알아서 될 겁니다] 따위의 말은 하지 말았으면 좋겠어."

"어떻게 아셨지요? 그런 말을 하려고 했는데……."

"……."

하마터면 버럭 소리를 지를 뻔했다. 아니면 다시 책을 부여잡고 던지던가.

진현은 더 이상 대화를 나눌 하등의 가치도 느끼지 못했다. 저 여유만땅의 느긋하기로 신계에서 유명한 녀석을 상대로 대체 무슨 대화를 나누려 했는가. 그는 자기 자신에게 약간의 혐오를 느끼며 천천히 샤테이엘 쪽으로 걸어갔다. 그에 따라 샤테이엘 역시 조용히 소파에서 일어나 진현을 바라보았다. 여전히 무언가를 부탁한다는 식의 눈. 그 눈빛이 오늘처럼 짜증날 수도 있다는 것을 진현은 실감했다.

그는 조용히 자신의 어깨를 손으로 매만지며 말했다. 피로로 이미 몸은 상당히 노곤해져 있었지만 직분 때문에 편히 쉴 수도 없이 언제나 서류와 회의, 외국 바이어들과의 만남에 휘둘려야만 했다. 그래서 이번 휴일에는 조용히 어딘가 여행이나 가려고 했는데 지금 그것이 무산되고 말았다. 진현은 입 안에 무언가 쓴 것이 들어와 있다는 식의 표정으로 웃을 수밖에 없었다.

"후우. 그래, 더 이상은 묻지 않도록 하지. 비밀스러운 무언가가 있다는 말이군. 대충 예상해 보자면 뭐… 세계 평화를 위해? 아니면 남을 위해서? 젠장할. 내 성미에 어울리지도 않을 일을 하게 만들다니. 난 지금 세계의 평화고, 남이 잘살고 못살고 따위는 전혀 흥미에 없다. 내일 당장에 백화점이 무너져 수백 명이 죽든 말든 상관없단 말이다. 단지 난 내일 우리 회사의 주식 시세와 매도가와 매수가, 그리고 일본과 한국과의 외교 마찰이 부디 적어지기만을 바랄 뿐이야. 그들이 계속해서 마찰을 일으키면 일본에 본사를 두고 정식으로는 일본의 개인 회사인 우리 회사로서는 한국의 시장을 공략하기에 어려움이 적지 않으니까. 소박하다고. 그런데 지금 그것을 몽땅 제쳐 두고 다른 세계로 가라고? 말이 되는 소리를 해. 난 자원 봉사 따위에 시간을 허비할 정도로 여유롭지 않단 말이다. 그렇지 않아도 미국과 세계 전체의 경기 불황으로 우리 회사에도 적지 않은 타격과 함께 손해를 입고 있다."

어쩐지 앞은 잘 나가다가 뒤로 말이 가면 갈수록 옆길로 빠진다는 느낌. 오직 자기 자신만을 위하는 말만을 내뱉은 그는 조금 숨을 돌린 후 다시 입을 열었다.

"세계적으로 침체된 경기는 풀릴 생각을 하지 않고, 계속해서 내려가는 미국 금리의 타격에서 일본과 한국 역시 예외는 될 수 없지. EU 내 최대의 경제국이라고도 불리는 독일마저 취약한 성장세를 모면하기 어려운 이 시점에, 선진국이라고 말로만 떠들어대지만 정작 본연의 모습은 그 반열에도 오르지 못하는 한국과 비록 선진국이지만 이제는 떨어지는 용답게 침체되어 가고 발악하는 일본이 무사할 리 만무하지. 이런 상황에서 이 회사의 최고 경영자인 내가 회사를 내버려 두고 고작 세계 평화 따위를 위해서 몸을 놀리고 그 금 같은 시간을 허비해야 하다니."

솔직히 말해서 이 상황에서 전혀 쓸데없는 방향으로 흐르는 말을 샤테이엘은 말릴 수가 없었다. 방금 전까지 이러고 있으면 안 된다고 생각했던 진현 역시 왠지 모를 억울함 때문인지 주먹까지 쥐며 현재의 경제에 대해 나열하고 있었다. 그렇다고 해서 늘 신계의 구석에서 사색을 논하는 샤테이엘이 알 리가 없는데 말이다. 진현은 멀뚱히 자신을 쳐다보는 샤테이엘의 시선에도 아랑곳하지 않고 마지막까지 자신의 말을 끝마쳐야 했다. 그렇지 않으면 스트레스로 과로사해 버릴 것 같았으니까.

"결론은, 왜 내가 돈 한 푼 안 나오는 일 따위를 위해서 아깝다 못해 귀중한 시간을 허비해야 하느냐 이 말이다!"

그렇다. 결론은 그것이었다. 지금 그에게 있어서는 무엇보다 가장 중요한 것은 돈이었고 두 번째로 중요한 것도 돈이었던 것이다. 돈 때문에 억울했던 적도 없는 그는 이상스럽게도 돈에 대한 집착이 강했고 그런 그를 철천지원수이자 단어로만 친구라 칭해지는 중국인 주월은 '돈에 미친 놈'이라고 불러댔다. 샤테이엘은 그런 그의 모습을 보며 소매 사이에 끼운 두 손을 살며시 들어 올리고는 입을 가렸다. 그리고 조심스럽게 고개를 조아리며 말했다.

"전혀 돈이 되지 않는 것은 아니옵니다."

"뭐?"

주먹을 쥐며 자신이 얼마나 돈과 시간을 소중히 하는지에 대해서 역설하고 있던 진현은 그 말에 눈을 내려 샤테이엘을 바라보았다. 그의 시선을 아는지 모르는지 샤테이엘은 여전히 그 자세로 조용조용히 유수처럼 말을 이어갔다.

"그곳으로 가면 많은 보물들과 진기한 물건들이 산을 이룰 터. 여행을 하다 보면 분명 그런 물건들도 손에 들어오게 될 것이옵니다. 그것은 당신의 능력을 보아 틀림이 없는 사실. 제가 감히 말씀드리옵건대 이곳 물욕의 세계보다는 더 더욱 값진 것들을 가지고 돌아올 수 있으실 겁니다."

아무렇지도 않게 말하는 샤테이엘을 보며 진현은 짧게 한숨을 내뱉었다. 그것도 살아 돌아와야 한다는 전제 하에서일 테지. 이렇게 생각하니 다시 기분이 우울해진다. 하지만 보물과 진기한 물건이라는 말에 혹하지 않는 사람은 거의 없을 터였다.

특히 진현, 그와 같이 돈이라면 영혼을 팔아 악마와도 계약할 자가 이 말을 한 귀로 흘린다는 것은 말도 안 되는 것이었다. 물론 그라면 악마와의 계약에서도 자신의 영혼을 무사히 할 수 있는 수완을 가지고 있기에 그럴 수 있는 것이다. 진현은 겨우 마음을 달래며 천천히 샤테이엘에게로 손을 내밀었다. 그제야 고개를 든 샤테이엘은 약간은 의문스러운 눈으로 진현을 올려다보았다. 눈치없다는 식의 표정으로 진현이 말했다.

"그곳으로 가려면 너희에게 허가된 문장이 있어야겠지. 정확한 것은 그곳으로 가면 알게 된다고 했지? 너희의 그 노망난 신이 어디까지 그 수를 쓰는지 지켜봐 주겠어. 여차하며 찾아가서 뒤집어엎는다고 말해. 그리고 한 가지 물어볼 것이 있는데 그곳에 도착하면 곧장 현홍을 만날 수 있는 것인가?"

샤테이엘은 신을 지칭하는 그의 경망스러운 말에 눈가를 찌푸렸지만 딱히 할 말이 없는지라 그냥 진현의 질문에 조용히 답하기로 했다.

"그것은 저도 확답을 드릴 수가 없사옵니다. 하나 그분과 영혼의 끈이 서로 이어져 있는 당신이라면 충분히 빠른 시간 내에 찾아낼 수 있을 것입니다. 그리고 잊지 마십시오, 그곳으로 가시면 가장 먼저 할 일을."

"…별로 도움되는 대답은 아니군. 그 녀석에게 그런 곳에서 살아가는 능력은 없어. 걱정이 되는군. 그리고 네가 말한 그 가장 먼저 해야 할 일이라면 잊지 않고 있으니 걱정 마라."

진현의 말에 샤테이엘은 쿡쿡거리고 웃었다. 그런 그의 모습에 진현이 뭐가 우습냐는 듯한 눈을 하자 샤테이엘은 다시 조용히 고개를 숙였다.

"무례를 부디 용서해 주시옵소서. 하지만 당신의 그 모습이 너무나도 다정해 보여서 말입니다. 그분… 너무 소중히 여기시는 것 같습니다. 온실의 화초? 예, 인간은 그렇게 말하곤 하더이다."

샤테이엘의 정곡을 찌르는 말에 진현은 고개를 살짝 옆으로 돌리고는 곧 헛기침을 해대었다. 정말 이렇게 여유 부리고 있을 시간이 없었다. 짐짓 원래의 냉정한 그로 돌아온 진현을 보며 샤테이엘은 알았다는 듯이 고개를 끄덕였다. 그리고 앞으로 살며시 내밀어진 오른손에 자신의 손을 조심스럽게 포개었다. 살며시 눈을 감았다. 그러자 곧 그의 몸에서는 이루 말할 수 없을 정도의 따스한 빛이 흘러나왔으며 그 빛은 샤테이엘의 팔을 타고 손으로 전해졌다. 진현은 아무렇지도 않은 듯 무심한 표정으로 그 빛을 바라보았다.

어느덧 그의 몸에서 뿜어져 나오던 빛들은 모두 진현의 손으로 전해졌고 그렇게 되는 데에는 그리 오랜 시간이 걸리지 않았다. 깊은 숨을 내쉬며 샤테이엘은 방금 전 그랬던 것처럼 조심스러운 태도로 포개었던 손을 떼었다. 아직까지도 따스한 빛의 기운이 맴돌고 있는 진현의 손바닥에는 맑은 빛이 희미하게 뿜어져 나오는 문양이 새겨져 있었다. 신의 문장. 그것은 현홍의 손에 각인된 문장과는 비교도 되지 않을 정도로 정교하고 복잡했다.

그리고 그 문양은 신비학에 관심이 있는 사람이라면 한번쯤은 보았음직한 문장이었기에 진현의 고개를 갸웃하게 만들었다.

"이것은 세피로트의 나무? 그리고 그 밑의 눈 모양은 뭐지?"

알 수 없는—정확히 말해서 문양의 의미 파악이 모호한—문양에 진현의 물음이 이어졌다. 샤테이엘은 조용히 한 손으로 입을 가리며 답해 주었다.

"이번 일에 그 세피로트의 나무가 큰 역할을 할 것이라는 지고지순한 분의 말씀이 있었습니다. 모든 것이 그 나무에서 파생된… 그렇게만 말씀하셨으며 그 밑의 눈 모양은 지혜의 눈. 그분의 지혜를 나타내는 표식입니다."

"모든 것이 이 세피로트에서……."

그는 마치 그것을 잊지 않겠다는 듯이 입으로 중얼거렸다. 샤테이엘은 걱정스러운 눈으로 진현을 쳐다보았다. 진현은 이제 더 이상은 이곳에 머무를 생각이 없는 것인지, 아니면 용건이 모두 다 끝이 난 것인지 거침없는 태도로 오른손을 들어 올렸다.

그의 손끝에서는 푸르스름한 빛이 잠시 일렁이더니 곧 그의 손길이 가는 대로 복잡한 문양의 거대한 원이 생겨났다. 진현은 잠시 그 모습을 바라보더니 곧 한숨을 짓고는 입을 열었다.

"그분께 가서 전해라. 이 일은 맡은 이상 처리해 주도록 하지. 하지만 만약 현홍이 녀석의 신변에 무슨 일이 생길 시에는 정말 각오하시는 것이 좋을 거라고. 그 예전 당신의 옥좌의 왼쪽에서 그분을 보좌하던 좌 보좌관의 실력을 좌시坐視하지 마시라고."

"…그리 전하지요."

샤테이엘이 그렇게 말하며 고개를 숙이자 진현은 거리낌없는 태도를 일관하며 자신의 의자에 걸려 있던 양복과 함께 그의 필수품이자 애용품인 담배가 든 은색의 담배 케이스와 라이터를 챙겨서는 주머니

속에 쑤서 넣었다. 그리고 한쪽 팔에 양복 윗도리를 걸친 채 잠시 집무실을 둘러본 그는 씁쓸히 웃으며 곧 빛의 원 안쪽으로 모습을 감추었다. 그런 그의 모습을 바라보며 샤테이엘은 한쪽 소매로 입을 가리며 조용히 중얼거렸다.

"어찌 저리도 강맹强猛하실까요. 인간이 되셨음에도 불구하고 그 성품은 변함이 없으신 듯하옵니다. 저런 성품이시니 아직까지 지고지순하신 그분께서 총애하시는 것이 아닐런지… 그리 생각하지 않으십니까? 하요트—위대하신 천상의 짐승이시여."

그리 말하며 고개를 조아리는 샤테이엘의 시선에 곧 붉은 화염의 장막에 싸인 자가 모습을 드러냈다. 새하얀 4장의 날개에서는 조금씩 움직일 때마다 밝은 빛의 가루들이 흩날렸고 오른손에는 무색 투명한 무언가가 들려 있었다. 그리고 그것은 곧 그를 나타내는 붉은색의 거대한 창이라는 것을 샤테이엘은 보지 않고도 짐작했다. 비록 지금은 물욕의 계에 내려와 있어서 그를 빛내는 거대한 불꽃들과 붉은 화염으로 둘러싸인 창은 볼 수 없었지만 그는 존재하는 것만으로도 주위의 공기를 다르게 만들었다.

우윳빛의 얼굴과 그것을 감추는 듯이 덮고 있는 타오르는 듯한 붉은 머리카락은 길게 늘어져 허리까지 드리워져 있었다. 이마에는 그를 상징하는 붉은 인印이 새겨져 있고 몸을 감싸고 있는 천은 붉은색이 가미된 흰 옷. 금색으로 수놓아진 문양이 눈을 어지럽히는 숄은 어깨를 타고 내려 허리를 감싸 동여맺고 다시 길게 흰색의 겉옷 위로 흘러내려져 있었다.

그리 전투적으로 보이지는 않는 옷차림이었으나 그는 분명 신계에서 알아주는 권능을 내비치는 천사 중 하나임에는 분명했고 빈번히는 아니나 종종 일어나는 마족 간의 전투에서 그가 휘두르는 창날에 명을 달리하는 마족은 저 하늘 별의 수만큼이나 된다고 전해진다. 그런 그였지만 분명 평상시에는 차분하고 냉정하기로 유명했다. 하요트라는 명칭으로 불리는 그는 특별히 이름이 없었다. 이름 따위는 어차피 늘 싸움에 젖어 사는 자신에게는 불필요한 것이라 그가 늘 입버릇처럼 말하였고 아무도 그에 대해서 반문하지 못하였다.

전생에 신의 옥좌 왼편에서 그의 권능과 힘을 실천하는 천사였던 진현의 바로 밑의 천사였던 그는 충성심이 뛰어나기로 유명했고 그런 그가 왜 지금 진현에게 모습을 내비치지 않았는가에 대해 샤테이엘은 궁금해했다. 하요트는 언제나 그랬던 것처럼 감흥이 일지 않는다는 듯 조심스럽게 감았던 눈을 떴다. 그의 눈은 자신의 붉은 머리카락과 같은 적색이었다. 탁한 것도 아니고, 그렇다고 천박할 정도의 분홍색도 아닌 인간들이 루비의 색 중 가장 고귀하다고 칭하는 비둘기의 피 색… 바로 그것이었다. 눈 끝이 약간은 위로 치켜져 있어서 차갑게만 보일 수 있는 인상의 그는 조용히 입을 열었다.

"그것 역시 저분의 성품이지. 몇천 년, 몇만 년이 지난다 한들 저 성품이 어디 바뀌겠는가?"

높낮이가 거의 느껴지지 않는다고 해도 과언이 아닐 정도의 음울하게 들리는 목소리. 놀랍도록 차분히 내뱉는 그의 말에 샤테이엘은 고개를 끄덕였다. 그러나 궁금한 것을 못 참는 것은 순수한 빛 속에서 태어난 천사 역시 마찬가지인 것. 샤테이엘은 잠시 주저하다 말했다.

"그런데 어찌하여 저분이 총애하던 분인 당신께서 얼굴을 보이지 않으신 겁니까? 당신과는 참으로 오랜 세월 만이 아니십니까? 어찌……."

"지금 이 자리에서 저분과 만나서는 안 된다, 나는. 저분과는 만나야 할 자리가 따로 정해져 있다."

"예?"

하요트의 알 수 없는 말에 샤테이엘은 반문하며 궁금증을 표했지만 딱딱히 굳어진 하요트의 표정에 입을 다물고 말았다. 더 이상은 물어서는 안 될 것 같은 기분이 들어서였다. 그는 잠시 머뭇거리다가 곧 얘기를 방향을 바꾸어 조용히 말했다.

"지고지순하신 그분께서는 이번 일의 모든 전권을 당신께 위임하셨습니다. 즉, 이번 일의 모든 책임자는 하요트… 위대하신 천상의 짐승이시여, 당신이십니다. 그리고 저는 당신의 보좌로 선택되어졌습니다. 앞으로는 어찌하실 예정이신지?"

샤테이엘의 조용한 말에 하요트는 자신의 길게 찢어진 눈을 내려 샤테이엘을 보았다. 그리고는 언제나처럼 관조하는 시선을 창밖의 회색의 도시로 내던졌다.

"왜 어차피 멸망할 인간들을 구해야 하는지 아는가?"

"예?"

갑작스럽게 들려온 하요트의 말에 샤테이엘은 숙이고 있던 고개를 재빨리 들어 그를 올려다보았다. 그러나 무심히 벽 한 면을 가득 채우는 창밖을 쳐다보는 하요트의 시선은 변함이 없었다. 그는 그렇게 다시 입을 열었다.

"우리 천사들은 인간이 향유하는 망각의 축복을 갖지 못한다. 그렇기에 우리 천사라는 종족은 언제까지나 자신이 저지른 과오의 그늘에서 그 몸을 떨어야 하지. 인간은? 인간에게는 시간이 흐름으로 인해 그것을 잊을 수 있는 무언가가 있다. 참으로 행복한 종족이 아닌가. 자기

멋대로 살고 자기가 좋을 대로 자유를 누린다. 어쩌면 우리들보다 더 행복한 것은 유한한 삶을 살아가며 찰나의 시간을 맛보는 그들이 아닐런지… 이번 일은 그들의 너무나도 과도한 자유 때문에 일어난 일이거늘, 어찌하여 그것을 욕하면서 구할 수 있는지. 모순된 일이어서 그분의 뜻을 알 수가 없네."

"……."

뜻 모를 그의 말을 듣고 샤테이엘은 대답하지 못했다. 대답을 할 말이 생각나지 않음에도 이유가 있고 그렇게 말을 하는 하요트의 표정이 시종일관 딱딱히 굳어 있었기 때문이기도 했다. 샤테이엘은 소매의 끝으로 입가를 조금 가린 뒤에 조용히 말했다.

"제가 무지한 탓에 위대하신 당신의 뜻을 이해하지 못하겠사옵니다. 어찌하여 그런 생각을 하시는지요? 유한한 생명을 사는 인간들과 영겁의 세월 동안 시간을 벗 삼아 살아가는 저희들이 같다 말씀하시는 것입니까? 인간은 자유와 망각이라는 축복을 받는 대신에 목숨의 유한함을 가지게 되었습니다. 어느 하나를 얻으면 다른 하나는 포기해야 하는 법. 또한 인간들의 그 오만 방자함을 잊으셨는지요? 자연과는 위배되게 생활하며 자신이 편할 대로 그것을 추구해 나가는 인간들을 말입니다. 인간들에 대한 심판은 차후에 내려질 것이옵니다. 이번에 그들을 구하는 것은 영원히 구하는 것이 아닙니다. 저희는 그들에게 영원을 약속할 수 없습니다. 그리고 그들 존재 자체가 이 세계에 있어서 위배된다고 생각이 될 때……."

"예전에 그랬던 것처럼 홍수로 밀어버리고 새로운… 맞추어진 인간들을 양성해 내려 하겠지."

"하요트님!"

샤테이엘은 천사로서 꺼낼 수 없는 금기시되어 있는 말을 내뱉는 하요트를 보며 짧게 소리쳤다. 결코 큰 목소리는 아니었으나 강한 부정과 함께 당혹함이 서려 있는 목소리. 샤테이엘은 어느새 두 손을 모아 쥐고 누군가가 들을세라 주위를 두리번거렸다. 그리고 목소리를 낮춘 채로 그렇게 나직이 입을 달싹였다.

"그것은 불가피한 일이었습니다. 새로운 무언가를 만들려면 그전에 있던 것은 불필요한 것. 그럴 때에 어느 정도의 희생은 감수해야 하는 법입니다. 소수의 희생도 없이 다수의 행복을 추구할 수 있을 리 만무합니다. 시간이 없습니다. 이제 가실 차비를 하시지요."

단호한 어조로 말을 한 샤테이엘은 진현이 그랬던 것처럼 손을 뻗어 허공에 궤적을 그렸다. 그러자 아까 같은 빛의 원이 생겨났고 샤테이엘은 하요트에게 고개를 조아린 후 거침없는 태도로 원 안으로 들어가 모습을 감췄다. 그런 모습을 보고 있던 하요트는 정말로 짧게 고개를 가로저은 뒤 그의 뒤를 따라 빛의 원 안으로 발을 들이밀었다. 그런 그가 마지막에 내뱉은 말은 아무도 없는 방 안을 가득 메우기에 충분한 어조의 차가운 말이었다.

"…어미를 잃은 아이가 울부짖고 있음에도 그 위를 물로 덮어버리는 그런 세상? 피 값을 전제로 한 세상치고는 너무 조악하군."

Part 2
『잃어버린 세계』라는 것은?

『잃어버린 세계』라는 것은?

"음… 더 잘래……."

따뜻한 기운이 온몸을 뒤덮는 기분. 따스한 이불을 둘러쓰고 아침잠에서 깨어나기 싫어 투정을 부리는 어린아이처럼 현홍은 눈가를 찌푸리고 투정 어린 목소리로 중얼거렸다. 눈을 뜨기 싫지만 어쩔 수 없이 떠야 하는 그 안타까운 마음마저 그는 느낄 수 있었다. 하지만 지금 현홍이 눈을 뜨기 싫은 이유는 한 가지가 더 있었다. 눈을 떴을 때 그 앞에 펼쳐질 모습을 볼 자신이 없었기 때문이다. 분명 자신을 혼란스럽게 할 것만 같아서였다.

작게 들려오는 새소리와 바스락거리는 나무들 소리가 듣기 좋았다. 이슬을 머금은 풀 냄새. 지극히 평화스러웠고 이 평화를 깨뜨릴 것은 없을 것이라고 생각했다. 아니, 그랬으면 하는 것은 어쩌면 현홍의 바램인지도 몰랐다. 이런 좋은 기분은 자신이 살던 빌라 근처의 아파트에서 몇 번 느껴본 적이 있었다. 너무나도 맑은 날씨에 수많은 나무들의 냄새, 졸린 마음에 눈을 감고 귀를 기울이면 간간이 들려오는 아이들의 작은 웃음소리. 시리도록 파란 하늘에는 흰 구름만이 흘러 다닌다. 그 모습을 회상하는 현홍의 입가에 살며시 미소가 번졌다.

귀에 꽂아둔 MP3 플레이어의 이어폰에서는 더 이상 음악 소리가 들리지 않았다. 어느 틈에 중지 버튼이 눌러져 버린 걸까? 별로 신경 쓰고 싶지 않아……. 이런 생각이 현홍의 머리 속을 지배했다. 이런 평화로운 곳에서 자신이 좋아하는 활발한 애니 음악이 흘러나온다는 것은 넌센스 같았으니까.

이런 분위기에 어울리는 것은 판타지 소설 속에 나오는 음유 시인의 속삭임과도 같은 시와 바람을 울리는 하프 소리 정도일까? 현홍은 키득 하는 작은 웃음소리를 내뱉었다.

언제까지나 눈을 감고 있을 수는 없는 일이다. 잠이라는 것은 끝이 있고 꿈은 꿈이기에 아름답다고 했다. 영원한 것은 곧 지루함과 살아가는 것이 아니라 그저 존재하는 것밖에 되지 않는다. 현실에서 도피해 봤자 벗어날 수는 없으며 회피한다는 것은 곧 자신에게로의 패배를 말하는 것이다. 아주 조심스럽게 눈을 떠보았다. 그리고 그와 동시에 엄청난 속도로 눈을 크게 떠야만 했다.

"말도 안 돼……!"

현홍의 입에서는 저절로 탄성이 질러져 나왔다. 그는 마치 네 발 달린 짐승마냥 풀들이 삐죽이 자란 땅바닥에 손으로 짚고는 정면을 바라보았다. 눈앞에 있는 광경은 그야말로 보는 사람으로 하여금 탄성을 자아내게 하기에 충분했고 현홍 역시 그 뜻을 받들었다. 말 그대로 정신 나간 표정으로 멍하니 정면을 바라보고 있는 것이다. 현홍은 자신도 모르게 슬그머니 일어서 있었다.

 툭 하는 소리와 함께 한쪽 어깨에 대충 맸던 검은색 가방이 땅 위로 떨어졌다. 그러나 그런 쪽에 신경 쓸 겨를 같은 것은 이미 그의 머리 속에 남아 있지 않았다.

 아름다움…… 극치의 미美. 그 이상이나 그 이하의 말로 어찌 칭할 수 있을까? 사실 눈물이 날 정도로 아름다운 광경이라 함은 약간의 과장이 섞인 것이겠지만 회색의 도시에서 빌딩 숲을 보고 자라난 도시 사람인 그로서는 평생 잊지 못할 정도의 그런 대자연이 눈앞에 펼쳐져 있었다. 현홍이 있는 곳은 낮은 언덕 자락이었다. 그 자락을 중심으로 눈앞에 있는 것은 지평선이 보이는 넓디넓은 푸른 초원.

 옅은 물안개에 가려진 푸른 아쿠아마린 빛의 호수는 안개 사이로 따스하게 내비치는 햇살을 받아 아름답게 반짝였다. 가슴 시리도록 푸른이라는 수식어가 너무나도 잘 어울리는 하늘에는 흰 구름들이 드문드문 수를 놓고 있었다. 마치 파란 종이 위에 몇 방울 떨구어둔 하얀 물감들처럼 말이다. 그리고 그 시간과 공간의 제약 속에서 살아 숨 쉬는 존재들. 마치 신화 속에서나 나올 법한 황금색과 붉은색의 깃털로 치장한 작은 새들과 한가로이 호숫가에서 풀을 뜯는 백마들의 무리.

 잡티 하나 없이 온통 흰색인 백마가 은색의 갈기를 흩날리며 고개를 흔들자 갈기에 묻었던 물방울들이 햇살을 받으며 눈부시게 빛났다. 영화의 슬로 모션처럼 저 장면이 어찌도 그리 느릿하게 보일까. 몇 마리는 인기척을 느꼈는지 고개를 들어 그 검은 눈동자로 현홍을 바라보았다. 사슴의 그것보다 더 깨끗하고 투명한 그 눈에 대자연의 위용에 경탄해 마지않는 인간의 모습이 어떻게 비칠지 궁금했다. 자신이 살던 그 어느 곳에서도 볼 수 없었던 그런 환상 같은 아름다움.

자연, 그녀만이 표현할 수 있는 그녀만의 작품.

"하… 하하."

현홍은 한 손으로 이마를 짚으며 억지스레 눈물을 삼켰다. 하지만 손가락 사이로 보이는 그의 눈에서 흘러내리는 눈물은 멈출 생각을 않고 있었다. 정말 감동적인 영화를 보고 나서 흘리는 눈물과 같은 의미의… 무언가 이런 자연 앞에 서니 자신이 너무나도 초라해지는 것 같은 기분과 알 수 없는 뭉클함 때문에 눈물이 나오지 않을 수가 없었다. 그런 그의 눈에 자신의 오른 손바닥의 문양이 들어왔다.

"꿈은 아니구나……."

분명 꿈은 아니었다. 지금 현홍의 눈가에 흐르는 눈물의 따뜻함도 귓가를 스쳐 지나가는 풀 내음 가득한 바람의 속삭임도 모두가 다 꿈은 아니라는 증거였다. 꿈이라면 제발 깨지 않기를… 하고 바랄 정도. 그만큼 지금 그의 눈앞에 있는 장면은 일생에 다시 없을 환희와 충격인 것이다.

그리고 싶었다. 오른손이 움찔거렸다. 그림을 그리는 사람이면서 지금의 이 장면을 종이에 그려놓고 싶지 않은 사람은 아마 없으리라. 그 다음의 행동은 간단했다. 땅에 떨어진 가방을 열었다. 아침에 A4사이즈의 스케치북을 가방에 넣어두었던 기억이 머리를 스쳤기 때문이다. 왠지 지금 당장 그려두지 않으면 사라져 버릴 환상이라도 되는 듯 현홍은 서둘렀다. 스케치북을 꺼내고 4B연필을 손에 쥐었다. 푸른 풀밭에 털썩 소리를 내며 주저앉은 현홍은 무릎을 세워 그 위에 스케치북을 올렸다. 그리고 아무런 주저함도 없이 그의 손에 쥐어진 연필은 새하얀 종이 위에 자신만의 공간을 만들기 시작했다.

스윽, 슥.

흑탄으로 만들어진 연필심이 무심하리만치 빠르게 하얀 대지를 스쳐 지나갔다. 하나, 둘… 수십 번의 손놀림. 눈에 보이지도 않을 만큼 빠르게, 그리고 다시 느리게 자신이 표현하고자 하는 것을 창출해 냈다. 마치 높고 낮게 절묘한 선율로 노래하는 바이올린의 현처럼. 그는 그렇게 새하얀 대지 위에 자신이 본 푸른 호수와 초록빛 초원에게 새로운 생명을 부여했다.

하지만 그는 차라리 솜씨 나쁜 자신의 그림으로 표현하는 것보다는 사진기라는 편리한 물건을 사용하고 싶었다. 평소의 그라면 항상 그림을 위해 사진기를 들고서 집을 나왔을 테지만 오늘따라 아쉽게도 그렇게 하지 못했다. 현홍은 입술을 깨물며 아쉬움을 달래야만 했다.

"그림을 잘 그리시는군요. 화가이십니까?"

"으……!"

'아악!' 이라는 비명 소리가 나오는 것을 현홍은 간신히 두 손을 끌어 모아 입을 막음으로써 제지할 수 있었다. 그러나 입을 겨우 막았지만 두근거리며 뛰고 있는 심장은 어찌 막을까? 그는 속으로 쿵쾅거리며 뛰는 심장의 소리가 귀에는 들리지 않나 의심해 보았지만 다행히도 그것은 그의 마음속에서 울려 퍼지는 소리였다. 등 뒤로 들리는 목소리 하나만으로 사람을 이렇게도 지독히 얼게 만들 수 있을까. 마치 한겨울 얼음 동동 띄운 냉수 세례를 받는 느낌이었다. 심장이 순식간에 정지했다가 다시 세차게 뛰었다.

툭.

두 손으로 입을 막고 있던 탓에 스케치북은 무릎에서 잔뜩 자라난 풀숲 사이로 떨어졌다. 현홍은 그 소리에도 화들짝 놀라며 자신의 옆에 있던 가방을 들어 한 손에 쥐었다. 지금 그에게 있어서 귀중품이라고 할 것들은 모두 가방 안에 있었고 뭐라도 잡지 않으면 놀란 가슴을 진정시킬 방도가 없었기 때문이다.

아름다운 풍경에 빠져 잠시 망각했었다.

이곳은 자신이 살던 세계가 아니다. 얼마나 지났는지는 모르지만 알 수 없던 가게에서 있었던 일들이 마치 영화처럼 현홍의 머리 속에 되살아났다. 자신의 눈앞에 있는 풍경도… 절대로 자신이 살던 한국이라는 나라에서는 볼 수 없는 풍경. 있을 수 없는 일이지만 있을 수도 있는 일. 자신은 이곳에 대해 아무것도 모른다.

무슨 일이 일어날지 어떤 사람들과 마주칠지 모르는 일. 이런 것은 있을 수 없는 일이라고 속으로 외쳤지만 곧 스스로의 생각에 피식 하고 웃어버렸다. 자신이 편리할 대로 이것은 꿈이고 이것은 현실이라고 「단정」지어 버린다.

방금 전까지는 눈앞의 풍경에 도취되어 꿈이라면 제발 깨지 말기를 하던 주제에 지금은 제발 현실이 아니기를? 웃기지도 않는군.

현홍은 자신을 향해 차가운 조소를 한번 날린 후 몸을 일으켰다. 그 행동은 지극히 재빨랐다. 그리고 일어서자마자 뒤로 몇 걸음 날듯이 물러섰다. 몸에 본능적으로 배어 있는 방어 행동이었다.

목소리가 들린 곳은 처음 눈을 떴을 때 몸을 기대고 있던 나무 쪽이다. 무릎을 덮을 정도로 길게 자란 풀숲 사이로 바스락거리는 소리와 함께 커다란 그림자 하나가 모습을 드러냈다.

3~4m는 족히 되어 보일 듯한 나무들의 그늘 때문에 완전한 모습을 알아볼 수는 없었다. 그러나 사람의 목소리로 말을 했으니 사람이겠지. 그런 바보 같은 생각을 하면서 현홍은 이마에서 흘러내리는 식은 땀을 닦아내었다.

생각해 보면 몬스터보다 더 무서운 것이 사람일 것이다. 몬스터는 자신의 식량(?)인 인간을 죽여서 먹기만 한다. 하지만 그 몬스터만도 못한 인간들은 차라리 죽는 것이 나을 정도의 일도 시킨다. 그렇다. 차라리 혀를 깨물고 죽어버렸으면 하는 생각이 나도록 말이다.

현홍은 머리를 좌우로 흔들고는 고개를 들어 자신에게 말을 건넨 인물을 바라보았다. 조심스럽게 허리를 굽혀 현홍이 떨어뜨린 스케치북을 주워 드는 남자.

적당한 키를 가지고 있다. 대략 180 정도는 되어 보였다. 망토 같은 것을 두르고 있어서 몸매까지는 확인이 되지 않았지만 그리 말라 보이지는 않는, 그렇다고 살이 많이 붙은 것도 아닌 적당한 몸매를 가지고 있는 것 같았다.

살랑거리며 부는 바람에 흔들리는 코발트 블루의 머리카락이 햇빛을 받아 아름답게 반짝인다. 마치 사파이어가 내뿜는 그 화려하고도 단아한 푸른 빛깔처럼. 머리카락의 길이는 어깨를 소담히 덮는 정도에서 약간 더 긴… 하지만 앞 머리카락과 옆의 머리카락을 제외한 나머지 뒷부분은 위로 올려 묶어 포니 테일로 늘어뜨려 놓았다. 뒤쪽의 머리카락은 언뜻 보아도 허리까지는 오는 것 같았다.

귀에 걸려진 길다란 세모를 본떠 만든 듯한 보석은 자수정 같은 보라색. 머리카락과 이상한 조화를 이루어냈다. 그리고 적자주 빛 눈동자와도 말이다. 살며시 드는 얼굴은 꽤나 준수해 보이는 외모였다. 정확히 말하자면 아주 잘생긴 얼굴은 아니지만 시원스러워 보이도록 매끄러운 턱 선이나 날카로운 콧날, 그리고 약간은 그 끝이 처져서 자상해 보이는 눈매가 매력적이라고 생각되는 외모였다. 뚫어져라 자신을 바라보는 현홍을 향해 남자는 살풋 미소지어 주었다. 미소가 아름다운 남자? 현홍은 그에 어울릴 적당한 명사를 찾다가 그런 문장을 떠올리고는 숨죽여 웃어야 했다. 마치 광고 문구의 하나 같았으니까. 싫지 않은 느낌이었다. 겉모습을 가지고 그 사람에 대해 알 수는 없지만 확실히 웃는 모습은 부드러워 보였다. 그런데 살짝 눈웃음치는 모습도 그렇고 누군가가 생각나려 하는데 잘 생각이 나지 않았다.

목을 드러내는 검은색 상의와 허리를 두르는 천은 연한 적보라 색. 그 위를 감싸고 있는 망토는 검은색이었다. 상의와 망토의 끝자락에는 하나같이 연한 금색의 실로 문양이 새겨져 있었지만 아주 화려한 느낌은 주지 않았다. 상의의 천이 그대로 내려와 발목까지 덮고 있어서 그리 실용적이지는 못한 옷차림이었다.

그러나 어깨에 둘러메어진 커다란 갈색 가죽의 가방 덕분에 〈아… 여행자로구나〉라는 생각을 억지로나마 하게 만드는 옷차림이기도 했다. 만약 그림으로 그린다면 그리는 사람을 상당히 고생시킬 그런 타입. 현홍은 그의 취미가 취미인지라 모든 것을 만화나 그림으로 연관시키는 버릇을 이 순간에도 버리지 못하고 눈앞에 있는 남자의 모습을 마음속으로나마 스케치하고 있었던 것이다.

또다시 고개를 좌우로 흔들고 있는 현홍을 보면서 남자는 살며시 미소 지으며 말했다.

"그렇게 경계하지 않으셔도 됩니다. 전 그냥 이곳저곳 떠돌아다니는 여행인인걸요. 그것보다 그 자세 좀 어떻게 해주지 않으시겠어요? 잘못하다가는 한 대 맞을 것 같네요."

"에?"

씁쓸히 웃으며 얘기하는 남자의 말에 번득 정신을 차리고 보니 어느새 자신은 도장에서 배운 방어 자세 그대로였다. 이것이 바로 조금이라도 더 강해지기 위해서 도장을 다니며 피나는 노력의 대가로 배운 악습의 결과물. 삐딱하니 옆으로 선 채 다리와 다리 사이의 간격은 정확히 어깨 넓이, 그리고 오른발은 약간 앞으로 하여 적이 오면 그대로 앞차기를 날리는 것이었다. 만약 피한다면 상대는 그 다음에 따라올 왼발의 공중 돌려차기를 감수해야 했다.

정통으로 맞으면 턱뼈가 산산조각이 나서 평생토록 밥은 커녕 죽만 식혀 먹고 살아야 하는 신세가 될 터. 그러나 자신을 방어하기 위해 쓰는 것이니 상대편 걱정할 것이 무엇 있겠는가. 자신에게 적의가 없다면 대충 이런 자세를 보고 거기서 멈춰 서야 적이 아닌 것이다. 바로 앞의 남자처럼.

현홍은 약간 머쓱한 표정을 지었지만 그렇다고 자세를 풀거나 하지는 않았다. 오히려 더욱더 경계하는 눈빛으로 남자를 노려보고 있었고 남자는 양손을 내저으며 말했다.

"아… 저 때문에 놀라셨다면 사과드리겠습니다. 그냥 지나쳐 가려고도 했지만 이런 곳에 사람이 있다는 것이 놀랍기도 하고 혹여 길을 잃으신 분이 아닐까 하여서 이렇게 뒤에서 얘기하는 것은 예의가 아니지만 그리하게 되었습니다. 죄송합니다."

남자는 그렇게 말하며 급히 고개를 숙여 사과했다. 마치 바다의 물결이 찰랑거리는 것 같은 파문을 남기며 머리카락은 그를 따라 움직였다. 그래도 현홍은 약간 불신감이 남아 있는지 자세를 풀지는 않은 채 쥐었던 주먹만을 살며시 편 채 남자를 바라보았다. 거짓말을 할 것 같은 눈은 아니다. 눈만으로 무엇을 알 수 있냐고 말하겠지만 눈은 분명 마음을 보여주는 창. 저렇게 투명하고 맑은 눈으로 거짓말을 할 수 있는 사람은 세상에서 드물다.

하지만 이제는 사람을 쉽사리 믿을 수가 없었다. 진현은 늘 현홍에게 사람을 잘 믿고 배신당할 타입이라고 말을 했고 그에 따라 현홍은 우선 사람을 의심하는 버릇부터 배웠다. 그게 잘된 방법이라고는 그 역시 생각하지 않았다. 하지만 그가 사는 현실에서는 그렇게 하지 않으면 너무나도 많은 것을 잃는 아픔을 감수해야 했다. 현홍이 조심스럽게 입을 열었다.

"믿을 수 있다는 것을 증명할 수 있는 방법은 없는 걸로 아는데요? 당신 같으면 전혀 모르는 곳에서 만난 사람을 얼씨구나 하고 믿겠어요, 아니면 우선은 경계를 하고 보겠어요?"

"경계를 하고 보겠지요."

"그럼 내 행동이 지극히 차분하다는 것을 아시겠군요. 칭찬은 바라지 않겠어요."

"예, 하지만 놀라운걸요."

"과찬의 말씀."

뭔가 말도 안 되는 말을 주고받고 있던 그들은 어느새 경계심이 사라지고 있는 듯했다. 하지만 여전히 현홍은 그 뻣뻣한 자세 그대로였고 남자 역시 어느 정도의 거리를 유지한 채 현홍과의 대화를 나누고 있었다. 아마도 남자는 그저 의심을 사지 않기 위해 그렇게 한 행동이었을 것이다. 그러나 현홍의 발에 한 번만 맞아본 도장의 사범들은 정말로 그 발이 두려워서 다가가지 않았을 것이다. 웬만한 여자의 다리보다 가녀린 그의 다리에서 물먹이지 않은 천연 기왓장 20장 이상을 깨부수는 그런 위력이 있을 것이라고는 현홍을 모르는 사람들은 예상조차 못하는 사실이었지만, 사실은 사실인 것이다.

잠시 동안의 침묵이 흘렀다. 별로 그런 침묵이라는 것을 달가워하는 성격을 두 사람 모두 가지고 있지는 않았지만 처음 보는 사람에게 의심을 살 정도로 마구 말을 하는 타입도 아니었다. 사실 내심 현홍은 자신의 앞에 서 있는 남자를 믿고 싶었다. 그러나 믿은 후에 배신당하는 것은 그 무엇보다도 싫었다. 거기다가 지금 이곳에는 아는 사람이라고는 아무도 없지 않은가?

갑자기 뭔가 알 수 없는 것이 가슴 한구석에서 움찔했다. 그것이 슬픔인지, 아니면 연민인지 현홍은 정확히 알 수는 없었다. 그러나 그것이 지금의 자신을 굉장히 서글프게 만든다는 것은 확실했다. 자각하지 못하고 있었던 사실이 인식되어졌다. 못한 것이 아니다. 인식하고 있었음에도 잊으려고 노력했던 사실이 다시 머리 속에 각인되어졌다. 그 이상한 가게에 들어가지만 않았어도 지금 현홍이 앞의 사람을 상대로 대치하는 일은 없었을 것이다. 불안하지도 않았을 것이다.

운명이다 뭐다 지껄인 그 작자가 미워졌다. 이름과 머리카락 한 올만 있었어도 좋았으련만. 그렇다면 볏짚으로 인형을 만들어 나무에다가 못질하면서 실컷 원망이라도 한바탕 퍼부어주었을 것이다. 그렇게라도 하지 않으면 너무나 억울했다. 왜 내가 이런 곳에 있어야 하지? 왜 내가 불안함에 떨어야 해? 왜… 왜 내가 울어야 하는 거냐고.

방금 전까지 호기 넘치는 목소리로 당당히 말하던 현홍이 갑자기 눈물을 흘리자 남자는 흠칫 놀라며 눈을 동그랗게 떴다. 허둥거리며 입을 뻥긋거리는 것이 무슨 말을 하려는 것 같은데 나오지 않는다는 표정이었다. 한손으로 입을 막고는 좌우를 두리번거렸다. 아마도 자기 때문에 우는 것이라 생각한 듯했다.

이상하게도 수많은 생각이 머리 속을 지나갔다. 자신의 홍차 가게에 있는 홍차들과 찻잔, 다기 세트들이 눈앞에 아른거렸다. 그리고 얼마

전에 주문해 두었던 100% 다즐링도 생각이 났다. 엄청 비싼 것인데 자신이 없으면 반품되어 버릴지도 모른다. 천방지축에다가 구미호 사촌인 여동생도 보고 싶었다. 돌아가신 부모님, 부모님 같은 이모님과 이모부님, 사촌 여동생, 옆집 아주머니… 가 아니라 누님, 중국인 친구이자 진현이와 그토록 원수 사이인 주월, 홀베인과 램브란트 물감 세트, 골든 바바라 붓 세트, 귀여운 자식들인 고양이들, 애지중지 기르던 난초들과 허브들, 그동안 모아두었던 일본 음악 CD와 애니 음악들, 하루라도 하지 않으면 입 안에 가시 돋았던 컴퓨터 등등 별 쓸데없는 것들까지 모두가 다 보고 싶어졌다. 거의 대부분이 사람들과 돈 들여 손수 모은 물건들이었지만 말이다.

사람이 죽을 때가 되면 옛일이 주마등처럼 지나간다고 했나? 하지만 현홍은 현재 죽을 때가 되지도 않았는데 옛일이 생각나는 진귀한 체험을 하였다. 그리고 무엇보다 더 보고 싶은 존재는 항상 옥신각신 티격태격하지만 언제나 옆에 있어주었던 7년 지기 친구인 진현이었다. 사실 항상 싸우던 존재가 옆에 없으면 원래 허전한 법이다.

이런 것은 보통 미운 정이라고들 하지. 그래, 그렇게 미워하고 언제 나처럼 허리를 지그시 밟아줘도 좋으니까 보고 싶어. 이런 생각마저 하자 현홍은 흘러내리는 눈물을 감당할 수가 없었다.

비록 자신이 사회에 약간(?)의 불만을 가지고 있다고는 하지만 이런 황당무계한 모함을 할 정도의 불만은 없다. 지루함? 너무나도 바쁜 일상 속에서 생활에 염증을 내거나 지루함을 느낄 겨를 따위도 존재하지 않았다. 하지만 조금 일상에서 벗어나고픈 생각도 하곤 했다. 하지만 약간이었다고. 그런데 왜 이렇게 되어버린 걸까. 억울한 기분에 목이 메었다.

현홍에게 있어서 혼자라는 것은 크나큰 두려움이었다. 그래서 결국에는 주저앉아 버렸다.

남자는 몇 발자국 앞으로 다가왔지만 쉽사리 말을 건네지는 못했다. 기분을 좋게 만들던 산들바람도 파란 하늘도 이제는 효력이 없어졌다.

어깨 위가 갑자기 무거워졌다. 커다란 짐을 얹은 기분. 현홍은 큰 소리를 내며 울어버렸다. 울고 싶을 때는 울고, 웃고 싶을 때는 웃어라. 세상을 사는 가장 기본적인 조언이었다.

*　　　*　　　*

남자는 멋쩍은 미소를 지으며 자신의 옆에서 훌쩍거리고 있는 사람을 바라보았다. 조심스럽게 다가온 남자가 내민 손수건은 어느새 현홍의 손에 들려져 있었다. 조금 전까지 둘 사이에 흐르고 있던 긴장감이라는 단어는 이미 사라진 지 오래.

그는 턱을 괴고는 먼 하늘을 보며 그렇게 피식 하고 웃어버렸다. 어쩌다가 이렇게 일이 전개가 되었을까?

친구를 만나기 위해서 마법의 도시인 세트레세인에 들른 것은 좋았다. 그러나 그 돌아버린 타칭他稱 대륙 최고의 대마법사 친구는 마법 연구에 몰두하고 있어서 며칠 동안 면회 금지란다. 허탈한 마음에 도시를 떠났는데 그렇게 떠난 지 며칠 되지도 않아서 이런 황당한 일을 당했으니…….

사실 여행 중에 아무도 없는 곳에서 사람을 만나는 것은 그리 어려운 일은 아니다. 하지만 만나기가 무섭게〈조금이라도 접근하면 평생토록 두 발로 걷지 못하게 해주지〉 등의 살기 충만한 눈빛을 빛내는 사람은 이번이 처음이었다. 아무리 삭막한 세상사世上事라지만 여행자와 모험가에게는 그들 나름대로의 법이 있는 법. 산을 등반하는 등산객에게 한마디의 인사를 건네듯 생을 살아가는 인간 역시 그와 다를 바는 없다.

언제나 험준하고 때로는 평탄한 길을 걸어가는 인간들 모두가 산을 타는 등산객과 같지 않을까. 그런 의미에서 모험이나 여행에서 우연히 마주친 사람들에게 최소한 자기소개와 인사 정도는 건네는 것이 예의 아닌 예의로 정해져 있었다. 비록 그렇지 않은 사람들도 종종 있지만 그렇게 하는 인정 많은 사람들이 더 많은 것으로 알고 있었는데…….

씁쓸한 마음에 웃음도 나오지 않았다. 하지만 '무언가 가슴 아픈 사연이 있겠지' 하고 나름대로의 생각을 해보았다. 그건 그렇고…….

남자는 흘끔거리는 눈으로 조심스럽게 현홍을 보았다. 처음에 보았을 때에는 여잔 줄 알았다. 만약 그대로 생각하고 〈레이디〉 등의 말을 했다면 남자는 정말 이 세상 인명부에서 이름을 빼고 저승 호적부에 다시 이름을 적어야 했을 것이다. 하지만 목소리로 들었을 때에는 약간 허스키한 느낌의 미성이어서 충분히 여성이라고 생각했다. 무릎 길이의 반바지 아래로 드러난 다리 역시 가늘었고 매끄러웠다.

'요즘 여자를 너무 못 봤군' 이라는 이상한 생각을 하며 고개를 저었다. 훌쩍거림이 잦아들고 있었다. 한참이나 울어서 보기 좋게 부어버린 눈과 붉어진 눈동자에 남자는 낮게 웃고는 조용히 말을 건넸다.

"이제 좀 진정이 되세요?"

"……."

 현홍은 고개만 주억거리며 끄덕일 뿐 차마 목이 메어서 말은 못하겠다는 눈치였다. 히끅거리는 소리가 우습게도 들렸지만 이상스럽게도 그 까맣고 동그란 눈을 보고 있노라니 마치 비에 젖은 강아지가 생각난다고나 할까. 왠지 모르게 머리를 쓰다듬어 주고픈 느낌이 나게 하는 사람이다. 그 같은 생각을 하며 남자는 낮게 웃었다.

 조금 낯간지러운 생각에 남자는 얼굴을 붉혔다. 그가 얼굴이 붉어지며 고개를 돌리자 현홍은 이상스럽다는 듯이 고개를 갸우뚱거렸다. 그러나 남자는 여전히 현홍의 반대 편으로 고개를 돌린 채 자신의 망토를 들어 입가까지 끌어 올릴 뿐이었다. 현홍은 몇 번 더 고개를 갸웃거리다 정면으로 시선을 던졌다. 눈이 아파서 그런지 제대로 볼 수는 없었지만 하늘은 여전히 가슴 시리도록 파랗고 바람은 시원하게 살랑거렸다. 변한 것은 없다.

 따스하게 내리쬐는 햇살 때문에 졸음이 쏟아졌다. 실컷 울고 난 뒤의 잠은 설탕보다 단 것인데 원래 현홍이 살던 현실 세계는 7월 말의 날씨로 한여름의 절정에 달하는 무더운 날씨였다. 한데 이곳은 딱 봄 정도의 날씨로 쾌적하기 그지없는 온도였다. 모든 것이 평화로웠다.

 우는 동안 생각했다. 울어봤자 변하는 것은 없다고 말이다. 아무리 울어봤자 돌아갈 수 있다거나 한 것은 아니었다. 눈물 흘려봤자 그 눈물로 바꿀 수 있는 것은 없다. 그런 생각을 했음에도 쉽사리 눈물을 멈출 수 없었던 것은 원래 그런 것처럼 억울한 기분에다가 여러 가지 복잡한 기분에 휩싸여서였다. 현홍은 무릎을 모아 세우고 두 손을 깍지 끼어보았다. 그리고 앞으로 시원스럽게 기지개를 폈다.

 쏴아아—

현홍의 레드 와인 빛의 머리카락이 바람에 흩날렸다. 어디에서부터 바람은 불어왔던 것일까. 싱그러운 실록의 냄새를 그 몸 깊숙한 곳까지 묻어둔 바람은 그 자신의 냄새를 사랑하는 자들의 마음속으로 들어간다. 바람을 느낀다는 것. 그것은 굉장히 쉬운 일이다. 다른 사람들이 들으면 의아해할 것이지만 분명 현홍에게는 그랬다.

조용히 눈을 감는다. 그리고 천천히 불어오는 바람을 느끼는 것이다. 바람을 억지로 자신에게 속박하는 것이 아니다. 그저 가만히 몸을 타고 춤추는 바람을 느끼기만 할 뿐. 자신에게 구속하는 것이 아닌 자신을 바람에게 맡겨보는 것이다. 그리고 코끝을 맴도는 초록의 싱그러움마저 바람의 일부로써 사랑하는 것.

"당신은 마치 정령술사 같군요."

"예?"

갑자기 들려온 말에 현홍은 눈을 뜨고 옆으로 고개를 돌렸다. 그의 눈에 비친 것은 다정하게 웃고 있는 남자의 얼굴이었다. 남자는 가만히 현홍을 바라보다가 다시 앞쪽으로 시선을 던지며 입을 열었다. 그의 자세도 현홍과는 별반 다를 바가 없는 자세였다.

"…제가 무지해서 어떻게 말로써 표현할 방법이 없는 것 같습니다만 당신의 그 눈은… 그리고 표정은 정말로 바람을 느끼고 있는 사람의 것 같습니다. 마치 눈앞에 사랑스러운 무언가를 둔 사람이 아니고서야 그런 표정을 지을 수 없을 거라고 생각합니다. 그리고 당신 주변의 바람 역시 당신을 중심으로 하여 흘러가는 것 같은데 제 착각일까요?"

그렇게 중얼거리듯 말한 남자는 손가락을 까닥거리면서 앞으로 내밀었다. 어디서 날아왔는지 모를 민들레 홀씨들이 파란 하늘에 새하얗게 날리고 있었다. 빠르지도 않고 느리지도 않게 경쾌한 춤을 추는 듯했다. 하얀 날개를 단 노란색 작은 꽃의 아이들은 그렇게 바람과 함께 허공을 맴돌았다.

그리고 놀라운 것은 그 너무나도 작고 유약해 보이는 민들레 홀씨 중 몇몇은 남자의 손끝을 따라 바람을 느끼고 있는 것처럼 보였다. 아니면 그 역시 홀씨들과 같이 바람의 흐름을 따라 손을 움직이는 것일까? 남자의 손은 마치 하프를 연주하는 연주가의 그것처럼 얕은 시냇물이 흐르듯이 부드럽게, 절대로 강하지 않을 움직임으로 홀씨들과 춤을 추었다. 하지만 그 손끝을 자세히 보니 정말 굳은살이 박혀 있었고 가느다란 선의 흔적마저도 볼 수 있었다.

현홍은 고개를 갸우뚱거렸다. 예전에 저렇게 손가락 끝의 굳은살과 마치 실을 잡았다가 놓은 듯한 모양을 본 적이 있기 때문이었다. 남자는 잠시 동안 그렇게 손을 가지고 장난질을 치듯 하다 곧 현홍의 시선을 느꼈다. 그리고 그 시선이 자신의 손끝으로 향해 있다는 것도 알아차렸다. 그는 당황한 기색으로 조심스럽게 소맷자락을 끌어당겨 손가락을 덮고는 뒷머리를 긁적거렸다.

"아, 눈썰미가 좋은 분이시군요. 그리 신경 쓰실 필요는 없습니다. 저 말고도 거의 모든 바드Bard들이 이 정도의 굳은살 정도는 가지고 있으니까요. 노력하지 않으면 요즘 세상은 살기 힘들어요. 특히 저희 같은 음유 시인들은."

"……"

역시 저 손끝의 굳은살은 하프나 류트Lute라고 불리는 고대 악기를 다루기 위해 노력한 결과인 것이다. 어디선가 본 듯했던 기억도 바로 자신이 알고 있는 한국 악기 전공의 친구의 손. 그 친구도 저렇게 굳은

살과 빳빳하게 풀을 먹인 현絃에 베인 자국들로 가득했다.

음유 시인. 아무리 이 세계의 사람이 아니라고 해도 그 이름조차 들어보지 못했다면 아마 판타지에 〈판〉 자도 모르는 사람이거나 기억력 꽝인 바보임에 분명하다. 고대의 악기였던 중국의 비파를 닮은 악기인 류트나 하프를 들고 다니며 발이 닿는 곳마다 이야기와 노래를 뿌리고 살아가는 사람들. 그들은 시와 노래, 그리고 무수히 많은 영웅들과 드래곤, 마법사들의 이야기를 노래한다.

세월에 묻혀진 전설 속의 이야기도 천년의 역사를 자랑하는 고도古都의 애환도 모든 것이 그들의 입에서 시작된다 해도 과언이 아닐 정도였다. 그들은 때론 솜씨 좋은 이야기꾼도 되었으며 또 어느 때에는 사람의 마음을 울리는 가인歌人의 역할도 해내었다. 판타지 소설 속에서는 거의 빠질 수 없는 요소라고도 할 수 있을 정도이니 독자들에게 인기 역시 만만치 않게 많았다. 그러나 그들의 현실에서는 분명 그리 환대받는 직업은 아니었다.

음유 시인이라는 직업을 가진 이들은 서민들보다도 더 못한 대접을 받기 일수였고 노예와 마찬가지로 상전에게 굽실거리기도 했다. 홀대받으면서도 웃으며 허리를 굽혀야 하는 것도 수십, 수백 번이리라. 그러면서도 그들은 그 직업을 포기하지 않았던 것이다. 자신들이 없으면 안 되니까.

자신들이 없으면 어찌 머나먼 타지의 이야기가 대륙을 횡단하여 대륙 곳곳에 퍼지겠는가. 자신들이 없으면 어찌 사람들이 노래에 울고 웃고 하겠는가. 멈출 수 없는 것이다, 그들은.

자신들의 핏속에 섞여 들어 있는 노래의 마음을, 이미 자신과 하나가 되어 있는 그 마음이 불러달라고, 얘기해 달라고 바라는 것이다.

숙명宿命.

천대받으면서도 영원히 떠돌아다녀야 하면서도 그것을 관둘 수 없는 것은. 단 한 사람이라도 자신의 시를 듣고 밤을 지새우며 자신의 노래를 듣고 웃어줄 수 있을지도 모른다는 희망 때문에. 그래서 그들은 영원히 자신의 고향에 안주하지 못한 채 마음의 고향을 찾아 하늘을 이불 삼아 땅을 벗 삼아 그렇게 잠들어가는 것이다. 그리고 결국에는 아무도 알 수 없는 곳에서 조용히 그 마지막 숨을 거둔다.

현홍은 서글픈 생각에 고개를 숙였다.

그런 그의 모습을 보며 남자 역시 겸연쩍은 표정으로 쓰게 웃었다.

"어쨌거나 이렇게 객지에서 만나게 된 것도 여행자와 행운의 딜리서스께서 가호加護하는 만남. 통성명부터 하도록 하지요. 방금 전에 말씀드렸던 것처럼 그저 조용한 삶을 노래할 줄 아는 사람입니다. 신에게서 전승되는 고대 언어로 〈성스러운 바람의 노래〉라는 뜻을 가진 니샤드 에아 비 세라프라고 합니다. 니드라고 부르세요."

"저는 황현홍이라고 해요. 그냥 〈현홍〉이라고 부르시는 것이 그쪽의 호흡과 박자에도 좋을 것이고 듣는 저로서도 어색하지 않고 기쁠 거예요."

〈현홍이라고 불러요〉라는 한 문장 남짓한 말을 두 문장으로 나누어도 손색이 없을 정도의 말로 바꾸어 만든 현홍은 생긋 웃어 보였다. 자신을 니드라고 밝힌 남자의 이름을 다 외우기에는 그의 기억력이 그리 좋은 편은 아니었다. 남몰래 이 세계에 있는 동안 그의 길다란 이름을 다 부르는 일이 없기를 바랬다. 니드는 은근한 미소를 입가에 떠올리며 고개를 끄덕였다.

"아… 예, 현홍이라고 부르면 되지요? 그런데 말을 놓으심이 어떠한

지. 저는 말을 높이실 만한 가치가 되지 못합니다."

"예?"

현홍은 갑자기 니드가 침울한 표정으로 그렇게 말하자 목소리를 높여 반문했다. 그러나 니드는 씁쓸하게 웃으며 고개를 들어 하늘을 바라볼 뿐이었다. 잠시 동안 그렇게 현홍은 니드를, 그리고 니드는 하늘을 바라보았다.

현홍이 뻐근한 목 때문에 정면을 바라본 것은 그리 오랜 시간이 걸리지 않은 후였다. 그리고 현홍이 한 손을 들어 뻐근한 목을 주무르고 있을 때 니드가 다시 입을 열었다.

"저는 분명 천민입니다. 물론 사람들에게 천민 취급을 받는 것은 아닙니다. 이 나라의 사람들은 착하고 인정이 많은 그런 사람들이 대부분이지만, 그렇지 않은 사람들도 많지요. 일부의 귀족들에게는… 짐승보다 못한 취급을 받기 일수입니다."

"……."

현홍은 아무런 말도 하지 않았다. 그러나 속으로는 이를 갈아야만 했다. 자신이 사는 세계나 여기나 별반 다를 것은 없다. 썩어 빠진 상류층 때문에 하류층의 사람들이 얼마나 고통받고 업신여겨지는지 현홍은 잘 알고 있었다.

"…그런 천민에게 말을 높이면 안 됩니다. 그러면 현홍은 도시에서 노예 취급받을 수도 있습니다. 음유 시인처럼 낮은 천민에게 말을 높이는 것은 돈을 주고 산 노예 정도밖에 없을 테니까요. 물론 당신의 외모는 노예처럼 보이지 않을 테지만 말이지요. 당신의 그 붉은빛을 내는 머리카락……."

"예?"

"그 붉은 머리카락은 천민이나 서민들에게는 없는 머리카락 색입니다. 묘하게도 귀족들에게만 아주 종종 나타나는 것 같던데. 지금까지 제가 본 붉은 머리카락은 단 한 명밖에 없었습니다. 물론 귀족입니다."

뜨아아… 이 무슨 자다가 남의 다리 긁는 소리? 현홍은 살다살다 자신이 귀족이라는 말은 듣지 못했으니―못 들은 게 당연하지―놀랄 수밖에 없었다. 그리고는 등 뒤로 흐르는 식은땀을 느끼며 더듬거리면서 대답했다.

"아, 아니에요. 귀족이라니? 무슨 당치도 않은 소리를. 이 머리 색깔은… 음, 어떻게 설명드려야 할까… 염색한 거예요."

하지만 니드는 도통 이해하기 힘들다는 표정이 되어버렸다. 짧게 한숨을 내뱉은 현홍은 이마를 손가락으로 긁적거리며 자신의 세계를 설명하기에 이르렀다.

"그러니까! 이 머리 색깔은 정말 제 머리 색이 아니라는 말이죠. 다른 색을 이용하여 머리카락에 색을 입힌 것이라고 생각하시면 편하실 거예요. 그리고 제가 사는 세상에는 이런 사람들이 흔하답니다. 돈도 그리 많이 드는 편도 아니고… 간편하게 집에서도 할 수 있을 정도로."

"아… 아니, 그 말씀은 집에서도 다른 사람들이 머리 색깔을 바꿀 수 있을 정도의 마법을 쓴단 말입니까? 세상에 대체 당신이 사는 나라는!"

"아니, 그게 아니라!"

아이고. 이걸 어떻게 설명을 해야 하나. 머리카락을 쥐어뜯으며 고민을 하던 현홍은 결국 자신이 타 세계에서 온 이방인이라는 사실까지 설명해 주었고, 그로 인해 니드가 머리에 몇 톤가량의 얼음 덩어리가 떨어졌다는 표정을 짓게 만들었다. 입만 벙긋거리며 금붕어 밥 달라는 식의 표정을 짓고 있는 니드를 보며 현홍은 쓴 미소를 머금었다.

 잠시 동안 니드는 그렇게 멍한 표정으로 허공만을 응시했고 현홍은 어서 이 사람이 정신 차리기를 바란다는 식으로 눈앞에 손을 왔다 갔다거리는 행동을 취했다. 멍한 표정을 짓고 있던 니드는 자신의 눈앞에 무언가 사라졌다 나타났다 했지만 그리 괘념치는 않았다. 그러나 현홍의 손바닥에 있는 문장을 본 순간 그의 정신 상태는 상념의 세계에서 원래 자신이 살던 세계로 돌아와 있었다.

 와락!

 무슨 일이든 갑자기 당하면 평소보다 놀라는 것이다. 멍하게 정면을 응시하던 니드가 현홍의 손을 붙잡은 것이다. 현홍은 숨을 들이키다가 사레가 들려 한참을 캑캑거려야만 했다. 니드는 말이 잘 나오지 않는 듯 처음 말을 배우는 어린아이마냥 더듬거리며 말했다.

 "이, 이건! 신의 문장! 아니, 이 문장은 이블 아이Evil Eye?!"

 "이블 아이?"

 현홍은 손이 아파옴을 느꼈지만 니드의 힘이 생각보다 센 탓에 차마 손을 빼지도 못하고 한쪽 눈을 찡그렸다. 곧 니드는 손바닥을 보던 눈을 들어 현홍의 얼굴을 응시했다.

 '…이블 아이! 사안邪眼. 왜 이 사람이? 이 문장은 흔히들 말하는 신의 문장과 유사하다. 오히려 더 성스럽다고도 할 수 있어. 극히 순수한 어둠은 그 끝을 알 수 없을 정도로 평온하니까. 그러나 그 안에 담겨진 고대 언어는 분명 마족을 상징하는 말이다. 〈어둠이 도래해 세상을 물들이리라〉.'

 하지만 믿을 수 없었다. 그의 눈앞에 보이는 사람은 아무것도 모른다는 식의 천진한 얼굴을 하고 있는 사람이다. 저렇게 맑고 투명한 눈으로 어떻게? 말도 안 된다, 이것은. 니드는 그렇게 생각하며 목으로 마른침을 삼켰다. 그런 지극히 간단한 행동이 왜 이다지도 힘들게 느껴지는지. 알 수 없는 오한을 느끼며 니드는 자신이 잡고 있던 손을 살며시 놓았다. 그가 아닌 다른 이었다면 황급히 벌레를 만진 사람처럼 벌써 현홍의 손을 놓았을 것이다. 모르고 있다면 말할 수 없다. 사안이라는 것은 비록 그 정체가 사람들이 생각하는 것처럼 사악한 힘만 있는 것은 아니지만, 본인도 모르게 사안이 생겼다면 스스로를 혐오할지도 모르는 일이니까. 알고 있는 것일까?

자신도 모르게 부들거리고 있는 손을 부여잡아 보았다. 그러나 쉽사리 떨림은 멈추지 않았다. 마족은 아니다. 그럴 만한 사악함은 느껴지지 않는다. 하지만 이 문장이 있다면 분명 마족에게 선택받은 자라는 표시이다.

그리고 저 문양은 예전에 다카의 책에서 언뜻 본 적이 있었다. 저런 류의 문양이 나타나는 사람은 분명······.

현홍은 니드가 무엇인가 아는 것처럼 보였으나 아무런 말도 하지 않자 미심쩍다는 표정으로 물었다.

"뭐예요? 아시는 거죠? 이 문양이 무슨 뜻이죠?"

그러나 니드는 쉽사리 답을 하지 못했다. 예전부터 전해 내려오던 이야기가 있었다. 비록 그 이야기를 알고 있는 사람은 지극히 소수이며 그 이야기를 알고 있더라도 함부로 입 밖으로 내면 안 된다는 것이 정해진 규율이나 마찬가지인 이야기. 현홍은 니드가 얘기도 해주지 않고 심각한 얼굴로 자신의 눈을 피하고 있다는 것을 알고 있었으나 더 이상은 함부로 물어볼 수가 없었다. 그만큼 니드의 표정이 굳어 있었기 때문이다.

클레인 왕국의 대마법사이자 위저드Wizard라는 칭호를 가진 유일한 사람… 다카 다이너스티. 니드는 오래전에 다카의 서재에서 본 책을 떠올렸다. 대현자 예레미야의 예언서 테펜 체 에—디브 비 세크(생명과 영혼의 서). 다카만이 해석할 수 있고 그만이 진정한 주인으로 인정되었다고 한 자아自我가 있는 신비한 예언서. 자신도 모르게 보게 되었지만 많은 것을 해석할 수는 없었다. 단지 다카가 해석을 해둔 문장만을 읽어보았을 뿐.

그 생각이 이제야 났다. 방금 전 현홍이 자신이 다른 세계의 사람이라고 했을 때에는 어렴풋하다가 문양을 본 이후에 확실하게.

니드는 천천히… 하지만 마치 딱딱히 굳어서 벌어지지 않는 입을 억지로 벌린다는 느낌이 물씬 나도록 그렇게 입을 열었다.

"아주 오래전 이 세계의 이전에 또 다른 세상이 있었습니다. 그 세계는 너무나도 크게 번영했고 사람들도 흘러넘치는 물질 속에서 그렇게 방탕하게 살았다고 합니다. 모자랄 게 없었지요. 그러나 분명 모두가 다 행복한 것은 아닐 겁니다. 이 세계처럼. 그 세계는 비록 귀족과 노예로 나눠지지는 않았지만 돈이라는 물질에 의해서 귀족과 그리고 노예보다도 더 못한 인생을 사는 사람들로 나누어져 있었다고 합니다. 돈이 많은 상류층의 사람들은 그것으로 법이라는 것을 지배했고, 살인 아닌 살인을 저질러 가며 그렇게 마구잡이로 살았지요. 물론 돈이 없는 하류층의 사람들은 하루하루를 먹기 위해서 살았다 해도 과언이 아닐 정도라 했습니다. 그리고 그들은 지금의 인간들처럼 자연을 벗 삼아 사는 법을 잊고 선조의 지혜도 잊은 채 기계와 과학이라는 이름의 문명을 이용하여 자연을 파괴하고 동식물들을 죽여갔습니다. 신은 분노했습니다. 자신의 분수를 모르고 살아가는 인간들에 대해 벌을 내리기로 했던 것이죠. 결국에 그들은 신들의 힘과 그리고 자신들의 힘으로……."

니드는 차마 뒷말을 할 수 없었다. 자신의 생각이 맞다면 현홍은 분명 그 세계의 사람일 것이다. 그런데 자신이 살던 세계의 비극을 직접 타인으로 인해 그 두 귀로 듣는다면 자신이 살던 세계가…….

니드는 다시 억지스레 침을 삼켰다. 그의 고개는 어느새 푹 숙여져 있었다.

"…결국에는 스스로 파멸한 것입니다. 그… 세계는……."

"……."

어떠한 말이 들려올 것이라 생각했다. 비통함에 젖은 울음이라던가 목 놓아 부르짖는 고함 등등. 그러나 정작 들려온 것은 한심스러울 정도로 차분한 음색이었다.

"아, 그렇군요?"

니드는 고개를 들었다. 그의 눈에 들어온 현홍은 차분하게 자신을 바라보고 있을 뿐 그 이상도 그 이하도 아니었다. 현홍은 무릎을 모으고 앉아서 양손을 가지런히 모아 그 무릎 위에 다소곳이 올리고는 조용히 니드의 얘기를 듣고 있었던 것이다. 이해할 수 없다는 눈으로 현홍을 보던 니드는 조용히 다시 말했다.

"노, 놀라지 않으시는 겁니까? 당신이 사는 세계가 멸망했다는 얘기를 듣고서도 전혀? 어, 어째서……."

"놀라워요."

"…당신의 표정을 보고 있노라면 그런 생각은 전혀 읽을 수가 없는데 말입니다."

고개를 푹 숙이고 깊게 숨을 뱉는 니드를 보며 현홍은 머리를 긁적거렸다. 그러나 정작 본인은 조금 놀라운 것뿐이었다. 그것도 세계가 멸망했다는 말을 들어서가 아닌 이 세계가 자신이 살던 세계의 미래라는 말을 듣고 말이다. 이상하게 마음이 차분했다. 멸망했다. 그래, 멸망해 버렸어. 그 빌어먹을 세상이. 그는 낮게 웃어버렸다. 영원한 것은 없다. 예전에 공룡이 멸망했듯이 인간도 언젠가는 멸망하는 것이다. 그리고 이 세계처럼 아름다워만 보이는 세계가 미래라면 불만을 할 수도 없는걸. 여전히 니드는 이상한 사람을 본다는 식의 표정. 현홍은 조용히 자신의 심정을 토로했다.

"물론이죠. 저도 놀라워요. 이런 세계가 미래라… 멋진걸요. 그런 표정으로 쳐다보지 말아요. 저도 슬퍼요. 하지만, 하지만 분명히 제가 사는 세계는 아직까지 희망은 있어요. 좋은 사람들이 너무너무 많은걸요. 착한 사람들도 많아요. 모피 가죽을 얻으려고 멸종 동물에 총을 쏘아대는 사람도 있지만 그래도 세상에는 그런 사람들보다 멸종 동물을 보호하려는 사람들이 더 많고 프레온 스프레이를 써대며 오존층을 오염시키는 사람들도 많지만 그보다 프레온 가스를 쓰지 말라고 항의하는 사람들이 더 많아요. 분명해요. 제가 사는 세계는 멸망하지 않아요. 좋아질 거예요. 그렇길 바래요. 그러니까 웃을 수 있는 거예요. 멸망하지 않을 것을 아니까."

그렇게 말을 하는 현홍의 표정은 마치 차분히도 가라앉은 바람을 보는 듯했다. 정말 그들 주위를 맴돌던 약간 거세게 불던 바람도 차츰 잔잔해졌다. 현홍은 그윽하게 눈을 감았다. 바람에 흘러가는 꽃잎처럼 그는 그렇게 살랑거리는 느낌을 담아 말을 이었다.

"과학이라는 이름 하에 많은 것이 파괴되어 갔지만 아직 사람의 마음이라는 존재는 파괴하지 못했어요. 사람들 사이의 사랑하는 감정을… 소중히 여기는 마음을……. 자연과 사람이 영원히 아름답기만을 바라는 마음은 아직도 변함이 없어요. 희망이라는 단어를 아세요?"

"예? 예… 아, 예?"

니드는 갑자기 현홍이 생긋 웃으며 질문을 하자 긍정적인 반응을 표해야 한다고 생각했다. 그래서 그렇게 대답은 〈예〉라고 했지만 그 대답의 끝은 아주 미묘하게 되어버렸다. 현홍은 그런 그를 보면서 다시 나직이 말했다.

"희망이라는 단어가 있는 한 절대로 끝은 없어요. 시작이라는 단어만이 있을 뿐이죠. 끝은 곧 시작이에요. 영원히 반복되는 무한성無限性. 인간은 그런 것을 가지고 태어난 존재에요. 그러니까 제가 사는 세계는 멸망해도 멸망하지 않는 거에요. 영원히 살아 숨 쉬는 인간의 마음이라는 창고에 그 모습이 영원토록 보관될 테니까요. 정말로 제 세계는 멸망하지 않을 거에요. 한 나라가 멸망을 해도 그 나라의 이름이나 그 나라가 가지고 있던 모든 것이 사라지는 것은 아니잖아요?"

무슨 희망이 있을까? 정해진 미래를 바꿔보려고? 니드는 숨이 탁 막히는 느낌이 들어서 참을 수가 없었다. 이런 사람이 어떻게 마족의 문장을 가지고 있단 말인가. 이토록 숨 막히도록 순수한 사람이, 두 손 모아 희망이라는 것을 말하는 사람이 마족의 선택을 받은 사람? 니드는 자신에게로의 환멸을 느꼈다. 사람의 마음보다 그 사람이 가진 무언가에서 그것을 판단해 버렸다. 그런 그의 생각을 아는지 모르는지 현홍은 여전히 싱글거리는 얼굴로 니드의 어깨를 툭툭 건드렸다.

"그리고요. 제가 살던 세계에는 지구가 멸망해도 살아남을 인간들이 많거든요. 왜 있잖아요. 지구가 멸망해도 살아남을 바퀴벌레와 동급 취급되는 사람들. 그 사람들은 아마 지구가 멸망한다는 예언이 나오면 지구 깊숙이라도 땅굴 파고 들어갈걸요? 그리고 제가 아주 잘 아는 사람 중 한 명도 그런 사람이 있어요. 친구인데요, 사람이 아니거든요."

"예?"

니드는 어이없는 물음을 던졌다. 사람의 친구가 사람이 아니면 천사나 악마라도 된다는 건가? 팔짱을 낀 채 무언가 장엄한 듯한 얘기를 하는 현홍은 미간을 찡그리고는 말을 이어갔다.

"그 인간 아닌 인간은 아마 지구가 멸망해도 혼자서 잘 살아남을 거예요. 아! 자신이 살아가는 데에 필요하다고 생각되는 인간들은 몇몇 살려놓을지도 모르지만 그 녀석은 무인도에 떨어뜨려 놔도 혼자서 자급자족하며 잘 살아갈 인간이거든요. 그 녀석이랑 알게 된 지 7년이 지나도록 같이 살고 있는데 말이죠. 제가 배운 것이라고는 청소 업체의 직원들도 울고 갈 정도의 청소 실력과 일급 호텔의 주방장도 모자를 벗을 정도의 요리 솜씨, 세탁소 아저씨도 간판 내릴 정도의 손빨래 솜씨뿐이라구요."

니드는 현홍이 말하고자 하는 의도를 잘 몰랐지만 그래도 듣는 청취자로서의 예의를 살려 고개를 끄덕여 주었다. 현홍은 오른손의 검지손가락을 까닥거리며 한쪽 눈을 찡긋거리며 감았다 떴다.

"…그렇지만 분명히 좋은 녀석이죠. 여성에게도 잘해주고 알게 모르게 다정한 구석이 있는 녀석이에요. 니드도 혹시나 만나면 좋아지게 될 거예요. 돈을 밝히고 성격이 안 좋다는 게 흠이지만."

"하하, 그렇군요."

활짝 웃었다. 분명히 현홍이 살던 세계는 멸망한다. 그러나 그것은 언제인지 알 수 없는 일이다. 내일 멸망을 할지, 아니면 수천 년이 지나서 멸망할지 그 날짜는 정해져 있지 않은 것이다. 영원을 바랄 수는 없다. 하지만 내일에 내일의 해가 뜬다면 그것으로 되는 것이다. 찰나의 시간을 살아가는 인간들은 그 마음속에 영원성을 가지고 있으니까.

불멸의 존재. 그것은 어쩌면 시간적으로 영원을 살아가는 신족이나 마족, 드래곤들이 아닌 인간일지도 모른다.

두 사람은 그렇게 서로를 바라보며 한동안 미소 지어주었다. 하지만 현홍에게 있어서 지금 그런 문제는 그리 중요한 것이 아니니까. 어서 빨리 자신이 사는 세계로 돌아가야 한다. 그런 생각만이 그의 머리 속에 맴돌았다. 현홍은 손가락을 입가에 대고는 조용히 물었다.

"그런데 저기… 혹시나 그쪽 세계로 돌아가려면 어떻게 해야 하는지 아세요? 저, 빨리 돌아가서 빨래하고 밥하고 청소하고… 그리고 제 가게 일도 쌓였고 학원의 학생들도 기다릴 거예요."

그렇게 물어봤자 니드가 알고 있을 리 만무했다. 그러나 현홍이 이렇게 말을 한 것은 나름대로의 이유가 존재했다. 니드는 음유 시인이다. 어디든지 갈 수 있는 바람과 같은 사람들. 떠돌아다니면서 여러 가지 얘기를 들었을 것이다. 현홍의 물음에 니드는 턱을 괴고는 곰곰이 생각하는 표정이 되었다. 그리고는 뭔가가 생각났다는 듯이 고개를 끄덕이고는 자신의 가죽 가방을 뒤적이기 시작했다.

이리저리 긁힌 자국은 많았지만 그래도 쓸 만해 보이는 가방이었다. 확실히 여행하는 사람이 들고 다니기에는 실용성이 많아 보이는 듯했다. 딸각하는 소리와 함께 열린 가방 속을 뒤적거리던 니드는 상당한 두께의 책 한 권을 꺼내어 들었다. 아마도 두께로 치자면 대백과사전 뺨칠 듯. 크기는 그리 크지 않았다. 붉은색의 가죽으로 된 조금 오래되어 보이는 책. 하지만 그리 귀해 보이지는 않아 보였다.

표지에는 이상한 문양들과 글자들이 적혀 있었는데 책의 표지에 씌어져 있는 그림—솔직히 말해서 한글과는 전혀 다른 것이었으니까—은 처음 보는 생소한 것이었지만 왠지 모르게 뜻을 알 수 있었다. 역시 언어적인 부분에서 특권이 주어지는 것일까. 나름대로 그렇게 결론을 맺은 현홍은 네 발로 기어가는 장기를 보여주며 조심스럽게 니드의 옆으로 바싹 다가갔다. 니드는 그런 현홍의 모습을 보며 피식 웃었다. 그리고 천천히 책 위에 손을 얹었다.

"이 책은… 음, 아주 오래전부터 전해 내려온 책의 사본寫本 격 되는 책입니다. 원본은 우리 나라에서 가장 높은 고위 사제들이 머무는 신궁神宮이라는 곳에 보관되어 있으며 책 전체는 고대 언어로만 되어 있지요. 그래서 해석을 할 수 있는 사람도 극히 드뭅니다. 기껏해야 고위 사제님들 정도이겠지요. 신족이나 마족은 말할 것도 없고 지식이 높은 드래곤도 읽을 수 있습니다. 고대 언어는 지금 민간인들에게는 아주 극히 세밀한 몇 개만 전해지고 있을 뿐, 문장이라던가 그것이 뜻하는 바를 다 알 수는 없습니다. 그것은 고위 사제님들도 마찬가지이고요."

"그렇다면 니드, 당신은 읽을 수 있나요?"

니드는 살며시 고개를 가로저었다.

"아뇨. 제가 해석할 수 있는 것 역시 극히 미미한 부분뿐입니다. 겨우 단어와 맥락 정도겠지요. 제 이름도 고대 언어이지요. 신이 창조한 언어. 그 자체에 용언龍言과 같은 힘을 행사할 수 있습니다. 음… 룬Rune에 대해서 아시는지요?"

현홍은 잠시 생각하는 듯하다가 곧 고개를 끄덕이며 긍정의 의미를 표했다. 그리고는 조심스럽게 말했다.

"글쎄요. 제가 마법 같은 것을 쓰지는 않아서 모르지만, 제가 사는 세계에도 어느 정도 신비학神秘學이나 오컬트Occult를 공부하는 사람이 많아요. 그래서 룬 어에 대해서도 전문가만큼은 아니지만 어느 정도 알고 있어요. 고대 문자죠? 맞는지는 모르겠지만 보통 아주 오래전에 사라진 고대 북유럽이라는 나라에서 사용되었던 신비적인 언어라는 정도는 알아요. 보통 제가 사는 곳의 판타지 소설에서는 마법을 쓸 때 주로 사용이 된다고 되어 있어요."

"예, 그렇습니다. 이 고대 언어도 룬과는 시대 자체가 비교도 될 수 없을 만큼 오래된 것이지만 대충 의미는 비슷하다고 할 수 있습니다. 룬 어가 마법사들을 위해서 만들어진 언어라 한다면 고대 언어. 이것은 신들을 위해서 만들어진 것입니다. 그래서 상당히 강한 힘을 발휘하지요. 예를 들자면 고대 언어로 된 예언은 거의 100% 맞거나 고대 언어로 맹세를 하는 것은 100% 지켜져야 한다고 생각하시면 됩니다."

음, 그렇구나. 사실 그리 어려운 내용도 아니고 왠지 흥미가 가는 내용인지라 현홍은 귀를 쫑긋이 세운 채 니드의 말에 몰두했다. 니드는 마치 좋은 학생이 옆에 있는 것처럼 여전히 미소를 띤 채 조심스럽게 책장을 넘겼다.

그의 동작은 세밀했고 마치 귀한 보물을 다루는 것 같았다. 펄럭거리는 소리와 함께 책이 한 장 두 장 넘어갔다. 역시 오래되어 보이는 책답게 속의 종이도 누렇게 변해 있었다. 종이의 썩는 냄새가 참 묘하게 느껴졌다.

그렇게 책장을 넘기던 니드의 손이 어느 순간 멈추어 있었다. 현홍은 천천히 고개를 내밀어 니드가 멈춘 책장을 바라보았다. 역시 언어에 대해서는 알 수 있는 것일까. 니드가 말했듯이 고대 언어를 알고 있는 사람은 극히 드물다고 하지만 자신이 보기에는 그냥 그림이었다. 뜻도 알 수 있는… 마치 작은 동그라미와 세모, 네모 등을 이용하여 그려놓은 상형 문자 같았다. 현홍은 슬그머니 니드의 눈치를 봤다. 왠지 이거 뜻을 알고 읽을 수도 있다는 말을 하면 무지하게 놀랄 것 같은데…….

"저, 저기… 니드?"

"예?"

생긋 웃으며 고개를 돌리는 니드를 보니 왠지 이상하리만치 죄책감이 든다. 속으로 끼이잉 하는 강아지 신음 소리 비슷한 것을 내며 현홍은 잔뜩 움추린 듯이 입을 열었다.

"저기… 이 단어들 뜻을 알 것 같은데 말이죠."

"……."

니드는 아무런 말이 없었다. 마치 그대로 세월이 흘러 화석이라도 되어버린 것처럼 굳어버린 것이다. 현홍은 그럴 줄 알았다는 식으로 조심스럽게 아주 보이지 않을 정도로 니드에게서 멀어지려 애썼지만 몸은 그의 생각을 따라주지 않았다. 슬금슬금거리며 현홍이 몸을 움직인 지 5분 가량이 지났을까? 몇 미터가량 니드와 떨어졌을 무렵 현홍은 이제는 됐다는 식으로 아예 등을 돌려 버렸다. 하지만 그것도 잠시.

고요했다. 바람이 멎어버린 느낌. 현홍은 등 뒤로 왠지 모를 한기가 흐르는 것을 느끼고는 아주 천천히, 그러나 절대로 부드럽다고는 말하지 못할 정도로 뻣뻣하게 고개를 돌렸다. 그의 몸은 이미 일어선 채 순간의 공포에도 굴하지 않고 달아날 자세를 구축하고 있었다.

"…니."

"말해 주세요! 현홍!"

"우와앗!"

쿠당! 아이고… 코야~!

현홍은 어떠한 존재가 자신의 두 다리를 붙잡고 있음을 느꼈고 그것은 당연하게도 니드였다. 니드는 발갛게 상기된 얼굴을 하고는 현홍의 두 다리를 두 손으로 움켜쥠으로 하여 자신의 목적을 성취시켰다. 그의 목적은 다름이 아닌 고대 언어의 해석. 그것도 아주 완벽하게 해석을 할 줄 아는 사람을 붙잡았으니 첫 번째 단계는 통과였고 다음은 현홍이 자진하여 그것을 말해 주기를 바랄 따름이었다. 하지만 그게 말이나 쉽지 어디 행동으로 실천하기 쉬운 일이겠는가?

현홍이 보다시피 그 책의 두께는 자신이 살던 현실의 대백과사전만 했고 아마 저기에 적힌 모든 문장을 다 해석하려면 석 달 열흘이 지나도 모자랄 것이다. 현홍은 물에 빠진 사람처럼 두 손으로 허공을 헤엄치듯이 마구 흔들면서 고래고래 소리쳤다.

"말이 되는 소리를 해요, 니드! 내가 무슨 전자동 외국어 해석기 같은 기계인 줄 알아요! 기계도 그것을 다 해석하려면 시간이 걸릴 거라고요! 평생 여기서 해석만 하고 살아요?! 이익, 이것 좀 놓고 얘기하자구요!"

"말씀해 주신다는 확답을 들으면 놓아드릴게요! 제발 말씀해 주세요! 저는 저 책을 해석하려고 몇 년이나 되는 세월을 보냈습니다. 알고 싶은 게 많다구요! 제발 부탁드려요! 그리고 저 책을 다 해석하면 어쩌면 당신의 세계로 돌아갈 방법을 찾을지도 몰라요!"

"당신의 그 언어에 대한 학구열과 호기심은 칭송해 드릴게요! 하지만 난 언어학이나 국문학에는 관심없어요! 그리고 저것을 다 해석해야만 돌아갈 수 있다면 차라리 난 이대로 이곳에 뼈를 묻겠어요!"

비록 현홍이 이 세계에서는 니드에게 얹혀살아야 하는 신세라고는 해도 분명 싫은 것은 싫은 거다. 학창 시절, 분명 날라리는 아니었지만 그리 성실하다고는 할 수 없는 수업 형태를 지닌 것이 바로 현홍. 그리고 좋아하는 과목도 천차만별이어서 예체능 계열은 거의 우수수였던 그이지만 반면 수학이나 과학, 언어 계열은 미 이하로 나오기 일쑤였다.

볼을 잔뜩 부풀리고는 있는 대로 다리를 흔들어보았지만, 역시 공부를 안 하려 하는 사람의 마음보다는 하려는 사람이 더 강한 법! 무언가를 알아내고자 하는 학구열은 과연 인간의 상상을 불허했다. 니드는 정말 말해 주기 전에는 죽어도 놓지 않겠다는 식으로 악착같이 현홍의 다리를 잡고 있었던 것이다. 헥헥거리며 숨을 몰아쉰 현홍은 뒤로 고개를 돌리며 악에 받친 듯이 소리쳤다.

"지금 이러고 있을 때가 아니잖아요, 니드! 이렇게 시간을 허비하다가 밤이 되면 어떻게 하냐구요! 에엥, 이것 좀 놔요!"

도망치고 싶은 마음이야 한량이 없었지만 그렇다고 발로 걸어차 버리기에는 또 불쌍했다. 손을 들어 수도로 목 뒤를 쳐서 기절을 시켜야겠다는 생각도 했지만, 발목을 잡고 있는지라 손이 닿질 않는다. 어쩔 수 없이 현홍은 니드에게 해석을 해주어야겠다는 생각을 하며 속으로 눈물을 삼켰다. 공부는 싫어!

"니드! 알았어요. 해석해……."

그러나 현홍은 자신이 하려던 말을 다 할 수조차 없었다.

퍼억!

마치 잘 익은 수박을 한 손으로 쳐서 깨뜨리는 것과 같은 마찰음과 함께 현홍의 발을 감싸던 힘이 사라져 버렸다. 현홍은 이 알 수 없는 상황에 눈을 크게 떠야만 했고 잠시 후 그의 눈을 가리는 역광에 눈살을 찌푸렸다. 니드는 물먹은 솜처럼 축 처져서 움직이지 않았다. 그리고 그의 뒤에는 상당히 키가 큰 누군가가 서 있었다. 그의 발은 지나가는 벌레를 밟는 것마냥 아무런 감흥 없이 니드의 목 뒤에 얹어져 있었다. 숨골을 정확하게 한 번에 가격당한 니드는 그렇게 기절해 버렸던 것이다.

아직까지 눈을 찌르는 햇빛에 익숙해져 있지 않아서 자신의 목숨(?)을 구해준 생명의 은인의 모습은 눈에 들어오지 않았다. 그러나 그의 귀에는 어디선가 많이 들어본 목소리가 들려왔다. 그 목소리의 주인공은 너무나도 잘 알아서 뼛속 깊이 한이 맺히게 한 장본인.

"잘한다. 고작 이런 곳에 와서 이런 인간이랑 놀고 앉아 있어? 태평함을 넘어서서 한심함에다가 멍청함까지 두루 겸비하는 극치를 이루는군. 바닥에서 헤엄치냐? 어서 일어나."

이렇듯 사람의 성격을 팍팍 긁다 못해 아주 갈갈이 찢어놓고 믹서기에 갈아서 단숨에 마셔 버릴 듯한 말을 내뱉는 인간은 자신이 알기에 단 한 사람밖에 없다.

"김진현?!"

이보다는 더 악에 받친 목소리는 있을 수 없다라는 것을 세상에 알리고 싶다는 식의 목소리였다. 현홍은 몸을 벌떡 일으키며 고개를 들었다. 역시 그의 두 눈에는 예상이 전혀 빗나가지 않고 자신의 가장 오랜 친구이자 원수인 인물이 존재했다.

하지만 그와 동시에 방금 전까지 보고 싶다고 생각했던 마음은 저 하늘의 별이 되어 사라져 버렸고 왠지 모르게 울컥하는 감정이 생겨날 수밖에 없었다. 진현은 언제나 그랬던 것처럼 담배 한 개비를 입에 물고는 한 손을 허리에 얹은 채 마치 말 안 듣는 애완 동물을 보는 시선으로 현홍을 바라보았다.

장에 파는 물건을 검열한다는 식의 눈으로 현홍을 머리끝에서부터 발끝까지 훑어본 진현은 속으로 안도의 숨을 삼켰다. 그리고 허리에 얹은 팔에 걸쳐 둔 양복을 다른 손으로 잡고 또 왼손으로는 담배를 받아든 진현은 쌀쌀맞게 입을 열었다.
　　"언제까지 그러고 있을 거냐? 빨리 안 따라오면 놔두고 가버린다."
　　그렇게 말한 진현은 그대로 뒤로 돌아 언덕길을 내려가 버렸다. 뒤에 남겨진 현홍은 주먹으로 애꿎은 땅을 쥐어박으며 신에게 저주를 쏘아붙였다. 눈에 보이지 않을 때에 보고 싶다고 한 것은 진심이었지만 이렇게 나타날지는 몰랐다. 운명의 장난인지 바램은 현실이 되었다.

*　　　*　　　*

　　"후우."
　　현홍은 낮은 한숨을 쉬었다. 지금 그의 손에는 자신이 위에 걸쳤던 남방이 들려져 있었고 당연하게도 진현을 따라온 호숫가의 근처에서 열심히 빨래를 하는 중이었다. 호수의 물은 차갑다기보다 시원했고 신발과 양말을 벗고 들어간 현홍은 그 시원함에 몸을 부르르 떨었다.
　　기분이 좋았다. 방금 전까지 치밀어 오르던 짜증은 사라져 버렸고 발을 간지럽게 하는 부드러운 모래의 느낌에 탄성을 올렸다. '해운대 백사장의 모래도 이보다는 부드럽지 않을 거야'. 이런 생각을 하며 현홍은 이제 빨래보다는 물장구를 치며 노는 데에 더 신경을 쓰고 있었다. 언덕 위에서 보았던 안개는 이제는 다 사라지고 존재하지 않았다. 그러나 그 때문에 따스하게 내리쬐는 햇빛은 호수의 물을 더 아름답게 비치고 있었다.

희미하게 새어 나오는 웃음을 어찌할 수 없었다. 그냥 수영을 할까 생각했지만 그랬다가는 나중에 감기에 걸릴 수도 있으니까. 그는 아쉬운 마음을 달래며 물속에 얼굴을 집어넣었다. 숨이 조금 막히기는 했지만 애써 가다듬으며 현홍은 천천히 눈을 떴다. 물속이라서 말은 나오지 않았지만 속으로 탄성을 질렀다. 물속은 물 밖에서도 보는 것보다 더 아름다웠다.

작은 물고기들은 사람이 있는데도 도망갈 생각을 하지 않았다. 오히려 그의 손가락 사이로 이리저리 빠져나가며 사람을 친숙하게 여기는 것이다. 현홍은 이렇게 많은 양의 민물고기를, 그것도 자신의 손에 닿는 감촉을 느끼며 본 적이 없었기에 너무나도 신기했다. 초록색의 수초들은 마치 물과 하나가 된 듯 물의 흐름에 따라 이리저리 춤을 추었고 그 사이사이로 보이는 물고기들 역시 그에 따라 몸을 움직였다.

자연과 하나가 될 수 있는 경험이라는 것은 그리 흔한 것이 아니었기에 그에게 두고두고 남을 수 있는 좋은 추억이 될 것이다. 더 이상은 숨을 참고 있을 수가 없어서 천천히 고개를 들었다. 목줄기를 따라 시원한 물방울들이 흘러내렸다. 그리고 레드 와인의 그의 머리카락은 더욱더 햇살에 반짝이며 아름답게 보였다. 옷은 이미 젖을 대로 젖어버렸다. 나중에 진현이에게 야단맞더라도 지금은 그냥 즐거웠다. 단순하게 그렇게 생각하기로 했다. 손가락으로 조금씩 머리카락을 쓸어 넘겼다. 물에 젖어 잘 넘어가지는 않았지만 그래도 차가운 머리카락의 서늘함이 좋았다.

푸르륵.

알 수 없는 소리에 현홍은 고개를 돌렸다. 어느새 그의 곁에는 물을 마시러 나왔던 백마 한 필이 눈을 껌뻑거리면서 그를 바라보고 있었다.

현홍은 와아— 하는 탄성을 지르며 말과 함께 서로를 마주 보았다. 하얀 몸은 마치 티끌 하나 없는 백지와도 같았고 은빛 갈기는 사람의 머릿결처럼 부드러워 보였다. 검은 유리구슬 같다는 표현이 정말 들어맞는, 그런 커다랗고 투명한 검은 눈동자가 자신을 직시하는 느낌.

그것은 몹시도 색다른 경험이었다. 마치 모든 것을 투영시키는 거울에 발가벗고 서 있는 기분이 들어서 그대로 서 있을 수가 없었다. 색다르기는 했지만 뭔가 알 수 없는 느낌에 현홍은 그대로 물속에 주저앉았다. 그렇지만 물의 깊이는 고작해야 그의 무릎밖에 오지 않았기에 현홍은 자신의 눈과 코만을 수면 위로 내보인 채 마치 보지 말라는 시선으로 말을 올려다보았다. 그러나 말은 그 말을 알아들었는지 못 알아들었는지 천천히 한 발자국씩 다가오는 것이었다.

현홍은 기겁을 하며 앉은 채로 뒤로 물러났지만 말보다 빠를 수는 없었다. 말은 고개를 주억거리며 흔들다가 곧 천천히 내려서 현홍의 얼굴께로 가져갔다. 현홍은 망연히 그 모습만을 바라보다가 곧 조심스럽게 손을 내밀었다. '친구가 되자는 거야?' 이런 물음이 담긴 시선으로 말의 눈을 응시했다. 그러나 말은 마치 현홍의 마음을 안다는 식으로 고개를 끄덕이고는 현홍의 목에 자신의 입을 파묻었다.

"그래, 나랑 친구가 되고 싶다고?"

대답은 당연히 들려오지 않았지만 말은 자신의 입으로 현홍을 끌어당기며 친근함을 표시했다. 현홍은 두 손으로 말의 얼굴을 껴안으며 자신의 얼굴을 살며시 갖다 댔다. 따뜻한 온기가 뺨을 타고 흘러내렸다.

호숫가에 있는 작은 나무 둥치에 앉아 있던 진현은 한숨을 내뱉었다. '저토록 철없는 녀석을 데리고 무엇을 한단 말인가' 라는 뜻이 잔뚝 담겨 있는 듯 보였다. 어느새 손가락 두 마디 정도밖에 남지 않은 담배를 왼손의 검지와 중지손가락으로 받아 들었다. 그리고 양복의 윗도리 안 주머니로 오른손을 집어넣었다. 그 직후 그의 가늘고 곧은 흰 손가락에 들려져 나온 것은 휴대용 재떨이였다. 자신이 살던 세계에서도 담배꽁초 등을 길거리에 버리는 인간들을 인간 취급하지 않았던 그가 이곳에 와서 달라질 리 없었다.

치익.

재가 타 들어가는 작은 소리를 내며 작은 담배꽁초는 회색의 원형 통 안으로 들어가 버렸다. 한국이라는 나라에서는 그리 보편화되어 있지는 않지만 일본이라는 나라에서는 기본이라고도 할 수 있는 물건. 작은 휴대용이라는 간편함과 함께 색상이 다양했고 귀여운 디자인에서부터 모던한 디자인까지 각양각색이어서 장식적인 의미도 있다. 만약 한국에도 이런 물건이 보편화된다면 사람들은 그나마 담배꽁초를 길바닥에 덜 버리게 될까?

진현은 마음속으로 자신에게 물음을 보냈지만 보이는 것은 차가운 조소뿐. 휴지통 찾기 어려워서 땅에 버린다는 인간들은 아마 휴대용 재떨이도 사기 귀찮고 또 들고 다니기 귀찮아서 땅에 버린다고 할 것이다. 인간이란 그런 존재.

살며시 불어오는 바람에 그의 흘러내리는 듯한 금발 머리카락이 살랑거리며 움직였다. 그 모습은 마치 신이 강림한 듯이 아름다워서 그 모습을 숨죽여 바라보는 니드로 하여금 잔뜩 움츠리게 하기에 충분했다. 남자치고는 길다 싶은 손톱은 손질을 잘한 듯이 반짝거렸고 금발의 머리카락을 쓸어 넘기는 하얀 손가락이 샛노란 달 위에 하얀 구름이 길게 드리우는 모습과 흡사했다.

진현의 시선은 현홍을 쫓고 있었고 니드는 진현을 보고 있었다. 누구처럼 둔한 성격의 소유자가 아니어서 진현은 고개를 돌려 니드를 보았다. 자신이 보고 있다는 사실을 진현이 금세 눈치 채자 니드는 움찔거리며 고개를 숙였다.

"아까는 죄송했습니다. 사죄드리지요."

"예?"

니드는 약간 어이없어함을 느끼며 숙였던 고개를 들어 진현에게로 시선을 돌렸다. 그러나 진현은 여전히 현홍 쪽으로 얼굴을 틀어놓은 그대로였다. 아니, 약간 숙인 고개라기보다 조금 얼굴을 돌린… 그러나 그 무심하리만치 냉엄한 눈동자는 여전히 현홍에게서 눈을 떼지 않고 있었다. 그래서 니드는 마치 진현이 아닌 다른 이가 자신에게 말을 건 착각을 일으켰다. 높낮이가 전혀 없어 감정을 배제한 듯이 들리는 그 목소리는 다시 한 번 니드의 귓가를 두드렸다.

"하지만 통증 같은 것은 없을 것입니다. 그렇게 했으니까."

일말의 의심도 하지 않는 당당함. 자만심이라도 할 수 있는 그 감정이 진현을 더욱더 돋보이게 했다. 자신에게로 향한 그 무한한 자신감은 자신의 행동에 의심을 품지 않게 해주었으며 그것이 그가 하루하루를 살아가는 원동력이었다. 전 세계에 수십만 명의 사원들을 앞에 두고 연설을 하라고 해도 절대로 당황하지 않을 침착함과 당당함을 소유한 남자. 그런 성격의 소유자였기에 지금과 같은 나이에도 회사를 경영할 수 있는 것이다.

니드는 침을 한 번 꿀꺽 삼키고는 숨 막힌다는 표정으로 진현을 쳐다보았다. 현홍과는 또 다른 아름다움을 가진 남자. 현홍이 부드러운 바람에 비유할 수 있다면, 자신의 눈앞에 있는 이 남자는 불이다. 모든 것을 다 태워 버릴 수 있는 힘을 가진 불. 그러나 그 따뜻함과 밝음으로 충분히 유용할 수 있는 그런……. 니드는 여기까지 생각하다가 옆으로 느껴지는 인기척에 정신을 차리고는 고개를 들었다.

그의 시선이 닿은 곳에서는 잔뜩 젖어버린 현홍이 머리카락에서부터 물을 뚝뚝 흘리며 맨발로 걸어오고 있는 모습이 보였다. 두 손에는 신발이 들려 있었고 머리를 흔들면서 걸어오는 현홍의 모습은 다 자라지 않은 시골 처녀의 해맑음과 같았다. 뭐, 이렇게 말을 한다면 목숨은 보장 못하겠지만.

현홍은 신발을 대충 아무렇게나 던져 둔 채 젖어버린 티셔츠를 두 손으로 쥐어짰다.

"에고고~ 너무 몸을 움직였더니 힘드네. 수건 가진 사람?"

그의 물음에 진현은 들은 척도 하지 않았고 그로 인해 현홍의 앙증맞은(?) 주먹과 다리가 그를 강타했다. 그 모습을 보며 니드는 마지못해 웃었고 자신의 가방을 뒤적거려 흰색 수건 하나를 현홍에게 건네주었다. 더 못 때려서 아쉽다는 식의 주먹을 쥐어 보인 그는 니드에게로 뿔뿔거리며 달려가서 냉큼 수건을 받아 들었다.

진현은 그 모습을 보며 현홍에게 걷어차인 다리를 씁쓸히 쳐다보며 속으로 욕지거리를 내뱉었다. 그는 다시 주머니를 뒤적거려 은색의 담배 케이스를 찾아냈고 손으로 조심스럽게 한 개비를 꺼내 입에 물었다. 머리카락을 세심히 닦고 있던 현홍은 미간을 잔뜩 찌푸리고는 소리쳤다.

"그만 좀 펴라, 인간아! 내가 누누이 말했지! 하루에 한 갑 이상은 절대로 피우지 말라고! 넌 대체 목숨이 몇 개기에 그렇게 무덤 가는 지름길인 짓만 골라 하는 거냐고? 그렇게 죽고 싶어? 내가 저승행 특급 열차 편으로 하나 끊어다 줄까?"

"…요즘 저승에는 살아 있는 인간도 통행이 되나 보군. 좋은 세상이야. 그 표를 끊으려면 저승에 가야 할 텐데, 그러려면 네가 먼저 죽어야 되지 않나."

"……."

니드는 살며시 고개를 돌려 현홍을 외면해 주었고 진현은 말없이 담배에 불을 붙였다. 귀까지 빨개진 현홍은 성큼성큼 진현에게로 걸어가서는 그의 목에 팔을 둘렀다. 그리고는 있는 힘껏 조르면서 다시 소리쳤다. 그러면서도 숨 막힌다는 소리 한번 하지 않는 진현이 더 놀라운 사람이었다.

"한마디도 안 져요! 다른 세계에 왔으면 조금 달라질 줄 알아야지!"

"…그렇게 말하는 너는 달라졌나?"

"뭐?"

"이곳에 와서 너는 어디가 달라졌냐고 물었다."

뜻밖의 말이라서 현홍은 진현의 목을 감았던 손을 서둘러 풀 수밖에 없었다. 그리고는 마치 차가운 얼음이라도 만진 듯 소스라치며 진현에게서 몇 걸음 물러섰다.

달라졌냐고? 뭐가 말이야? 니드 역시 가만히 진현과 현홍을 보고 있을 따름일 뿐 아무런 말도 하지 않았다. 진현은 현홍의 팔에 의해 조여진 목을 손으로 대충 쓰다듬고는 다시 지그시 입을 열었다. 차분하게. 침착하게. 마치 바로 앞에 운석이 떨어져도 절대로 놀라지 않을 것 같은 이 남자는 대체 감정이라는 것이 존재하는 것인지 물어보고 싶을 만큼 조용히 말했다.

"달라질 것이 뭐가 있지? 어차피 한 맥락을 잇는 세상일 뿐이다. 우리의 세계는 이 세계의 사람들에게는 그저 잊혀진 세계『잃어버린 세계』일 뿐. 그 이상도 그 이하도 아니란 말이다. 그런데 왜 달라져야 하지? 어차피 돌아갈 것이라면 전혀 변하지 않은 모습으로 원래의 세계에 돌아가야 정상이 아닌가. 그렇게 말하는 너는 뭔가 변한 것이 있나?"

 높낮이도 없다. 어쩌면 저리도 딱딱하게 말할 수 있을까 하고 생각할 정도로 그의 목소리는 차갑고도 냉랭했다. 무생물이 입을 열어도 이보다는 덜 어색하겠다 싶었다. 현홍의 머리카락에 엉겨 붙어 있던 물방울들은 천천히 바닥으로 떨어져 내렸다. 적막만이 감돌았다. 질문을 던진 진현은 다그치는 기색 없이 다시 말했다.

 "네가 그렇게 말했다는 것은 변했으면 한다는 심리에 기인한 것이겠지. 어쩌면 네가 이곳에 온 이유… 네가 더 잘 알고 있지 않나?"

 "……!"

 현홍은 손끝에서부터 무언가가 차갑게 몸을 감싼다는 기분이 들었다. 그대로 몸이 굳어 얼음 동상같이 서 있는 현홍은 아무런 대답도 하지 않았다. 아니, 정확히 말하면 하지 못했던 것이다. 어떠한 말을 해도 눈앞에 있는 자신의 친구는 마치 자신의 마음속에 들어앉은 것처럼 모든 것을 알고 있는 것처럼 말을 한다. 거짓말 탐지기에 자신이 노출된 것 같았다.

 언제나 그랬다. 고양이 앞의 쥐처럼 옴짝달싹 못하게 만드는 눈을 가졌다. 친구여서 다 안다고 말하고 싶지만 그렇게 할 수 없는 사람. 현홍은 누가 보면 피가 베어 나오지 않을까 싶을 정도로 질끈 아랫입술을 깨물었다. 그리고 치아에 악물린 그의 입술은 빠르게 핏기가 사라져 갔다. 안절부절못해 뭔가 말해야 할 것 같았지만 차마 입이 떨어지지 않아 그냥 고개를 숙였다.

다음에 들려올 진현이의 말은 또 얼마나 차디찰까? 눈을 감고 외면해 보려 했다.

하지만 들려오는 것은 아무것도 없었다. 단지 익숙한 알싸한 향기만이 그의 코를 스치고 지나갔다. 그리고 그 후에 느껴지는 것은 자신의 젖어 있는 머리카락을 매만지는 세심한 손길. 살며시 눈을 뜨고 고개를 들었다. 무표정한 얼굴. 진현은 아무렇지도 않다는 식으로 현홍의 머리카락을 닦아주었다. 매몰찬 말이 들려올 줄 알았다. 하지만 그의 친구는 그런 현홍의 생각을 아는지 모르는지 그저 차분하게 내리깐 눈으로 현홍을 바라보고 있을 뿐.

언제나 진현이 즐겨 뿌리는 향수 중 하나인 다비도프 쿨 워터의 향기가 공기를 가득 메웠다. 진하지 않았다. 그러나 그 바다의 푸른 향기는 너무나도 차갑고도 지극히 남성다운 그의 매력과 한껏 어우러져 그만의 향기를 만들었다. 왼손의 동맥이 머리를 스칠 때마다 아련한 바다가 자신을 부름을 느낀 현홍은 조용히 눈을 감았다. 울고 싶어질 때 자신의 머릿결을 스치던 그 손길 그대로였다.

"세월이 흘러감에 따라 변하지 않는 것을 바라는 것이야말로 무모한 것이야. 시간의 흔적 속에 닳아빠지지 않는 것은 없어. 사람의 마음도 무뎌지지. 그러나 소중한 사람과 함께 변화하는 것이라면 그런대로 괜찮을 것 같군."

"…응."

현홍은 고개를 끄덕였다. 시간은 멈추지 않는다. 따라서 시간의 변화에 변하지 않는 것도 없다는 말이 된다. 꽃이 지고 다시 시간이 지나 꽃이 피듯. 변화라는 것은 꼭 좋은 쪽으로만, 그렇다고 나쁜 쪽으로만 생각할 수는 없는 마치 저울대와도 같은 것이다. 진현은 머리카락을 쓸어주던 손길을 멈추고 니드를 돌아보았다.

그때까지만 해도 멍하니 현홍과 진현을 바라보던 니드는 진현이 자신을 바라보자 약간 움찔하기는 했지만 생각보다 무서운 사람은 아니라는 결론을 내리고는 천천히 자리에서 일어섰다. 그러나 그의 생각과는 반대로 니드의 얼굴은 딱딱함이 흘러서 강을 이룰 정도로 굳어져 있었다.

진현은 입 안을 가득 메운 담배 연기를 천천히 들이마시고 나머지는 조용히 입 밖으로 뿜어냈다. 희뿌연 담배 연기로 인해 싱그러운 공기가 혼탁해지는 느낌이 들었지만 곧 바람에 의해 산산이 흩어졌다. 그는 조용히 니드를 보며 입을 열었다.

"우선은 민폐를 끼친 것 같아 대단히 죄송스럽게 생각합니다. 불가항력이었다는 말 말고는 드릴 말이 없군요. 죄송합니다. 하지만 이렇게 폐를 끼친 것 마지막까지 폐를 끼치고 싶은데… 허락해 주실런지?"

그렇게 말하며 진현은 생긋 웃었다! 만난 지 몇 시간이 지나도록 단 한 번도 무표정한 얼굴 말고는 미소라고는 내비친 적도 없는 사람인데 지금 그는 분명 웃고 있었다. 그것도 웬만한 미소가 아닌 정말 주위의 공기가 달라질 정도의 아름다운 미소. 꽃잎이라도 뿌리면 어울리려나?

니드는 입을 떡하니 벌렸지만 다시 원상태로 돌아오는 데에는 정말 초인적인 시간밖에 걸리지 않았다. 현홍은 진현을 올려다보며 속으로 〈저건 상업용 미소야. 접대용 미소라고…〉 같은 말을 중얼거렸지만 입 밖으로 낼 수는 없었다. 그리고 니드 역시 왠지 모르게 저 부탁을 거절하면 평생을 두고 후회할 것만 같았기에 억지스레 미소를 지으며 고개를 끄덕여야만 했다.

진현은 그런 그를 보며 정말 기쁘다는 식의 미소로 살며시 웃어주었다. 그러나 그에게 있어서 그 미소는 시니컬한 조소가 담긴 것이 아닌 정말 팬 서비스(?) 차원에서의 솔직한 미소였던 것이다. 물론, 본인만이 그리 생각할 뿐이었지만 말이다. 현홍은 수건의 양쪽 끝을 두 손으로 잡은 뒤 허공에서 탁탁 털어내며 진현에게 말했다.

　"그런데 어떻게 네가 여기 온 거야? 그것도 그렇게 느긋하게 마치 준비하고 왔다는 식이잖아. 혹시… [난 선택되어진 사람이라서 너랑 달래] 따위의 말을 하려는 것은 아니겠지?"

　"어떻게 알았지? 그런 말을 하려고 했는데."

　"…그거 지금 농담이라고 하는 거냐?"

　"아니, 진담."

　"……."

　현홍은 혀를 내두르고는 자신의 앞에 있는 이 작자를 왜 자신이 보고 싶어했는지 깊이 고찰해 보기로 했다. 진현은 여전히 담배를 입에 문 채 호숫가만 바라보고 있을 뿐 더 이상 아무런 말도 하지 않았다. 하기 싫어서인지, 아니면 할 말이 없었는지는 상관이 없었지만 그가 아무런 말 없이 보고 있던 것이 말들의 무리라는 것을 눈치 챈 니드가 차분히 그에게로 다가가며 조심스럽게 질문했다.

　"저… 조용히 생각하시는 중에 죄송합니다만 아까부터 왜 그렇게 말 무리들을 보시는지요?"

　진현은 니드와의 대화가 길어질 것을 대비해서인지 아직 반 정도도 피지 않은 담배를 재떨이에 넣어버렸다. 그리고 재떨이를 양복 주머니 안에 넣은 후 차분하게 대답했다.

　"별로 뜻이 있어서 쳐다보고 있었던 것은 아닙니다. 단지 지금 이곳에서 머무르는 시간이 길어지면 질수록 우리들에게는 불리하다는 점과 만약 발길을 돌려 다른 곳으로 갈 시에는 저 말들처럼 편리한 도구가 없을 것이라는 것. 이 두 가지를 생각해 보고 있었습니다."

"말 놓으셔도 상관없습니다만, 그런 생각을 하고 계셨군요."

그렇게 대화를 나누고 있을 때 어느새 호숫가에는 새로 나타난 말들의 무리가 나타났다. 그들은 몹시 지쳐 있는지 도착하자마자 어떤 말들은 풀을, 그리고 어떤 말들은 호수의 시원한 물을 마시며 휴식을 즐겼다. 원래 있었던 백마들의 무리는 다른 무리가 근처에 왔음에도 별로 신경 쓰지 않겠다는 눈치였다. 그도 그럴 것이 이 근처는 넓다란 목초지였고 아무리 많은 말들이 있어도 호수의 물이 사라질 리 없다는 것을 잘 알고 있기 때문이었다.

뒤에 나타난 말들은 완전히 백마들만 모인 무리와는 다르게 상당히 튼튼하고 야생마적 기질이 많아 보였다. 오랜 시간을 넓은 대지를 달리는 말들이었고 사람은 접한 적이 거의 없었기에 그들이 사람을 기피하는 것은 어쩌면 당연한 것이다. 니드는 생긋 웃으며 나직이 말했다.

"저 말들은 사나워 보이는군요. 제 생각에는 타고 가려면 저 백마들 쪽이 나을 듯싶은데… 진현의 생각은 어떠하신지요?"

"말을 놓게 하려면 그쪽에서부터 말을 놓으시지요."

"예?"

니드는 이 사람이 또 무슨 말을 할까 싶어서 조마조마했다. 진현은 아까 웃었던 것은 어디로 갔는지 원래 그의 표정인 차갑고 무표정한 얼굴로 돌아와 있었다. 사실 진현은 그렇게 차가운 사람은 아니었다. 무감정, 그 이상도 그 이하도 아니었지만 보통의 사람들은 그 모습만으로도 진현이 굉장히 냉정하다고 생각하는 것이다. 사실 냉정한 것이 아니다. 단지 어떠한 논리나 자신의 생각을 말할 때에는 지극히 감정이라는 부분을 배제하고 말할 뿐이었다. 감정이라는 것이 들어가면 말은 객관적客觀的이 아니라 주관적主觀的이 되기 쉬우니까. 진현은 천천히 입을 열었다.

"누군가에게 무엇을 요구하려면 자신이 먼저 실천을 보이는 모범을 보이셔야 하지 않습니까? 당신이 제 입장이라면 오늘 처음 만난 상대가 당장 말을 놓으라 한다면 선뜻 말을 놓을 수 있으시겠습니까?"

니드는 입을 약간 벌리고는 진현을 올려다보았지만 그는 여전히 담배만을 문 채 말이 없었다. 보통의 사람들은 자신이 했던 질문의 답이 돌아오지 않으면 재촉하거나 빨리 말하라는 식으로 윽박지르는데 진현은 그렇지 않았다. 충분히 기다렸고 상대편이 답을 생각할 때까지 느긋하게 있었다. 입을 뻐끔거리며 무엇인가 얘기를 하려던 니드는 결국 그의 대답에 적당한 대답이 없다는 사실에 고개를 숙였다. 그는 잠시 그렇게 땅을 쳐다보며 생각을 정리했다. 이윽고 그의 입이 열렸다.

"저는 음유 시인입니다. 천한 사람에게 말을 높이신다는 것은 안 되는 일이지요."

"법으로 정해져 있습니까?"

"예?"

니드는 흠칫하고 놀라며 번득 고개를 들었다. 현홍은 그들의 대화에는 관심이 없었던 것인지, 아니면 일부러 자리를 피해주고 있는 것인지 아까 자신에게 다가왔던 백마를 쓰다듬어 주고 있었다. 니드는 놀란 얼굴로 진현을 보았다. 법으로 정해져 있어야만 하는 것인가? 자신보다 아랫사람에게 말을 낮추는 것은 당연한 것이 아니었던가? 니드는 우선 자신이 알고 있던 사회 풍토는 그러했기에 진현의 말에 놀랄 수밖에 없었다. 법으로 정해져 있는 것은 당연히 아니다. 그런 법은 없지만 그래도 법으로 정해져 있지 않다면… 그럼, 사람을 죽여도 된다는 말과 일맥상통했다, 진현의 말은.

니드가 정색을 하며 진현의 물음에 반문하려 할 때 진현의 말이 먼저 튀어나왔다.

"법으로 정해져 있지 않다면 그것은 얼마든지 사라져도 상관없는 악습일 뿐입니다. 물론 법 중에서도 서민의 생각과는 다른 부분이 많을 수도 있지만 우선 법이라는 것은 최대한 국민의 생각을 반영하여 만들어낸 것입니다. 자신보다 천하다고 말을 놓는 것이 당연하다고요? 그렇다면 자신보다 신분은 높지만 머리를 장식품처럼 얹고 다니는 녀석에게 말을 높이는 것이 당연하다 하실 겁니까? 70살의 현자도 7살짜리 아이에게 지혜를 얻는다 했습니다. 신분, 나이는 인간 세상을 살아감에 불필요한 것. 말을 높이고 말을 놓는 것을 정하는 것은 자기 자신이며 그 기준은 자신이 만들어가야 하는 것입니다. 그리고 무엇보다 가장 중요한 것은 천민이든 귀족이든 같은 인간일 뿐입니다."

"법으로 정해져 있지 않다고 해도 민심이 그렇습니다. 당신은… 당신은 자신의 애완 동물이나 먹는 가축에게 말을 높이십니까?"

낮은 목소리였다. 그러나 그 목소리에는 울분과 함께 촉촉한 물기가 서려 있었다. 길게 내려오는 망토를 꼭 부여쥔 손이 부들거리며 떨고 있었다. 조금 멀리 떨어진 거리였지만 현홍도 그의 말을 들었는지 말을 쓰다듬던 손길을 멈추고 진현과 니드를 돌아보았다. 그러나 다가오지 않은 채 그저 진현을 슬쩍 쳐다보며 아무런 말도 하지 않았다. 하지만 그는 속으로 〈진현과 대화하면 분위기가 어둡게 돼〉라고 중얼거렸다.

『잃어버린 세계』라는 것은? 105

진현은 고개를 숙이고 부들거리며 떨고 있는 니드를 보며 낮게 한숨을 내뱉었다. 그리고 자신의 주머니에 있는 은색의 지포Zippo 라이터 하나를 꺼내어 만지작거렸다. 그가 무언가를 생각하곤 할 때의 버릇이라는 것을 현홍을 알고 있었다.

원래라면 유수처럼 말을 내뱉을 진현이 갑자기 말을 멈추고 생각을 하자 의아하게 생각이 되었다. 그러나 별 말은 하지 않고 가만히 두 사람을 지켜보았다. 진현이 만지작거리는 은색의 라이터는 세계적으로도 유명한 지포 회사에 특별히 진현 자신이 주문하여 제작한 것이었다. 무언가 남들과 같은 것을 가지기 싫어하는 그로서는 당연한 일이나 마찬가지였다. 라이터 전체가 은으로 되어 있었고 매끄러운 겉 표면에는 클래식한 십자가 모양과 함께 십자가의 중앙에는 특별히 넣은 작은 자수정이 박혀 있는 디자인이었다. 겉으로 보아도 상당히 고가 같았다.

진현은 라이터를 만지작거리던 손을 멈추고는 천천히 고개를 돌리고는 말했다.

"그렇다면 당신은 당신 자신이 인간이 아니라고 생각하십니까?"

"당연히……!"

"당연히 인간이라고 생각을 하시겠지요. 그렇지 않습니까?"

니드는 미간을 잔뜩 찌푸리고 고개를 저었다. 긍정도 부정도 하지 못했다. 단조로운 음색으로 진현은 마치 책을 읽어 나가는 것처럼 말을 이었다.

"당신 자신이 당신을 인간이라고 생각하면 그것으로 된 것입니다. 당신이 짐승입니까? 가축입니까? 귀족들과 당신이 다른 것은 살아온 배경뿐입니다. 같은 뜨거운 피가 흐르는, 생각을 하는 인간이라는 것을 잊지 마십시오. 음유 시인이라고 하여 모두 천하다라고 칭하는 것은 악습입니다. 안 좋은 악습은 타파해야 합니다. 삐뚤게 지어진 탑은 새로 새우려면 다시 부수고 새로 지어야 하지만 밑의 땅까지 바꿀 필요는 없습니다. 사람들이 그리 생각한다면 그저 〈나도 인간이고 당신들도 인간입니다〉라는 단 한 마디의 말이면 됩니다. 인간이라는 것은 본디 약한 존재에게는 더없이 강하려 들고 강한 존재에게는 더없이 움츠르드는 존재일 뿐이죠. 니드, 당신이 당신의 입장을 생각하고 모든 사람들에게 겸허한 태도를 취하는 것은 알겠습니다. 그러나 그런 행동이 과하면 당신 자신을 깎아 내리는 것밖에 되지 않습니다. 적당한 자신감은 당신 자신에게 도움이 될 것입니다. 당신은 당신의 직업인 음유 시인을 천하다고 생각하십니까? 당신과 같은 일을 하는 모든 이들이 천하다고 생각하십니까?"

"그것은 아닙니다! 그들은……!"

폭포수처럼 쏟아지는 말을 입 밖으로 내뱉은 니드는 흠칫거리며 자신의 입을 급히 틀어막았다. 그의 눈은 알 수 없는 마음이 복잡하게 뒤섞여 묘하게 흔들렸다. 진현은 나직이 말했다.

"당신 자신을 천하다 말하는 것은 당신과 같은 입장에 놓여진 모든 이들을 천하다고 하는 것과 같다는 사실을 아십니까? 제 생각에 음유 시인이라는 직업을 가진 이들은 모두 대단한 분들이라고 생각합니다만, 오직 좋은 가문에서 태어났다는 것 하나만으로 아무것도 하지 않고 돼지처럼 뒹구는 귀족보다는 당신들처럼 바람을 타고 자유로이 떠돌며 노래하는 음유 시인들이 전 더 부러워 보이는군요."

그렇게 말하며 다시 호수로 돌리는 진현의 눈은 정말 자유를 갈망하는 새의 눈처럼 보였다. 새장 안에 갇혀서 파란 하늘을 보며 날아오르기를 바라는. 과연 새는 목숨의 안전과 편한 잠자리를 대신하여 자유를 잃고도 행복해할까? 아니면 단 한 순간의 날아오름을 위하여 목숨을 위협하는 자유를 얻어야 행복할까? 아무도 알 수 없었다. 현홍은 백마의 목을 부드럽게 쓰다듬으며 진현에게 소리쳤다. 조금은 먼 거리라고 할 수 있었기에 목소리를 높여야 했다.

"계속 이곳에 있을 거야? 여기에 있어봤자 원래 세계로 돌아갈 수 있는 것도 아니고 아까 네 말처럼 여행을 하면서 알아본다면 어서 빨리 여기서 떠나는 것이 좋지 않을까? 벌써 해가 중천이야."

"음."

현홍의 물음에 진현은 짧게 고개를 끄덕이며 긍정의 뜻을 밝혔다. 니드는 망연자실해 있었지만 현홍이 백마를 끌고 자신의 옆으로 오자 조금씩 정신을 차리기 시작했다. 현홍은 니드에게 아무런 말 없이 그저 웃어주며 어깨를 툭툭 쳐주었다. 그 역시 말하지 않고 힘없이 웃었다. 진현은 다시 담배 케이스에서 담배를 꺼내 물고는 불도 붙이지 않은 채 손가락에 끼운 다음 조용히 턱을 매만졌다.

"네 말대로 여기서 계속 있어봐야 뭐 주워 먹을 것도 없고 하니 자리를 뜨기로 하지. 더 늦었다가는 여기서 가장 가까운 도시까지 가는 데만 해도 시간이 많이 걸릴 거야. 말들을 타기로 하자."

"하지만 안장이 없습니다."

어느새 완전히 정신을 차리고 평상시의 모습으로 돌아온 니드가 걱정스러운 물음을 흘렸다. 진현은 턱을 만지고 있던 손을 천천히 내리고는 검지손가락을 쭉 뻗어 말들을 가리켰다.

"우선 말들이나 잡고 봅시다. 각자의 취향에 맞는 말들을 고르길."

진현은 짓궂은 미소를 흘리더니 곧장 백마들의 무리가 아닌 뒤에 새로 온 야생마들의 무리로 걸어갔다. 니드는 손을 들어 올려 진현을 붙잡으려 했지만 진현은 어느새 저만치 멀어지고 있어서 차마 붙잡지 못했다. 그리고 현홍은 이미 말 한 마리와 상당히 친해진 상태라서 고를 필요가 없었다. 니드는 곤란하다는 표정을 지으며 중얼거렸다.

"아, 저… 저는 말을 고를 줄 모르는데……."

현홍은 그의 말을 듣고는 피식 웃어 보였다.

"괜찮아요. 제가 예전에 말을 조금 탔으니까. 말 고를 줄 알아요. 가요!"

그렇게 말한 현홍은 니드의 손목을 잡고는 질질 끌듯이 하며 말들 쪽으로 뛰어갔다. 니드는 당황했지만 차마 뿌리칠 수는 없었는지 그래도 현홍의 손에 이끌려 말들에게로 다가서야만 했다. 현홍은 아무래도 야생마보다는 조금 더 온순해 보이는 백마들 쪽이 공략하기에 쉬워 보였는지 니드를 데리고 백마들의 무리로 사라졌고 진현은 야생마들의 무리를 유심히 지켜보았다. 각양각색의 색을 가진 말들은 고개를 흔들며 이방인을 경계했지만 진현은 날아오는 말 뒷발굽에 맞아도 여유로울 것 같은 미소를 지으며 천천히 말들 속을 돌아다녔다. 그럼에도 말들은 차마 진현을 뒷발로 차지 않았고 오히려 슬금거리며 뒷걸음질치거나 그 자리에 못 박힌 듯이 서 있을 뿐이었다.

마치 커다란 맹수의 눈을 그대로 본 것같이 온 신경이 마비되어 버린 야생마들은 도살장에 끌려 나온 소마냥 푸르릉거리는 소리 한번 내지 않고 멍청히 진현을 쳐다보았다. 진현의 눈은 상품을 구매하는 소비자의 눈 그대로였다. 어디 흠집은 없는지 건강은 한지 손으로 말들을 만져 보면서 자신이 탈 말을 골랐다. 그 모습을 곁눈질로 보는 현홍은 식은땀을 흘리며 어눌한 미소를 지을 수밖에 없었다. 말들이 불쌍하다는 생각을 속으로 하면서 말이다.

잠시 후 그렇게 니드의 말을 고른 현홍은 진현이 데리고… 아니, 끌고 온 말을 보며 입을 쩍하니 벌리며 현기증이 일어난다는 표정을 지었다. 이것은 무슨 몬스터를 데리고 오는 것인지, 아니면 괴물인지 덩치가 조금만 컸어도 거의 말로서는 해괴망측할 정도로 큰 거마巨馬를 끌고 온 것이다. '하여간에 취향 특이해요'. 이렇게 중얼거리며 현홍은 진현에게 말했다.

"뭐야? 그 말 타려고?"

"그래."

진현은 무책임할 정도로 짧게 대답하고는 자신이 고른 말을 돌아보았다. 그가 골라온 말은 마치 밤하늘처럼 새까만 말이었다. 놀랍게도 검은 말들에게는 거의 없다고도 할 수 있는 푸른 눈동자를 지니고 날씬하게 생겼지만 확실히 크기는 보통의 말들과는 달리 상당히 컸다. 균형적인 몸매는 단단한 강철을 보는 것 같았고 검은색의 갈기와 꼬리 역시 잘 빗겨놓은 사람의 머리카락같이 곧고 부드러워 보였다. 현홍은 왠지 다가가기에도 엄두가 나지 않는다는 시선으로 말을 보다가 곧 자신의 말을 보았다. 확실히 자신에게는 맞는 크기의 말이었지만 저 말에 비교하면 작은… 그런 말. 상관없다는 식으로 말을 쳐다보며 생긋 웃어주었다. 그러나 니드는 진현의 말을 보고는 뭔가 우물쭈물거리다가 조심스럽게 말을 내뱉었다.

"저… 제 말은 바꾸면 안 될까요?"

"에? 왜요, 니드?"

현홍은 알 수 없다는 식의 표정을 지으며 물었고 니드는 다시 고개를 푹 숙이며 조용히 말했다.

"여행이 길어지면 말은 튼튼한 것이 있어야겠지요. 음, 그리고 짐을 많이 얻고도 잘 달릴 수 있는 말이 좋을 것 같습니다. 마시장에 가서 사려면 그 정도의 말은 엄청난 가격을 주어야 살 수 있습니다. 이왕이면 좋고 비싼 말로 고르는 것이 좋지 않을까 해서……."

그렇게 말하는 니드의 얼굴은 마치 홍당무처럼 붉어졌다. 여행을 위해서라고 하지만 이왕 차리는 거 실속 단단히 차리겠다는 말이나 다름이 없는 것이었다. 현홍은 어이없다는 식으로 웃어버렸고 진현 역시 피식 하고 웃었다. 그리고는 손수 말 한 필을 골라주었다. 진현에 의해서 니드에게 인도된 그 말은 현홍이 골라준 말보다는 약간 더 큰 말이었다. 확실히 백마들의 무리보다 야생마들의 무리가 대체적으로 더 큰 덩치를 가지고 있었다. 백마들이 주로 이 근처에서 머무는 것 같다면 야생마들은 대륙 곳곳 자신들의 발길 닿는 곳들을 모두 돌아다닐 테니 어쩌면 세월의 흐름에 따라 더 튼튼하고 덩치가 커지는 것은 당연하다고도 할 수 있는 것이다.

니드의 말은 훌륭하게 반짝이는 황금색 털을 자랑하는 아름다운 말이었다. 몸은 전체적으로 황금색 털을 가지고 있었고 갈기와 꼬리털은 연한 금색. 콧잔등부터 이마까지는 길게 흰 점이 있었는데 야생마치고는 상당히 순해 보였다. 니드는 자신의 말을 정말 예쁘다는 식으로 쳐다보다가 콧잔등을 쓸어주었다. 현홍은 팔짱을 끼며 진현과 니드에게 말했다.

"말이야 넘쳐 나고 좋지. 한데 마구가 없는데 어떻게 말을 타? 설마 인디언이나 초원에 사는 목동들처럼 그냥 안장 없이 타겠다는 말을 하지는 않겠지?"

"이번에는 안 해."

"다행이군."

『잃어버린 세계』라는 것은? 111

그러나 현홍은 자신이 내뱉은 말과는 달리 그리 다행이라는 표정은 아니었다. 곧 한심스럽다는 식으로 고함을 지르기에 이르렀으니까.
"그럼, 어떻게 말을 타겠다는 거야!?"
"잘."
"……."
현홍이 더 이상은 혈압으로 서 있을 수도 없겠다는 표정으로 혼절하는 듯해 보이자 니드는 얼른 그의 어깨를 붙들어주었다. 니드 역시 황당한 것은 마찬가지였다. 그러나 그로서도 어쩔 도리가 없었다. 말이 없는 여행은 불편하고도 위험했지만 그렇다고 안장이 없는 상태에서 말을 타는 것은 도저히 불가능했으니까. 진현은 살며시 자신의 오른손을 들었다. 그의 손바닥에는 현홍처럼 문양이 새겨져 있었고 그것을 본 현홍과 니드는 깜짝 놀라며 소리쳤다.
"왜 너한테도 그 문양이 있는 거지?!"
"당신도 문양을?"
동시 다발적으로 터진 질문들을 듣고도 진현은 아무렇지 않게 대답했다.
"첫 번째 질문의 답은 〈너한테도 있는데 나한테 없을 거라고 생각한 것은 아니겠지?〉이고 두 번째 질문의 답은 〈예〉."
"……."
두 사람은 아무런 말도 하지 않고 이제는 진현이 말을 하면 그에 맞장구만 쳐주기로 다짐했다. 그런 이들의 마음을 아는지 진현은 다시 싱긋 웃고는 가만히 자신의 손바닥을 내려다보면서 말을 이었다.
"아마 이 문장은… 현홍이나 저처럼 타 세계에서 오는 이들에게 생기는 것이 아닌가 싶습니다. 물론 추측입니다만. 말 그대로 『잃어버린 세계』의 사람들에게 말입니다. 이 문장은 각각의 속성과 능력을 가지고 있으며 참고로 제가 맡은 속성은 빛과 불… 입니다."

"엥? 난 뭔데?"

"넌 네 문장인데도 속성을 모르냐?"

"몰라서 불만있냐?"

"아니, 담배도 있다."

"으악! 썰렁하지도 않아, 김진현?!"

현홍은 진현의 그답지 않은 썰렁한 말에 몸서리를 치며 비명을 내질렀고 니드는 그럴 기운도 남아 있지 않는지 굳은 얼굴로 진현을 쳐다보았다. 그리고 진현 역시 자신이 한 말이 썰렁하다는 것은 아는지 헛기침을 몇 번 한 후에 계속해서 말했다.

"현홍의 문장은 니드, 당신이 이 세계의 사람이라면 짐작할 수 있듯 마족의 이블 아이입니다. 속성은 어둠과 바람이지요."

"내가 마족의 선택을? 그럼, 그 이상한 가게의 이상한 미남자가 마족이라는 말이야?"

"그래."

원래라면 진현의 말 뒤에는 〈그것도 아주 엄청난 거물이지〉라는 말이 따라와야 했지만 그는 그냥 입을 꾹 다물고 고개를 저었다. 알아봤자 좋을 것도 없다고 생각해서이다.

현홍은 입을 벌렸고 뭐라고 말을 하려 했지만 그냥 입을 다물어 버렸다. 마족이 자신을 선택했다니……. 하지만 뭐 별로 달라질 것은 없잖아? 이런 생각을 하며 그냥 고개를 끄덕이고는 현홍은 자신의 손바닥을 쥐었다 폈다.

니드는 궁금한 것이 너무 많아서 차마 한꺼번에 다 할 수 없다는 표정을 지어 보이며 진현을 보았다. 그리고 진현은 니드의 말을 듣지 않아도 그가 궁금한 것이 무엇인지를 알고 있는 능력을 가진 인간이었다. 진현은 마치 무언가를 쳐다보는 듯한 자세로 먼 초원을 보며 입을 열었다.

"그들의 의도는 저도 잘 모르겠습니다. 제가 만난 천사… 침묵의 권능을 맡은 샤테이엘이라는 천사는 그 직급처럼 별로 말이 없는 자라서 그리 들은 말은 없습니다. 다만, 여행을 하며 찾아다니면 된다고 하더군요. 그리고 모든 것은 그 후에 알아가게 될 것이라 했습니다. 무책임하게도 문양이 이끄는 곳, 본능과 발길이 닿는 곳으로 찾아가라고 했습니다."

"찾다니요? 무엇을 말입니까?"

다그치듯이 묻는 니드의 목소리에 진현은 짧게 한숨을 내뱉고는 자신의 문양을 보았다.

"현홍과 저처럼 문양을 가진 『같은 운명에 맺어진 자』들을 말입니다."

Part 3
묘족猫族의 아이

묘족猫族의 아이 I

여기를 보아도 산이고 저기를 보아도 산이다. 니드의 말로는 지금 그들이 지나치고 있는 곳은 클레인 왕국을 가로지르는 거대한 등뼈와도 같은 하일라프 산맥이란다. 등뼈든 목뼈든 현홍에게는 별로 상관이 없었다. 너무나도 단조로운 풍경이었으니까. 현홍은 눈을 돌려봤자 아무것도 달라질 게 없는 풍경에 한숨을 내쉬었다. 벌써 삼 일째다. 그렇게 달려왔는데 도시라고는 보이지 않았다. 니드가 지닌 식량도 점점 떨어져 갔다.

아주 다행인 것은 진현이 하루에 한 끼 정도밖에 먹지 않는 소식가라는 사실이었고 그와 반대로 아주 불행한 것은 현홍은 하루에 5끼도 먹을 수 있는 위장을 가지고 있다는 것이었다. 니드는 처음 현홍과 식사할 때 자신이 가진 일주일 치 식량이 떨어지지나 않을까 심하게 걱정할 정도였다.

진현의 주먹이 그의 정수리를 강타하지만 않았어도 현홍은 정말 그렇게 했을지도 모른다.

그들은 구보驅步(Canter)로 말을 몰고 있었음에도 불구하고 아직까지 가장 가까운 작은 도시조차도 발견하지 못하고 있었다. 넓은 대지는 말들에게는, 특히 야생마의 기질이 강한 그들에게는 더없이 좋은 환경이었겠지만 제대로 된 음식이나 편안한 잠자리를 원하는 인간들에게는 그다지 달갑지 않은 존재였다.

현홍은 이것이 진현이 아무 곳에서나 안장과 그 밖의 마구들을 끌어다 써서 신이 내린 벌이라고 하며 투덜거렸다. 그러나 진현은 그의 말을 깨끗이 무시했고 덕분에 그들은 또다시 말 위에서 말싸움을 벌여야 했다. 하지만 말이「싸움」이지 진현의 일반적인 독설로 현홍은 말 한마디 제대로 하지 못했다.

이렇게 일행이 마구를 구해 말에 얹고 달릴 수 있었던 것은 다름이 아니라 진현의 문장 덕분이었다. 진현의 문장은 차원을 넘어 자신이 원하는 물건을 자신이 있는 곳으로 끌어다 쓸 수 있는 능력이라고 한다. 물건뿐만이 아니라 동물과 마물조차도. 쉽게「소환召喚」이라고 하는 능력. 현홍은 말도 안 된다는 식으로 콧방귀를 꼈고 그래서 진현은 몸소 3개의 마구들을 자신들의 눈앞에 나타나게 해줌으로써 현홍의 입을 다물게 했다.

현홍은 자신의 문양이 가진 능력을 물어보았으나 진현은 본인 스스로가 자각하지 않으면 모르는 것이라고 일축했다. 하지만 현홍은 그가 그렇게 말했어도 사실은 알고 있을 것이라고 생각하며 투덜거렸다.

말들은 마치 바람을 가르지 못하면 자존심이 상한다는 식으로 미끄러지듯이 앞으로 죽죽 달려나갔다.

원래부터 승마를 취미 삼아 살아왔던 진현은 그야말로 완벽한 승마 자세를 보여 니드를 감탄케 했다. 속보일 때는 아무리 험한 길이 나와도 일직선으로 편 허리를 굽히지 않았고 지금처럼 빠른 속도로 달릴 때에는 몸을 말에게 밀착을 시키고 고삐 끈을 두 손으로 놀리며 익숙하다는 듯이 말을 몰았다. 마치 인마일체人馬一體 같다고나 할까?

그리고 그와 마찬가지로 승마를 즐겨했고 말을 좋아했던 현홍 역시 무리없는 자세로 카오루를 다독거려 가며 앞으로 나아갔다. 마치 즐긴다는 식의 표정이었다. 그의 말 이름은 그가 온라인 상에서 맺은 의동생 중 한 명의 닉Nick이라는 사실에서 진현은 정말 그답지 않게 큭큭거리며 배를 잡고 웃어야만 했다. 그녀가 누군지 알고 있었으니까. 말 이름이 되었다는 것을 기뻐할까?

가장 볼품이 없었던 것은 역시 니드였다. 다리로 걸어다니며 노래를 부르던 음유 시인에게 말이라는 동물은 별로 인연이 없던 동물이라 몇 번 타보지도 않았다. 그래서 또 몇 시간 동안 그 호숫가에서 승마 교육을 받아야 했지만 그리 좋은 품세는 아니었다. 사람이 말을 이끄는 것인지 말이 사람을 이끄는 것인지 모를 정도로 니드는 어눌하게 말에 탄 자세 그대로였다. 바람에 휘날리는 머리카락을 억지스레 쓸어 넘기고 펄럭이는 망토 때문에 모습 자체가 가리울 정도였다.

몇 시간을 달리고 난 후 그들의 앞에는 산의 계곡에서 흘러나오는 듯한 맑은 강 한줄기가 모습을 드러냈다. 진현은 천천히 허리를 세우더니 곧 몸 전체가 아래로 가라앉는 듯한 자세를 취하며 자신의 말인 헤세드의 정지를 유도했다. 아주 부드럽게, 절대로 빠르게 해서는 안 된다는 것을 그는 알고 있었기에 고삐를 잡은 손을 지그시 쥐었다.

헤세드는 그런 주인의 뜻대로 천천히 속력을 감속시키기 시작했다.

다른 두 마리의 말들도 어느새 일행의 우두머리 말이 된 헤세드가 속도를 늦추자 자신들도 천천히 속도를 낮추었다. 헤세드는 어느새 구보에서 속보로 속력을 늦추고 천천히 걸음을 걸었다. 진현은 어느 지점을 두고 고삐를 약간 더 세게 틀어쥐며 말의 걸음을 완전히 멈추게 했다. 말은 고개를 흔들며 강에서 어느 정도 떨어진 지점에서 발을 멈추었고 진현은 그런 헤세드의 목을 쓰다듬으며 잘했다는 식의 칭찬을 하는 것을 잊지 않았다.

현홍은 잠시 동안 선 말의 등에 앉아 있으면서 진현에게 말했다.

"조금 쉬었다가 갈 거야?"

"그래야지. 사람도 지쳤고 말도 지치겠어."

그렇게 대답한 진현은 등자를 밟은 채 날렵하게 땅에 내려섰다. 몇 시간을 앉아 있던 덕분에 약간 다리가 저려움을 느꼈지만 그는 개의치 않았다. 고개를 저으며 약간은 흥분되어 있는 헤세드의 콧잔등을 쓸어주며 진현은 조용히 속삭이듯 말했다.

"잘했어. 그래그래. 잘했다, 헤세드."

진현이 땅에 내리자 현홍 역시 땅에 내려섰고 이미 헉헉거리는 숨을 몰아쉬며 말에서 떨어지듯이 내려 땅바닥에 대자로 엎드려 있는 니드를 부축했다. 그러나 '니드보다는 아무래도 솜씨없는 사람을 기수로 태운 말이 더 힘들지 않았을까?'라고 현홍은 생각했다. 말들의 고삐를 잡고 강가로 데려간 진현은 강가에 있던 커다란 바위들 중 하나에 털썩 소리를 내며 걸터앉았다.

그가 그렇게 자리를 잡고 앉은 후 가장 처음 한 행동은 역시 담배를 찾아 무는 것이었다. 현홍은 진저리 난다는 식으로 쳐다보지도 않고 강 쪽으로 걸어가 먼지와 땀에 전 손과 얼굴을 씻었다. 강물은 무척이나 차서 마치 얼음물을 만지는 것 같았지만 지금 그에게는 찜찜한 것이 더 우선이었기에 이를 딱딱 부딪히면서도 열심히 손을 씻었다. 말들 역시 차가운 물에 진저리를 치며 고개를 흔들었다.

니드는 자신의 수통에 물을 한가득 담고는 조용히 진현의 곁으로 걸어와 그와 얼마 떨어지지 않은 바위에 자리 잡고 그 몸을 기대었다. 바위에 기댄 허리는 상당히 쑤셔와서 그의 입에서는 가느다란 신음 소리가 흘렀다. 승마 자세가 나쁘면 몸이 고생하는 법. 니드는 그런 진리를 여실히 증명하는 모범을 보이며 아픔에 눈물을 삼켰다.

그의 말인 아시드 엘타 역시 세 마리의 말 중 가장 피곤한 기색이 되어 물을 마셨다. 진현은 그의 말 이름의 뜻이 상당히 특이하다고 생각하곤 그에게 물었다.

"당신의 말 이름인 아시드 엘타라는 이름, 무슨 의미에서 지으셨습니까?"

거의 빈사 상태이던 니드는 진현의 말에 부스스 눈을 뜨고는 들릴 듯 말 듯한 목소리로 나직이 말했다.

"아시드 엘타… 〈위대한 류트〉라는 뜻이지요. 류트나 비파가 없다면 음유 시인은 기사가 검이 없는 것과 같습니다. 그러니 저희 같은 음유 시인들에게는 무엇보다도 위대하고도 숭고한 것이 류트라는 악기이지요. 그럼, 진현 당신의 말인 헤세드는 무슨 의미를 가지고 있습니까?"

"히브리어로 보통 〈은혜〉와 〈사랑〉이라는 뜻을 가지고 있습니다."

진현은 그렇게 말하며 웃었다. 물기 촉촉한 얼굴로 어느새 현홍은 그들의 곁에 다가왔다. 현홍은 니드에게서 건네받은 수건으로 얼굴을 닦으며 입을 열었다.

"니드, 이제 어쩔 생각이야? 지도에는 이 근처에 도시가 없다고 되어 있어?"

현홍은 지난 이틀 동안 이미 니드에게 말을 놓고 있었다. 물론 오는 것이 있으면 가는 것도 있어야 한다는 현홍의 거센 항의에 니드도 그에게 말을 놓을 수밖에 없었다. 붙임성 좋기로 유명한 현홍이었기에 가능한 일이지 진현처럼 사귄 지 몇 년이 지나도 말을 놓지 않는 사람도 있다.

니드는 힘겹게 가방을 뒤적거리고는 끈으로 묶인 낡은 가죽으로 된 책을 꺼내 들었다. 그리고 책을 묶고 있던 끈을 풀어서 입에 물고는 천천히 책장에 그려진 지도를 살펴보았다. 곧 그의 입에서는 약간 부정확한 발음의 말들이 튀어나왔다.

"앞으로 해가 뜨는 방향으로 100루실트 정도 말을 달리면 아주 크지는 않지만 도시 하나가 나온다고 되어 있어. 이름은 누트 에아. 유명한 것이 있다면 작지만 듀라인의 신전 중 가장 위세가 있는 신전이 있고, 특산물로는 둘이 먹다가 하나가 죽어도 모를 만큼 맛 좋은 와인이 생산된다고 하네."

"누트 에아? 〈붉은 바람〉이라… 특이한 이름이네. 진현아, 100루실트면 거리가 얼마 정도 돼?"

말없이 담배를 피우고 있던 진현은 고개를 돌리지도 않은 채 말을 쳐다보며 조용히 말했다.

"어제 니드가 말했던 것을 잘 생각해 보면 1루실트가 우리 세계의 1km가 조금 넘는 것 같아. 그러니 100루실트라면 대충 시간상으로 따졌을 때 말의 구보로 반나절 정도 달리면 돼."

"에엑… 지금까지 달렸던 것처럼 반나절을 더? 난 못해!"

현홍은 다리에 힘이 풀린다는 식으로 그대로 주저앉아 버렸고 니드는 그런 그의 어깨를 토닥이며 다정하게 말했다.

"너무 그렇게 기운 빠지는 소리 하지 마. 반나절 후에 있을 축복을 생각하자고."

분명 그렇게 말했지만 그 역시 죽고 싶다는 얼굴이어서 그런지 별로 설득력은 없었다. 진현은 천천히 일어나 말들에게로 걸어갔다. 그동안 많은 물들을 마시고 휴식을 취한 헤세드는 주인이 다가오자 알았다는 식으로 고개를 내리며 고삐를 잡기 편하게 해주었다. 완전히 저 말은 진현의 손발이 다 되어서 주인이 뭐라 시키지 않아도 다 했다.

'저거 말이야? 사람이야? 잘생긴 사람은 말에게도 인기있나?' 현홍은 속으로 그런 쓸데없는 생각들을 떠올리고는 도저히 일어나지지 않는 몸을 억지로 일으켰다.

이대로 며칠만 더 말 위에서 달린다면 척추뼈가 완전히 어긋나 버릴 것 같은 느낌이었다. 그의 승마 기술은 분명 상위였지만 그것도 어느 정도의 휴식을 취할 때의 이야기다. 땅에 한쪽 무릎을 세우고 앉아 말들의 발굽을 살피던 진현이 말했다.

"하루에 너무 많이 달렸어. 말들의 발굽도 이제는 슬슬 한계고. 어서 마 시장이나 말들을 다루는 곳에 가서 편자를 박아주지 않으면 말들이 큰일 나겠어."

진현은 그렇게 말하며 자신의 말의 갈기를 한번 쓸어준 뒤에 가볍게 안장 위로 몸을 날렸다. 정말 무게가 있는 것인지 어떤 건지 말은 진현이 탈 때의 충격에도 아무런 움직임도 보이지 않았다. 흔들림조차도. 니드는 여전히 놀랍다는 눈으로 진현을 쳐다보고는 아시드 엘타에 올랐다. 현홍은 거의 기듯이 걸어가서 카오루에 타고는 축 처져 버렸다. 고삐를 잡아당기며 말의 고개를 튼 진현은 니드와 현홍을 돌아보며 낮게 외쳤다.

"얼마 안 남았다. 오늘은 며칠 만에 겨우 제대로 된 식사를 하겠군. 가자."

그와 동시에 헤세드는 앞발을 구르며 바람같이 앞으로 달려나갔다. 아시드 엘타와 카오루가 고성高聲을 내지르며 달려가는 데 반해 헤세드는 아무런 소리 없이 묵묵히 질주했다. 역시 애완 동물이 주인을 닮아가듯 말도 그 주인을 닮아가는 것 같았다.

어느새 해는 중천을 넘어서고 있었고 커다란 산들에 둘러싸인 초원은 내리쬐는 태양 빛으로 인해 뜨겁게 달아올랐다. 날씨는 봄날의 그것과 같아서 아주 덥지는 않았고 무엇보다도 뺨을 스치는 차가운 바람 때문에 약간 쌀쌀하다고까지 생각되었다. 그러나 태양이 뜨는 동쪽을 향해 달려나가는 도중부터 현홍은 정말 머리 꼭대기에 불이 붙은 것처럼 뜨겁다고 생각했다.

며칠 전 이곳에 처음 왔을 때의 그 날씨보다 뭔가가 이상했다. 바람은 너무 차가운데 태양 빛은 뜨겁다? 물론 가능하다. 하지만 너무나도 빠른 날씨의 변화에 현홍은 눈살을 찌푸렸다. 그리고 그런 느낌은 니드도 마찬가지였던 것 같았다. 니드는 이제는 뜨겁다 못해 계란을 얹으면 익어버릴 것 같은 자신의 머리카락을 만지고는 흠칫해 버렸다.

봄날의 태양은 뜨겁다. 여름만큼이나. 이곳은 약간의 해발이 높은… 초원 지대 중에서도 시원하다고 일컬어지는 곳이다. 또한 태양과의 거리도 가까워서 뜨겁기도 한 곳이기도 하다. 약간의 추위와 동시에 찾아온다고 할 수 있는 곳이지만 이건 뭔가 다르다. 이상 기온? 공해라는 것이 거의 없는 이 나라에서 그런 것이 있을 리 없었다. 니드는 엄청난 속도로 달려나가는 말 위에서 큰 소리로 진현에게 소리쳤다.

"진현! 날씨가 이상합니다!"

진현은 그런 그의 외침을 들었는지 슬쩍 니드를 쳐다본 후에 고개를 들어 하늘을 보았다. 하늘의 해는 여전히 뜨겁게 타오르고 있었다.

이상한가? 진현은 별로 이상하다는 생각은 들지 않았지만 니드와 현홍이 괴로운 표정을 짓고 있자 고개를 끄덕이고는 헤세드를 감속시키려 고삐를 쥐었다. 그런데 이상하게도 헤세드는 고개를 흔들며 오히려 더 질주해 나가는 것이다.

진현은 미간을 찌푸리고는 다시 고삐를 잡아당겨 보았지만 헤세드는 말을 듣지 않았다. 그리고 그것은 다른 말들도 마찬가지였다. 현홍은 고삐를 세게 틀며 카오루를 세우려 했지만 말을 듣지 않았고 아시드 엘타 역시 별반 다를 바가 없었다. 현홍은 당황한 목소리로 외쳤다.

"카오루! 카오루, 서! 진현아! 말들이 제어가 안 돼!"

"아시드 엘타도… 갑자기 왜 이러는 거죠?"

"나한테 묻지 마."

진현은 고개를 휘저으며 퉁명스럽게 말했다. 그리고 알 도리가 없었으니 그 말이 정답이기는 했다. 그리고 니드와 현홍의 안색은 그 이후로 빠르게 창백해져 갔다. 진현은 허리를 틀어 헤세드의 옆얼굴을 쳐다보았다. 그 자세는 마치 곡예를 하는 듯해서 니드는 순간 헉! 하는 신음 소리를 흘렸다. 조금 전과 다를 바 없는 강직한 얼굴. 푸른 아이스의 눈동자는 정면을 직시한 채였다.

진현은 그 얼굴과 그 눈을 본 후 곧장 허리를 들었다. 태양 빛은 여전히 따가웠다. 진현은 낮은 목소리로 중얼거리듯이 말했다. 그래서 니드와 현홍은 하마터면 그의 말을 바람에 의해 흘려들을 뻔했다.

"이대로 전진한다. 도시가 나올 때까지."

"뭐?"

현홍이 반문하고 나섰다. 지금 말들은 옆으로 틀어도 말을 듣지 않고 방향 전환도 되지 않았다. 비록 니드가 지도를 보며 해가 뜨는 쪽으로 곧장 가면 된다고 했으나 말들이 그 말을 알아들었을 리 만무하다. 그런데 이대로 전진이라도 하다가 도시를 지나치거나, 아니면 혹은 무슨 벼랑 같은 것을 만난다면? 그때가 되어서 말들이 멈춘다는 보장은 없다. 입을 벌리고 무언가 말을 하려던 니드를 제치고 먼저 들려온 것은 역시 현홍의 목소리였다.

"말도 안 돼! 이대로? 이대로 말들이 가는 데로 갈 거란 말야? 도시로 간다는 보장이 어디 있어?"

그러나 현홍의 다급함에도 여전히 무표정의 진현은 차갑게 대답했다.

"말들이나 동물들은 사람보다 위기 의식이 뛰어나지. 지진이 일어나기 전 대량으로 다른 곳에 간다거나 허술한 집에는 제비가 집을 짓지 않는다거나 하면서 말야. 아까 니드와 현홍 두 사람 모두 날씨가 이상하다고 생각했지? 말들도 아마 같은 느낌을 받은 것 같다. 지금 그들은 가장 안전한 곳으로 가고 있는 중이야. 잠자코 떨어지고 싶지 않으면 고삐나 부여잡아. 전속력으로 간다."

"야! 야! 김진현!"

하지만 진현은 애절하게만 들리는 현홍의 외침을 뒤로하고는 헤세드의 고삐를 더 세게 붙잡았다. 놓치지 않겠다는 듯이, 아니면 앞으로 말들의 속력에 대비하겠다는 듯이.

역시 헤세드는 그의 말이었다. 주인의 뜻을 잘 알고는 박차를 가하기도 전에 앞으로 죽죽 달려나갔던 것이다. 그리고 현홍과 니드는 죽을 것만 같은 허리와 다리의 통증에도 불구하고 진현을 따라 고삐를 놓릴 수밖에 없는 현실을 저주했다. 물론 그들에게는 진현의 말발을 당해낼 여력이 없었으므로 속으로 저주를 퍼부어야 했지만 말이다.

황색의 길다란 먼지구름을 일으키며 세 마리의 말들은 분속 320㎞의 속력으로 달려나갔다. 뜨거운 태양이 점점 서쪽의 먼 곳으로 사라져 갔다. 그에 따라 온도도 점점 내려갔다. 그러나 태양은 아직 그 자신의 위용을 잃지 않겠다는 식으로 마지막까지 빛을 발했다. 소멸하기 전의 별이 더 아름답고 강렬한 광채를 내뿜듯이 태양 역시 대지로 그 몸을 누일 때가 가장 아름답고 강렬했다.

밤의 전령사가 찾아온다. 붉은색으로 물든 등 뒤를 바라보며 현홍은 왠지 모를 연민을 느꼈다. 그러나 저것은 영원히 지는 것이 아니기에 내일을 기약하며 그 아름다움에 취할 수 있는 것이다. 땅거미가 지며 검은 밤이 서서히 대지를 뒤덮었다.

마치 한국의 가을 하늘처럼 푸르고 드높았던 하늘은 그 끝을 정점으로 하여 붉게 물들어갔고 파란색과 붉은색의 교접이 일어나는 곳의 하늘색은 묘한 오렌지 빛이었다. 최대 속도로 달리는 마상이었지만 이런 아름다운 풍경을 보고 노래를 부르지 않으면 음유 시인이 아닐 것이다. 그리고 일행 중에 유일한 음유 시인은 이제는 완전히 그 몸을 말 위에 축 늘어진 듯이 하고는 천천히 입을 벌렸다.

그의 목소리는 너무나도 작아서 가냘프다는 느낌마저 주었지만 그래도 용케 바람에 흩어지지 않고 선명하게 들렸다.

잊혀지지 않는 그 눈으로 응시하라.

절대로 잊을 수 없는 광경을 보는 그대의
눈의 떨림을 기억하라.
영원의 시간 속에서 변하지 않는 것은
오직 그 자신 시간밖에 없거늘…
어찌 흘러가는 시간을 잡으려 하는가.

그것은 흘러가는 강물을 잡는 것과 같다.
그것은 흘러가는 바람을 잡는 것과 같다.
이루어지지 않는 것을 바라는 것은…
이루어지지 않는 것을 현실로 만들려고 하는 것은…
용기가 아닌 만용이다.
그것은 용기라 하지 않는다.

진정으로 위대한 자야…
진정으로 위대한 자가 되고 싶은 자야…
남을 보고 배우려 하지 말라.
시간은 없고 무언가를 배우고 싶다면
눈을 들어 그대 주위를 둘러보라.

그렇다면 진정으로 위대한 것을 보게 될 것이다.
그것은 언제나 우리 주위에 있는 것들…
하지만 언제나 스쳐 지나치는 눈길로 무심히 바라보아야 했던 것들…….

작은 바람에게서 노래를 배우라.

흘러가는 물에게서 평온함을 배우라.

타오르는 불꽃에게서 값진 정열과 용기를 배우라.

떠오르는 태양에게서는 새로운 희망의 시작을.

그리고 지는 태양에게서는…

그 아름다움에 경배를 바치는 배려와 겸손을 배우라.

세상에나… 굼벵이에게도 구르는 재주가 있다더니. 현홍은 바람에 나부끼는 머리카락을 쓸어 넘기며 놀란 눈으로 니드를 바라보았다. 시일까? 일정한 음률에 절묘한 선율 덕분에 노래라는 것을 알았다. 일반 가요와는 다른… 아니, 분명 일정한 선을 두고 그것이 반복되는 것이나 음이 있다는 것은 같지만 그것보다는 왠지 모르게 오페라와 같다는 느낌도 들었다. 묘한 느낌을 주는 노래였다.

악기가 없어서 반주조차 맞춰주는 것이 없는데 그래도 니드는 달리는 말 위에서 잘 불러 내려갔다. 마치 바람을 타고 공기 중에서 춤을 추는 작은 들꽃 잎처럼 리듬을 타고 흐르는 니드의 노래에 현홍은 살며시 미소 지었다.

어느새 해는 지고 남아 있는 것은 잔재뿐. 스산한 바람이 대지 위를 훑고 지나가자 수많은 초록의 풀 잎새들이 바람에 날려 사라져 갔다. 말들은 휘몰아치듯이 달려나갔고 그들의 발굽이 닿은 땅은 웅웅거리는 소리를 내며 울었다.

그리고 어느새 그들의 눈앞에는 거대한 회색 빛으로 된 도시가 하나 나타나기에 이르렀다. 높다란 성벽으로 둘러싸인 도시의 불빛은 보이지 않았지만 그래도 무언가 두런두런 소리가 들리는 것 같은 느낌을 받은 현홍은 벅찬 감동에 부풀었다. 사실 외관으로 보면 그리 아름답다고 할 수는 없었지만 드디어 제대로 된 식사와 편안한 잠자리가 생긴다고 생각하니 눈물이 날 것만 같을 정도였다. 니드는 천천히 말의 등에서 허리를 폈지만 곧 움찔하며 다시 천천히 말의 등에 엎드려야만 했다.

더 이상의 여행을 견디기에는 니드는 너무 허약했다. 저러고서 음유시인이 되어 대륙을 여행했다고 하니 조금 못 미더웠지만 현홍은 천천히 말을 몰아 니드 쪽으로 다가섰다. 말들은 도시가 보이기 시작한 시점에서부터 기수들의 컨트롤을 받아들였고 속도도 점점 줄어들었다.

니드는 거의 죽기 일보 직전처럼 신음 소리를 흘리며 거의 말에게 자신을 내맡기고 있었다. 현홍은 쓴웃음을 지으며 니드에게 말했다.

"이봐, 정신 차려. 다 왔어."

"끄으으응……."

그러나 니드는 단어로 이루어진 대답 대신에 조용히 흐느낌 같은 신음 소리를 내주었고 그것은 대답보다 그의 심정을 더 잘 표현해 주었다. 현홍은 한숨을 내뱉고는 다시 진현 쪽으로 다가갔다. 카오루는 천천히 헤세드의 옆으로 달음박질쳤고 현홍은 바로 옆으로 보이는 진현에게 시선을 던지며 말했다.

"우선은 가서 어떻게 할 거야?"

진현은 현홍을 쳐다보지도 않은 상태에서 천천히 허리를 폈다. 사실 무시라고 볼 수도 있는 행동이었지만 7년 간이나 진현을 지켜본 현홍은 그가 늘 그랬으니 그러려니 생각했다. 진현은 이제 거의 도달한 도시의 성벽을 한번 노려보고는 조용히 대답했다.

"우선은 묵을 만한 여관을 찾고 그리고 쉬는 것이 중요하겠지. 내일은 여행에 필요한 여러 가지를 사야 되겠고."

"그런데 돈은 있어?"

"당연하지."

그는 그렇게 대답하고는 천천히 말을 몰아 성문 쪽으로 다가갔다. 현홍은 그의 뒷모습을 보며 〈저런 철두철미한 성격만 좋고 나머지는 영…〉이라는 말을 내뱉고는 그를 따라 성문 쪽으로 향했다. 성문은 일반인들의 기준에서는 큰 것일지는 모르나 거대한 성벽의 위용에 가려져 초라하리만큼 작고 볼품없어 보였다. 성문의 바로 안쪽에는 나무로 지어진 경비 처소가 있었고 몇몇의 여행객들이 도시로 들어가기 위하여 검문을 받고 있었다.

현홍은 이 작은 도시에 웬 검문이 저리도 삼엄할까 생각했지만 별 생각 없이 말을 몰았다. 그러나 왠지 모르게 경계가 삼엄했고 창을 든 경비병들이 눈에 많이 띄었다. 작은 도시의 경비병들치고는 상당히 좋아 보이는 갑옷과 날이 잘 든 창과 검을 소지한 그들은 세 마리의 말을 탄 여행객들을 보자 창을 들이밀며 입구를 막아섰다.

제일 선두에 선 헤세드가 고개를 흔들며 멈추자 나머지 두 마리의 말들도 멈추어 섰다. 진현은 마상에서 대화를 하는 것은 예의가 아니라고 생각을 하여 재빠른 속도로 말에서 내려섰다. 그리고 고삐를 잡고는 천천히 걸어서 경비병들에게로 향했다.

현홍의 예상대로 경비병들은 진현을 보자 숨 막히는 듯이 눈을 동그랗게 떴고 현홍은 일이 재미있다는 식으로 키득거리며 자신도 말에서 내렸다. 그러나 축 처진 니드만은 아시드 엘타에서 내려설 줄 몰랐고 경비병들은 그런 그를 딱히 제지하지는 않았다.

주위는 이상하게 조용했다. 그들의 왕국에서는 볼 수 없었던 이방인의 옷을 입은 여행객들을 보자 우선 그들은 경계했으나 진현의 미모에 숨죽일 수밖에 없었던 것이다. 비록 진현의 키가 크고 남성다운 매력을 풍겼지만 아름다움은 남녀를 넘어서 나이와 국경… 하다못해 차원을 초월하는 위력이 있었던 것이다.

진현은 자신의 검은 넥타이를 슬며시 풀며 경비병들에게 물었다.

"미력한 여행객입니다. 이 도시에서 쉬어가기 위해 들렀습니다만 어찌하여 이곳의 경비가 이토록 삼엄한지 제게 가르쳐 줄 수 있으시겠습니까?"

진현의 얼굴에는 차가움과 딱딱함이라는 감정밖에 표현되지 않았지만 그렇다고 해서 가려질 미모가 아니었다. 경비병들 중 그나마 정신을 차리고 있던 한 중년의 남성이 한 발자국 앞으로 나오며 경례를 붙였다.

나이를 보나 그가 걸친 갑옷을 보나 아마 경비대장 정도 되겠지 싶었다. 마치 걸레를 가지고 석 달 열흘은 빡빡 문질렀을 만큼 반짝반짝 윤이 나는 은색의 갑옷을 입은 남자는 애써 근엄한 표정을 지으려 애쓰는 것 같았다. 그러나 이상하게 가만히만 서 있어도 위엄과 품위, 그리고 아름다움까지 넘치는 남자를 생전 처음 보고는 입을 벙긋거리며 겨우 더듬지 않고 말할 수 있었다.

"붉은 바람이 수호하는 도시 누트 에아에 오신 것을 진심으로 환영합니다. 저는 이 도시의 경비대장인 젠드 엘리젼트라고 합니다. 때맞춰서 이 도시에 오셔서 다행입니다."

"……."

약간은 이상한 그의 말에 진현은 아무 대답 하지 않았고 곧 그의 말을 대신한 거대한 울림이 귀를 울렸다.

쿠구구궁.

제법 굵직한 나무가 쓰러질 때와 흡사한 소리에 슬쩍 뒤를 쳐다보자 어른 키의 4배 이상은 될 법한 성문이 천천히 닫히고 있었다. 어느새 말에서 내린 니드는 그 모습을 보며 조용히 말했다.

"이제부터는 어둠이 지배하는 시간. 광활한 대지 위에 생겨난 이 도시에 있어서 밤은 그리 달가운 시간이 아닙니다. 낮에는 인간의 말이 달렸던 대지 위를 밤에는 듀라한 나이트들의 말들이 달릴 테니까요."

그렇게 말하는 니드의 얼굴은 잔뜩 굳어 있었고 약간의 공포심마저 나타났다. 현홍은 알 수 없다는 얼굴로 고개를 갸우뚱거렸지만 니드는 여전히 딱딱히 굳은 얼굴로 거대한 울림을 내며 닫히는 성문을 보고 있을 따름이었다.

쿵!

어느새 완전히 닫혀 버린 성문에 여러 명의 경비병들이 커다란 쇠막대를 걸었고 성문의 양 가장자리에 커다란 횃불을 몇 개씩이나 걸었다. 주위가 순식간에 대낮처럼 환해졌다. 하지만 경비병들은 그것으로도 모자랐는지 어딘가에서 몇 명의 사람을 데리고 왔다. 검은색의 모직 로브를 걸친 그들은 언뜻 보기에도 프리스트Priest 같아 보였다.

하지만 뭔가 굉장히 어두워 보이는 사람들이라서 현홍은 한 발자국 뒤로 물러서야만 했다. 진현은 그들에게는 눈길조차 주지도 않고 자신을 경비대장이라고 밝힌 젠드라는 중년의 남자를 슬쩍 내려다보며 입을 열었다. 평소보다는 약간 더 낮고 작은 목소리였다.

"이 도시 주변에는 듀라한 나이트들이 이렇게 매일 나타나는 것입니까?"

"듀라한 나이트에 대해서 알고 계시는 것 같군요. 하지만 매일은 아닙니다. 오늘처럼 태양이 무섭도록 내리쬐는 날에만 특히 나타나곤 하지요. 그 자신들은 태양 빛 아래서 돌아다닐 수가 없으니 그런 태양을 저주하며 근처를 돌아다니곤 합니다. 하지만 이 도시는 안전합니다. 듀라한 나이트들의 신인 듀라인의 신전이 있으니까요. 도시 자체는 작은 도시이지만 듀라인의 신전 중의 총본산이라고 할 수 있는 듀라스트는 상당한 위세를 떨치고 있습니다."

그렇게 말하는 그의 얼굴에는 마치 이 도시의 경비대장이라는 사실이 자랑스럽다는 듯한 표정이 담겨져 있었다. 현홍은 대체 뭐가 뭔지 잘 모르겠지만 뭐라 입을 열 상황은 아니었는지라 그저 가만히 그들의 대화를 듣기만 했다. 그리고 잠시 후 4명의 프리스트들 중에서 짧고 검은 머리카락을 가진 30대 중반 정도의 남자가 천천히 입을 움직였다. 그는 살며시 고개를 숙이며 두 손을 모으고 말했으나 그 모습은 마치 딱딱한 인형같이 어색하게만 느껴졌다.

"말씀 중에 불경하게도 한말씀 올리겠습니다. 이 도시가 듀라한 나이트들로부터 안전하다고 할 수는 없습니다. 듀라한 나이트들이 경배하는 것은 그들의 신이지 인간이 아님을 명심해 주십시오."

"흠! 어흠!"

프리스트의 말은 상당히 경고성이 짙게 배어 있었고 그래서 경비대장 젠드는 주먹으로 입을 가리고는 헛기침을 해야 했다. 프리스트는 더 이상 말이 없었고 경비대장은 횃불에 비쳐서인지는 몰라도 그보다는 약간 상기된 얼굴로 진현에게 말했다.

"흠, 흠, 여행자 분들께서 피곤하실 텐데 너무 붙들어두었군요. 죄송합니다. 검문이라기보다는 그냥 여행자 분들이 안전하길 바라는 마음에 도시를 들르는 다른 분들과 이야기를 나눈 것뿐입니다. 그럼……"

그렇게 말한 경비대장 젠드는 발길을 돌려 경비 처소로 돌아가 버렸다. 왠지 뒷모습이 처량해 보이는 것은 눈의 착각일지. 프리스트들은 아무런 말 없이 고개를 돌려 진현 일행을 바라보았다. 뭔가 마음에 안 드는 것인지, 아니면 너무 드는 것인지 그들은 한동안 말없이 그렇게 쳐다보고 있었다.

현홍은 기분이 나빠지는 것 같아서 진현의 옷자락을 잡아끌었다. 니드 역시 아시드 엘타의 고삐를 잡고는 먼저 앞으로 걸어나갔다. 현홍은 경비대원들에게 한껏 미소 지어주며 고개를 숙여 인사했고 그로 인해 몇몇 시력 안 좋은 경비 대원들의 얼굴에 홍조가 떠올랐다.

진현은 자신과 자신들의 일행을 보고 있는 듀라인의 프리스트들에게 살며시 고개를 숙였다. 처음에 딱딱하게 말을 했던 검은 머리카락의 프리스트는 몸을 움찔거렸고 그것은 그의 뒤에 있던 다른 프리스트들 역시 마찬가지였다. 그렇게 경비대원들에게도 인사를 보낸 진현은 헤세드를 다독거리며 현홍과 니드의 뒤를 따라나섰다. 왠지 모르게 계속해서 등 뒤로 시선이 느껴졌지만 우선은 일행들을 숙소에 묵게 하는 것이 중요했다. 얼마 정도 지나 성문에서 조금 멀어졌다 싶은지 현홍이 진현에게로 다가왔다. 그는 약간 불만인 듯한 눈으로 멀리 보이는 듀라인의 프리스트들을 흘겨보고는 혼잣말처럼 중얼거렸다.

"나 저 사람들 마음에 안 들어. 프리스트라면… 음, 비유가 좀 조악할지 모르겠지만 우리 세계의 성직자 신부님이나 스님들과 마찬가지인 사람들 아냐? 그런데 저렇게 어두운 표정을 하고는 사람을 이상한 눈초리로 쳐다보다니."

투덜거리는 그의 말을 들은 니드는 피식 웃으며 말했다.

"그들은 그럴 수밖에 없는 신을 모시니까."

"무슨 말이야? 그럴 수밖에 없는 신이라니? 듀라인이라는 신 말야?"

"그래."

니드는 잠시 숨을 고르고 계속해서 말했다.

"듀라인은 말 그대로 목 없는 기사 듀라한 나이트들의 신이야."

갑자기 현홍의 얼굴이 굳어지면서 속이 이상하다는 표정을 지었다. 사실 그는 듀라한 나이트에 대해서도 별로 알고 있는 것이 없었다. 그래서 아까도 말을 꺼내지 않았던 것이다.

"켁! 목이 없다고? 머리 말야? 그, 그럼 어떻게 사물을 보는데?"

"한 손에 자기 머리를 들고 있지."

생긋 웃으면서 말하는 니드의 표정과는 달리 현홍의 얼굴은 그리 밝지 못했다. 그의 얼굴은 창백해졌다가 다시 빠르게 상기되어졌고 한 손으로 입을 가리고는 비틀거린 뒤에 진현의 팔을 붙잡았다.

"우~ 속이 이상해."

"나름대로 센스가 뛰어난 친구들이로군. 자기네들이 생각하기에는 목 위에 머리가 있는 게 별로라고 생각된 모양이야."

진현은 그렇게 중얼거림으로써 현홍의 안색을 더욱더 나쁘게 만드는 데에 일조一助했다. 니드는 쓰게 웃으며 계속해서 말을 이었다.

"듀라한 나이트들은 뭐랄까, 세상에 악의를 가지고 죽은 기사들이 죽어서 되살아난 언데드 몬스터Undead Monster야. 즉, 있어서는 안 될 자가 대지 위를 걷는 것이지. 그들은 난폭하고 강력하지만 기사도를 따르는 맹신자들임에는 죽어서도 변함없고, 살아 있는 인간들에게는 사신과도 같은 존재야. 보통의 하급 몬스터도 아니고… 조금 강하다고 할 수 있어. 웬만한 사람은 상대도 안 되는 몬스터이지. 그리고 무엇보다 중요한 것은 일개 대대처럼 무리로 떠돌아다녀. 하지만 자주 나타나는 것은 아니니 안심이지 뭐. 그리고 듀라한 나이트의 신인 듀라인을 모시는 프리스트들은 하나같이 미소가 없어. 근엄해야 된다던가? 신전에서는 아예 웃는 것조차 금지가 되어 있지."

"별난 신도 다 있네. 그리고 듀라한 나이트라는 몬스터는 별로 만나고 싶지 않은 몬스터야."

"다른 몬스터는 만나고 싶고?"

니드가 환하게 웃으며 짓궂은 질문을 던지자 현홍은 한쪽 눈을 찡긋거리며 대답했다.

"예쁘고 착한 몬스터라면 언제든지 환영하는 주의야, 난."

이제는 완연히 밤의 기운이 도는 대로에 니드와 현홍의 웃음소리가 울려 퍼졌다. 밤 기운은 약간 쌀쌀한 기운마저 느끼게 할 정도였다. 작은 도시치고는 대로의 포석들은 상당히 정비가 잘 되어 있는 모양이었다. 따각거리는 말발굽 소리가 도시를 가르고 집으로 돌아가는 주민들은 낯선 여행객에게 시선을 던졌다.

아마도 그중 대부분은 진현과 현홍을 향한 시선이었을 것이다. 그러나 니드와 얘기 중인 현홍은 둔함의 극을 달리는 인물이었기에 그 시선을 눈치 채지 못했다. 그와는 달리 다수의 시선을 느끼는 진현이었지만 별다른 행동은 하지 않고 걸음만 옮길 뿐이었다. 이른 밤이어서 아직 수다를 떠느라 집에 들어가지 않았던 처녀들은 진현의 모습에 숨막히는 듯한 표정으로 바라보며 신음 소리를 흘렸다.

남자들은 아마도 그의 말에 더 관심이 많아 보였다. 확실히 보통 마시장에서도 아주 호된 값을 주어야만 살 수 있을 법한 말을 끌고 다니니 왜 호기심이 일지 않겠는가? 지금 대로는 그들을 바라보지 않으면 그게 더 이상할 것 같은 분위기로 흘러가고 있었다. 이런 분위기 속에서 긴장하고 있는 것은 원래 이 나라 사람이었던 니드 한 명뿐.

현홍은 원래가 둔해서, 그리고 진현은 원래가 무시를 잘하는 성격인지라 대로의 분위기에 휩쓸리지 않았다. 그러나 그중 가장 평범하다고 할 수 있는 니드만은 고개를 푹 숙이며 일행들에게로 쏟아지는 화살 같은 시선들을 피하려고 애쓰고 있었다.

그들은 이리저리 두리번거리다가 대충 길을 가는 행인 하나를 붙잡고는 여관 겸 식당인 곳을 물었고 행인은 아주 친절하게(그렇게 하지 않을 수 없었을 것이다) 작은 여관 하나를 일러주었다.

대로의 모퉁이, 자세히 보지 않는다면 찾아낼 수 없을 정도로 규모가 크지 않은 작은 가게였다. 나무로 된 간판 역시 그리 크지 않아서 어두운 밤 니드는 눈을 잔뜩 찡그리고서야 가게 이름을 볼 수 있었다.

"안식의 새벽? 가게 주인이 누군지는 몰라도 꽤나 고풍스러운 것을 좋아하는 것 같은데."

"킥킥."

현홍은 소리 죽여 웃고는 고개를 휘휘 저으며 가게 주변을 둘러보았다.

"그런데 마구간은 없나? 말들이 묶을 수 있는 곳이 없다면 안 되잖아?"

"내가 물어보고 올게."

그렇게 대답한 니드는 가게의 문을 조용히 열고 안으로 들어갔다. 문틈으로 새어 나오는 빛은 상당히 환했으며 두런두런거리는 사람들의 목소리도 많았다. 진현은 자신의 오른손 손목에 있는 시계를 슬쩍 보았으나 당연한 것처럼 시계는 멈춰져 있었고 그로 인해 하늘과 별들을 보고 지금의 시간을 대략적으로 파악해야 했다.

"지금 시간이 대충 7시 정도 되었지 싶군. 식사 시간인데도 저리 사람이 많은 것을 보니 꽤나 인기가 좋은 펍Pub인가 보군."

"음? 펍이 뭐야?"

현홍은 중얼거리듯 말하는 진현을 보며 눈을 동그랗게 뜨며 물었다. 하지만 진현은 슬쩍 눈을 내리깔아 현홍에게 〈이런 것도 모르냐? 무식하긴…〉이라는 시선을 던졌고 현홍은 볼을 잔뜩 부풀려야만 했다. 그러나 진현은 현홍의 질문에 답을 하고 싶었는지, 아니면 그가 스스로 말하고 싶었던 것인지 조용히 대답해 주었다.

"펍이라는 것은 퍼블릭 하우스Public House의 약자인데 굳이 한국말로 따지자면 선술집 정도 되는 것 같다. 서민들이 저렴한 가격으로 얘기를 나누고 술을 마시는 곳이야. 영국의 술집으로 유명한 것이지. 영국에 가면 펍에는 꼭 가봐야 한다고 하니까. 나도 가본 적은 있어. 대중적인 분위기에 쉽게 술을 마시면서 얘기를 나눌 수 있는 그런 곳이라고 생각하면 돼. 길게 얘기하자면 몇 시간이 걸려도 모자라지. 영국의 펍은 그렇지 않지만 우선 여기는 우리가 사는 세계와는 다르니까 펍에는 작게 여관업을 하는 경우도 있어. 여행객들에게는 저렴하게 이용할 수 있는 곳이고. 아까 이곳 시민이 우리에게 여기 같은 곳을 알려준 이유를 대충 알겠군."

"응?"

진현이 말한 긴 문장을 이해하려고 하던 현홍은 그가 다시 알 수 없는 말을 하자 고개를 들었다. 진현은 자신의 턱을 한 손으로 매만지며 나직이 말했다. 마치 속삭이듯이.

"길을 물어봤던 것은 니드니까 아마도 돈이 별로 없을 것이라 생각했겠지. 니드가 그렇게 말했듯이 음유 시인은 천, 아니, 지위가 낮은 사람들이라고 할 수 있으니까. 우리 말고 다른 여행자들이 물었으면 조금이라도 더 크고 좋은 여관을 소개해 줬을 거다. 이거 생각하지도 못한 곳에서 사람 차별을 보게 되었군 그래."

그렇게 말하며 진현은 웃었다. 그러나 그 웃음은 웃음으로써의 의미가 아닌 왠지 모르게 으르렁거리는 것같이 느껴졌다. 그 모습을 보는 현홍 역시 그냥 씁쓸히 고개를 저을 수밖에 없었다.

이윽고 잠시 후 니드가 문을 열고 나왔다. 그는 자신의 머리를 긁적이며 진현과 현홍에게 조용히 말했다. 약간 당혹감이 흐르는 표정이었다.

"하아, 여기 펍은 너무 작아서 마구간이 없다고 하더군요. 대신 주인장이신 분이 다른 여관을 일러주셨습니다. 가시지요."

그렇게 말하며 니드는 자신의 아시드 엘타의 고삐를 잡아끌고 앞장서서 걸었다. 현홍은 그의 뒷모습을 보며 속으로 생각했다. '니드도 알고 있었을까' 라고.

얼마 동안 걸었는지도 모를 만큼 그들은 대로의 길을 따라 이리저리 골목을 빠져나갔다. 물론 중간중간에서 만난 사람들의 시선이 느껴지는 것은 당연했다. 밤바람이 시원하게 귓가를 스치고 달의 저편으로 사라져 갔다. 사람들의 두런거리는 목소리와 돌로 만들어진 대로에서 울려 퍼지는 말발굽 소리가 측은하게 들리는 것은 어쩌면 현홍의 기분 때문일지도 몰랐다.

검게 물들어 있는 밤하늘은 정말 낮의 그 시리도록 푸르렀던 하늘이 맞는지 의심케 할 만큼 어두웠다. 자연이라는 것은 정말 시간의 변화에 따라 1분 1초도 같은 모습으로 있는 경우가 없다. 그래서 지금 자신이 보고 있는 이 장면의 자연은 두 번 다시 보지 못한다는 말로도 해석이 가능한 것이었다.

그래서 그런지 지금까지 보아왔던 밤하늘보다 더 스산해 보였고 아름답게 빛나는 별들도 더욱더 아름다워 보였다. 하늘에는 무수히 많은 별들이 도시를 내려다보며 그 자태를 뽐내었다.

별들 때문에 검은 밤하늘이 환하게 빛나는 느낌마저 들 정도로 맑고 엄청난 수의 별들이었다. 보석을 잡고 검은 땅 위에 뿌려놓으면 저렇게 보일까? 도시에서는 평생이 가도 보지 못할 정도의 양이었다. 아주 옛날 현홍 자신이 시골에 가서 보았던 그 별들처럼 도시에서만 살던 어린아이의 눈에 왜 그렇게 그것이 아름답고 신기해 보였는지 현홍은 그런 생각을 하며 살짝 미소 지어보았다.

아마도 현홍은 지금 자신의 눈에 보이는 이 장면과 자신의 뺨을 스치는 바람을 평생토록 잊지 못할 것이다. 그는 바람에 날리는 자신의 머리카락을 손으로 쓸어 넘기며 고개를 돌려 진현을 보았다. 그리고 진현 역시 고개를 살짝 위로 올리고 그 별들을 바라보며 걷고 있는 모습을 보고 실소를 터뜨렸다. 아무리 대단하고 흠잡을 곳 없을 만큼 철두철미한 진현이라고 할지라도 자연의 위용과 아름다움 앞에는 역시 그도 한 사람의 인간일 뿐이구나 하는 생각과 함께 말이다.

어느새 니드의 걸음이 멈춰졌다. 고개를 들고 하늘을 바라보던 진현도 황급히… 는 아니고 언제 그랬냐는 듯이 고개를 내렸고 현홍은 니드의 옆으로 다가섰다. 그리고 그들의 앞에는 아까의 펍보다는 약간 더 큰 가게가 자리 잡고 있었다. 유리창 너머로 보이는 가게 안에는 시간에 비해 상당히 많은 사람들이 테이블을 차지하고 있었기에 그들은 과연 빈방이 있는지를 우선적으로 걱정해야 했다.

니드는 슬쩍 뒤를 돌아본 뒤에 여기 있으라는 식의 눈길을 주고 가게 안으로 들어갔다. 현홍이 두리번거리며 가게의 근처를 살피던 중 가게의 뒷마당으로 들어가는 입구가 보였고 그 입구의 안쪽에는 많은 양의 건초가 쌓여져 있었다. 고개를 들어보니 가게는 3층 정도로 되어 있었다. 현홍은 이왕이면 낮은 곳으로 달라고 말하고 싶었다. 왜냐하면 그는 약간의 고소 공포증이 있었기 때문이다.

진현은 가게의 외벽에 등을 기댄 채 팔짱을 끼고 대로를 응시하고 있었다. 확실히 큰 가게여서 그런지 대로의 중앙 쪽에 위치해 있었고 가게의 앞으로 20m 정도 떨어진 곳에는 작은 분수대까지 보였다. 밤이라서 분수대에서는 물이 뿜어져 나오고 있지 않았다. 분수대에서 뻗어져 나오는 폭 한 뼘 정도의 수로는 대로를 네 갈래로 나누는 구실을 했다.

상당히 깔끔하고도 도시의 외관을 아름답게 해주는 구실인 것 같았지만 저것은 예산 낭비인 듯싶은데… 진현이 이렇게 생각하며 작은 수로를 보고 있을 때 가게문이 열리며 니드와 그의 뒤를 따라 하인으로 보이는 40대 중반 정도의 남자 한 명이 따라나왔다. 쭉 찢어진 눈과 디룩하게 살이 찐 얼굴 때문에 그리 인상이 좋아 보이지는 않는 남자였다.

그 남자는 가게문을 나서자마자 보이는 거대한 말과 그리고 그 말의 주인으로 보이는 미청년 덕분에 두 번을 놀라는 경험을 해야 했다. 남자는 입을 떡하니 벌리고 말을 쳐다보았고 또 고개를 돌려 진현을 쳐다보았다. 약간 기분이 상한 진현은 미간을 살짝 좁혔고 그것을 보았는지 남자는 서두르듯 입을 열었다.

"아, 아이고, 이거 죄송합니다. 이렇게 잘생기고 큰 말은 처음 보아서 말입니다. 죄송합니다."

두 손을 모으고 수완 좋게 말하는 남자를 보고는 진현은 그냥 눈을 돌려 버렸다. 현홍은 그런 진현의 팔을 팔꿈치로 슬쩍 친 후에 생긋 웃으며 남자에게 말했다.

"괜찮아요. 저 친구가 원래 좀 성격이 안 좋거든요. 이해하세요. 마구간이 어디 있지요? 저희 말들이 조금 많이 달려서 피곤할 것 같거든요."

"예… 예, 저를 따라오십시오."

진현은 현홍의 말을 듣고 뭔가 발끈하여 말을 하려 했지만 니드가 앞을 가로막으며 가까스로 말렸기 때문에 이를 갈며 물러설 수밖에 없었다. 허리를 굽실거리며 안내하는 남자를 따라 뒷마당으로 들어가자 그곳에는 아까 현홍이 보았던 것처럼 건초 더미와 함께 나무로 지어진 막사 같은 것이 있었다.

남자는 일행에게서 건네받은 고삐를 잡고 말들을 마구간 안에 넣었고 현홍은 손을 흔들며 카오루에게 인사를 하여 남자를 당황케 했다. 물론 현홍에 이어서 헤세드의 목을 쓰다듬으며 뭐라고 말을 하는 진현과 역시 아시드 엘타에게 '잘 자, 좋은 꿈 꿔' 등등의 말을 한 니드를 본 남자는 주먹으로 입을 가리고야 말았다.

뒷마당에서 안으로 들어가는 길을 지나 가게로 들어서자 가장 먼저 들리는 소리는 이곳저곳에서 들리는 말싸움하는 소리였다. 그리 늦은 밤도 아닌데 이미 취기가 오를 대로 오른 남자들은 사소한 것에도 말싸움을 일으켰고 말리는 사람들은 진땀을 빼야 했다.

진현은 미간을 찌푸리고 못 볼 것을 봤다는 표정과 함께 카운터로 성큼성큼 걸어갔다. 현홍 역시 그리 밝은 표정은 아니었고 니드는 그저 쓰게 웃었다. 그로서는 이런 광경에 이골이 났기 때문이다.

카운터에는 살점이 넉넉하게 붙은 중년을 넘어 노년으로 가고 있는 남자가 사람 좋아 보이는 미소를 지으며 컵을 닦고 있었다. 아마도 그가 이 가게의 주인처럼 보였다. 그리고 남자는 새로운 손님이 자신에게로 다가오자 하얀 수건으로 닦고 있던 컵을 선반 위에 올려두었다. 가장 먼저 자신에게로 다가온 진현을 보고 주인장은 넉살 좋게 웃으며 말했다.

"어서 오시오, 〈시간의 휴식〉에 잘 오셨소. 난 이 가게의 주인인 찰스 러스킨이라고 하오."

"안녕하십니까. 특이한 가게 이름이로군요."

"하하, 이곳에서는 시간도 휴식을 취한다오."

현홍은 주인이 말한 그 뜻이 무엇일까 생각하는 듯이 고개를 갸우뚱거리다가 곧 그 말이 〈시간이 휴식을 취할 정도로 이 여관이 좋다〉는 말임을 깨닫고 주인장의 작명 실력에 감탄하는 탄성을 질렀다. 물론 니드는 그 모습을 보며 웃었고 말이다.

진현은 조용히 자신의 양복 주머니를 뒤적거렸다. 그와 동시에 자신의 가방을 뒤적여 돈을 꺼내려던 니드는 당황하며 진현을 올려다보았다. 현홍은 과연 저 인간이 무슨 돈을 가지고 있길래 하는 시선으로 진현을 보다가 곧 그의 손에 들려져 나온 것을 보고는 입을 벌릴 수밖에 없었다.

그것은 아마 가게의 안에 있던 다른 사람들도 마찬가지이리라. 주인장 찰스는 자신의 얼굴을 때리는 휘황찬란한 광채에 입을 다물었고 일행의 뒤에 서 있던 남자 하인은 엉덩방아를 찧고 싶었는지 엉거주춤한 자세로 서 있었다.

진현의 엄지와 검지손가락에 들려져 있던 것은 새끼손톱만한 크기의 다이아몬드였는데 그 광채가 어찌나 눈부신지 크기는 작아도 상당한 고가임을 알 수 있었다.

니드는 입을 벙긋거리며 진현을 보며 말했다.

"지, 진현! 그것은… 그것은, 다이아… 다, 다이아몬드가… 흐읍, 아닙니까?"

한참을 더듬거린 후에야 제대로 말을 마친 니드를 보며 진현은 고개를 끄덕였다. 그리고 그 다이아몬드를 카운터의 테이블에 올려놓고는 찰스를 보며 조용히 말했다. 사실 이미 가게 안은 시끌벅적하게만 들리던 말소리도 잦아들어 있어서 누가 말했던지 크게 들렸지만.

"1인실이 3개 있다면 그것으로 주시고 없다면 3인실 방 하나 주시기 바랍니다. 그런데 방마다 욕실은 구비되어 있습니까?"

찰스는 목으로 마른침을 삼키고 난 다음에서야 억눌린 목소리로 겨우 그의 말에 대답할 수 있었다.

"커컥! 특실에는 그곳에는 욕실이 따로 구비되어 있고 그 외에는 공중 목욕탕이 있습니다. 특실이 지금 딱 총 3개가 남았습니다만… 그곳으로?"

"예."

진현은 짧게 고개를 끄덕였고 찰스는 마치 가만히 두면 사라지는 것을 보는 듯한 시선으로 재빨리 테이블 위에 있던 다이아몬드를 두 손으로 감싸 올렸다. 그는 다이아몬드와 진현을 번갈아가며 보다가 곧 다시 입을 열었다.

"하, 한데 지금은 거스름돈을 드릴… 잔고가……."

"거스름돈은 필요없습니다."

"예?!"

"대신 저희 말들에게 편자와 함께 제대로 된 안장들을 구입해 주셨으면 합니다. 그리고 나중에 저희들이 떠날 때 말씀드리겠지만 며칠 분의 식량도 함께 말입니다. 만약 모자라신다면 수고비로 더 드리지요."

"아, 아니오! 됐습니다. 그러고도 남습니다! 남아요!"

찰스는 다이아몬드를 자신의 웃옷 주머니에 쑤셔 넣고는 두 손을 저었다. 그는 눈짓으로 하인에게 손님들을 모시고 올라가라고 시늉했고 눈치 빠른 하인은 역시 허릴 굽실거리며 위층으로 그들을 안내했다.

진현은 정말로 거스름돈에는 관심이 없었던 것인지 주저없는 태도로 남자를 따라 올라갔고 멀뚱히 서서 그 모습을 보던 니드와 현홍도 왠지 모를 사람들의 시선을 받으며 줄달음치듯 위층으로 올라갔다.

이날 찰스는 엄청나게 과장된 몸짓으로 다이아몬드를 쳐다보며 가게의 사람들에게 자랑을 해댔고 속으로는 쾌재를 부르며 자신의 일생 동안 이토록 운 좋은 날은 없을 것이라고 생각했다.

남자가 안내한 곳은 3층의 구석진 방이었다. 3층은 아마도 특실 전용이었는지 바닥부터 푹신한 카펫이 깔려 있었고 복도에 중간중간 배치된 탁자 위의 화병에는 어디선가 가져온 꽃들이 꽂혀 있었다.

그는 제일 구석의 방 3개의 문을 차례대로 연 후에 진현을 향해 고개를 숙였다. 아마 그가 생각하기에는 돈을 낸 진현이 그들 중 가장 돈이 많을 것이라고 추측했고 돈이 많은 사람은 곧 높으신 양반이라는 이상한 결론까지 내린 모양이었다.

"자, 여기입니다, 손님."

지극히 공손히 말하는 남자를 보면서 진현은 고개를 끄덕이고는 내려가라는 눈치를 주었다. 남자는 곧 뒷걸음질치며 아래층으로 모습을 감췄다. 그리고 그 직후 현홍과 니드는 궁금하던 것을 마치 막혔던 강물이 터지듯 한꺼번에 묻기 시작했다.

"뭐야? 김진현! 너 대체 보석이 어디서 난 거야? 혹시 너 문장의 능력으로 스리슬쩍한 것은 아니겠지? 어디서 난 것이냐고!?"

"아무리 특실이라고는 하지만 여관비는 그리 비싸지 않습니다. 그리고 안장과 편자 등을 다 합쳐 봤자 금화 한 닢이면 충분하고요! 그런데 다이아몬드라니… 대체!"

진현은 대답하기 귀찮다는 식으로 고개를 흔들어 보이더니 천천히 대답했다.

"하나씩 천천히. 우선은 현홍의 물음부터 대답하도록 하지. 너, 내가 능력 따위나 이용해서 그런 짓을 할 그런 파렴치한으로 보이냐(사실 여기서 현홍은 '응' 이라고 대답하고 싶었지만 억지로 참아야만 했다)? 저것은 내가 이곳에 오기 전부터 가지고 있었던 거다. 이 세계에 온 바로 그날 세계의 유명 보석 박람회에서 다이아몬드와 유색 보석 감정도 같이 하더군. 그때를 위해서 가지고 있었을 뿐이야."

그렇게 말한 진현은 양복 안 주머니로 손을 집어넣었고 잠시 후 그의 손에 딸려 나온 것은 부드러워 보이는 벨벳으로 된 주먹만한 주머니 하나였다.

그는 더 이상 말 않겠다는 식으로 주머니를 현홍에게 넘겼고, 현홍은 그 주머니를 묶은 끈을 풀고 안을 확인한 순간 기절하고픈 표정을 지었다. 물론 예상은 했었지만 주머니 안에는 신비로운 광채를 뿜어내는 유색의 보석들 루비, 사파이어, 에메랄드 등등 색으로만 따져서는 종류를 알 수 없을 정도로 수많은 보석들이 있었다.

크기도 각양각색이었다. 새끼손톱보다 더 작은 크기에서부터 손가락 한 마디가 되는 큰 것까지 크기도 각양각색이었다. 만약 한국의 시세로 따진다면⋯⋯. 그렇게 생각한 현홍은 침을 꿀꺽 삼키고는 고개를 들었다.

니드는 이미 그 광채에 놀라 벽에 찰싹 붙어 있었고 그 모습은 꽤나 코믹하게 보였다. 짧은 한숨을 내쉰 현홍은 다시 주머니를 닫고는 진현에게 넘겼다.

주머니를 받아 든 진현은 그것을 양복 주머니 안에 넣었고 니드의 질문에 대한 답을 했다.

"그리고 니드, 우리가 여기에 언제까지 있을지는 잘 모르겠지만 그리 오래 있을 수는 없겠지요. 빠른 시간 내에 사람들에게 준비를 시키기 위해서 가장 최선책을 선택한 것뿐입니다. 어차피 여행자들이라 별로 시선도 좋지 않을 것이고."

"그렇지만 그렇게 많은 돈을 보이면 나중에 이 도시를 떠났을 때 문제가 될 수도 있습니다. 민심은 좋지만 세상은 흉흉합니다. 곧장 도적 떼들에게 표적이 될 수도 있고⋯⋯."

걱정스러움이 묻어나는 니드의 말에 진현은 피식 하고 웃었다. 그의 미소에는 자신을 향한 자신감과 앞으로 적이 될 인간들에 대한 멸시가 가득 담겨져 있었다. 그 싸늘한 미소를 본 니드는 공기 중에 흐르는 한기에 흠칫거리며 몸을 떨어야 했다. 현홍은 어깨를 으쓱거리고는 〈예전에도 그랬고 지금도 그러고 있고 미래에도 그렇게 하겠지〉 하는 말을 중얼거렸다.

진현은 천천히 오른손을 들어 머리카락을 쓸어 넘겼다. 복도를 은은하게 비추는 등불들 때문에 그 모습이 참으로 괴이하게 보였다. 붉은색 빛을 받아 화려하게 빛나는 금발 머리카락은 보는 이로 하여금 아찔하게 만들기에 충분했다.

어떻게 염색으로 인해 총천연색보다 더 아름다운 금발 머리카락이 나왔는지는 현홍은 의문이었지만 아마 들인 돈이 꽤 되리라 생각하고는 쓰게 웃었다. 그의 연갈색 안경알이 번뜩인다는 느낌이 든 것은 기분 때문일까?

진현은 그렇게 한번 머리를 쓸고는 조용히 자신의 방으로 들어가며 나직이 말했다.

"만약 그리된다면 가진 자의 도리로써, 그리고 주인의 도리로써 환대歡待를 해주어야 되겠지요. 아주 정중히 말입니다. 그럼, 좋은 밤 되시길."

타앙!

아무 소리도 없던 복도에는 닫힌 문의 소리만이 괴괴하게 울려 퍼졌고 니드는 걱정스러운 눈으로, 그리고 현홍은 별수없다는 눈으로 진현이 들어간 방문을 한참 동안 쳐다보았다.

복도의 끝에 자리 잡은 커다란 창문의 유리창으로 맑게 새어 나오는 달빛이 을씨년스럽다고 현홍은 생각했다.

* * *

툭.

손가락에 의해 꿰어진 양복의 단추들이 작은 소리를 내며 벗겨졌고 진현은 낮은 한숨을 내쉬며 양복의 윗도리를 벗어 의자 위에 걸쳐 두었다. 특실이라서 그런지 1인실치고는 상당히 큰 편이었고 정리도 잘되어 있어 깔끔해 보였다.

눈의 피로와 함께 졸음이 쏟아졌다. 아무리 그가 자신이 살던 세계에서는 서류와 회사에 치여서 하루에 2시간 남짓 잔다고는 하지만 서류와 여행은 다른 것임이 분명하다. 진현은 엄지와 검지손가락을 이용하여 안경을 벗고는 고이 접어서 양복 주머니에 넣어두었다. 약한 신음 소리를 흘리며 진현은 그렇게 침대 위에 걸터앉았다.

 알 수가 없었다. 왜 자신만이 아닌 현홍마저 이 일에 개입되게 되었는지를. 보통 때 같았다면 거의 모든 전모를 알려주고 일을 시킬 신이었다. 그러나 지금의 그는 아무것도 아는 것이 없었다. 자신에게는 미래를 보는 눈 따위는 존재하지 않았다. 비록 약간의 눈치와 상황 판단력 때문에 지금까지 일을 그르친 적은 없었지만 이번 일은 지금까지의 사소한 일과는 다른 일 같은 느낌이 들었다.

 차갑게 불어닥치는 바람 때문에 창문이 덜컹거리며 격한 비명을 올렸다. 고개를 돌려 창을 바라본 진현은 문득 창밖의 달이 보름달인 것을 깨달았고 천천히 펴지지 않는 허리를 추스르고는 창가 쪽으로 걸어갔다.

 시리도록 하얗게 빛나는 만월이 진현의 눈동자에 들어왔다. 어찌 저리도 하얗고 신비로울까.

 진현은 이런 생각을 하며 천천히 자신의 회색 와이셔츠의 단추를 하나씩 풀어헤쳤다. 깔끔하기로 치자면 둘째가라면 서러울 그가 제대로 된 목욕을 이틀이 넘도록 하지 못했으니 괴로울 만도 했다. 와이셔츠의 목단과 이곳저곳에는 검은 먼지가 묻어나 있었다.

 환한 달빛에 의해 비춰진 그의 몸은 놀랍도록 잘 짜여진 기계와 같았다. 무엇을 더할 필요도 뺄 필요도 없는, 한 치의 오차도 없이 컴퓨터로 제작한 그런 기계. 사람에게 있어서는 그리 할 말이 아니지만 그의 뽀얀 살결과 잡티 하나 없는 피부. 백옥과도 같다는 표현이 적당할 것이다.

　상반신과 하반신은 황금의 비율로 나뉘어져 그가 어떤 옷을 입더라도 잘 소화해 낼 수 있도록 도와주는 역할을 했다. 진현은 천천히 와이셔츠를 한 손에 들고는 욕실로 향했다.

　욕실은 방에 비해서 그리 넓지 않았지만 지금 그에게 있어서는 그것마저 그리 감격스럽게 보일 수가 없었다.

　문을 열고 안으로 들어서자 가장 먼저 보이는 것은 커다란 나무 물통이었다. 약간 황당했지만 그래도 그게 어디랴? 하지만 나무로 된 물통은 어른 2명이 들어가고도 남을 정도로 넓고 깊었다. 그 위로 높게 달려진 수도꼭지가 두 개. 하나는 찬물, 그리고 하나는 더운물일 것이다.

　이 시대에 더운물을 어떻게 데우는지 궁금했던 진현은 목욕을 다 한 후에 그 의문점에 대해 고찰해 보기로 하고는 손을 뻗어 수도꼭지의 벨브를 돌렸다. 예상했던 대로 하나에서는 차가운 물이, 그리고 나머지 하나에서는 그리 뜨겁지는 않았지만 더운물이 쏟아져 내렸다. 하지만 약간 미지근한 정도라서 미덥지는 않았다.

　진현은 더운물이 흘러나오던 벨브를 잠그고는 차가운 물만 받아 내리기 시작했다. 보통 사람이었다면 차가운 물을 받지 않고 미지근한 물이나마 받아서 쓸 텐데 진현은 그렇지 않았다.

　그는 극히 추위나 더위를 타지 않는 특이 체질이었으니까. 나무 욕조의 옆에는 상반신 정도가 보일 수 있는 거울이 걸려져 있었다. 그럭저럭 욕실의 분위기를 내려고 노력한 부분이 가상하게 여겨져서 진현은 피식 웃어주었다. 거울에 비친 진현의 모습은 그가 이 세계에 오기 전보다는 훨씬 나아진 듯해 보였다.

　'여기가 더 좋다는 말이더냐, 김진현?'

자신에게 그렇게 질문을 던진 진현은 키들거리며 낮게 웃고는 천천히 바지를 벗어 내렸다. 어느새 물은 욕조를 찰랑거리며 메우고 있었고 진현은 그 모습을 보면서 피식 웃고 말았다. 어느덧 그의 거침없는 손길로 인해 그의 몸은 실오라기 하나 걸친 것 없는 상태가 되었고, 그는 싸늘한 밤 기운에 살짝 팔을 쓰다듬고는 나무 욕조 안으로 그 몸을 뉘었다.

"흐읍."

짧게 숨을 들이마셔 보았다. 물은 생각보다 훨씬 차가웠다. 그러나 이미 차가워질 대로 차가워진 그의 몸과 마음보다 차갑지는 않았다. 고개를 들어보니 지붕 위에는 채광을 위한 동그란 창이 있었고 진현은 미심쩍은 눈으로 그 창을 올려다보아야 했다. 만약 여성이 여기서 목욕을 한다면 늑대 같은 심성을 가진 장래 유망한 청년들이 과연 가만히 있을까?

그의 몸에 흐르는 피에 각인된 〈페미니스트Feminist〉의 무언가가 꿈틀하는 것같이 느껴졌지만 진현은 그대로 고개를 저었다. 3층의 가파른 지붕 위까지 목숨을 걸고 올라와서 여성의 알몸을 보려 하는 작자라면 아마 유곽에 가서 돈을 내고 여성을 사겠지. 아니면 그나마 덜 위험한 강간을 하던가. 최소한 그것은 걸리지만 않으면 목숨의 안전은 부여하는 것이니까. 만약 걸리면 단두대의 이슬로 사라지겠지만.

진현은 같은 남자로서 그 남자들과 자신에게 끔찍스러울 정도의 살기를 내뿜고는 천천히 눈을 감았다. 그의 여성 편력은 대단했다. 여성은 하늘. 그런 결론을 세우고 하등下等한(비록 자신도 남자였지만) 남자들보다는 훨씬 더 고귀하고 아름다운 존재라고 생각했다. 그리고 그렇게 대해주었다.

절대적으로 〈레이디 퍼스트〉였으며 여성을 위해서라면 그 한목숨 바칠 것 같은 그를 보며 그의 친구들은 고개를 저었다. 그의 외모와 지성, 집안 등 빠질 것 없는 조건들 때문에 그를 사랑하고 쫓아다녔던 여성들이 그에게 더 매료될 수밖에 없었던 이유도 바로 이것이다. 그럼에도 불구하고 그가 독신주의라는 것과 지금까지 단 한 명의 여성도 애인으로 삼지 않았다는 점에서 사람들은 이상하게 생각했다.

창을 통하여 그에게로 쏟아져 내리는 달빛을 맞으며 진현은 손을 물밖으로 들어서 이미 흠뻑 젖은 자신의 머리카락을 쓸어 올렸다. 젖어 있는 머리카락이 뒤로 넘겨지자 그동안 그 머리카락에 감춰져 있던 오른쪽 눈동자가 모습을 드러냈다.

연한 회색, 아니, 흰색에 가까울 정도의 그의 눈동자에는 초점이 없었다. 한기가 서린 한숨을 내뱉은 그가 손으로 자신의 오른쪽 눈을 누군가에게 들킬세라 감춘 것은 그 직후의 일이었다.

* * *

"진현은 상당히 이상하신 분 같아."

니드가 가져다 준 웃옷으로 갈아입고 있던 현홍의 손끝이 멈추었다. 부드러운 감촉의 면으로 만들어진 옷은 니드의 옷인지라 현홍 자신에게는 조금 큰 편이었다. 물론 니드의 덩치가 큰 것은 아니었으나 몸이 얇은 현홍이 입기에는 헐렁한 편에 속했다. 하지만 그렇기에 더 편한 것인지도 모른다. 현홍은 슬쩍 그를 바라보고는 소매를 걷어 접으며 말했다.

"으음… 이상한 사람? 왜 그렇게 생각해?"

"글쎄, 아마도 나 말고라도 그를 하루 이상 겪어본 사람이라면 다 그렇게 생각하지 않을까?"

그의 말은 현홍은 웃고 말았다. 니드는 마치 단 3일이라는 시간 만에 김진현이라는 존재에 대해서 다 알아버린 사람처럼 말을 했다. 테이블 옆에 있는 의자에 다리를 꼬고 앉아 있던 니드는 길게 늘어뜨린 자신의 코발트 블루의 머리카락을 손가락을 쓰다듬으며 조용히 말했다.

"그 사람은 마치 얼음 같아. 차가운 얼음. 화이트 드래곤의 아이스 브레스도 저 사람만큼 차갑지는 않을걸? 그러나 그 속에는 격렬한 폭풍을 감춘 사람 같아. 얼음이라는 표면에 가두어진… 아니, 스스로 감춘 듯한 불꽃 같은 마음을 지닌 그런 신기한 사람이야. 이상하기도 하고 묘하기도 하지."

그렇게 말한 니드는 생긋 웃었다. 그를 보던 현홍은 침대 위에 털썩 소리를 내며 주저앉았다. 그리고 두 손을 앞으로 모아 양 무릎을 잡으며 고개를 들었다. 망토는 벗어던지고 편한 옷차림으로 의자에 앉아 있는 니드를 보며 현홍이 조용히 입을 열었다.

"별로. 진현이도 사람이야. 길가를 지나가면서 흔히 볼 수 있는 그런 수많은 사람들과 같은 사람. 다만, 그 녀석 스스로가 다른 사람들보다 자신은 특별하다고 생각해서 문제이지."

"스스로를 특별히?"

'보통 그런 것은 왕자병 같은 것 아냐?' 이렇게 물어보려던 니드는 간신히 그 말을 입 구석으로 밀어 넣으며 현홍의 다음 말을 기다렸다. 그러나 현홍이 다음 말을 꺼내기에는 조금 긴 시간이 지나야 했고 그 동안 니드는 자신의 손바닥에 있는 손금을 향한 고찰을 할 수밖에 없었다. 니드가 손바닥의 손금을 하나둘씩 세고 반 정도의 수를 세었을 때 조용히 현홍의 목소리가 들려왔다.

"자신을 특별히… 그래, 특별하게 생각하지. 하지만 남보다 자신이 우위에 있다고 생각하는 특별함이 아냐."

현홍의 말은 잠시 멈춰졌다. 그는 깊게 숨을 들이마셨다. 이런 말을 해도 될까? 7년 지기 친구의 일을 분명 친구가 되었지만 만난 지 얼마 되지도 않은 니드에게 말해도 될까? 그런 생각을 했지만 마음의 흔들림 같은 것은 없었다. 언젠가 진현 자신이 니드에게 말을 하는 것보다는 자신이 얘기하는 것이 훨씬 더 나을 것이라는 생각이 들었다. 창밖으로 부는 바람이 스산히 느껴졌다.

그는 입을 열었다. 천천히, 그리고 나직하게. 아무 소리도 없이 고요하던 방 안을 낮게 울릴 정도로.

"그 녀석은 그 누구보다 더 자신을 죄인 취급하는 녀석이니까. 자신이 가장 하등하다고 생각하는 녀석이니까. 그 오른쪽 눈동자에 빛이 비치지 않게 된 그날부터."

묘족猫族의 아이 2

아침의 대로는 어수선했다. 수많은 사람들이 길을 지나가며 서로에게 인사를 해댔고 나이 지긋한 남자들은 직장으로 출근을 하고 아주머니들은 시장으로 장을 보러 가는 시간, 그리고 아이들은 아직도 꿈나라에서 헤메고 있을 시간이었다. 어둑한 밤이 가고 이제는 낮의 전령사가 그 모습을 드러내며 앞으로 다가올 시간은 태양의 시간이라는 것을 알렸다.

그러나 그것은 현홍에게는 그리 큰 관심사가 아니었다. 푹신한 솜털을 가득 넣어 가볍고 부드러운 베개를 이용하여 자신의 두 귀를 막은 현홍은 그 아침이 오는 것이 너무나도 싫었다. 대지를 벗 삼아 밤하늘을 이불 삼아 그렇게 낭만적인 잠을 청하는 것도 좋았지만 원래가 침대 생활을 했던 현홍에게는 너무나도 고생스러운 일이 아닐 수 없었다.

그래서 그에게는 간밤의 꿀 같은 잠이 너무나도 소중했고 그것이 그 어떤 무언가에 의해서 깨어진다는 것이 불쾌했다. 그러나 한 사람의 인간이 불쾌하다고 해서 떠오르던 태양이 다시 대지 아래로 내려갈 리는 세상이 멸망하기 이전에는 있을 수 없는 일. 현홍을 몸을 뒤척거리며 매일 아침 같은 시각마다 찾아오는 아침이 조금이라도 늦게 오는 방법이 없을까 하는 이상한 생각까지 했다.

소란스러움에 짜증을 내고 있던 그는 곧 털썩 소리를 내며 베개를 다시 자신의 머리 뒤편으로 옮겼고 편히 고개를 뒤로 젖혔다. 하얀 커튼에 가려진 창밖으로 내리비치는 새벽의 햇살은 맑게 보였다.

"좋은 날씨겠군."

그는 이렇게 중얼거리며 몸을 일으켰다.

"으으음."

현홍은 눈을 찡그리고 낮은 소리를 내며 길게 기지개를 켰다. 어쩌면 아침이 오기 때문에 잠을 자는 것이 아닐까 생각했다. 계속해서 자는 잠은 죽음밖에 없으며 아침이라는 존재를 맞이하는 사람들은 자신이 죽지 않았다는 것을 확인하는 셈이니까.

터벅거리는 발길을 재촉해 욕실로 들어선 그는 곧 익숙한 손놀림으로 쇠로 된 대야에 물을 받아 세수를 했다. 차가운 물 때문에 정신이 확 깨는 것을 느낀 현홍은 수건을 이용해 대충 얼굴을 닦아내고는 이제 아침마다 느끼는 생리적인 고통에 눈살을 찌푸려야 했다.

꼬르륵거리는 배에서 울리는 소리를 들으며 그는 가게 안에 마련된 식당으로 가기로 마음먹었다. 다른 일행들은 일어났을까? 복도로 나온 그는 니드와 진현의 방에 노크를 하려 했다. 그러나 지금까지 밖에서 야영을 하던 도중 니드가 절대로 남이 깨워서 일어날 위인이 아니라는 것을 알고 있었다. 물론 진현 역시 스스로가 일어나기 전에 잠을 깨우면 그날은 하루 종일 신경질을 부렸고 말이다.

가볍게 쥔 주먹을 들던 현홍은 고개를 젖고는 천천히 아래층으로 내려갔다.

낡은 나무가 삐걱거리는 소리를 들으며 아래층으로 내려간 현홍의 눈에 가장 먼저 들어온 것은 이리저리 막대 걸레를 놀리며 청소를 하고 있는 어제의 하인 남자였다. 그는 언제나 아침의 일과에 따라서 청소를 하고 있었고 곧장 현홍이 내려오고 있다는 것을 눈치 챘다.

"아이고, 손님. 이제 일어나시는 겁니까?"

그는 대걸레를 테이블 한쪽에 세워두고는 허리에 두르고 있던 앞치마에 손을 닦으며 현홍에게로 다가왔다. 역시 어제의 진현 덕분에 효과가 있었는지 그는 상당히 공손하고도 친절한 태도로 현홍에게 말했다.

"불편한 점은 없으시던가요? 그리고 아침은 지금 드시겠습니까?"

현홍은 생긋 웃으며 대답했다.

"예, 여관 시설이 좋은 덕분에 오랜만에 편히 잤어요. 그리고 아침 식사는 지금 되나요? 조금 배가 고픈데."

"예, 예, 물론 입죠. 자, 어디든 앉으십시오."

사내는 허리를 숙였고 현홍은 고개를 살짝 숙이며 감사의 뜻을 표한 후에 대충 구석진 자리의 테이블을 보고는 그곳에 자리를 잡았다. 현홍은 커다란 유리창 너머로 지나가는 사람들을 보며 시간을 보내기로 마음먹었다. 아직 새벽 특유의 파란 기운이 가시지 않은 하늘 위로 흰 구름들이 몰려나왔고 역시 하늘은 드높아 보였다. 가을 하늘처럼 청명한 날씨.

현홍은 그가 사는 한국의 가을 하늘을 떠올리고는 작은 기쁨에 심취했다. 이곳에서도 자신이 살던 세계의 부분을 볼 수가 있는 것이 즐거웠던 것이다. '잊혀지지 못하게 해…' 이렇게 중얼거리며 검지손가락을 이용하여 테이블을 또닥거렸다. 일정한 리듬에 맞춰서 자신이 즐겨 듣던 일본 가요를 흥얼거렸지만 그의 목소리는 극히 작았다.

여성의 음색을 따라할 수 있을 정도로, 아니, 그가 여성의 목소리보다 더 아름답다고 할 수 있을 정도로 현홍의 목소리는 미성이었다. 듣는 사람으로 하여금 남자라고는 생각할 수 없게 만들 정도의 미성. 그러나 그 자신은 별로 좋아하지 않았다. 노래방에 가면 언제나 밖의 사람들에게 여잔지 오해받아야 했기 때문이다.

"솜씨 좋은데?"

"어… 니드?"

현홍은 조용히 자신의 옆에서 감탄이 담긴 말을 내뱉는 사람을 올려다보며 말했다. 니드는 잠잘 때를 제외하고는 언제나 묶고 있는 자신의 긴 머리카락을 살랑거리며 현홍의 맞은편 의자에 앉았다.

어제 손수 빨아놓은 옷이 다 마르지 않았는지 그는 어제와는 다른 옷차림이었다. 편하게만 보이는 아이보리 색의 셔츠에 검은 바지. 장신구라고는 심플한 귀걸이와 목걸이뿐이었다. 치렁치렁한 옷차림이 아니어서인지 현홍은 그것이 더 보기가 편했다. 니드의 옷과 장신구는 조금 사람을 혼란스럽게 할 정도였으니까. 복잡하다고 해야 될 정도로.

현홍은 생긋 웃어 보였다.

"잘 잤어? 솜씨 좋다는 것은 무슨 뜻인데?"

현홍의 물음에 니드는 턱을 괴고 그를 보았다.

"말 그대로야. 상당히 노래를 잘 불러서. 목소리도 미성이고… 음유 시인으로 전업해 볼 생각 없어?"

"아하하, 사양하겠어."

"음, 분명히 직위는 낮지만 능력 좋은 음유 시인은 돈 잘 버는 직업 중 하나야."

"그래서 너도 돈이 많은 것이라 이 말이군? 결론은 네가 능력이 좋다는 말이고. 고로 자기 자랑이잖아."

그렇게 말하며 니드를 때릴 듯한 기세로 현홍은 팔을 휘둘렀다. 니드는 그것을 막는 듯 두 팔을 위로 올렸고 나직이 웃었다. 킥킥거리며 웃는 두 사람을 향해 어느새 만들어진 음식을 손에 든 사내가 천천히 테이블 쪽으로 걸어오고 있었다. 남자는 현홍과 앉아 있는 니드를 번갈아가며 보았다.

"어이쿠, 이거… 한 분이 더 내려오실 줄은 몰랐는걸요. 그쪽의 음유 시인 양반도 식사 드시겠소?"

현홍을 대할 때와는 다른 어투였다. 현홍은 고개를 갸웃거렸고 니드는 별로 상관없다는 식의 표정으로 대답했다.

"예, 아침 식사 준비해 주셨으면 하네요. 음, 성함이?"

"존스 맥더블. 그냥 존이라고 부르면 되오. 그럼, 식사를 가져올 테니 기다리슈."

존이라는 남자는 그렇게 말하며 다시 부엌 쪽으로 걸어갔고 현홍은 뭔가 말하고 싶은 얼굴이 되었다. 자신의 앞에 있는 고기와 야채가 동동 떠다니는 수프를 숟가락으로 슬슬 휘저으며 현홍은 니드를 힐끔 쳐다보았다. 진현 정도는 아니었지만 그런대로 눈치가 있다고 할 수 있는 니드는 자신을 보는 현홍의 시선을 느끼고는 손가락을 깍지 낀 채 그와 마주 보았다. 니드는 입가에 미소를 지우지 않은 채로 나직이 말했다.

"뭔가 물어보고 싶은 눈치인데… 뭔지 맞춰볼까?"

끄덕끄덕.

현홍은 니드의 말에 숟가락을 입에 문 채 고개만 끄덕였다.

"음, 저 남자가 왜 너랑 나랑 다르게 대하는지. 묻고 싶어?"

끄덕끄덕.

"뭐… 별것 아냐. 난 음유 시인이니까. 내가 예전에도 말했듯이 음유 시인은 낮은 직분을 가진 사람이지. 하인이나 다를 바가 없어. 노예보다 더 하등한 대우를 받을 때도 있고, 그러니까 저 사람도 저 사람 나름대로의 자존심을 내세우는 거야. 자신보다 낮은 사람에게 말을 높일 수는 없다. 대충… 그래. 이제 이해가 되겠지?"

도리도리.

현홍은 무언가 말하려고 했으나 곧 자신의 입에 숟가락이 물려 있다는 것을 알고는 곧장 숟가락을 빼 들었다. 손에 들려진 숟가락으로 니드를 가리키며 현홍은 나직하면서도 강하게 외쳤다.

"아니, 그것은 이해 못하겠어. 대체가… 서민들한테까지 그 의식이 뿌리박혀 있다는 말이야? 인심 좋다며! 귀족들뿐만 아니라 서민들까지 음유 시인을 멸시한다고? 말도 안 돼!"

"목소리가 커. 잘못하면 너도 나처럼 음유 시인 취급받을 수도 있으니까 조심……."

"목소리 커도 상관없어! 대체 뭐야?! 넌 그럴 때 말 한마디 제대로 못해!"

"현홍아……."

현홍은 숟가락을 집어던질 듯한 기세로 의자에서 일어났다.

쾅당!

그 바람에 의자가 뒤로 넘어갔지만 그는 개의치 않았다. 주위에 있던 몇몇 사람들은 〈주인이 하인을 야단치는〉 것 같은 상황이라고 판단하고 니드에게는 멸시와 동정을, 그리고 현홍에게는 왠지 모르게 잘하고 있다는 시선을 보냈다. 그리고 그 시선은 현홍을 더 화나게 하기에 충분했다. 그는 뭐라고 소리치려 했지만 그 순간 자신의 머리를 짓누르는 느낌에 황급히 고개를 쳐들었다.

그의 눈에 비친 것은 다름 아닌 진현이었다. 그는 안경 아래로 무심히 비치는 눈을 내리깔고 현홍을 보았다. 그리고 그의 손은 자신보다 10㎝는 더 작은 현홍의 머리를 내리누르고 있었다. 어깨를 잔뜩 움츠린 현홍은 미간을 찌푸리고는 진현에게 소리쳤다.

"뭐야! 김진현, 상관하지 마!"

버둥거리며 외치는 그를 보며 진현은 언제나 그랬듯 마치 어린애를 보는 듯한 시선이었다. 그리고 대답했다.

"상관하지 않을 수가 있을 거라고 생각하나? 너만 생각하지 마, 황현홍. 여기는 너 외에 많은 사람들이 있고 이 여관을 네가 전세 낸 것이 아니라면 말이다. 억울하면 네 돈으로 전세 내보던가."

"뭐……!"

현홍이 무언가 반박하려는 말을 하기도 이전에 진현은 털썩 소리를 내며 의자에 앉았다. 별수없이 현홍도 이를 악물며 의자를 제대로 놓은 다음 앉을 수밖에 없었다. 사실 그에게는 반박할 말 따위도 없었다. 자신에게는 돈도 없었고 무엇보다 어떠한 말을 꺼내봐도 진현에게 이길 수 없다는 것을 통감했다.

그는 눈을 부릅뜨고 자신에게서 대각선에 앉아 있는 진현을 노려보았다. 진현은 팔짱을 끼고 눈을 감은 채 가만히 앉아 있었다. 둘 사이에 낀 니드는 어찌할 바를 모르겠다는 듯이 둘을 번갈아가며 바라보았다.

으르렁거리는 듯한 목소리로 현홍이 입을 열었다.

"왜 막는 거야? 내 행동이 부당하다고 생각해? 이것은 사람에 대한 멸시라고! 생명을 경시하는 것이나 다름없어."

그의 말에 대답도 하지 않은 채 진현은 바지 주머니를 뒤적거려 은빛 라이터를 꺼내었고 셔츠 주머니에서는 담배 케이스를 꺼내었다. 그간 피운 양도 만만치 않을 텐데 대체 저 정도 담배가 다 어디서 나오는지 궁금했지만 현홍은 잠자코 진현을 쳐다보고만 있었다.

진현은 천천히 담배에 불을 붙인 후 입에 물었다. 그는 슬며시 눈을 뜨고는 오른손으로 담배를 받아 들었다. 그리고 왼팔을 의자 등받이에 걸친 채 조용히 입을 열었다.

"머리 나쁜 녀석 같으니. 네가 여기서 소란을 피우면 여행의 뒤가 상당히 편해지겠군 그래? 괜히 범법자가 되고 싶지 않으면 가만히 잠자코 지켜보기나 해라."

"아무리 법이라도!"

"로마에 가면 로마의 법을 따르라는 말이 있다."

현홍은 입을 다물었다. 물론 니드는 로마라는 곳이 어느 나라인지 알 길이 없었으므로 입을 다물고 있었고, 진현은 고개를 삐딱하니 돌린 채 눈을 감았다.

"여기는 여기 나름대로의 법이 있는 것이다. 네가 그렇게 불만이면 반란이라도 일으켜서 이 나라의 왕이라도 되지 그러냐? 뿌리 깊이 박힌 악성 종양을 떼어내기 힘들듯 사람들의 인식 속에 박힌 악습의 관행을 바꾸는 것은 나라 하나를 세우는 것보다 힘들다. 명심해. 그리고

묘족猫族의 아이

그만 좀 으르렁거려라. 네가 아무리 강아지 사촌 같은 녀석이라고는 하지만… 길가의 개들이 동료인 줄 알고 따라오겠다."

"뭐야?!"

"프흡!"

니드는 결국에 웃고 말았다. 두 손으로 입을 가리고 억지로 웃음을 참아보려 했지만. 웃음과 눈물이라는 것이 억지로 막는다고 막아지는 것이 아닌 것이다. 그는 숨소리와 함께 뒤섞여 들리는 웃음소리를 최대한 줄이면서 테이블에 엎드렸다.

현홍은 볼을 잔뜩 부풀린 채 불만스럽게 음식을 뒤적거렸다. 수프를 다 먹은 후 그릇을 옆으로 밀쳐 두고는 잘 튀겨진 프랑크 소시지를 포크로 찍으며 현홍은 투덜거리는 듯한 눈동자로 진현을 보았다. 그때까지만 해도 담배를 입에 문 채 창밖을 구경하고 있던 진현은 이제는 귀찮다는 듯이 현홍에게 눈길도 주지 않아서 그를 더욱더 열받게 했다.

"우쒸… 오늘 어쩔 건데? 곧장 떠날 거야? 목적지도 없이 정처없이 여행만 할 거야?"

그의 말이 떨어짐과 함께 니드와 진현은 서로를 바라보며 동시에 말했다.

"말씀하지 않으셨어요?"

"말씀하지 않으셨습니까?"

두 사람은 서로를 황당하다는 듯 쳐다보았고 그와 비슷하게 당황한 얼굴인 현홍은 탁자를 치면서 외쳤다.

"나만 빼고 둘이서만 결정했던 거야?! 너무해! 난 대체 뭐냐구!"

현홍은 얼굴을 잔뜩 찡그렸다. 니드는 두 손을 저으며 아니라는 자신의 심정을 표현했다. 그러나 그 뒤에 들려온 진현의 말은 현홍을 더욱 분노하게, 그리고 니드를 더욱 당혹스럽게 만들기에 충분했다.
"뭐긴 뭐야. 〈왕따〉지."
"……."
그 후로 한참 동안 니드는 탁자를 뒤집어엎으며 진현에게 발길질을 하려는 현홍을 말리느라 애를 먹어야만 했다. 그리고 그 상황에서도 태연히 앉아서 담배를 피우는 진현에게 저 무한한 무신경에 찬탄을 보내야만 했다. 물론 속으로. 겨우 진정한 현홍은 식사 그릇을 옆으로 밀치고는 턱을 괴고 창밖을 바라보았다. 미간을 찡그리고 쓰게 웃으며 니드가 말했다.
"미안미안. 난 당연히 진현이 말씀하셨을 거라 생각했어. 그리고 그 분도 마찬가지였겠지. 서로의 생각이 엇갈린 것뿐이야. 음… 우선은 어제 현홍, 네가 잠들었을 때 나와 진현은 이 홀에서 조금 얘기를 하다가 잤거든. 그래서 나온 결론은 아마 이 세계로 오게 된 경위는 모르지만 진현 말대로 사람들은 찾아야 한다는 것과 그리고 그 사람들을 찾으려면 무엇보다 이 대륙 곳곳을 돌아다녀야 한다는 것, 그리고 마지막으로 그런 종류에 능통한 사람들에게 물어봐야 한다는 결론이 나왔지."
"으흠……."
현홍은 창밖을 향해 있던 고개를 돌려 니드를 보았다.
"그래서?"
"어? 아, 그래서 나온 것은 우선 〈현자의 탑〉으로 가기로 했어."
"〈현자의 탑〉?"
니드는 고개를 끄덕였다. 진현은 대화에 끼지 않았고 계속해서 담배만 피우고 있었다. 대체 얼마나 많은 양을 하루에 피우는 것인지…….

현홍은 진저리를 치며 진현에게 시선을 주지 않았고 니드는 계속하여 말을 이었다.

"음, 그러니까 이 대륙 최고의 지식을 가진 사람들이 있는 곳. 아마 모르는 것이 없다고 해도 과언이 아닐 정도로 말이야. 이 대륙에서 두 개의 가장 큰 모임이자 위력을 가진 것들 중 하나가 현자의 탑의 사람들이야."

"나머지 하나는 뭔데?"

"마법 길드의 마법사들이지."

니드는 생긋 웃으며 대답해 주었다. 현홍은 아하! 하는 긍정의 뜻을 표하는 감탄을 했고 곧 손바닥을 마주치며 말했다.

"그럼, 당장 떠나는 거야? 준비는?"

"그거라면 지금부터 해야겠지."

지금까지 가만히 두 사람의 대화를 듣기만 하던 진현이 슬며시 자리에서 일어났다. 현홍은 눈을 동그랗게 뜨고 그를 올려다보았다. 그것은 니드 역시 마찬가지였다.

"식사는 하고 가시는 것이 어떤가요?"

니드가 그렇게 묻자 진현은 가게의 현관문 쪽으로 걸어가던 발길을 멈추고 고개를 돌려 니드와 현홍을 보았다. 두 사람의 얼굴에는 마치 〈아침밥을 먹지 않으면 하루가 잘 풀리지 않아요〉 하는 문구가 써져 있는 것 같았고 그것은 진현으로 하여금 몹시 밖으로 나가는 것을 망설이게 하였다. 짧게 한숨을 내뱉은 진현이 다시 자리에 앉았을 때 현홍과 니드는 속으로 쾌재를 불렀다.

잠시 후 존이 니드의 아침 식사를 들고 왔다. 그는 다리를 꼬고 앉은 채 무시무시한 시선으로 담배를 피우고 있는 진현을 보고 흠칫했고 곧

쟁반들을 니드 앞에 놓아두고는 허리를 숙이며 두 손을 마주 잡고는 비비기 시작했다. 아까의 일로 남자의 인상이 안 좋아진 현홍은 그 모습이 마치 파리가 앞발을 비비는 것과 비슷하다는 생각을 했다. 그리고는 곧 입을 씰룩거리면서 시선을 돌렸다. 돈 많은 사람에게 비굴해지는 것은 사람의 어쩔 수 없는 생리인가? 아니면……. 현홍이 그런 생각을 하고 있을 때 존이 입을 열었다.

"아이고~ 손님께서는 아침 식사를 하지 않으십니까? 이곳의 음식 맛은 이 도시 최고라고 일컬어진답니다."

"그 음식 누가 만드시는 것입니까?"

"예? 아… 예, 우리 주방에서 특별히 고용한 노예이지요."

움찔.

진현의 몸이 순간적으로 멈칫했던 것을 현홍과 니드는 볼 수 있었다. 물론 진현의 안색을 살필 생각은 않고 자랑을 늘어놓고 있는 존의 눈에는 그 모습이 보일 리 없었지만 말이다.

"굉장한 솜씨를 가지고 있습죠. 도시의 시장님조차 그 녀석의 요리를 맛본 후에 감탄했었습니다. 아직 어린 나이임에도 불구하고 말입니다. 거금을 들여 이 여관의 예전 주인께서 사 오신 물건입니다. 사실 이것은 비밀인데 그 녀석은 굉장한 미안美顔이랍니다. 아이고, 물론 여기 계시는 두 분보다야 아름답지 않지만 말입죠."

현홍은 존의 말에 과연 그 두 명이 누구인지 생각해야 했다. 한 명은 분명 진현이고 한 명은 니드인가? 물론 그 본인이지만 그는 그런 쪽으로는 정말로 둔했으니까. 하지만 지금 그는 별로 그런 데 신경 쓸 겨를이 없었다. 진현의 얼굴은 이제 곧 폭발하기에 일보 직전인 사람의 그것처럼 차갑게 식어 있었던 것이다. 니드 역시 그를 걱정스러운 눈으로 바라보고 있을 뿐 무어라 말을 할 수도 없었다.
 진현은 생긋 웃고 있었다. 그래, 차갑게 아무런 감정 없이 〈웃는다〉라는 행동에만 해당이 될 정도로 무감각하게 입꼬리를 올리는 행동. 현홍은 그것이 무슨 의미인지 알고 있었다. 곧 폭발한다. 점점 시간이 촉박하게 다가오는 시한폭탄처럼. 의자의 등받이에 살며시 몸을 기댄 진현이 살며시 고개를 주억거렸다. 그리고 나직이 말했다. 그 행동은 극히 제한적으로 보였고 자세히 듣지 않는다면 들을 수 없을 정도로 목소리도 낮고 작았다.
 "왠지 모르게 그 노예라는 사람에게 흥미가 가는군요. 주인을 좀 불러와 주시겠습니까?"
 "예? 예."
 존은 고개를 가로저으며 의아해했지만 곧 진현이 남자로서 그 아이에게 관심이 있다고 생각하곤 입가에 느물한 웃음을 띠며 가게 안쪽으로 사라졌다. 진현은 아무 말이 없었다. 아마도 무슨 말이 입 밖으로 튀어나온다면 그것은 아마 화에 못 이겨 내뱉는 폭언일 것이다. 그러나 그는 경우를 아는 사람이었고 함부로 화를 내지도 않는 사람이었다. 지극히 계산적이고 앞날을 보아 자신에게 귀찮아지는 방향으로의 일은 절대로 하지 않는 그런 사람. 모든 것을 자로 잰 듯이 완벽히 처리하지만 그 속에서는 밖으로 내보이는 것보다 더 불 같은 화를 내고 있음이 분명했다.
 깍지를 낀 채 마주 잡고 있던 손을 살짝 비틀어보았다. 알 수 없이 손에 힘이 들어가 진현의 하얀 손이 더 더욱 희게 변했다. 니드는 진현의 뜻을 알 수 없었다. 주인을 부르고 그 노예를 보아서 무엇을 어쩌겠다는 말인지. 그러나 단시간 내에 진현에 대해서 거의 대부분 짐작한 그는 고개를 저을 수밖에 없었다. 무슨 뜻이 있을 것이다라고 생각하며.

잠시 후 어제의 그 사람 좋아 보이는 주인이 존과 함께 느릿한 걸음으로 진현에게 다가오고 있었다. 주인은 한 번 허리를 구부려 인사를 하곤 진현의 옆에 의자를 끌어 앉았다. 그가 생각하기에 아마도 이야기가 길어질 것이라 생각했나 보다.

니드는 속으로 생각했다. 아마 사람 좋아 보이는 이 주인은 그 노예를 별로 괴롭히지는 않을 것이다. 그러나 알게 모르게 존과 같은 다른 하인들이 그 노예를 괴롭히겠지. 그리 생각하니 씁쓸한 웃음밖에 나오지 않았다. 좋은 사람이 있으면 나쁜 사람도 있고 더불어 돌봐주는 사람이 있으면 괴롭히는 사람도 있기 마련인 것이 이 세상의 생리이니까. 〈시간의 휴식〉의 주인인 찰스는 두툼한 살집이 잔뜩 붙어 있는 자신의 손가락으로 턱을 긁으며 진현을 보았다.

"음… 저희 집 주방에서 일하는 아이가 보고 싶으시다구요?"

"그렇습니다. 이 음식을 만든 노예 말입니다. 듣자 하니 어리고 미안이라고 하던데?"

찰스는 고개를 갸웃거렸다. 진현은 분명 돈 많아 보이는 상인이라거나 귀족처럼 보였지만 돼먹지 못한 그런 사람 같아 보이지는 않았다. 어린아이를 침대에서 이용하는 그런 인간 말종들과는 거리가 있어 보여서 찰스는 한참이나 고개를 갸웃거린 후에 어렵사리 입을 열었다.

"예쁘고 어리기는 하지만… 당신은 그런 취향으로는 안 보이는데? 그리고 그 아이는 사내 녀석이오."

진현은 씩 웃었다. 그는 천천히 손으로 풀어 한 손으로 턱을 괴고 주인을 쳐다보았다. 찰스는 어제도 그를 처음 보았을 때 느꼈던 것처럼 그의 미모와 기품에 흠칫했으나 헛기침을 몇 번 하고는 하인인 존을 손짓으로 불렀다. 그리고 허리를 숙이는 존의 귓가에 뭐라고 귓속말을 했다. 존은 고개를 끄덕이며 부엌 쪽으로 달려갔다. 사실 달려간 것은 아니었지만 그의 걸음걸이는 충분히 빨라 보였다.

그리고 주인은 다시 진현과 현홍, 니드를 차례대로 돌아보고는 머리를 긁적거렸다. 그의 갈색 머리카락에 희끗거리며 난 새치들은 그를 나이보다 더 늙게 보이게 했다. 그의 나이 이제 50. 그러나 겉모습으로 보면 충분히 50대 후반이나 60이 넘게 보이는 외모였다. 넉넉하게 찐 살이라던가 얼굴 가득히 생긴 주름 때문도 있었다. 그는 검은 먼지로 얼룩진 자신의 흰색 셔츠의 소매를 만지작거리고는 낮은 목소리로 말했다.

"어제도 생각했지만 당신들은 때에 찌든 모험가 같지도 않고 돈을 뿌리며 즐거워하는 귀족 같지도 않단 말이오. 흠흠, 어제는 보석을 보고 좋아라 했지만 사실은 참 부담스러웠소. 이 도시는 당신들이 보기에도 그리 크지는 않지. 그 정도의 고가의 보석이 나돈다면 순식간에 소문이 퍼지는데… 벌써 당신들을 노리고 있는 성질 나쁜 녀석들도 있을 것이오. 당신들은 자신들의 몸을 지킬 수 있는 게 있소?"

이번에 진현이 지은 미소는 방금 전과는 다르게 온화하게 보였다. 현홍은 속으로 한숨을 내쉬었다. 아마 진현은 사람 좋아 보이는… 아니, 정말로 사람 좋은 것 같은 주인인 찰스를 보고 조금 마음이 누그러지는 것 같았기 때문이다. 싸늘한 조소만이 흐르던 입가의 미소는 어느덧 사라지고 진심에서 우러나오는 미소가 걸려 있었다.

니드는 진현을 〈저 사람도 저런 미소를 짓는구나〉라는 표정으로 바라보았다. 찰스는 미심쩍은 눈으로 진현을 보았고 진현은 천천히 고개를 끄덕이며 대답했다.

"걱정 마십시오. 풋내기들의 손놀림에 놀아날 정도는 아닙니다."

"허허, 참… 당신들은 꽤나 솜씨 좋은 모험가로군?"

"그냥 목적을 찾아 여행하는 사람들일 뿐입니다."

진현은 자신보다 나이가 많다고 무조건 예의를 차리는 사람은 아니었다. 그가 공손하다고 할 정도의 예의를 차린다면 그것은 상대편 사람이 자신보다 나이가 많고 또한 그에 걸맞는 인품을 가지고 있는 사람에 한한다. 물론 나이가 어림에도 나이에 비해 교육을 잘 받았거나 철없는 아이가 아니라면 그에 걸맞게 대우를 해주는 것이 그였다. 찰스는 무릎을 치며 소리 높여 웃었고 곧 고개를 끄덕이며 말했다.

"그런데 주방에서 일하는 아이는 왜 보고 싶어한 거요?"

"글쎄요. 방금 전에 같이 계셨던 일하시는 분의 말씀이 조금 거슬려서 말입니다. 물건이라는 말도… 노예라는 말도."

"이런, 존 녀석. 또 그 나쁜 버릇이 발동했구만."

찰스는 귀찮다는 식의 표정을 지으며 머리를 긁적거렸다. 그리고 곧 투덜거리듯 말을 내뱉었다.

"신경 쓸 것 없소. 노예는 무슨. 아직 이 나라에는 노예 계급이 남아 있기는 하지만 능력 좋고 인심 좋은 국왕 폐하 덕분에 돈을 받고 일하는 하인은 있어도 노예는 점점 사라지고 있는 추세요. 존, 그 녀석은 자기보다 조금 힘없고 어리면 무조건 노예라고 부르니까. 성질이 안 좋은 녀석이지. 그 아이도 이 여관의 전 주인이 노예로서 사왔지만 내가 이 여관을 샀을 때부터는 그냥 일하는 아이에 불과하오. 사실 그냥 풀어주려고도 생각했지만 우선은 자기 일족이 사는 곳을 모르는 것 같고 그 아이처럼 힘없고 예쁜 아이가 혼자서 돌아다니면 무슨 봉변을 당할지도 몰라서 데리고 있는 것이라오."

현홍은 문득 찰스의 말 중에서 묘하게 이상한 부분이 있었다는 것을 생각해 내고는 곧장 궁금한 얼굴이 되어 물었다.

"그런데 자기 일족이라니요?"

그러나 그 물음의 대답이 찰스에게서 나오기도 전에 현홍은 찰스의 말이 어떤 것인지 알 수 있게 되었다. 부엌 쪽으로 달려갔던 존이 어떤 소년과 같이 그들에게 다가오고 있었다. 소년은 머뭇거리는 자세로 존의 뒤에서 숨어서 고개를 떨군 자세였다. 고생을 많이 해서인지 부르튼 손은 허름한 옷자락을 꼭 쥐고 있었고 언뜻 보기에 10살이나 그 보다 약간 많을 정도로 보였다. 존이나 찰스의 말처럼 상당히 예쁜 얼굴을 가지고 있어서 자세히 보지 않았다면 소녀라고도 착각할 수 있을 정도였다. 나이에 비해 약간은 큰 키에 불구하고 소년은 상당히 마른 체격이었다. 아마 잘 먹지 못했기 때문일 것이다.

붉은 입술은 갈라져 잔뜩 메말라 있었고 얼굴색은 창백했다. 겁을 먹은 듯 흔들리고 있는 눈동자는 아름다운 금빛. 다듬어지지 않은 검은 머리카락은 제멋대로 자라나 있었다. 그런데 또 놀라운 것은 귀가 달려 있었다.

"뜨아아! 귀가 달려 있어!"

"귀는 누구에게나 달려 있어, 바보야."

"……"

짧게 내뱉은 진현도 약간 놀라운 것은 마찬가지였다. 그 소년에게는 인간에게는 없는… 마치 고양이나 강아지 같은 귀가 달려 있었던 것이다. 니드는 입을 떡하니 벌린 채 두 손으로 탁자를 짚고 일어나서 외쳤다.

"수인족獸人族?! 아니, 묘족猫族인가?"

소년은 처음 보는 사람들이 소리를 치며 놀라자 자신도 지레 겁을 먹고 몸을 떨었다. 귀는 마치 고양이가 사람을 경계하듯이 뒤로 젖혀져 있었다. 존은 그들의 반응에 재미있어하는 표정이었고 찰스는 머리를 긁적이며 말했다.

"뭐, 아주 흔한 것은 아니지만 이 아이는 묘족이라고 하는 종족이지. 흡사 고양이와 행동은 비슷하지만 개 과의 동물처럼 무리를 이루고 살고 있다고 하오. 그들에게는 그들 나름대로의 언어가 있고, 사람 말은 못하는 것 같던데……. 아무리 가르쳐도 말을 알아듣기는 하는데 입으로 할 줄은 모르더군. 순하고 착한 심성을 가진 일족이지만 힘은 의외로 굉장히 세서… 음, 이 아이 같은 경우에는 그 힘을 봉하고 있다고 하더구만."

"힘을 봉하고 있다라… 저 목에 걸려진 저것 말입니까?"

그렇게 말하며 진현은 손가락을 뻗어 소년의 목을 가리켰다. 소년의 목에는 쇠로 만들어진 굵은 무언가가 채워져 있었다. 현홍은 그것을 보며 안타깝다는 시선을 주었다. 자신이 집에서 기르는 고양이에게도 목걸이는 채우지 않는 그는 그것이 그들에게는 마치 족쇄와 같다는 것을 알고 있었기 때문이다.

동물들은 원래가 그런 것을 채우지 않은 상태에서 태어난다. 그러므로 본연의 모습에서 어긋난 것은 그들에게는 불편하고 거추장스러운 물건일 뿐인 것이다. 고양이나 개가 목걸이를 채우면 목을 긁거나 목걸이를 벗기려고 하는 것도 이러한 본능에서 나온 지극히 당연한 행동 때문이다.

찰스는 소년에게 자신에게 가까이 오라고 손짓을 했다. 그러나 소년은 처음 보는 사람들 때문인지 머뭇거리며 다가오기를 꺼려했다. 존은 손으로 소년의 등을 밀어 테이블 가까이 데려왔다. 그럼에도 소년은 부들거리는 손으로 자신의 얼룩진 옷자락을 부여잡고 있을 뿐이었다.

끄응거리는 신음 소리가 소년의 입에서 흘러나왔다. 니드는 소년을 유심히 보더니 찰스를 돌아보며 물었다.

"원래 묘족에게는 그들 나름대로의 변신 능력이 있습니다. 음… 예를 들어 자신들의 본모습인 고양이로 변할 수 있는 능력 말입니다. 이 소년은 변할 수 있나요?"

"예? 그런 능력이 있었오? 난 한 번도 보지 못했소. 아마 저 목걸이 때문에 하고 싶어도 못하는 것이겠지. 그리고 저들 묘족은 힘이 세지. 듣는 바에 이르면 성수가 된 묘족은 소도 단 한방에 목을 부러뜨려 죽인다고 하던데… 만약 그러면 어찌 저들을 키우겠소? 그러니 힘을 봉한 것도 어쩌면 당연한 것이겠지."

그렇게 말하며 찰스는 혀를 찼다. 현홍은 고개를 갸웃거렸다.

"고양이로 변할 수 있다면 그 모습이 더 귀엽지 않나? 애완용으로 해도 되겠네."

"하하, 말이 고양이이지. 크기는 사자만할걸?"

"으에……."

니드의 말에 현홍의 안색이 바뀌었다. 호랑이나 사자도 귀엽기는 하지만 애완용으로는 무리가 있지. 그동안 소년을 지그시 바라보고 있던 진현이 입을 열었다.

"저 소년의 일족이 사는 곳을 아십니까?"

찰스는 고개를 저으며 대답했다.

"글쎄… 나는 모르오. 아마 안다면 그쪽 방향으로 가는 믿을 수 있는 사람에게 부탁을 했겠지. 그러나 묘족은 이미 사람들에게 많이 붙잡혀 있는 상태이고 거의 멸족을 당했을 수도 있고 해서. 음, 들리는 소문에 의하면 저 먼 제국의 아잘린 사막 근처에서 종종 발견이 된다고 하더군요."

"사막이라……."

고개를 끄덕인 진현은 무언가 생각하는 표정이 되었다. 옆에 있던 현홍은 곧 고개를 끄덕이더니 슬그머니 진현의 소맷자락을 잡아당겼다. 그는 무언가 말하는 눈빛으로 진현을 올려다보았고 7년이나 같이 지내온 친구가 어떤 것을 바라는지 진현은 짐작할 수 있었다. 그리고 그의 뜻도 현홍과 같다는 점에서 더욱 거기에 동조했다. 다만 아무것도 모르는 니드만이 두 사람을 번갈아볼 뿐이었다.

무언가 결심한 듯 시선을 아래로 두고 있던 진현은 눈을 들어 찰스를 보며 입을 열었다. 그의 입에서 나온 말은 니드와 찰스, 존을 놀라게 하기에 충분한 말이었다.

"저 소년을 얼마면 제게 주시겠습니까?"

"예?"

찰스는 어리둥절한 표정이 되고 말았다. 그리고 그것은 니드 역시 마찬가지였다. 현홍만이 생글생글 웃으며 고개를 끄덕일 뿐 다른 이들은 진현의 말뜻조차 제대로 파악하기 힘들다는 눈치였다. 그것은 몸을 떨고 있던 소년 역시 마찬가지였다. 소년은 귀를 쫑긋거리며 사람들의 대화를 유심히 듣고 있었다. 말을 하는 것은 무리지만 대부분의 말은 이해했으니까.

소년은 슬며시 고개를 들어 조금 떨어져서 앉아 있는 진현에게 시선을 주었다. 소년의 시선을 느낀 그는 살며시 미소 지었다. 금빛의 눈이 아름답다고 생각했다. 지금까지 사람들에게 핍박을 받으며 암흑과 같은 생을 살아왔을 저 소년의 눈에 눈부시게 빛나는 세상을 보여주고 싶었다. 더불어 있을지도 모르는 일족에게로 돌려 보내주고픈 생각도. 그것은 어쩌면 소년의 울 듯한 그 모습과 떨고 있는 몸에서 진현 그 자신의 가장 소중했던 여동생의 모습이 비쳐져 보였기 때문일지도 몰랐다.

낮은 실소를 터뜨리며 슬며시 일어섰다. 그리고 주저없는 태도로 소년에게 다가갔다. 소년은 마치 곧장 달아날 듯한 기세였지만 존이 바로 뒤에 있었기에 그럴 수는 없었다. 부들거리며 떨고 있는 몸은 마치 비에 젖어 버려진 고양이 같았다. 그는 그렇게 생각했다.

가식적인 동정? 그럴 수도 있겠지. 비에 젖어 울고 있는 고양이에게 한순간의 동정을 베풀고 영원히 키워줄 듯 웃지만 언젠가는 버릴지 모른다. 앞날은 알 수 없다. 그렇게 생각하며 그는 천천히 손을 내밀었다.

그러나 소년은 처음 보는 낯선 남자의 호의를 곧이곧대로 받아줄 정도로 세상을 믿지 않았다. 날카로운 송곳니를 드러내며 나직이 울던 소년의 손이 진현의 손을 할퀴고 지나갔다. 현홍과 니드는 놀라서 자리에서 일어났고 찰스도 안색이 나빠졌다. 진현은 손등에 난 길다란 선혈을 보며 쓰게 웃었다.

존은 진현의 손에서 피가 나는 것을 보고는 안색을 붉히더니 소년의 뺨을 거세게 후려쳤다.

철썩!

거센 일에 단련된 존의 커다란 손바닥이 소년의 뺨을 내려치자 소년의 뺨은 붉게 부풀어 올랐고 입가에서는 피가 흘러나왔다. 아마 입 안이 찢어진 것일 것이다.

소년은 몸을 비틀거리더니 힘없이 테이블과 의자 사이에 쓰러져 버렸다. 그러나 존은 우악스러운 발길질로 소년의 몸을 유린했다. 잠시 너무도 뜻밖의 상황에 놀라 멍하게 정신을 놓고 있던 현홍은 눈을 크게 뜨고 존의 팔을 붙들었다.

"무슨 짓이에요! 그만둬요!"

"이것 놓으십시오, 손님! 이런 돼먹지 못한 녀석은 혼이 좀 나야 합니다!"

그는 마치 자신이 소년의 주인이라도 되는 듯한 말투로 거칠게 소년을 밟았고 소년은 미동도 하지 않았다. 아마도 존은 나름대로 진현에게 잘 보이려고 그랬던 모양이었다.

두 팔을 올려 머리를 감싼 소년은 발길질에 몸을 들썩일 뿐 반항도 하지 않는 것으로 보아 이미 정신을 잃은 것 같았다. 그런데도 여전히 팔로 몸을 감싸고 있는 것을 보면 아마 자주 이렇게 맞은 모양이다.

찰스는 의자에서 벌떡 일어서며 소리쳤다.

"뭐 하는 짓이야! 손님들 있는 곳에서! 그만두지 못하겠나, 존!"

"하지만 주인 어른!"

존은 무어라 말을 하려 했지만 그의 말을 막은 것은 다름 아닌 진현이었다. 그의 얼굴은 차갑게 굳어져 있었다. 존은 그의 얼굴을 보고는 흠칫하며 두어 걸음 뒤로 물러날 수밖에 없을 정도였다.

그의 손에서 흘러내리는 붉은 피가 나무 바닥을 적시고 있었다. 그러나 그는 전혀 개의치 않다는 시선으로 그저 가만히 정면을, 즉 존을 응시하고 있을 뿐이었다. 그러나 그의 눈에서 흐르는 살기는 마치 검사가 검을 뽑아 적의 목을 자르기 일보 직전의 그것과 같았다. 만약 존

묘족猫族의 아이

이 소년을 더 밟았더라면 그의 생각은 아마 현실이 되었을 것이다.

진현은 자신을 보며 부들부들 떨고 있는 존에게서 시선을 떼고 무릎을 굽혀 소년의 상태를 살폈다. 조심스럽게 손을 뻗어 얼굴 위로 흩어져 있는 머리카락을 걷어내자 이마에서 흐르는 붉은 피가 눈에 띄었다. 진현의 미간이 살짝 좁혀졌다. 아이를 이렇게나 때리다니. 낮게 짓눌린 듯한 목소리의 신음 소리가 입가에서 흘러나왔다.

바지 주머니를 뒤적거려 잘 다려진 남색 손수건 하나를 꺼내었다. 아주 조심스럽게 소년이 고통을 느끼지 않게 하기 위해 진현은 세심하게 상처 부위의 피를 닦아주었다.

현홍과 니드는 걱정스러운 눈으로 소년을 바라보았다. 상처 부위의 피를 닦아내던 진현이 두 손을 뻗어 소년을 안아 들었다.

소년의 얼굴은 심하게 상처 입어 있었다. 입술은 터져서 피가 맺혀 있었고 눈가에는 눈물이 가득했다. 현홍은 두 손으로 입을 가리며 무슨 말을 하려 했지만 입 밖으로 나오진 않았다. 니드 역시 마찬가지였다. 그는 분노와 슬픔과 그리고 자신과 비슷한 처지인 그 소년에게 연민을 느끼며 혼란스러운 마음을 추스르려 애썼다. 진현은 존을 바라보며 무어라고 화를 내고 있던 찰스를 보며 입을 열었다.

"이 도시에도 의사는 있겠죠? 의사를 좀 불러주셨으면 합니다. 왕진비는 두둑하게 낸다고 하시고 불러주십시오. 그리고 뜨거운 물과 수건도 조금 부탁드리겠습니다."

"아, 알겠소. 조금만 기다리시오."

그렇게 대답하며 고개를 끄덕인 주인은 황급히 어딘가로 달려갔다. 진현은 천천히 발걸음을 옮겨 소년을 데리고 자신의 방으로 가기로 했다. 그리고 멍한 눈으로 자신을 보고 있던 존을 향해 나지막한 목소리로 말했다.
"적당한 시기에 멈춘 당신의 다리에 축복이 있길 바랍니다. 그 다리가 당신의 목이 날아가는 것을 막았으니 말입니다."
차갑게 내뱉는 그의 말은 충분히 위력적인 경고를 띠고 있었고 그로 인해 존은 비틀거리며 테이블에 기댈 수밖에 없었다. 말을 마친 진현은 소년을 안아 들고 자신의 방으로 올라갔다. 물론 그의 뒤에는 니드와 현홍이 뒤따랐다.

     *   *   *

머리가 아프다. 지끈거리는 통증에 소년은 눈을 떴다.
깡마른 손을 들어 통증이 느껴지는 이마를 만져 보니 무언가 다른 느낌이 손끝에 전해졌다. 부드러운 감촉의 붕대였다. 소년은 눈을 떠 희미하게나마 겨우 시선을 맞출 수 있었다. 따뜻하게 느껴지는 감촉이 몸을 감쌌다. 하얀 순백의 이불이 자신의 몸을 덮고 있다는 사실을 깨달은 소년은 고개를 저어 자신이 누워 있는 방 안을 살펴보았다.
자신의 방이 아니었다. 가구라고는 침대와 탁자밖에 없던, 쥐가 기어 나오고 거미줄로 온통 장식된 그런 방이 아닌 깨끗하게 정돈된 탁자와 침대, 그리고 거울 등이 벽에 걸려져 있는 곳이었다. 따스한 채광이 눈이 부시게 밝은 방. 그는 이 방을 알고 있었다. 종종 부엌이 아닌 여관 일을 도울 때 자신의 손으로 정리한 적이 있던 특실인 것을 말이다. 소년은 몸 전체에 느껴지는 통증에 눈을 감았다. 아까의 기억이 났다. 모르는 사람의 손을 할퀴었다. 그는 그렇게 하지 말라는 교육을 받았지만 자신도 모르는 본능에 그렇게 했다.

하지만 손에서 피를 흘리던 남자는 그저 가만히 자신을 내려다볼 뿐 아무런 제지도 하지 않았다. 그러나 그 후에 자신에게 날아온 것은 커다란 손이었다. 익숙한 느낌의 손. 항상 자신을 때렸던 이의 손이었다. 그 이후로 계속해서 발길질이 날아왔고 조금 있으니 사람들의 목소리도 들려왔다. 혼미해지는 정신 속에서 느껴지던 따뜻한 손길도 기억이 났다. 그리고 누군가가 자신을 안아 들었다. 그 이후 소년은 그대로 잠이 들어버렸다. 쿡쿡 쑤시는 몸을 움직여 보려 했지만 잘 되지 않았다.

얼만큼의 시간이 지난 것일까? 창밖의 햇살을 보니 그리 오랜 시간이 지난 것 같지는 않았다. 그렇게 밝은 햇살 때문에 눈을 뜨지 못하고 있던 소년의 귓가에 목소리가 들렸다.

"어, 눈을 떴구나."

익숙하지 않은 목소리. 그러나 몇 번 들어본 목소리란 것을 직감한 소년은 억지로나마 고개를 들어보려 애썼다. 그러나 몸은 소년의 제어를 받아들이기에는 무리가 있었다. 소년은 자신에게로 다가오는 발걸음 소리에 놀라 귀를 뒤로 제쳤다. 그것은 의식이기보다는 자연스러운 본능과 다름이 없었다.

으르렁거리는 소리가 이빨 사이를 통해 밖으로 새어 나왔다. 순간 발걸음 소리가 멈췄다. 경고성의 소리를 듣고 발걸음을 멈춘 것일까? 소년은 자신의 행동이 통했다는 낮은 쾌감을 얻었다. 그러나 다시 들려온 발걸음 소리는 이미 자신의 바로 옆이었다. 소년은 눈을 번쩍 떴다. 이빨을 드러내 보이며 몸을 일으키려 했다. 하지만 역시나 몸은 잠시 뒤척여질 뿐 움직일 생각을 하지 않았다. 희미한 시선 속에 모습을 보인 것은 예쁘장하게 생긴 얼굴이었다.

레드 와인 빛의 머리카락이 얼굴을 감싸고 까만색의 동그란 두 눈이

암컷인지 수컷인지 구분을 할 수 없게 만들던 사람. 소년은 킁킁거리며 냄새를 맡았다.

그 모습을 보던 현홍은 피식 웃고 말았다. 그리고 자신의 손에 들려진 물이 담긴 대야를 침대 바로 옆에 있는 탁자 위에 올려두었다. 현홍은 손을 내밀어 소년의 머리를 쓰다듬었다. 그것은 정말로 자신이 기르는 애완 동물인 고양이에게 하던 주인의 애정 어린 손길… 그것과 같았다.

현홍은 동물을 좋아했다. 어릴 때부터 부모님의 반대를 무릅쓰고 커다란 시베리안 허스키와 여러 종류의 고양이를 혼자의 힘으로 길러낼 만큼 그의 동물에 대한 애정은 각별했다.

"많이 아팠지? 이제는 괜찮아."

다정한 목소리로 말하며 귓가를 간지럽게 해주는 손길에 소년은 알 수 없는 느낌을 받았다. 여기 가게에서 가장 잘 대해주던 사람은 역시 가게 주인인 찰스였다. 그러나 그는 털 달린 동물에 알레르기를 가지고 있어서 만져 주지는 못했다. 그래서 지금 소년이 겪는 이 다정한 손길은 그가 태어난 후 처음이었던 것이다. 현홍은 얌전히 누워서 자신을 바라보는 소년을 향해 생긋 웃어주었다.

"착하네. 그런데 아까는 왜 할퀴었을까?"

소년은 아 하는 듯이 입을 벌렸다. 아까의 그 남자는 다정하게 보였지만 눈이 무서웠다. 자신보다 커다란 맹수 앞에서의 마지막 발악 같은 행동이었다. 하지만 소년 스스로도 그 행동이 잘못되었다는 것은 알았다. 그 남자는 분명 자신에게 호의를 가지고 손을 내밀어준 것이다. 그래도 처음 낯선 사람들을 대하는 것이어서 순간 무서운 생각이 들었다. 이 사람들 역시 자신을 때리고 밟으면 어쩌나 하고. 피가 날리는 없다고 생각했지만 의외로 강하게 할퀴어서 남자의 손등에는 길다란 선들이 그어졌다. 미안했지만 어떻게 할 방도가 없었던 것이다.

끙끙거리는 낮은 신음 소리를 흘리며 소년은 이불 자락을 움켜쥐고 슬며시 얼굴을 감추기 시작했다.

그 모습을 보던 현홍은 눈을 동그랗게 뜨고는 곧 다시 웃으며 소년의 머리를 쓰다듬었다.

"괜찮아, 괜찮아. 그 녀석은 성질 나쁜 녀석이지만 여성과 착한 아이에게는 친절한 녀석이란다."

마치 자신이 무슨 생각을 하는지 알고 있다는 식으로 말한 현홍을 보며 소년은 눈을 크게 떴다. 그의 손이 지나간 머리는 따스한 온기로 감싸지는 것 같았다. 눈을 감고 그 온기를 음미하던 소년은 갑자기 멀리서 느껴지는 인기척에 눈을 뜨고 귀를 쫑긋 세웠다. 현홍은 그 모습을 보며 의아한 듯한 시선을 던졌지만 곧 문을 열고 들어오는 사람들을 보며 소년이 왜 그랬는지 알 수 있었다.

니드는 소년이 눈을 뜨고 있는 모습을 보며 생글거리는 웃음을 지으며 다가왔다.

"아, 눈을 떴네? 괜찮은 거니?"

그렇게 말하며 니드도 손을 뻗어 소년의 뺨을 만져 주었다. 이런 사람들은 없었다. 소년은 처음 보는 이 사람들이 자신에게 무엇을 바라는지 알지 못했다. 그러나 그럼에도 불구하고 적의를 드러낼 수 없는 것은 지금 눈앞에 있는 이들은 순수하게 자신을 좋아해 주는 느낌을 받았기 때문이다. 소년은 이 상황이 어색해서인지 안절부절못하였다.

그리고 마지막으로 그의 눈에 들어온 것은 자신에게 손을 내밀어 상처를 입은 남자였다. 진현의 오른손에는 붕대가 감겨져 있었다. 소년은 귀를 쫑긋 세우고 움찔거렸다. 그러나 진현은 아무 말도 하지 않은 채 팔짱을 끼고는 자신을 내려다볼 뿐이었다.

현홍이 고개를 들어 진현을 올려다보았다.

"너도 무슨 말을 해야지?"

"무슨 말?"

"네가 얘 구해줬잖아? 그럼, 이제부터 네가 주인인 것 아냐?"

"이 녀석은 스스로 살아갈 수 있고 스스로 행동할 수 있는 녀석인데 주인은 무슨."

현홍은 볼을 부풀리고는 혀를 삐죽이 내밀었다. 니드는 살며시 웃을 뿐 아무 말도 하지 않았다. 그리고 진현은 그저 가만히 소년을 보다가 조용히 말했다.

"사람의 말은 못하더라도 말을 이해할 수는 있다고 들었다. 그렇다고 말을 알아듣는다는 표현을 할 필요는 없다. 그저 말은 해야 하니까 할 뿐이지."

"삭막한 녀석."

"시끄러워. 하여간 이제부터 네 소유권을 가진 사람은 나다. 네가 머물고 있던 이곳의 주인에게서 정당한 이전을 받아서 앞으로는 내가 너의 보호자가 되는 것이다. 이의 있으면 말해 봐."

"진현, 이 소년은 말을 못합니다."

"아……."

현홍은 키득거리며 고개 숙여 웃었고 니드도 멋쩍게 웃으며 진현을 보았다. 진현은 헛기침을 몇 번 하더니 조용히 소년에게 다가왔다. 소년은 그가 아까 자신의 행동으로 화가 났을까 봐 두려웠다. 이 사람 역시 자신을 때렸던 다른 이들과 같이 때리는 것일까? 아니면 발로 걷어

찰까? 언제나 조금만 실수를 해도 그렇게 맞았으니까. 이렇게 생각하며 소년은 진현의 손이 점점 다가옴에 따라 손을 질끈 감고 아픔을 참을 준비를 했다.

그러나 그의 머리에 느껴진 것은 아까와 같은 불 같은 아픔이 아닌… 약간 서늘하기는 했지만 따스한 온기를 가진 부드러운 손길이었다. 슬머시 눈을 떠보니 무표정한 얼굴로 자신을 내려다보며 머리를 쓰다듬어 주는 진현의 얼굴이 보였다. 진현은 나직이 말했다.

"오늘부터 네 이름은 자드키엘이다."

소년은 뜻 모를 표정으로 고개를 갸웃했고 그것은 현홍도 마찬가지였다. 그는 턱을 괸 두 손을 들어 머리를 받치고 벽에 기대며 퉁명스럽게 물었다.

"그게 무슨 뜻인데?"

그의 물음에 진현은 낮지만 강한 어조로 대답했다.

"뜻은 없어. 그냥… 잘 아는 천사의 이름이지. 〈기억의 자드키엘〉."

Part 4

마법검

마법검 1

 현홍은 투덜거리며 길을 걷고 있었다. 그의 옆에서 나란히 걸어가고 있는 니드는 피식거리며 그를 바라보았다. 니드는 두 손 가득 주머니를 들고 있었다. 벌써 이틀을 여기서 허비해 버렸다. 자드키엘이라 이름 붙여진 소년이 걸을 수 있을 때까지는 그리 오랜 시간이 걸리지는 않았지만, 다시 여행을 떠날 차비를 하는 데에는 조금 시간이 걸렸다. 그리고 지금도 그들은 여행에 필요한 여러 도구들을 사 모으고 있었던 것이다. 현홍은 자신의 손에 들려진 먹음직스럽게 구워진 커다란 소시지를 한입 베어 물며 투덜거렸다.
 "나도 키엘이랑 쇼핑하고 싶었던 말야!"
 지금 그가 단단히 부어 있었던 이유가 바로 이것이었다. 그는 진현이 아침 일찍 키엘을 데리고 나가 버렸던 것을 알고는 광분했으며 그 모습은 상당히 재미있어서 가게 주인인 찰스와 니드를 웃게 만들기에 충분했다. 그리고 키엘을 있는 대로 때리던 존은 그날부로 가게의 일을 관둬야 했다고 한다. 그야 뭐… 뿌린 대로 거둔다고나 할까? 그 얘기를 들은 니드와 현홍은 의미심장한 웃음을 흘렸고 진현은 나직이 조소를 보냈다. 키엘은 하루 동안 그들이 보여준 배려와 따스함으로 많이 회복되었고 상당히 친해진 존재였다.

그리고 무엇보다 동물적인 그를 좋아했던 현홍은 한시도 그의 곁을 떠나지 않았고 몸을 다쳐 움직이지 못했던 동안 그를 먹여주고 재워주기까지 했다. 그 모습을 보던 니드는 〈진현은 아빠 같은 존재고 현홍은 엄마 같은 존재로군〉이라는 말을 내뱉었다가 현홍에게 목숨이 위험해지는 사태가… 그리고 진현에게는 정신이 위험해지는 사태가 발생할 뻔했다.

진현은 단 몇 마디만으로도 니드가 자살할 수 있도록 도와줄 수 있는 말발을 가진 사람이다. 그러므로 자신의 손을 더럽히지 않고도 조용히 니드를 반미치게 만들 수 있으니, 그것이 바로 정신이 위험해지는 사태인 것이다. 다행히 옆에서 듣고는 껄껄 웃어대던 찰스가 말려주지 않았더라면 정말로 이 세상과는 작별을 고해야 했을 것이다.

투덜거리는 현홍을 내버려 둔 채 니드는 거리 이곳저곳을 둘러보았다. 여느 도시와 다름없이 거리는 사람들로 북적거렸다. 작은 도시이기에 그들은 서로를 상당히 친밀하게 알고 있는 것인지 거리를 지나가는 많은 사람들이 서로를 보면서 인사했다. 엄마인 듯한 여성의 치맛자락을 붙잡고 서 있는 아이는 어서 엄마와 함께 집으로 가고픈 눈치였다. 그러나 그 여성은 같은 동네의 아주머니인 듯 보이는 여성과 열심히 수다를 떨고 있었다. 나이 지긋한 어른들은 한적한 나무 그늘 아래에 자리 잡고 앉아서 맥주 한 잔을 앞에 두고 두런두런 얘기하고 있었다. 평화로운 하루의 정경 그대로였다.

 이제 갓 솜털이 벗겨지기 시작한 소년들의 작은 싸움도 그리 큰 소란은 되지 않았다. 그 나이 또래의 소년들은 싸우면서 큰다라고 했으니까. 그리고 역시 사춘기를 벗어나 요조숙녀티를 내는 소녀들은 마치 고양이가 걸어가듯 살랑거리며 고개를 도도하게 들고 길을 지나갔다.

 확실히 진현이 없으니 자신들을 보는 시선이 줄었다는 것을 알 수 있었다. 그러나 니드도 분명 잘생긴 얼굴에 속했고 충분히 매력적인 남자였다. 작은 도시 내에서 그 도시를 벗어나지 못한 채 살았을 소녀들은 니드를 보면서 무어라 속닥거렸고 곧 얼굴을 붉히며 고개를 돌렸다. 물론 니드는 쓴웃음을 지을 수밖에 없었고 말이다.

 그중의 몇몇은 현홍을 보고 있었다. 하지만 그 시선은 니드를 보는 시선과는 다른… 왠지 모르게 질투의 시선도 담겨 있었다. 그도 그럴 것이 웬만한 여자보다는 현홍이 더 예뻤으니까 당연하기도 했다. 니드는 현홍이 여자가 아닌 것을 속으로 한탄했지만 별수없었다. 아무것도 모르는 눈으로 정면을 응시하며 발랄하게 걸어가는 현홍의 모습은 마치… 마치……. 거기까지 생각한 니드는 고개를 저어버렸다. 이 이상 생각하면 자신이 정상이 아닌 것 같았으니까. 속으로 한숨을 내뱉은 니드는 현홍을 보며 말했다.

 "더 살 것 있어?"

 "음, 글쎄? 진현은 대장간에 가서 무기 산다고 했고 자기 옷은 자기가 알아서 사겠다고 했어. 나는 무기가 필요없고 음식은 찰스 씨가 알아서 준비해 주신다고 그랬고, 그 밖에 뭐 필요한 것 있나?"

 현홍은 먹다 만 소시지를 입에 물고는 하늘을 보며 생각하는 표정이 되었다. 고개를 저으며 니드가 대답했다.

"더 이상 필요한 것은 없겠네. 가게로 돌아갈까? 아니면 도시를 더 돌아볼래?"

막대에 붙은 마지막 남은 소시지의 살점까지 뜯어 먹은 현홍은 막대기를 손가락으로 돌리며 고개를 끄덕거렸다.

"더 돌아보고 싶어. 어차피 내일이면 이 도시를 떠날 테니까."

그렇게 말하며 현홍은 활기 차게 앞으로 걸어나갔고 그 모습을 보며 니드는 웃었다.

*   *   *

키엘은 한 손을 들어 진현의 손을 붙잡고 있었다. 140㎝가 겨우 넘을락 말락 한 키엘은 고개를 들어 진현을 올려다보았다. 자신에게 이름을 준 사람을 정말로 부모님이나 주인으로 생각하는 묘족의 일원으로서 키엘은 언제나 진현의 옆에 있었다. 그리고 그것을 진현은 별 불평을 하지 않고 받아들였다. 그리고 알게 모르게 키엘이 자신의 옆에 있기 편하게까지 만들어주는 자상함도 보였다.

진현은 손수 옷 가게에 들러 키엘이 입을 만한 옷을 골라주었다. 얼굴은 아직 다 낫지 않아 상처로 가득했지만 더러워진 옷을 벗고 깨끗한 옷을 입으니 그 미모가 한층 더 발하는 것 같았다. 옷 가게의 아주머니는 이렇게 예쁜 아이는 처음 본다며 쓰다듬어 주었고 그것으로 인해 키엘의 기분이 더 좋아지게 해주었다. 한 손에는 가득 사버린 키엘의 옷과 자신의 옷이 든 가죽 주머니를 들고, 그리고 다른 한 손으로는 키엘의 손을 잡았다.

그는 지금 대장간으로 가고 있었다. 자신에게 맞는 검을 사기 위해서였다.
　전생이라는 것을 기억하는 덕분인지 지금 이 세계에서 마법이라는 능력과 그 외의 독특한 능력을 쓸 수 있는 진현이었지만, 파괴력의 면에서 볼 때 마법은 감당이 되지 않았다. 그렇다고 웬만하면 빛의 힘을 쓰기는 싫었고 하여 약간은 쓸데없음에도 불구하고 검을 사기로 마음먹은 것이다.
　주위의 수많은 사람들의 시선에 키엘은 귀를 한껏 처지게 하며 경계하는 눈빛으로 주위를 두리번거렸다. 진현은 고개를 내리지도 않은 상태에서 손을 뻗어 키엘의 어깨를 붙잡고 자신에게 끌어당겼다. 그러나 키엘은 그럼에도 불구하고 아직 세상의 길이 낯선지 부들거리며 몸을 떨었다.
　진현은 슬며시 고개를 내려 키엘을 바라보았다. 낯선 장소에 놓아둔 아기 고양이처럼 키엘은 진현에게 한껏 붙어서는 몸을 잔뜩 움츠리고 있었다. 아직 세상이 낯선 아이에게 사람들의 냄새와 시선은 버거운 것일지도 모르겠군. 진현은 이렇게 생각하며 천천히 발걸음을 멈추었다. 두 손을 모으고 숨 막힌 탄성을 내지르던 소녀들은 그의 행동 하나에도 감탄했다. 만약 자기 쪽으로 시선을 돌리면 감격에 겨워 넘어가기까지 할 것 같았다. 천천히 한쪽 무릎을 구부리고 키엘과 시선을 맞춘 진현이 조용히 입을 열었다.
　"사람들이 무섭니?"
　키엘은 머뭇거리며 고개를 끄덕였다. 비록 키엘은 진현을 주인으로 생각했지만 그의 무서운 눈동자를 잘 알고 있었기에 무어라 행동을 잘 못하면 얻어맞을 줄 알았다. 그가 살아왔던 세월이 그러했으니까. 그러나 지금까지 진현은 단 한 번도 키엘의 행동에 대해서 제지를 한 적이 없었고 그것은 아마 앞으로도 그러할 것이다.

키엘은 곧 눈물이라도 흘릴 듯한 표정이 되었고 진현은 짧게 한숨을 내뱉어야 했다. 그는 자신의 생각이 짧았나 하고 스스로를 질책했다. 키엘이 조금이라도 더 사람들과 친해지고 마음의 상처를 치료하게 하려고 그는 그 나름대로 애쓰고 있었다.

그래서 오늘도 아직 상처가 완전히 낫지 않은 키엘을 데리고 대로로 나선 것이다. 사실 상처는 그리 심한 정도가 아닌 타박상이 전부였다. 그러나 키엘은 너무나도 세상을 믿지 못하게 되어버렸고 그의 정신은 한 마리의 버림받은 고양이의 그것과 같았다. 진현은 살며시 손을 뻗어 키엘의 머리를 쓰다듬어 주었다. 그리고 조용히 미소 지어주는 것도 잊지 않았다.

키엘은 고개를 들어 조용히 진현의 품에 안겨서 머리를 부비적거렸다. 정말 고양이 같군… 이렇게 생각하며 진현은 실소를 머금었다. 그리고 한 손에 들고 있던 주머니를 키엘에게 넘겨주고는 그 키엘을 품에 안아 들었다. 키엘은 어리둥절한 표정을 지었지만 곧 그 자세가 편했는지 자신의 품에 있는 주머니를 꼭 끌어안고는 진현에게 매달렸다. 마치 아버지와 아들을 보는 것 같은 장면에도 말만한 처녀들은 얼굴에 홍조를 피우며 부끄러워했고 그보다 더 우스운 것은 자신의 남편과 아이가 있는 결혼한 여성들도 그의 모습에 넋을 놓고 있었다는 것이다.

진현은 두 가지의 교묘한 시선에 고개를 갸웃했지만 별 상관 없다는 듯이 발길을 돌려 대장간으로 향했다. 두 가지란, 하나는 사모의 마음을 가득 담은 연정의 눈빛이었고 또 하나는 그녀들의 애인이나 남편들이 눈물을 머금고 보내는 살기 어린 질투의 시선이었다.

대장간에서 흘러나오는 더운 열기에 키엘은 몸을 움츠리며 진현에게 안겨들었다. 진현은 그런 키엘의 머리를 살며시 쓰다듬고는 땅에 내려주었다. 아이를 안고 대화를 나누고 검을 고를 수는 없었으니 말이다. 대장간 안은 상당히 소란스러웠고 그에 비례해 나오는 더운 열기에 진현조차도 숨을 들이마셔야 했다. 깡깡거리는 쇠를 치는 소리가 요란히 귀를 울리는 가운데 상의를 벗어 젖히고 땀을 비 오듯이 쏟고 있는 굵은 팔뚝의 남자가 진현의 눈에 들어왔다. 짧게 깎은 머리카락과 험악하게 생긴 몸집과는 다르게 얼굴은 그리 나빠 보이지 않았다.

남자는 열심히 팔을 놀리며 무언가 잔뜩 달궈진 쇠를 망치로 내려치고 있다가 곧 인기척을 느끼고는 고개를 들었다. 그리고 그 인기척의 주인공이 멀뚱히 서서 자신을 내려다보고 있음을 본 남자는 망치질을 하던 손을 멈추고 망치를 옆으로 가져다 놓았다. 그리고 서서히 몸을 일으켰다. 웬만한 남자는 못하는 힘든 일을 하는 남자여서인지 건장한 체격과 키는 상당해 진현이 올려다보아야 될 정도였다.

그는 자신의 목에 걸려진 땀에 찌든 수건으로 거칠게 이마의 땀을 훔치며 진현에게 말했다.

"어서 오시오. 무슨 무기라도 찾는 거요?"

남자는 진현을 훑어보았다. 옷에 가려지기는 했지만 진현 역시 그 나름대로 훤칠한 키와 단단한 몸을 가지고 있었다. 말 그대로 더할 곳과 뺄 곳이 없는 완벽한 몸을 말이다. 그리고 몸에 배어 있는 무술이나 검술을 배운 사람 특유의 흔들림과 자세히 보면 손바닥에 굳은살도 박혀져 있어서 검을 다룬 사람이라는 것을 알 수 있었던 모양이다.

이 도시에 하나밖에 없는 대장간이라서 찾는 사람들은 많은 편이지만 무기를 찾는 사람은 드물었다. 기껏해야 날 빠진 부엌칼을 들고 와서 날을 갈아달라는 아주머니와 농기구를 사러 오는 사내들뿐. 그것도 아니면 이제야 막 솜털이 벗겨지기 시작한 청년들이 견습 기사 뱃지를 달고 와서는 검을 사 가는 경우뿐이었다. 어찌 보면 당연하게도 칼싸움이 나는 일도 가뭄에 콩 날 정도로 드물 뿐더러, 밤이 되면 총총 밖을 돌아다니는 듀라한 나이트와는 지금까지 단 한 번도 싸워본 일이 없을 것이다. 싸워봐야 상대도 되지 않겠지만.

대장장이는 사람을 보는 눈이 뛰어났다. 어느 인간이 겉멋만 잔뜩 든 얼간이라는 것과 어느 인간이 비록 그렇게 생기지는 않았지만 검깨나 휘두른다는 것 정도는 구별할 수 있는 눈을 가지고 있는 것이다.

진현은 고개를 살짝 숙이며 인사를 하곤 자신의 용건을 말했다.

"검을 찾고 있습니다. 제게 맞는 검이 있을지 한번 보여주시겠습니까? 보통 대장간에는 좋은 물건이 하나둘씩 있다고 하는데, 숨겨놓은 무기 같은 것이 있지 않습니까?"

"허, 참. 대장간이 무슨 보물 창고인 줄 아오? 숨겨놓은 물건이 어디 있겠소?"

진현은 피식 하고 웃었다. 그 웃음은 마치 모든 것을 다 알고 있다는 것처럼 보여서 남자를 속으로 놀라게 했다. 대장장이 경력 20년은 족히 된 테론 스테우드는 자신의 대장장이 가문의 이름에 맹세코 이런 사람은 없었다고 생각했다. 다짜고짜 찾아와서는 숨겨놓은 물건을 언급하며 그것을 내놓으라고 하다니. 분명히 오래된 대장간이나 조상대대로 대장장이 일을 해온 집안이라면 하나 정도는 잘 만들어진 검을 가지고 있다. 하지만 이렇게 소리 소문 없이 와서는 그것을 달라고 하면 거의 날강도 수준이 아닌가?

진현은 생긋이 웃으며 느긋하게 말을 이었다.

"무릇 선조의 지혜를 담는 검을 만드는 사람은 자신의 일생에서 가장 좋은 검을 신에게 바치고, 그리고 그 다음 좋은 검에 자신의 이름을 붙여 다른 사람에게 판다고 했지요. 제가 보고 싶은 것은 바로 이곳의 주인께서 신에게 바친 그 검입니다. 값은 후하게 쳐드리지요."

"이보라고! 귀족 양반! 우리 대장간에는 그런 물건이 없다고 하지 않았소!"

"왜 그렇게 흥분을 하십니까? 없으면 없다고 좋게 말씀하십시오. 그리고 전 귀족이 아닙니다."

"아니, 이 사람을……!"

테론은 억지로나마 화를 내기로 작정했다. 값을 후하게 쳐준다는 소리에 잠시 귀가 솔깃하기는 했으나 후에 조상님을 어찌 뵐까 하는 마음에서였다. 그런데 진현은 여전히 느긋하게 웃기만 할 뿐 화를 낸다거나 나가 버리지 않고 나무 기둥 한쪽에 놓아둔 의자에 아예 걸터앉았다. 테론은 더 이상은 참지 못하겠는지 진현을 보며 소리쳤다.

"당신이 그 검의 뜻을 안다면 당연히 그런 검은 내어줄 수 없다는 것을 잘 알지 않소? 그런데 그 검을 내어 달라는 걸 보니 우리 집안 망하게 하려고 작정한 거요?"

그의 말을 들으며 진현은 조용히 웃었다. 그리고 한 손을 들어 양복 주머니에서 무언가를 꺼내었다. 물론 그것은 이틀 전 여관에서도 꺼내어 많은 사람을 졸도 일보 직전까지 몰고 간 보석이었다. 그 보석을 본 테론 역시 입을 쩍하니 벌렸고, 키엘은 예쁘다는 눈동자로 초롱초롱하게 보석을 바라보았다. 마치 장난감을 본다는 눈이었다. 멍하니 보석을 바라보던 테론은 그 보석이 상당히 고가임을 알았고 곧 정신을 추스르며 입을 열었다.

"어이가 없구만. 당신 대체 뭐요? 그리고 왜 하필이면 우리 가게에 와서 이러는 것이오?"

"…이 도시에는 대장간이 여기 말고는 없지 않습니까?"

"…아, 그랬지."

남자는 그 커다란 손을 들어 뒷머리를 긁적거렸고 키엘은 진현이 던져 준 보석을 이리저리 굴리며 놀았다. 테론은 아까운 보석가지고 장난치는 키엘이나 그 모습을 보고도 아무런 제지조차 하지 않는 진현을 보며 한숨을 내쉬었다. 진현은 여전히 만면에 미소를 띠고 있었고 어느새 슬며시 꺼내 든 담배 한 개비를 입에 물고는 불을 붙였다. 짧은 숨과 함께 회색 빛 담배 연기가 열기로 후끈거리는 대장간의 공기를 메웠고 테론은 허리에 손을 얹으며 투덜거리듯 말했다.

"당신이 원하는 것이 신검神劍이란 말이오?"

키득거리는 낮은 웃음을 흘리며 진현은 슬며시 콧대에서 내려오는 안경을 검지손가락으로 바로잡았다. 그는 두 손을 마주 잡은 채 다리를 살며시 꼬며 고개를 끄덕였다.

"알고 계신다니 말이 쉽겠군요. 그렇습니다. 이왕 검을 다루려면 그런 검은 있어야 하지 않겠습니까? 아직 이곳의 주인께서는 그런 검을 만드실 나이가 되지는 않으신 것 같으니 선대 장인께서 신에게 귀의시킨 신검이 있을 것입니다. 신에게 바친 그 검은 만들어지자마자 봉하여 수십 년이 지나도록 단 한 번도 피를 묻히지 않은 순수한 검. 웬만한 검에 비할 바가 아니지요. 그리고 이 도시는 오래된 고도古都, 그러니 이 도시에 있는 대장간인 이곳도 몇 대를 걸쳐 내려온 곳이겠지요. 그 누대에 쌓인 실력을 제가 가지고 싶습니다."

"……"

테론은 의자에 앉아서 조용히 말을 하는 진현을 내려다보고 있을 뿐 아무런 말도 하지 않았다. 그러나 침묵의 시간은 길지 않았다. 그는 곧 등을 돌리고 대장간 어디론가 사라졌으며 진현은 회심의 미소를 지었다. 사실 정말 있으리라고는 기대도 하지 않았다. 그러나 어두운 붉은 바람이 쌓이고 쌓인 이 바람의 도시에 그 정도로 묵혀진 검 하나 정도는 있으리라 짐작했을 뿐. 예전부터 그는 궁금했다. 자신이 과연 신검을 다룰 만한 자격이 있는 사람인지를.

신검은 태어나자마자 그와 한 쌍으로 태어난 신검술사에게 바쳐진다. 그것은 운명이자 숙명. 그 검을 쥔 신검술사는 죽을 때까지 검과 함께 살아야 하는 것이다. 진현은 고개를 숙였다. 자신의 가문을 위해 신검을 휘둘렀다는 사람이 불현듯 생각이 났다.

그러나 그것은 그리 좋은 기억이 아니었다. 그러했기에 그는 고개를 저으며 기억에서 빠져나오기 위해 애써야 했다.

"끄응."

낮은 신음 소리에 눈을 떠보니 걱정스러운 표정을 하고 있는 키엘의 얼굴이 보였다. 키엘은 한껏 미간을 찌푸린 채 멍한 표정으로 앉아 있던 진현의 품에 안겨들었다. 그의 동물적인 본능이 자신의 앞에 있는 사람이 아파한다는 것을 직감했기 때문일까?

진현은 차분하게 키엘의 등을 쓸어주었다. 대장간 구석으로 사라졌던 남자는 어디에선가 들고 온 커다란 궤짝을 진현의 앞에 내려놓았다. 크기에 비해 무게는 그리 무겁지 않았는지 내려놓을 때의 소리는 크지 않았다. 키엘은 갑작스럽게 나타난 그 물건에 흠칫 놀라워하며 코를 벌름거리며 냄새를 맡았다.

테론은 키엘을 쳐다보며 신기하다는 듯한 어투로 말했다.

"오호, 이거 묘족이구만? 이렇게 보기는 오랜만인데. 생각보다 더 예쁘군. 나중에 커서 미남이 되겠어?"

키엘은 네 발로 땅을 짚은 채 궤짝의 냄새를 맡고 있다가 테론이 손을 내밀자 이제는 그의 냄새를 맡기 시작했다. 그러나 진현은 별 상관 없다는 듯이 일어나 궤짝 가까이 다가갔다. 오른손을 살며시 뻗어보았다. 나쁜 기운은 느껴지지 않았다. 눈을 차분히 감고 검의 울림을 들어보려 했지만 이상스럽게도 그런 것조차 느껴지지 않았다. 테론은 잠시 동안 키엘과 놀아주다가 진현이 궤짝 앞에 한쪽 무릎을 세우고 앉아 있는 것을 보고는 천천히 그의 곁으로 다가왔다.

"그렇게 느껴본다고 해서 될 것이 아니오."

"예?"

진현은 고개를 들어 의아스럽게 물었고 테론은 자신의 턱을 슬슬 만지며 대답했다.

"그 검은 우리 증조 할아버님께서 만드신 검이오. 자신의 생명이 다하는 그날에 불꽃이 소진하기 전에 가장 아름답게 불타오를 그때처럼 그렇게 자신의 목숨과 맞바꿔서 만들어내신 검이지. 그 검에는 자아가 있소."

"마법검이라는 말씀이십니까, 이 안에 들어 있는 것이?"

"그렇소."

테론은 그렇게 고개를 한번 힘차게 끄덕이고는 조심스럽게 손을 내밀어 궤짝의 문을 열기 시작했다. 키엘은 어느새 진현의 옆으로 와 고개를 내밀고 곁눈질로 상자를 훔쳐보고 있었다. 그 모습은 누가 보아도 상당히 경계하는 눈초리였다.

그것은 진현 역시 마찬가지였다. 그러나 그는 경계의 느낌보다는 혹시나 이 상자 안에 든 검이 별볼일없는 검이 아닐까 하는 생각에 더 불안해졌다. 만약 그렇다면 이미 사겠다는 말까지 해놓았으니 아무리 검이 별볼일없다고 하더라도 사야 하지 않겠는가? 아깝지만 어쩔 수 없는 일이 아닐 수 없었다.

그렇기에 이 안에 든 검은 무조건 좋은 검이어야 한다. 그는 마법을 쓸 줄 안다. 그렇기에 마법검 따위는 어쩌면 불필요한 것이다. 그저 날만 잘 드는 그런 평범한 명검이라도 상관은 없을 터. 그리고 만약… 그가 생각하는 『그런 것』들이 적이라면 아무리 좋은 마법검이라고 해도 상대도 되지 않을 터였다. 그는 쓰게 웃었다.

끼이익.

무거운 나무의 마찰음과 함께 천천히 궤짝 안이 보이기 시작했다. 테론은 궤짝을 완전히 열어젖히고는 조용히 말했다.

"당신이 찾고 있는 검이 이런 것이오?"

진현은 대답하지 않았다. 그의 연갈색 눈동자의 동공이 조금 크게 벌어졌다. 다 큰 성인 남자가 한 팔을 널찍이 벌린 길이 정도의 궤짝 안에는 상당히 긴 무언가에 붉은색 천이 싸여져 있었다. 슬쩍 손을 내밀어 천을 만져 본 진현은 그 천이 상당히 고급스러운 소재의 실크와 비슷하다는 것을 알아냈고 당연히 그 안에 싸인 무언가도 비쌀 것이라고 짐작했다.

테론은 궤짝을 여는 데 힘이 들었는지 이마에 맺힌 땀을 팔뚝으로 스윽 훔쳐 내고는 계속해서 말을 이었다.

"당신, 이 검이 얼마나 대단한 검인지 몰라서 내놓으라는 말을 하는 것이오. 이 검은 우리 증조 할아버님께서 목숨과 맞바꿔서 세계의 그 어떤 장인도 가공하지 못할… 아니지, 드워프Dwarf라면 해낼 수 있을지도 모르니까 그것은 아니겠고. 하여간에 가공하기 어려운 금속을 이용하여 만들어냈단 말이오."

이렇게라도 말하지 않으면 자존심이 세워지지 않아서일까? 테론은 이후에도 무어라 중얼거렸지만 진현은 그의 말은 듣고 있지도 않았다. 그는 거침없는 손짓으로 궤짝 안의 물건을 꺼내고 몸을 일으켰다. 오른손에 든 그 물건은 대충 보아도 키엘의 키와 얼추 비슷한 정도로 길었다. 조심스럽게 검을 감싸고 있는 천을 벗겨내었다. 손끝이 미세하게 떨리는 것은 아마 보물을 눈으로 확인하기 전의 감정의 동요 때문이리라. 입가가 마르는 것처럼 느껴졌다.

그의 손끝으로 통해 어느덧 바닥으로 흘러내려진 붉은 천을 키엘이 받아 들었다. 천 속에서 나타난 검은 대장장이인 테론도 숨이 멎을 정도였다. 검신檢身은 투명했다. 마치 수정을 깎아 만든 듯 여성의 몸매도 비교할 수조차 없을 정도로 희열을 느끼게 만드는 그것. 진현은 목으로 침을 억지스레 넘겼다. 키엘도 입을 쩍하니 벌리고 검을 바라보는 데 여념이 없었다.

투명한 검신 위를 그대로 넓혀놓은 듯한 완만한 힐트Hilt 부분은 백금색. 어찌 보면 백금을 입힌 것 같아 보이지만 손에 느껴지는 무게는 순도가 꽤 높은 백금의 그것이었다. 길이는 상당히 길어서 두 손으로도 쥘 수 있을 정도였다. 그리 화려한 문양은 없었지만 단아하고도 마치 섬세한 손길로 일일이 조각을 한 듯 보이는 거대한 드래곤의 문양이 수놓아져 있었다. 그 드래곤의 머리는 여섯.

진현은 마치 애인을 애무하는 듯한 부드러운 손길로 검의 포멜 Pommel에 검지손가락 끝을 갖다 대었다. 검의 끝 부분에는 균형을 맞추기 위해 장식된 듯한 커다란 수정이 박혀져 있었다. 수정은 그리 비싼 보석은 아니고 연금술이나 점을 치는 사람들에게도 많이 있기는 하지만 이 검에 장식된 수정은 언뜻 보기에도 상당히 그 투명도가 높아서 값어치를 하기에 충분한 것 같았다.

전체적인 색은 투명한 흰색과 백금색. 하나의 빛과도 같이 고결한 모습으로 그것은 진현의 손에 들려져 있었다. 검지손가락으로 조심스럽게, 그리고 부드럽게 포멜에서부터 블레이드의 끝까지 어루만져 보았다. 차가운 수정의 음의 기운과 백금의 양의 기운이 적절히 조화된 최상질의 검이 분명했다.

그는 회심의 미소를 지었다. 이만한 물건은 아마 드워프라도 만들지 못할지도 모른다. 그들이 비록 최고의 대장장이라 해도 목숨을 걸고 무언가를 만드는 것은 아니었다. 자신이 하고자 하는 일을 위해 영혼이든 목숨이든 내바쳐서 하는 종족은 인간밖에 없을 것이다.

테론은 머리를 긁적이더니 곧 당황한 목소리로 말했다.

"이거… 이거, 이 정도로 명검인지는 꿈에도 상상하지 못했군."

"주인께서도 처음 보시는 것입니까?"

진현의 물음에 테론은 고개를 끄덕였다. 그는 지금까지 자신의 증조할아버지의 검이 든 궤짝을 보관하기만 했을 뿐 그것을 열어봐도 좋다는 말은 한 번도 듣지 못했던 것이다. 그리고 오늘 같은 기회에 손님을 핑계 대고 한번쯤 보았으면 하는 생각에 진현에게 검을 보여준 것이었다. 테론은 허리에 손을 얹고는 마치 자신이 이 검을 만든 사람인 양 당당한 자세로 말했다.

"이것 보오. 이 검이 이토록 대단한 검인데 당신이 사겠다는 말이오? 이 정도의 검이라면 최소한 성 하나 정도는 너끈히 사고도 남을 정도의 검일 텐데 당신은 분명 귀족처럼 보이지만 그 정도의 돈은 없을 것이라 생각되는데? 내 생각이 틀렸소?"

진현은 아무 말 하지 않았다. 사실 그가 가진 돈은 상상할 수조차 없이 많았지만 이 검 하나를 사고 나면 남는 돈은 거의 없을 것 같았다. 앞으로의 여행은 길고 험할 것이다. 돈이 없다면 죽도 밥도 안 되는 것이 분명한 여행. 검보다는 돈이 중요했다.

그리 생각하지만 확실히 이 검을 그냥 두기에는 너무나도 탐이 날 정도의 명검이었다. 전설상의 검이 이 정도로 아름답고 고귀할까? 진현은 아까운 마음에 이를 악물었다. 그리고 할 수 없다는 듯 고개를 저으며 키엘에게서 붉은색 천을 받아 들었다.

그리고 천천히 마치 시간이 흘러가지 않기만을 바라는 손길로 검을 붉은 천으로 휘감았다.

『기다려! 날 데려가!』

진현은 손을 멈추었다. 키엘은 갑작스럽게 들려온 젊은 남자의 목소리에 귀를 쫑긋 세우고는 주변을 두리번거렸다. 그러나 사람이라고는 여기 있는 이들이 전부였다. 테론 역시 뭔가 들었지만 사람이 없었기에 자신이 잘못 들은 것으로 치부해 버렸다. 그러나 키엘과 진현의 반응에 그것이 아님을 깨달았다.

젊은 남자의 목소리였다. 진현은 알 수 있었다. 어느새 검은 웅웅거리며 떨고 있었던 것이다. 자아가 있다… 마법도 쓸 수 있다. 그렇다면 말을 못할 것도 없겠지. 진현은 이렇게 생각하며 고개를 내려 자신의 손에 들린 검을 바라보았다. 테론은 진현이 검을 바라보자 그 역시 흠칫 놀라며 검을 쳐다보았다. 또다시 귓가로 웅웅거리는 떨림과 함께 남자의 목소리가 들려왔다.

『나를 데려가. 가고 싶은 곳이 있어!』

"당신, 아니, 네가 말을 한 건가?"

진현은 곧장 자신의 버릇대로 경어체를 쓰며 말을 높이려 했지만 머리 속에서 들린 〈무생물에게까지 말을 높일 필요는 없다〉는 생각에 평어를 쓰며 검에게 말했다.

『그래. 나를 데려가. 너라면 나를 감당할 수 있을 것 같아. 난 가야 해.』

테론은 자신의 눈앞에서 벌어지고 있는 일이 도저히 현실이 아니라는 눈초리로 머리를 흔들었지만, 이내 현실 감각을 되찾고는 소리쳤다.

"아니, 잠깐만! 넌 우리 집안의 검이 아닌가?! 중조 할아버님의 유언대로 너는 계속해서 그 궤짝 속에 있었는데 가고 싶은 곳이 어디 있다고······!"

『말을 함부로 하지 마라, 인간아!』

웅웅거리는 떨림을 뒤로하고 검은 나직이 외쳤다. 그와 동시에 그에게서 검풍이 몰아닥친 것은 순식간의 일이었다. 키엘은 갑자기 덮치는 바람에 으르렁거리는 소리조차 내지 못하고 기둥 뒤로 숨어버렸고 테론은 부들거리는 몸을 제대로 가누지 못했다. 이상한 것은 검을 들고 있는 진현은 아무런 영향도 받지 않았다는 것이다. '역시 마법검이군' 이라는 말을 작게 중얼거린 진현은 고개를 내저으며 다시 입을 열었다.

"저분의 말씀대로 너는 지금까지 만들어진 즉시 신에게 봉납捧納되어진 신검이다. 한데 가고 싶은 곳이라니? 어디로 가고 싶다는 거지?"

바닥에 무릎을 꿇지도 그렇다고 올바르게 서 있지도 못한 테론은 안색이 창백해진 채 입을 다물고만 있었다. 마치 사람이 한숨을 내쉬듯 검도 짧게 소리를 내고는 음울하게 말했다.

『만나야 할 사람이 있어… 내 유일한 사랑……. 날 기다리고 있을 사람…….』

"……."

진현은 순간 온몸에 소름이 돋는 것을 느꼈으나 어쩔 도리가 없었다. 지금 자신이 들고 있는 검은 자기가 마치 사랑에 빠진 사람인 것처럼 애처롭게 말을 하고 있었던 것이다. 물론 그의 목소리에서 느껴지는 촉촉한 물기도 함께 말이다. 온몸이 작게 부들거리며 떨렸다. 검을 땅바닥에 후려 던지고는 자근자근 밟고 싶은 마음이 해일처럼 몰려들었지만, 차마 자신의 것이 아닌지라 그럴 수도 없었던 것이다.

입술을 깨물고는 조용히 화를 삭여보았다. 그러나 검의 말은 계속되었다.

『…난 그녀를 만나야 해. 비록 내가 검이지만 날 사람처럼 생각해 주고 따스하게 말해 준 그녀를… 언제나 날 옆에 두고 노래를 불러줬던 그녀, 내 사랑 시에라나…….』

"……."

이제는 훌쩍거리며 울고 있기까지 했다! 진현은 속으로 〈참을 忍 하나… 참을 忍 둘…〉이라고 중얼거려 보았다. 키엘은 왠지 모르게 모습은 보이지 않지만 훌쩍거리며 울고 있는 사람의 목소리가 측은하기라도 했던지 끼잉거리는 낮은 신음을 흘렸다. 테론도 이상스럽게 불쌍하다는 표정을 지어 보이며 마치 자신도 울 것처럼 표정이 요상하게 변해갔다.

진현은 지금 더 이상 이 이상한 상황 속에 자신이 있다가는 제정신이 안 될 것 같았던지 고개를 젖고는 검에게 나직이 말했다. 그의 목소리는 누가 들어도 살벌했고 마치 건드리면 폭발할 것만 같았다. 실상 그의 이마에는 열십 자 모양의 힘줄이 표시되어 있어서 그의 분노를 역력히 표현해 주고 있었다.

"이봐, 너… 언제 그 여성 분을 만난 것이지?"

역시나 그 특유의 성격 탓에 여자라는 말이 아닌 〈여성〉이라는 단어에 〈분〉이라는 호칭을 잊지는 않았다. 하지만 뒤에 들려온 검의 말에 진현은 더 이상 참을 수 없게 되어버렸다.

『그, 글쎄… 내가 만들어진 것이 저 인간의 증조부 때의 일이니까… 적어도 100여 년은 더 되지 않았을까?』

그 직후의 일이었다. 진현은 더 이상 자신의 손에 들려진 검이 영지보다 비싸든 성보다 더 비싸든 상관 않겠다는 것을 여실히 보여주었다. 그는 오른손으로 검을 붙잡고는 있는 힘껏 나무 기둥 쪽으로 던져 버렸다.

"이 빌어먹을 시간 관념도 없는 쇠뭉치 녀석아! 100년이 지났는데도 살아 있는 인간이 어디 있단 말이냐! 너 바보냐!? 마법검 좋아하시네! 이런 머리 나쁜 녀석이 마법은 무슨 얼어죽을 마법! 네 녀석이 마법을 쓴다면 지나가는 고블린도 마법을 쓸 줄 알겠다!"

단숨에 고블린 수준으로 격하되어 버린 일명 신검인 마법검은 그렇게 세게 나무 기둥에 부딪혔는데도 긁힌 구석 하나 없이 완벽한 모습이었다. 그러나 그 역시 아픔은 느끼는지 끙끙거리는 소리가 들렸다. 테론은 두 손으로 얼굴을 감싸고는 진현에게 외쳤다.

"이, 이게 무슨 짓이오! 아무리 자기 연민에 빠져서 사랑타령이나 하는 바보 같은 마법검이지만, 저래 보여도 마법검이란 말이오. 불쌍하지도 않소?"

별로 위로 같지도 않은 말을 나름대로 위로라고 한 테론은 진현을 보며 씩씩거렸다. 그러나 진현은 들은 척도 하지 않고 키엘의 손을 잡으며 등을 돌렸다.

"저런 제정신인지도 의문스러운 검을 사려고 했었다니… 제가 더 바보 같군요. 그럼, 저는 이만…….."

『자, 잠깐만! 살아 있지 않더라도, 무덤이라도 보고 싶어! 제발……!』

"웃기는군. 그 무덤이 어디 있을 줄 알고 내가 널 데려간단 말이냐?"

보통 사람이라면 연민이라도 느껴서 데려가려고 했겠지만 진현은 성능조차 의심스러운 저 검을 이제는 마법검 취급도 하지 않았다. 오히려 그냥 날만 잘 드는 검 하나만 있으면 저런 검은 내다 버릴 것 같았다. 키엘은 멀뚱히 서서 진현을 바라보았다. 왠지 그 눈은 〈데려가면 안 돼?〉라는 눈빛 공격도 스며들어 있어서 진현의 손톱만큼도 남지 않은 양심을 자극하고 있었다.

테론은 조심스럽게 검을 집어 들었고 검의 말은 멈추지 않았다.

『아냐! 알고 있어. 그녀의 무덤이라면 분명히 정해진 곳일 테니까… 제발 부탁이야! 날 데려가 줘! 가는 동안에 널 주인으로 모시고 무조건 말 잘 듣고, 마법도 잘 쓰고, 원한다면 보물이 있는 곳도 알려 줄 테니까!』

바로 이 말이 결정적이었다. 진현은 마치 축지법이라도 쓰는 양 눈 깜짝할 새 테론 곁으로 다가와서는 검을 낚아챘다. 정확히 말해서 그냥 받아 든 것이지만 그 힘과 속도는 낚아챘다고 해도 과언이 아닐 정도였다. 그리고 그 검을 자신의 얼굴께로 들어 올리며 나직이 말했다.

"보물?"

그 말엔 굉장히 많은 의미를 내포하고 있었다.

『그래, 보물. 난 많은 보물이 묻힌 장소를 알고 있어. 그리고 그녀가 남긴 보물들이 숨겨진 장소도 다 알고 있어! 난 보석 탐지 기능 마법도 외우고 있으니까 분명히 도움이 될 거야!』

검은 필사적이었다. 100년이 넘는 긴 세월이 흘렀지만 자신이 사랑하는 여인에 대한 마음은 변하지 않았던 것인지 죽었다는 말을 듣고서도 무덤을 보고 싶다고 한다. 사실은 굉장히 감동적일 수밖에 없는 이 장면에서 감동은커녕 일말의 흔들림도 없는 인간은 진현뿐일 것이다.

그는 턱을 괴고는 곰곰이 생각하기에 이르렀다. 사실 이곳에 왔으니 어느 정도의 이윤이라도 남기지 않으면 흘러가는 시간과 돈과 그리고 자신의 노력 등등이 아깝다는 결론이 결국 내려졌다. 아직 검이 원하는 장소를 듣지조차 않았지만 진현은 보물이 있는 곳이라면 대륙의 끝까지라도 갈 수 있는 그런 성격의 소유자였다.

진현은 살며시 고개를 끄덕였다.

"좋아. 데려가 주지. 대신 한 번만 더 그 사랑타령하면 용광로에 쳐넣어서 녹여 버린다."

검은 고개를 끄덕일 수밖에 없었다.

마법검 2

 현홍은 진현이 들고 온 마법검을 손에 쥐고는 즐거운 듯 대화를 나누고 있었다. 처음에 자신이 사랑했던 여자가 어쩌고 했을 때에는 진현은 자신이 한 말에 대한 책임을 지겠다는 태도로 단호히 마법검을 들다가 장작불 속에 집어던졌다. 물론 현홍과 니드가 경악했음은 말할 필요도 없었지만 역시나 성격은 이상해도 마법검은 마법검.
 그슬린 구석 하나 없이 여전히 반짝반짝해서 진현의 이마에 다시 힘줄이 솟게 만들었다. 그는 속으로 커다란 용광로가 있는 곳에 간다면 필히 던져 버리겠다고 결심했다. 현홍과 니드는 말 잘하는 마법검을 마음에 들어하는 눈치였다. 그도 그럴 것이 그동안 진현의 등쌀에 기도 못 펴고 살았으니 그나마 말 상대가 생긴 것이 어떻게 즐겁지 않겠는가.
 거기다가 진현은 마법검에게 화를 내느라고 현홍과 니드의 행동이 눈에 들어오지 않는다는 눈치였다. 그로 인해 조금은 인생 살기 편해졌다는 생각도 했다. 생글거리며 웃은 현홍은 식탁 위에 놓여져 있는 마법검을 보면서 두 손으로 턱을 괴었다.

"그런데 넌 이름이 뭐야?"

웅웅거리는 검 때문에 탁자가 작게 흔들렸지만 가게의 주인인 찰스는 별말하지 않았다. 그도 마법검이 신기하다는 눈으로 카운터에서 쳐다보고 있었으니까.

『내 이름? 내 이름은… 내 사랑 시에리나가 지어준 이름이 있어. 시에리나 비 운. 그게 내 이름이야.』

"아악! 진현, 참으세요!"

시에리나 비 운… 〈시에리나의 검〉.

진현은 결국 참지 못하게 되어버렸고 곧 자신이 앉아 있던 나무 의자를 두 손으로 들어서 검을 향해 집어던질 태세를 했다. 비록 흠집은 나지 않아도 아픔은 느끼는 듯했으니까 말이다. 현홍은 식탁 위에 엎어진 채 끅끅거리며 웃었고 찰스 역시 들고 있던 접시를 떨어뜨려 깨뜨릴 뻔했으나 웃음을 멈추지는 않았다.

키엘은 어리둥절하게 눈을 멀뚱히 뜨고 있을 뿐이었다. 니드 역시 웃음을 참기는 힘들었으나 당장에라도 검을 부서뜨려 버릴 기세인 진현을 붙잡고 늘어지느라 제대로 웃지도, 그렇다고 말리지도 못하고 어중간한 태도를 취해야만 했다.

찰스가 가져다 준 맥주 한 컵을 단숨에 마셔 버린 진현은 이를 갈며 자리에 앉았다. 아무리 보석도 좋고 돈도 좋다지만 저런 검과 계속해서 같이 있다가는 자신이 신경 쇠약에 걸려 버릴 것 같았다. 왼쪽 이마에서 느껴지는 통증은 그의 지병인 신경성 편두통. 다시 재발한 것 같았다. 현홍은 눈가에 흘러내리는 눈물을 손가락으로 훔치고는 킥킥거리며 말했다.

"그래그래… 그럼, 운이라고 부르면 되지? 그런데 그 여성 분의 무덤이 어디 있는지 아는 거야? 넌 그 사람의 죽음을 보지 못했잖아."

『그래, 보지 못했어…….』

극히 침울한 목소리. 운은 자신의 신세를 한탄하듯이 짧게 한숨을 내뱉고는 나직이 말했다.

『내 사랑 시에리나는… 그래, 그 사람이 어떻게 죽었는지 어디서 죽었는지 난 알지 못해. 마법으로 알 수 있었지만, 내가 들어가 있던 그 궤짝은 마법을 보호하기도 하고 못 쓰게 하기도 하는 그런 궤짝이었으니까. 그래서 볼 수가 없었어.』

시에리나라는 이름만 나오면 울먹이기 시작하는 운을 보며 현홍은 턱을 괴고는 측은하다는 표정을 지었다. 그것은 자신의 앞에 놓여 있는 맥주컵을 들던 니드도 마찬가지였다. 하지만 진현만은 그렇지 못했다. 울보는 하나만으로 족하다라는 것이 바로 그의 심정이었던 것이다. 슬픈 영화나 드라마만 보아도 울기 시작하는 현홍을 7년 간이나 상대했으니 그가 잘 우는 사람에 대해 노이로제가 걸리는 것도 어쩌면 당연한 일.

그는 자신이 들고 있는 컵을 씹어 먹을 듯이 노려보며 이를 악물 뿐이었다. 그러나 그런 그의 마음을 아는지 모르는지 주변의 다른 인물들은 운의 말에 점점 동요되어 갔다.

『그녀는 너무나도 다정하고 아름다웠어. 이 세상의 누구보다 더. 정말로… 정말로 검인 나를 사랑해 주는 단 하나의 인물이었지. 고귀하고 아름다웠던 그녀는 집안 역시 지체 높은 가문, 아니, 왕가의 사람이야. 카르틴 제국의 제2황위 계승자였어.』

"카르틴 제국 황위 계승자?!"

니드는 들고 있던 컵을 식탁 위에 내던지듯이 놓고는 벌떡 일어났다. 아무것도 모른다는 얼굴로 현홍이 니드를 올려다보았다. 그것은 조용히 화를 삭이며 술을 마시고 있던 진현 역시 마찬가지였다. 그는 갑작스레 들려온 목소리에 흠칫거리고는 컵을 식탁 위에 놓았다.

"이 대륙의 지도에서 본 적이 있는 나라 이름이로군요. 카르틴 제국은 이 나라 클레인 왕국의 옆에 위치한 커다란 제국이 아닙니까. 그런데 왜 그리 놀라시는지요?"

두 손으로 식탁을 짚은 채로 검을 보던 니드는 진현의 말을 들었는지 혼잣말처럼 중얼거렸다.

"시에라나… 그래, 어디선가 들어본 이름이라고 했더니. 카르틴 제국의 선대 여황女皇이었던 시에라나 카르틴 아이온 비 예트……. 세, 세상에! 카르틴 제국의 여황이 운, 네 연인이었던 거야?"

『어… 어라? 제1황위 계승자는 어디 가고 시에라나가 여황이 되었다는 거야? 분명 그녀의 위에는 언니가 있었던 것 같은데… 아니, 있었어. 반란이라도 있었던 거야? 내 사랑 시에라나의 언니 되는 여성은 고귀하고 덕목이 높아서 분명 좋은 여황이 될 것이라는 평을 받았었는데?』

"무슨 소리야? 언니라니… 시에라나 여황에게는 언니가 없었는데?"

뭔가 말이 이상했다. 그 당시를 살았던 사람(이 아니라 검이지만)과 지금 사는 사람이 알고 있는 사실이 달랐다. 니드는 묘한 얼굴이 되었다. 그것은 다른 이들도 마찬가지였다. 다만 표정이 보이지 않는 운만이 당황한 목소리로 외쳤다.

『말도 안 돼! 있었던 사람이 사라지기라도 했다는 말이야? 그녀의 언니였던 레세라나는 고상하고 기품있으며 아름답고 품위있어서 현숙하기로 유명한 여성이었어!』

"100년이라는 시간 동안에 있었던 사람이 사라지고 없다?"

턱을 괴고 니드와 운의 대화를 듣던 진현이 조용히 내뱉었다. 니드는 그게 사실이나 되냐는 듯한 얼굴로 진현을 바라보았지만 그 사람을 봤다는 증인, 아니, 증검證劍이 있으니 뭐라 할 말도 없다는 눈치였다. 현홍은 고개를 갸웃거리다가 입을 열었다.

"진현의 말처럼 100년이라는 시간 동안 있었던 사람이 사라질 수는 없어. 하지만……."

"하지만 있었던 사람의 자료들을 사라지게 할 수는 있는 일이지."

진현이 현홍이 하려던 말을 자신이 받아서 말을 이었다. 현홍은 고개를 끄덕였다. 그러나 니드는 누가 들을까 조심하는 태도로 조용히 말했다.

"아닙니다. 그것도 보통 서민이나 노예와 같은 천민의 자료나 없애는 것이 가능하지요. 운의 말대로라면 그 사람은 한 제국의 황제가 될 사람이었습니다. 그런 사람의 자료를 말소抹消하다니… 그것은 현실적으로 있을 수 없는 일입니다."

그의 말을 들은 진현은 낮게 조소를 머금었다. 그리고 흘러내리는 자신의 안경을 바로잡으면 나직이 중얼거렸다.

"현실적으로 있을 수 없는 일이라… 그렇다면 현홍이나 저는 당신이 생각하는 현실적으로 있을 수 있는 일이었습니까?"

"그, 그것은……."

니드는 흠칫거리며 입을 닫아야 했다. 고개를 숙이고 살며시 띠고 있는 진현의 미소는 누가 보더라도 비웃음이 담겨져 있었다.
 퍽!
 현홍은 생글거리며 웃는 얼굴로 팔꿈치를 이용하여 미소 짓고 있던 진현의 옆구리를 있는 힘껏 후려쳤다. 진현은 차마 신음 소리도 흘리지 못한 채 허리를 작게 숙였고 그 모습을 보고 놀라 버린 키엘은 황급히 진현의 옆으로 다가왔다. 손바닥을 탁탁 턴 현홍은 웃으면서 니드를 바라보았다.
 "뭐, 현실적으로 있을 수 없는 일이 현실이 되는 경우도 종종 있잖아? 하루아침에 벼락부자가 될 수도 있는 것이고 또 하루아침에 망할 수도 있는 거고. 여러 가지 일이 있을 수 있는 거야. 나는 잘 모르는 얘기지만 100년이라는 긴 시간 동안 어떤 일이든 충분히 일어날 수 있지 않겠어? 그리고 그 왕가에서 숨길 일이 있을 수도 있지."
 웃으면서 얘기하고 있기는 하지만 이미 그 웃음은 설득력은 없어진 지 오래였다. 니드는 속으로 〈여기서 가장 무서운 사람은 어쩌면 현홍?〉이라는 생각을 하면서 쓴웃음을 지을 수밖에 없었다. 낮은 목소리로 욕지거리를 내뱉은 진현이 서서히 고개를 들면서 말했다.
 "큭, 젠장. 비리하게 보이는 녀석이 힘만 세가지고는……. 제기랄."
 "시끄러워. 넌 항상 비관적으로 생각하는 게 문제야. 조금은 낙천적으로 변해보라고. 언제나 인상만 잔뜩 쓰고는 성질 더러운 것 티 내냐?"
 "쳇."
 진현은 오른손으로 얻어맞은 복부를 쓰다듬을 뿐 더 이상 아무 말도 하지 않았다. 허리에 두 손을 얹고는 마치 남편한테 잔소리를 해대는 여자처럼 현홍은 계속해서 말을 이었다.

"원래 살던 세계에서도 늘 그랬지. 넌 겉으로는 사람들을 위하는 척 다정하게 굴어도 언제나 속으로는 차갑기 그지없었어. 아니, 정반대라고 해야 할까? 속으로는 무엇보다 더 그 사람을 소중히 생각하지만 겉으로는 차갑고 냉정하게 굴지. 네 행동은 모순으로 일관되어 있어. 항상……."

"항상 그랬으니 앞으로도 그렇게 행동한다는 것이 문제가 되는 거냐?"

진현은 의자에서 벌떡 일어섰다. 그 바람에 의자가 뒤로 넘어가 고요하던 가게 안을 가득 채웠다. 키엘은 흠칫 놀라며 두어 발자국 뒤로 물러났고 니드 역시 갑자기 무거워지는 분위기에 어리둥절한 표정을 지어 보일 뿐이었다. 차마 끼어들 수 있는 분위기가 아니었다. 진현은 그답지 않게 양미간을 잔뜩 찌푸린 채 현홍을 내려다보고 있었다.

한데 달랐다. 그가 지금까지 다른 사람들한테 보였던 그가 아니었다. 그의 표정은 형용하기 어려울 정도로 잔뜩 굳어져 있었다. 니드는 순간적으로 몸을 흠칫거렸다. 자신이 지금 보는 진현이 자신이 알던 사람이 아닌 것 같았기 때문이다. 현홍은 아무 말이 없었다. 평소처럼 굽히지 않았다. 갑작스레 무언가 할 말이 생각난 사람처럼, 아니면 아이를 꾸짖는 어른처럼 현홍은 그렇게 자신보다 훨씬 큰 진현을 올려다보고 있었던 것이다.

두 사람 사이에는 장시간의 침묵이 흘렀다. 즐겁게 말하던 운도 입을 다물고 상황을 주시하는 듯 조용했다. 찰스와 키엘은 머뭇거리며 고개를 돌리기에 바빴다. 현홍은 주먹을 쥐었다 폈다. 이상하게 이곳에 온 이후로 진현과의 마찰이 잦아졌다. 원래도 잘 싸우고 다투었지만, 이곳에서는 묘한 감정 긁기 싸움만이 계속되고 있는 기분이었다.

이런 게 아닌데… 이런 것을 바란 것이 아닌데……. 그런 말이 입속에서 맴돌았지만 쉽사리 말로 표현되지는 못하였다.

진현은 눈을 감았다. 미간을 좁힌 채 아랫입술을 깨물며 눈을 감는 그의 모습은 마치 억지로 눈물을 참는 그런 표정과 같았다. 원래 화를 내지 않는 사람이 화를 내면 무서운 것처럼 원래 울지 않던 사람이 울면 더 애처로운 느낌. 지금 진현의 모습이 바로 그런 모습이었다.

그는 살며시 감았던 눈을 뜨며 짧게 한숨을 내뱉었다. 자신을 타이르는 듯 그렇게 낮은 한숨을 내뱉으며 조용히 다시 입을 열었다.

"네가 말한 것처럼 난 그런 인간이니까. 그런 모순 덩어리인 인간이니까 앞으로도 그렇게 살아가는 거다. 남을 속이며."

그렇게 말한 진현은 발길을 돌려 계단으로 올라가 버렸다. 현홍은 주먹을 꼭 쥐고는 뭔가 말하려 했지만 그런 행동을 하기에는 진현의 발걸음이 무섭도록 빨라서 차마 하지 못하였다. 마치 무언가로부터 도망가는 것처럼 그렇게 진현은 어두움이 으슥하게 뻗쳐져 있는 나무 계단을 밟으며 뒷모습을 남겼다. 니드의 눈에는 그 모습이 마치 무언가로부터 배신을 당한 사람처럼 그렇게 서글퍼 보였다.

* * *

지끈거리는 통증에 진현은 눈을 떴다. 신경성 편두통과 함께 그를 괴롭히는 신경성 위염에 복부는 심하게 쑤셔왔다. 팔을 들어 올려 눈을 가려보고 다시 잠을 청했지만 이미 눈을 뜬 그가 쉽사리 잠을 잘 수 있을 리 만무했다. 회사 일로 인해 지극히 그의 몸에 배어 버린 리듬. 짧은 시간을 자는 것은 생활이었고 종종 며칠 밤을 지새는 것은 그에게 그리 어려운 것은 아니었다. 고개를 돌려 창밖을 보았다. 검은 밤하늘에 서서히 녹아들고 있는 푸른 기운 덕분에 지금 시간이 대충 새벽 녘이라는 것 정도는 알 수 있었다. 천천히 허리를 들어 몸을 일으켰다. 욱씬거리는 통증에 이를 악물어보지만 이곳에는 자신의 주치의도 약도 무엇도 없었다.

그저 참아야만 했다. 오른손으로 통증이 느껴지는 위 부분을 세게 눌러보았지만 통증이 사라지기에는 무리가 있었다. 원래라면 옆에 있어야 할 키엘은 아마 자신이 저녁에 한 행동 때문에 겁을 먹고는 다른 사람 곁에서 자고 있는 듯했다. 그는 고개를 저었다.

침착해 보리라 마음속으로 다짐하고 또 다짐하건만 조그마한 말 한마디에도 발끈해서는 평정을 잃는 자신에게 작은 분노가 일어났다. 그리고 또한 그 분노라는 감정에도 화가 났다. 누구에게도 화를 내려 하지 않았는데. 보통의 그의 화는 단순한 히스테리 정도로, 다른 사람이 보기에도 정말로 화를 낸다고 생각하기 힘든 그런 종류의 짜증과 같았다.

정말로 화를 내면 자신의 주위에 있는 사람들이 얼마나 힘들어하는지 그는 잘 알고 있기 때문이었다. 저녁에 자신이 한 행동 때문에 즐겁게 대화를 나누던 사람들이 어색해져 버렸다. 그리고 분명 현홍은 자신이 한 말 때문에 일이 그렇게 돼버린 줄 알고 자책하고 있을 것이다.

"빌어먹을."

낮게 지껄인 속삭이듯 내뱉은 그의 말이 고요한 새벽 방 안을 갈랐다. 그것은 현홍도 다른 무언가에도 아닌 자신에 대한 감정이었다. 살며시 이불 속에서 발을 빼내어 일어섰다. 차가운 바닥의 기운이 발바닥에 느껴졌다. 아직은 쌀쌀했다. 어제 저녁 쇼핑을 하며 산 하얀 와이셔츠의 부드럽고도 차가운 감촉이 묘하게 느껴졌다.

천천히 창가로 걸어가 어깨를 기대었다. 시리도록 맑은 달빛이 그의 하얀 얼굴을 감쌌고 그것은 흘러내리듯 얼굴을 타고 몸 전체로 흘렀다. 꿀보다 더 부드럽고 달콤해 보이는 금발 머리카락은 차분하게 가라앉아 눈을 감고 있는 그의 얼굴을 더욱더 이지적으로 보이게 했다. 안경을 끼지 않은 그의 얼굴은 안경을 낀 것과는 사뭇 다른 인상이었다.

안경을 꼈을 때의 그의 얼굴이 차갑고 사무적이며 일률적으로 보인다면 지금 그의 얼굴은 약간은 더 다정하고 그를 사람답게 보이게 했다. 벽에 기대고 있는 왼쪽 팔을 들어 오른팔을 감쌌다. 차가운 새벽 기운이 몸을 덮쳐 왔다.

딸칵.

조용히 눈을 감고 새벽을 느끼던 그가 갑자기 몸을 움직인 것은 작은 소리가 들린 후였다. 보통 사람이라면 아주 세밀하게 신경을 곤두세우고 있지 않다면 들리지도 않을 만큼의 작은 소리에 그는 민첩하게 반응했다.

낡은 나무가 어긋나는 소리가 들린 것은 바로 방문 앞. 진현은 눈을 작게 뜨고는 몸을 낮추고는 순식간에 문 바로 옆의 벽으로 붙어 섰다. 검이 있었다면 그것을 집어 들었을 테지만 그에게는 그것이 없었다. 운 역시 아마 다른 일행이 들고 있을 것이다. 그는 작게 숨을 몰아쉬고는 침착한 태도로 오른손을 얼굴께로 올려 들었다.

숨을 몰아쉬고 기를 오른손에 집중시켰다. 그리고 찰나의 시간도 지나지 않아 그의 오른손에는 마치 달빛처럼 파랗고 투명한 기운이 스며져 나왔다. 이걸로 준비는 끝났다. 그가 맺은 수도手刀는 사람의 목뼈 정도는 베어버릴 정도의 힘이 있었기에 그는 밖에서 느껴지는 인기척에 촉각을 곤두세웠다. 선 방어? 후 공격? 진현은 먼저 공격을 하려고도 생각했으나 아직 바깥의 사람에게서는 살기가 느껴지지 않았기에 혹시나 하는 마음에 신경을 곤두세울 뿐 별다른 행동은 취하지 않았다.

"그렇게 놀랄 필요는 없는데. 나란 것 알고 있지 않아?"

"……."

진현은 아무 말 없이 오른손을 내렸다. 밖의 사람을 그는 어쩌면 이미 알고 있었는지도 모른다. 그러나 그가 공격 태세를 취한 것은 만에 하나라는 생각을 가져서였다. 이곳은 타지. 알 수 없는 곳. 누구도 알 수 없고 어떤 사람이 어떤 능력을 가지고 있는지도 모르는 곳이기에 그는 더욱 경계를 하는 것이었다.

그는 낮게 한숨을 내뱉었다. 그리고는 문고리에 손을 갖다 대었다.

"문 열 필요 없어."

문고리를 잡아 돌리려던 진현의 손이 흠칫했다. 그는 고개를 들어 자신의 눈앞의 문을 응시했다. 문의 맞은편에서 다시 목소리가 들려왔다.

"미안해."

진현은 아무런 말도 하지 않았다. 이러리라는 것을 어렴풋이 짐작하고 있었으며, 그리고 언제나처럼 이렇게 조용히 그가 먼저 사과할 것이라는 것도 알고 있었다. 그러면서도 먼저 사과하지 않고 기다리는 자신이 너무나도 한심스러웠다. 진현은 천천히 고개를 숙여 문에 이마를 갖다 대었다. 싸늘하면서도 시원하게 느껴지는 기운이 얼굴에 느껴졌다. 알싸한 나무의 냄새도 코끝을 간지럽혔다. 그리고 가만히 한 손을 들어 문을 잡고 섰다. 아무 말 하지 않았다. 그렇게 잠시간 현홍과 진현은 문을 두고 서로를 마주 보았다.

"그렇게 말하려고 한 것 아니었어. 미안해."

작게 중얼거리듯이 말하는 목소리. 잘못은 누구에게나 있다. 하지만 먼저 사과하는 사람은 늘 먼저 사과하고 받는 사람은 늘 받기만 한다. 진현은 지그시 아랫입술을 악물었다. 무언가 말을 하려고 입을 열었을 때 현홍의 목소리가 다시 희미하게 들려왔다.

"이상하게 이곳에 와서 너에게 화만 내는 것 같아. 짜증만 부리고… 될 것도 안 되는 것처럼 느껴지고… 그리고……."

뒤로 갈수록 흐느끼는 목소리였다. 무언가가 나무에 부딪히는 소리가 들렸다. 그리고 현홍의 흐느끼는 목소리도 점차 잦아지고 있었다.

현홍은 문에 등을 기댄 채 고개를 들었다. 검은 눈동자에서 흘러내리는 물방울들은 그의 감정은 충분히 반영해 주고 있었다.

그래서 안 된다는 것을 잘 알고 있었지만 마치 얇은 얼음 조각과도 같은 그의 마음은 작은 상처에도 쉽게 부서뜨려졌으며 작은 일에도 쉽게 반응했다. 그게 그의 큰 단점 중 하나이자 가장 큰 매력일런지도 몰랐다.

진현은 주먹을 꽉 쥐고는 문을 열고 싶은 마음을 억눌렀다. 굳게 다물린 입술은 빠르게 핏기가 사라져 갔다. 하지만 반대로 파랗게 질려가며 묘한 청초함을 더했다.

무언가 움직이는 소리가 들렸다. 천천히, 그리고 극히 조심스럽게 자신에게서 멀어지는 느낌. 진현은 고개를 들었다. 한동안 들리지 않던 현홍의 목소리가 다시금 들려왔다.

"진현아, 넌 내 가장 소중한 친구야. 여기 와서 네가 변해가는 모습 참 보기 좋아."

"변해간다고?"

자신도 모르게 되묻고 말았다. 흠칫거리는 몸은 어쩔 수가 없었다. 예전에 자신이 한 말처럼 변해간다, 그 자신도. 하지만 이토록 빨리 자신이 변해간다는 것을 자신의 곁에서 가장 오래 있던 친구가 느끼게 될지는 몰랐다. 오히려 현홍보다 더 빠르게 변화하고 있는 것은 그 자신임에 그는 적잖이 놀랄 수밖에 없었다.

진현은 폈던 주먹을 다시 부여 쥐며 문 저편에 있을 현홍을 바라보았다.

"괜찮아. 나쁜 쪽으로 변화하는 것이 아니니까. 여기에 있음에 넌 점점 더 인간다워지고 있어. 그래… 그래서 보고 있으면 좋아."

다시 되물을 수도 없었다. 진현은 자신이 당황하고 있다는 사실에도 내심 놀라워했다. 현홍의 말은 계속해서 이어졌다.

"넌 이곳에 와서 지극히 감정적으로 변하고 있어. 내가 보기에는 그래 보여. 하지만 그 변화가… 너에게는 왜 그리도 잘 어울려 보이는지. 아마도 주월이 보았다면 웃었을 거야."

주월. 그의 이름이 들리자 진현은 몸을 움찔거리며 미간을 살짝 찌푸렸다. 그와는 철천지원수이자 현홍을 알기 훨씬 이전부터 알고 지내던 사이. 친구라기보다는 원수 사이로 보는 이들이 많았지만 진현과 주월은 그 누구보다 더 서로를 신뢰했기에 아무런 말 없이 서로 등을 맞대어 싸울 수 있는 그런 존재들이었다. 그리고 아마도 그것은 평생이 지나도록 마찬가지일 것이다.

"내가 지금 뭘 바라고 있는지 알아? 만약 이대로라면 원래의 세계로 돌아가기보다는 이곳에서 평생 살았으면 한다는 것… 그것이 널 위한……"

벌컥!

진현은 결국에 참지 못하게 되어버렸다. 그는 있는 힘껏 문을 열어젖혔고 그로 인해 문에 기대어 있던 현홍이 뒤로 몸이 기우뚱하며 쓰러져 버렸다. 그러나 그것을 진현이 가만히 두지 않았다. 그는 문고리를 잡고 있는 왼손을 재빨리 뻗어 현홍의 어깨를 붙잡았다.

그는 고개를 숙여 나직이 현홍의 귓가에 말했다.

"그런 생각 하지 마라. 이 세계에서 이상은 현실이 되고 현실은 꿈이 되어버린다. 네가 무슨 생각을 하는지는 잘 알고 있어. 그러니 이제 그만 해라."

작은 촛불만이 은은히 밝히고 있는 어두운 복도에서 진현은 한참 동안 그렇게 현홍의 어깨를 붙잡고 서 있었다. 그리고 자신의 어깨를 잡고 있는 진현의 손을 현홍은 조용히 잡아주었다. 그리고 억지에 가까운 미소를 지으며 입을 열었다.

"보고 싶어, 내가 살던 세계의 사람들을. 돌아간다면, 돌아갈 수 있다면 잘해줄 거야. 지금까지 바쁘다는 핑계를 대고 이리저리 미루었던 일도 다 할 거고 여행도 가고 싶어. 조용한 바닷가가 있고 산도 있고… 그런 아름다운 곳에 가서 쉬고 싶어. 돌아… 가고 싶어……."

고개를 숙여 낮게 우는 현홍을 보며 진현은 살며시 고개를 끄덕였다.

"그래, 그렇게 하자. 아니, 내가 반드시 그렇게 해줄게."

복도 끝에 위치한 자그마한 창밖으로 내리비치는 달은 스산하기 이를 데 없었고 그 검은 하늘을 날아가는 작은 그림자의 새도 소리없이 모습을 감추었다.

*　　　*　　　*

하얀 달이 지고 서서히 해가 밝아오는 이른 아침부터 일행은 여행을 떠날 차비를 했다. 진현은 이 세계의 옷으로 말끔하게 차려입었다. 그러나 검은색의 편한 바지에 역시 재질이 고급처럼 보이는 검은색 셔츠를 입은 차림이어서 별달리 차이는 없었다. 옷의 색깔은 역시 그답게 검은색과 진한 회색이 전부였다. 그에 맞춰 현홍 역시 잔뜩 쇼핑한 옷 중에서 여행에 편한 옷으로 아무것이나 골라 입었다. 약간은 헐렁해 보이는 갈색 폴라티에 검은색 면바지, 그리고 운동화 대신 새로 산 검은 부츠를 신었다.

이제는 완연히 여행자 복장이 나오는 것 같았다. 그러나 차마 원래 입던 옷을 버리지는 못하겠는지 잘 빨아서 고이 접어 짐 속에 넣어두었다. 키엘 역시 엉망으로 자랐던 검은 머리카락을 깔끔하게 잘라낸 후 깨끗하고 여행에 편한 복장으로 갈아입었다.

옷에 별로 차이가 없는 것은 니드뿐일까. 찰스는 현홍에게 부탁받은 식량을 건네주었다. 그는 처음에 진현이 다가와 일주일 치 식량으로 10인분 정도 달라고 말을 하자 고개를 갸웃거렸다. 하지만 그가 준 돈도 아직 넉넉하고도 남기에 억지스레 고개를 끄덕이며 음식을 마련해주었다.

대부분이 여행을 할 때 요긴하게 쓰이는 건조 식량들이었다. 그렇지만 현홍은 냄비 등의 식기 일체도 마련하였고, 직접 시장에 들러 채소와 과일 등도 사 모았다. 아마도 여행 도중이라도 직접 음식을 해서 먹을 생각인 것 같았다.

현홍은 회심의 미소를 지으며 그 도구들을 잘 정리해 자신의 카오루에게 실었다. 진현은 어깨를 으쓱이며 대신 찰스에게 고맙다는 인사를 했다. 아침에 일어나 진현과 현홍의 눈치를 살피던 니드는 두 사람이 여느 때와 다름없는 모습을 보이자 안도의 한숨을 흘려야 했다. 여행 중에 싸우는 것은 여행의 분위기를 위해서라도 좋지 않은 것이었.

진현은 운을 데려올 때 대장간에서 받았던 벨트를 허리에 차고는 운의 검집을 벨트에 걸었다. 큰 키에 호리호리한 몸을 가지고 있어서 길다란 검을 차도 그리 어색하지 않고 오히려 잘 어울렸다. 며칠을 푹 쉬어서 기운이 넘치는 헤세드의 목을 토닥이고는 키엘의 허리를 붙잡고는 말에 올려 태운 진현이 고개를 돌렸다.

"이대로 곧장 원래 목적지인 현자의 탑까지 가도록 한다. 그리고 그곳으로 가려면 우선 이 나라의 수도를 거쳐야 한다고 되어 있어. 빨리 출발하는 것이 여행의 일정에 좋겠지."

니드는 고개를 끄덕였다. 그리고 얇은 가죽의 지도를 꺼내어 보며 말했다.

"그렇습니다. 여기서부터 클레인 왕국의 수도인 스란 비 케스트까지 가려면 적어도 보름 이상은 걸립니다. 어서 재촉하는 것이 좋겠지요. 여름이 되면 여행을 하는 데에도 불편함이 따를 테니까요."

"어찌 된 것이 이 나라 도시 이름은 하나같이 고풍스러운 거야? 〈안식의 날개〉라……."

카오루의 편자를 밟고 올라탄 현홍이 그렇게 말하며 피식 웃자 니드 역시 살짝 웃어주었다. 그리고는 지도를 둘둘 말아 자신의 배낭 한쪽에 넣으며 대답했다.

"고대어 자체가 고풍스러우니까 그런 것이겠지. 스란 비 케스트나… 이곳 누트 에아처럼 고대어로 된 도시는 상당히 오래된 고도古都들이 대부분이야. 그 시대의 사람들이 고풍스러운 것을 좋아했지 싶은데."

"흐음."

현홍은 고개를 끄덕였다. 진현의 벨트에 꽂혀진 운이 웅웅거리는 소리를 내고는 입(?)을 열었다.

『100년 전만 해도 사람들은 자신의 생각보다는 그 사회 전체에 만연

했던 고풍과 기품 같은 것을 따졌어. 귀부인들은 언제나 사교 모임 같은 것을 돌아다니며 자신을 뽐내었고 예의나 명예를 중시했지. 그러니까 고풍스러운 것 그 자체가 자신의 이미지와 이어진다고 생각했어. 100년 전에도 그랬는데 그전에는 얼마나 대단했겠어?』

운의 말은 상당히 재미있었다. 특히 이 나라의 사람이었던 니드는 운의 말 한마디 한마디가 흥미롭고 들을 만한 가치 100%라는 눈빛이었다. 물론 역사에는 별로 관심이 없었던 현홍은 고개를 끄덕이는 것 정도로 그쳤고 진현은 언제 어느 때에나 공부나 글에 관한 것이라면 적극 수용이었으니. 그러던 중 카오루에 올라타서 출발을 준비하고 있던 현홍은 손바닥을 마주치더니 가벼운 동작으로 말에서 내렸다. 니드가 고개를 갸우뚱거리며 말했다.

"갑자기 왜 내려? 이제 출발할 건데."

"내 가방! 방에 두고 왔어!"

현홍은 자신의 머리를 쥐어박고는 곧장 가게 안쪽으로 달음박질쳤다. 벽에 기대어 손님들이 출발하는 모습을 보려던 찰스는 껄껄거리며 웃었다.

"이거이거… 여행 출발부터 안 좋은데? 아하하."

진현은 한심스럽다는 눈으로 현홍이 사라진 문 안쪽을 슬쩍 쳐다보았다. 그는 고개를 끄덕거리는 헤세드의 고삐를 한 손으로 잡고는 콧잔등을 어루만져 주었다. 자신의 짐을 아시드 엘타에 모두 다 실은 니드가 천천히 하늘을 올려다보았다. 하늘은 맑고 바람도 상쾌하여 여행을 하기에는 더없이 좋은 날씨였다. 흰 뭉게구름들이 푸른 아쿠아 마린 빛의 하늘을 아름답게 수놓았다. 이른 아침이었지만 대로는 지나가는 사람들로 분주해 보였고 그들은 이제는 자신들의 도시를 떠나는 여행자들에게 한번씩 눈길을 주었다.

 언제나 그랬듯이 그리 깊은 의미가 담긴 시선은 아니었지만 이번에 이 도시를 찾아왔던 여행자들은 그 누구보다 특이하고 절대로 잊을 수 없는 그런 사람들이었다. 그래서일까. 대로의 이곳저곳에서는 하얀 손수건을 두 손으로 꼭 쥔 채 애처로운 눈으로 진현을 바라보는 수많은 처녀들과 아낙네들이 있었다. 물론, 그 여성들의 애인과 남편들은 어서 가라는 눈빛으로 진현 일행을 노려보았고 말이다.

 그런 무수한 사념思念들이 담긴 눈빛들이 진현을 향하고 있음에도 정작 본인은 여유만만 아무 일도 없다는 양 자신의 말을 어루만져 주고 있을 따름이었다. 마치 달려와 진현의 바짓가랑이라도 붙잡아야 성이 찰 듯한 표정을 짓고 있는 처녀들은 자신의 마음 한구석 한순간에 찾아왔다가 떠나가는 그 사람을 조용히 눈물지으며 바라보았다.

 솔직히 이 처녀들이 진현의 성격을 안다면 정나미가 떨어져 버릴지도 모르는 일. 아무리 잘나고 얼굴이 잘생긴 남자라도 성격이 안 좋으면 인기가 없을 수도 있는 일인 것이다. 그중에서는 잘생기면 모든 것을 용서해 줄 수 있어! 라고 외치는 사람도 많겠지만. 니드는 그렇게 생각하며 고개를 끄덕였지만 그는 잘 모르고 있었다.

 진현은 외모보다 성격 때문에 오히려 여성들에게 인기가 있다는 것을. 그 누가 자신을 떠받들어 주고 잘 대해주는 페미니스트 남성에게 넘어가지 않겠는가? 거기다가 얼굴까지 잘생겼고 돈도 많으니 일석이조一石二鳥요, 도랑 치고 가재 잡는 격이었다. 그래도 여성에게 대하는 성격만 빼고 그 외의 사람을 대하는 성격은 안 좋기로 유명하다 못해 하늘을 찌르고도 남았음에 조금은 신이 공평할지도 모른다는 생각을 아주 종종 하는 사람도 존재했다.

니드는 이런저런 생각을 하며 아시드 엘타를 마지막까지 살피다 곧 무언가 할 말이 생각났다는 투로 진현에게 말했다. 그러나 그 목소리는 마치 한참 동안 생각에 생각을 거듭해 잔뜩 잠겨 있는 목소리의 그것과 같았다.

"현홍과는 화해하신 거지요?"

헤세드를 만져 주던 손길이 잠깐 흠칫하며 멈추었다. 진현은 니드에게 고개도 돌리지 않은 상태로 천천히 대답했다.

"현홍과 저는 단 한 번도 화해라고 생각한 적이 없었습니다만……."

"후훗, 자연스럽게 화해가 가능할 정도라는 말씀이시군요."

진현은 대답하지 않았다. 그때까지 가만히 있던 운이 조용히 말했다. 웅웅거리며 떨림을 간직하고 있었기에 진현은 작게 흔들리는 검집을 살짝 부여잡았다.

『기밀氣密한 친구 사이일수록 화해라는 단어로 칭할 수 없지. 현홍과 너도 그런 사이인 것 아니냐?』

"검한테 그런 소리 들어봤자 설득력없어."

진현은 짧게 말했다. 키득 하고 낮게 웃음 짓는 니드를 뒤로하고 운이 다시 말을 이었다.

『이봐, 이봐. 검이라고 우습게 보지 말라고. 나도 너처럼 친한 친구가 있었단 말이다.』

운의 말에 진현은 살며시 고개를 떨구어 검집을 바라보았다. 그는 아무런 말을 하지 않았다. 하지만 검에게 친구라… 어차피 그래 봐야 언젠가는 서로의 몸을 부딪쳐 싸워야 하는 적이지 않은가? 이런 말을 하려 했지만 진현은 보이지 않을 정도로 작게 고개를 젖고는 입을 다물었다. 운은 계속해서 말했다.

『물론 같은 검이니까 주인이 같지 않은 다음에야 언젠가는 서로 부딪쳐 목숨을 걸고 자신의 주인을 보필해야 하는 적일 뿐이지만.』
"……."
낮게 웃고 있던 니드의 안색이 바뀌었다. 그는 미안하다는 표정이었지만 사과의 말을 하지는 않았다. 오히려 그것이 상대편에게는 비참하다는 것을 잘 알고 있었기에. 진현은 자신이 하려던 말을 미리 짐작하고 말을 하는 운의 검집을 살짝 어루만졌다. 차가운 검의 기운만이 느껴졌지만 감정이 있고 사랑을 할 줄 알고 울 줄 알며, 그리고 친한 친구의 예찬을 늘어놓을 수 있는.

사람과 다를 것이 없는 그런 검을 보며 진현은 많은 생각을 떠올렸다. 운은 더 이상 말하지 않았다. 무언가 과거가 생각이 난 것일까? 상념에 빠진 듯 아무 말이 없는 운을 살짝 두드리고는 진현은 말에 올랐다. 그동안 가방을 찾으러 안으로 들어갔던 현홍이 황급히 뛰쳐나왔다. 그의 어깨에는 자신이 이곳에 왔을 때부터 줄곧 몸에서 떼어놓지 않았던 검은 가방이 들려져 있었다.

그는 혀를 살짝 내밀며 머리를 긁적거렸다.
"미안미안, 다른 것은 몰라도 절대로 잊어버릴 수 없는 물건이 있어서 말야."

진현은 자신의 허리를 붙들고 있는 키엘의 머리를 한번 쓰다듬어 준 다음에 고개를 돌려 현홍을 내려다보았다. 현홍은 가방을 다른 짐들과 같이 안장에 올려놓고는 가방 속에서 무언가를 꺼내었다. 그 물건에 진현의 미간이 살짝 좁혀졌다. 그 물건은 예전부터 몇 번이고 보았던 바로 그것이었기 때문이다. 그는 약간 놀란 목소리로 말했다.

"그건 네 어머님의?"

"응."

현홍은 웃으며 고개를 끄덕였다. 현홍의 한쪽 손에 들려진 물건은 작은 상자였다. 은으로 만들어진 듯 쇠의 그것보다 은은한 빛이 나고 겉뚜껑에는 세밀하게 손으로 조각한 듯한 문양이 새겨져 있었다. 화려하지 않고 단아한 모양이 마치 언뜻 보기에 여성의 보석 상자처럼 보이는 물건이었다. 천천히 한 손에 쥐어진 상자의 뚜껑을 열어보았다.

그리고 조심스럽게 열리는 뚜껑 안쪽부터 흘러나오는 음악은 현홍의 어머니가 가장 좋아하는 음악이었다. 또한 현홍 역시 그 음악을, 그리고 그 상자를 자신의 목숨만큼이나 소중히 대했다. 왜냐하면 그에게 남겨진 단 하나, 그의 어머니가 그 자신에게 선물한 것이었으니까. 현홍은 너무나도 희미하지만 선명함을 넘어서 가슴 저리게 들려오는 그 음악을 천천히 감상하듯 눈을 감으면서 입을 열었다.

"어머니가 남겨주신 유품이니까 소중히 간직해야 해."

짧고 간단하지만 모든 것을 함축적으로 담은 듯한 그 말을 끝으로 현홍은 조심스럽게 오르골 상자를 품 안에 집어넣었다. 니드는 자신이 알지 못했던 현홍의 과거사를 그리 심각하게 생각하거나 어떤 일인지 물어본다거나 하는 실수를 범하지 않았다. 그는 그냥 짧게 고개를 끄덕이고는 아시드 엘타의 고삐를 잡아당겼다. 찰스는 자신의 바지 주머니에 꽂힌 손을 들어 흔들어 보였다. 딱히 무어라 말은 하지 않았지만 그동안 수백 명의 손님을 맞고 또다시 다른 곳으로 여행하는 모습을 봐온 그였다. 그는 어떤 말보다 아무 말 없이 그저 떠나는 이의 뒷모습을 봐주는 것이 가장 큰 작별의 방법으로 생각했고 그것은 여행객들에게도 가장 값진 것 중 하나였다. 자신이 걸어가는 뒷모습을 봐주는 사람이 있다는 것 말이다. 현홍은 생긋 웃으며 찰스에게 손을 흔들어주었고 진현은 고개를 숙여 예를 표했다. 키엘은 자신이 붙잡고 있는 진현의 옷깃을 다시 세게 쥐고는 그동안 자신을 먹여주고 살려주었던 사람을 돌아다보았다.

찰스는 생긋 웃으며 어서 가라고 손짓을 하였다. 한동안 멍한 눈동자로 찰스를 돌아보던 키엘은 가까스로 쓴웃음에 가까운 미소를 지어 보이고는 고개를 끄덕였다.

현홍은 고개를 들어 하늘을 바라보았다. 하늘은 맑고 쾌청했고 살랑거리며 부는 바람 덕분에 기분도 상쾌했다. 대로에 잘 깔린 포석들 위로 걷고 있는 말들의 발굽 소리가 마치 경쾌한 느낌의 환송歡送곡 같은 느낌이 들었다. 차갑게 뺨을 스치는 바람을 느끼며 현홍은 눈을 감았다. 어젯밤 진현에게 말했던 것이 거짓은 아니었다.

하지만 종종 가다 이 세계의 아름다움에 취하는 자신을 돌아보게 된다. 이러다가 자신이 살던 세계를 잊는 것이 아닐까 하는 막연한 불안감도 들지만 지금은 어쨌든 상관없을 것 같은 기분 좋음. 하지만 잊지 않으려 품속에 안아 든 오르골을 살며시 만져 보았다.

도시 사람들의 눈길을 받으며 일행은 어느새 도시의 정문에 닿아 있었다. 경비대장의 모습은 보이지 않았지만 이곳에 처음 왔을 때 보았던 프리스트들이 그곳에 있었다. 현홍은 고개를 젖는 카오루의 목을 토닥이고는 살짝 인상을 썼다. 프리스트들 중 그날 밤 어둡게 말을 했던 검은 머리카락의 프리스트가 고개를 들어 일행을 올려다보았다. 그의 눈은 마치 죽은 생선과도 같은 음울한 빛을 내고 있어서 키엘은 작게 이를 들어내며 으르렁거렸다.

진현은 그때처럼 살짝 고개를 숙이는 것으로 인사를 대신했고 현홍은 진현의 뒤를 따라 카오루의 발걸음을 재촉했다. 니드 역시 쓰게 웃으며 고개를 끄덕였다.
　경비대원들에게도 짧게 목례를 하고 문을 지나가는 일행의 뒤로 낮은 목소리가 들려왔다.
　"잘 가십시오, 붉은 바람의 마지막 축복을 받은 분들이시여."
　일행은 몸을 떨며 뒤를 돌아보았다. 그곳에는 검은 머리카락의 프리스트가 여전히 아무런 표정 없는 얼굴로 일행들을 보고 있었다. 현홍은 약간 소름이 끼치는 느낌을 받았지만 애써 아무렇지 않다는 듯이 말했다.
　"그, 그게 무슨 의미이지요, 프리스트님?"
　"……."
　남자는 아무런 대답도 없었다. 현홍은 입을 샐쭉 내밀고는 무어라 말하려 했지만 그보다 먼저 진현이 입을 열었다.
　"붉은 바람의 마지막 축복이라니요? 그것이 어떤 의미인지 저희에게 알려줄 수 있으시겠습니까?"
　진현은 낮고도 차분하게 말했다. 이상하게 니드는 그 모습이 프리스트와 다를 바가 없다는 느낌도 들었지만 잠자코 후에 들릴 대답을 기대하고 있었다. 프리스트는 고개를 숙이고는 몇 번 주억거렸다.
　그리고 다시 천천히 입을 열었다.
　"가십시오. 어서… 그리고 돌아보지 마십시오. 가던 길을 가십시오."
　진현은 의미를 알 수 없는 그의 말에 고개를 갸웃거리고 다시 물으려 했지만 프리스트는 그대로 등을 돌려 도시 안으로, 문 안쪽으로 걸어 들어가 버렸다. 그리고 거대한 나무로 된 문은 마찰음을 내며 천천히 닫히기 시작했다. 말들은 몇 번 다리를 구르고는 앞쪽으로 약간 걸어갔고 놀라 있는 아시드 엘타의 고삐를 부여잡은 니드가 작게 외쳤다.
　"지금은 아침인데 문을 닫습니까?! 아니……."

그러나 니드의 물음에 대한 답은 들려오지 않았다. 대신 알 수 없는 말만 하던 프리스트의 음성이 다시 낮게 들려왔다. 커다란 나무들이 부딪히는 마찰음에 가려 들리지 않을 법도 하건만 이상하게도 선명히 들렸다.

"이 도시의 모습을 기억해 주십시오. 당신이 보았던 사람들의 모습을… 그리고 잊지 말아주십시오."

"무슨……."

진현은 낮게 말했다. 그러나 그의 목소리는 굳게 닫혀지는 문의 소리에 가리워져 결국에는 사라져 버렸다.

쿵!

처음 이 도시에 왔었던 것처럼 그렇게 문은 굳게 닫혀져 그들의 발걸음을 붙잡았다. 이상했다, 분명. 바람은 쓸쓸하게 겉도는 느낌. 현홍은 불안함을 지울 수 없었다. 바람이 외치고 있었다. 어서 여기를 떠나라고, 어서 이곳에서 멀어지라고 그대들의 발길을 잡는 것은 없으니 어서 떠나라고. 그렇게 작고도 분명한 목소리로 외치고 있음에 현홍은 치를 떨었다.

니드는 현홍이 몸을 부들거리며 떨고 있자 아시드 엘타를 몰아 현홍의 곁으로 다가왔다. 그는 현홍의 안색이 파리하게 변해가고 있음을 알고 소스라치게 놀라며 진현을 불렀다. 한참 동안 멍하게 문을 바라보고 있던 진현은 니드의 놀란 목소리에 고개를 돌렸다. 그러나 그가 현홍에게 다가가기도 전에 현홍은 무언가로부터 도망을 치듯 그렇게 카오루의 배를 걷어차고 앞으로 달려나갔다.

니드와 진현은 지금 상황이 무슨 상황인가 하고 잠시 동안 멍해졌다. 그러나 곧 행동으로 옮기는 데에는 그리 긴 시간이 걸리지 않았다.

저만치 달음박질쳐 가는 카오루를 금세 따라잡은 헤세드였다. 고삐를 한 손으로 잡은 진현이 자신의 왼쪽에 있는 현홍의 얼굴을 본 순간 그의 얼굴은 묘하게 일그러졌다. 현홍은 도망치고 있는 것이다. 그렇다. 마치 거대한 어둠으로부터 무섭다고 도와달라 하는 어린아이마냥 그는 아랫입술을 꼭 깨물고 그냥 카오루가 달리는 대로 가고 있는 것이었다.

두 손에 고삐를 쥐고 있기는 하지만 조종 따위는 하지 않았다. 그저 막연히 말의 등에 엎드린 채 두 눈을 감고는 덜덜 떨고 있었다.

얼만큼이나 달려왔는지 알 수 없었다. 어느덧 누트 에아의 거대한 성벽은 마치 장난감 성처럼 작게 보일 정도로 멀리 떨어진 구릉까지 달려와 버렸다. 더 이상은 안 되겠는지 진현은 몸을 돌려 손을 뻗었다. 니드는 자신의 오른쪽에 있는 카오루가 다른 방향으로 가지 못하게 막고 있는 역할을 했다.

진현의 손에 카오루의 고삐 끈이 잡혔을 때 카오루는 언제 그랬냐는 듯 천천히 속력을 줄이기 시작했다. 고개를 크게 흔들며 멈춘 후에도 자리를 맴도는 말의 고삐를 세게 붙잡았다. 헤세드는 마치 카오루에게 경고를 하는 듯, 아니면 무언가 말을 하는 듯 카오루의 귀 언저리에 자신의 입을 갖다 대고는 한참 동안 가만히 있었다.

고삐를 놓아버린 진현은 편자를 밟고 내려섰다. 그는 빠른 걸음으로 카오루의 등 위에 엎드려 있는 현홍의 어깨를 붙잡았다. 그러나 현홍은 두 손으로 귀를 막고 눈을 감은 채 그렇게 한참 동안 말의 등에서 내려올 생각을 하지 않았다.

무서운 느낌이 들었다. 알 수 없는 무언가가 자신의 등 뒤를 떠밀고 있었다. 시간은 이미 새벽을 지나 아침의 시작으로 흐르고 있었다. 그런데 뭘까? 이 알 수 없는 공포와 오한은. 무언가 일어나려 하고 있다.

그런 느낌이 들었다. 어느새 말에서 내린 니드 역시 현홍에게로 다가왔지만 별다른 행동은 하지 않았다.

보다 못한 진현은 손을 뻗어 현홍의 허리를 잡았다. 그리고 조심스럽게 품으로 끌어내렸다. 직접 안아보니 떨림은 더 심하게 느껴졌다. 진현은 현홍의 이 알 수 없는 행동에 의아함을 느끼며 천천히 등을 쓸어 내려주었다. 이를 악물고 부들거리는 현홍의 입에서 나직한 목소리가 들렸다.

그 목소리는 마치 사자를 앞에 둔 짐승마냥 잔뜩 가라앉아 있었고 또한 떨림으로 인해 잘 알아들을 수 없을 정도였다.

"가, 가야… 가야 해…….어서, 여기서…….."

"현홍아?"

마치 자신의 품속에서 상처 입은 어린아이처럼 잔뜩 웅크리고 있던 현홍이 알 수 없는 말을 내뱉자 진현은 고개를 갸웃거렸다. 그러나 현홍은 두 손으로 귀를 틀어막고 아무것도 듣지 않을 것처럼, 그리고 두 눈을 꼭 감고 아무것도 보지 않을 것처럼 행동하였다. 그의 말은 계속해서 이어졌지만 전혀 앞뒤가 이어지지 않는 일관성없는 말의 연속일 뿐이었다.

"바, 바람이 울고 있어……. 바람이… 울어. 어서 떠나라고 울고 있어. 가야 해… 어서 가……. 여기서, 멀어져야… 멀어져. 바람이, 바람이……."

『흔히 공포에 질려 냉정한 판단을 할 수 없을 때의 인간 같아. 사고력의 마비 같은데? 하지만 아무 일도 없는데?』

잠시 동안 사태를 보고 있던 운이 말했다. 그러나 그의 말처럼 아무 일도 일어나지 않고 있음에도 현홍이 이러한 행동을 보이고 있기에 주변 사람들은 이상하다는 생각을 감출 수가 없었다. 니드는 천천히 무릎을 구부려 현홍을 바라보다가 곧 진현에게 말했다.

"무슨 일인지는 알 수 없지만, 우선은 도시로 돌아가는 것이 낫지 않을까요?"

"아니, 지금 현홍의 말을 들어보면 여기서 떠나야 한다는 말만 하고 있습니다. 도시로 돌아가는 것은 고려해 봐야 할 것 같군요."

이제 현홍은 부들거리는 몸을 한 팔로 감싸고 나머지 한 손으로는 진현의 옷깃을 붙잡고 있었다. 그는 천천히 두 눈을 뜨고 진현을 올려다보았다. 잔뜩 겁먹은 눈. 진현은 그 눈을 보면서 의아한 생각이 들었지만 애써 자상한 표정을 지으며 현홍의 머릿결을 쓰다듬어 주었다.

"지, 진현아, 어서 가야 해. 제발… 제발, 어서……."

"진정해, 현홍아. 왜 그러는 건데? 무슨 일이야?"

그의 물음에 현홍은 고개를 세차게 흔들었다. 마치 말하지 않겠다는 듯. 아니, 오히려 말해서는 안 된다는 표현이 적당할 것 같은 표정이었다. 니드와 진현은 서로를 바라보며 이 영문을 모를 상황에 당황해했다. 그리고 그 직후였다. 운의 낮고도 경악에 찬 비명이 들려온 것은.

『진현! 뒤를 봐, 누트 에아가!』

뒤를 돌아보고 싶지 않았다. 그래, 어쩌면 이해하고 있었을지도 모를 일. 현홍의 행동을, 그리고 이 말들을.

털썩!

바로 옆에서 현홍을 보고 있던 니드가 땅에 엎어지는 모습이 보였다. 그의 얼굴은 현홍의 표정과 흡사했다. 잔뜩 겁에 질린 채 아무 말도 하지 못하는 것처럼 떨리는 턱을 부들거리며 그렇게 멍한 눈으로 보고 있었다.

두었습니까……?"

울고 있는 듯했다. 그러나 등을 돌리고 있어서 얼굴이 보이지 않았기에 쉽게 짐작할 수는 없었다. 하지만 목소리에서 느껴지는 낮게 깔리고 짓눌린 그 느낌은… 한없이 서럽게 우는 사람의 그것과도 같았기에 진현은 감히 짐작해 보았다.

그리고 어느새 현홍이 눈을 뜨고 니드와 진현을 바라보고 있었다. 그 역시 알고 있었다. 누트 에아에… 그가 잠시나마 발길을 두었던 그곳에 무슨 일이 일어날 수 있는지를. 하지만 막지 못했다. 알고 있음에도 도망치듯 그곳을 벗어날 수밖에 없었던 이유는 생을 살아가고 있는 모든 것들의 밑바닥까지 짙게 깔려진 욕망 때문이리라.

「살아야 한다」는 욕망.

자신에게 치를 떨 수밖에 없는 그 저열하다고도 할 수 있는 생각에 현홍은 고개를 떨구며 머리를 휘저었다. 자신의 어깨를 강하게 붙잡고 있는 진현의 팔을 살짝 밀쳤다. 그리고 그에 응한 진현은 슬며시 손을 놓아주었고 현홍은 천천히 진현의 어깨를 짚고 자리에서 일어났다. 안색은 조금 전처럼 파리하기는 마찬가지였지만 이는 악물려 있었다. 부들거리던 두 손은 굳게 주먹을 쥐고 가슴을 내리눌렀다. 하지만 쿵쿵거리며 뛰고 있는 심장은 조금이라도 작게 뛸 생각을 하지 않았다.

진현은 고개를 들어 현홍을 보았다. 슬픈 눈으로 도시를 보고 있던 현홍이 비틀거리며 카오루의 고삐를 잡아당겼다. 걱정스러운 눈의 카오루는 주인의 부름에 즉각 그의 곁으로 다가왔고 현홍은 언뜻 보기에 쓰러질 것 같았지만 힘있는 동작으로 말에 올라탔다. 니드는 이미 아시드 엘타에 탄 채 도시를 돌아보았다. 마치 진현에게 화가 난 것처럼 그를 보지 않겠다는 듯, 그렇게 도시만을 보고 있었다. 작게 한숨을 내쉬었다. 그 한숨에 보는 이도 눈물이 흐를 정도로 슬픔이 가득 담긴 그런 마음으로 현홍이 조용히 입을 열었다.

"도시로 가겠어. 어떻게 할지는 몰라. 하지만 그래도 내 눈으로 보지 않는다면 믿지 못하겠어."

그렇게 말을 마치고 현홍은 고삐를 틀어쥐고 말머리를 도시 쪽으로 돌렸다. 그것을 시작이라 생각했을까? 니드 역시 말을 몰아 구릉을 따라 내려갔다. 잠시 동안 앞서 가버린 두 사람과 진현을 번갈아가며 바라보던 키엘은 끙끙거리는 낮은 신음을 남기고 손과 발을 이용하여 도시 쪽으로 달려갔다. 그 속도는 과연 아이가 달리는 것인지 의심스러울 정도로 빨라서 금방 두 사람을 따라잡을 정도였다.

흩날리는 먼지구름 속으로 보이는 두 마리의 말들과 세 사람의 뒷모습은 남겨진 진현에게 많은 생각을 하게 만들었다. 따라가고 싶지 않았다. 어차피 가봤자 그들의 눈에 보여진 것은 그들을 더 힘들게 할 뿐. 갈 길을 붙잡아두는 족쇄에 지나지 않을 것이다. 그런데도 저들은 가버렸다.

그는 천천히 주머니를 뒤적거려 담배 케이스와 라이터를 꺼내 들었다. 그의 곁에 있는 헤세드는 왜 주인이 동료들을 따라가지 않는 것인지 궁금하다는 것처럼 고개를 내렸다. 입에 문 담배의 끝에서부터 길게 퍼지는 희뿌연 담배 연기를 보며 진현은 조용히 눈을 감았다.

어린아이들은 어쩔 수 없어. 이런 생각을 했다. 오히려 지금의 나이로 따진다면 그는 현홍보다 한 살이 적은 나이였다. 그러나 전생을 기억한다는 것은 몸의 나이를 잊게 만드는 것이었다. 수천 년, 수만 년의 기억이 지금 그의 몸에 흐르고 있는 것이다. 진현은 고개를 저었다.

현홍의 저 성격은 변하지 않았다, 그 예전부터. 치기稚氣 어리고 어디든지 나서야만 했던 저 성격은. 그리고 누구에게나 애정을 베푸는 저 사랑스러울 정도로 다정함은.

작게 미소 짓고 있던 진현의 입이 천천히 달싹여졌다. 그로 인해 그의 입속을 맴돌던 담배 연기가 공기 중으로 모습을 드러냈지만 그는 개의치 않았다.

"혹여 네가 한 짓이냐!"

그가 작게 미소 지을 때 그의 등 뒤로 나타난 검은 원 안에서 무언가가 스윽 하고 모습을 드러냈다. 헤세드는 흠칫 놀라며 뒤로 물러섰고 심하게 고개를 저었다. 그러나 구릉 한쪽에 앉아서 멀리 도시 쪽으로 달려가는 말들을 보고 있는 진현은 한 점 흐트러짐도 없었다.

검은 원 안에서 밝은 세상으로 나온 그림자에서 짜증스러운 목소리가 들려왔다. 그러나 그 짜증이라는 것은 마치 그냥 장난인 듯 심심해서 앙탈을 부리는 그것과 같은 느낌이었다.

"아아, 여기는 너무 밝아요. 제 피부가 햇빛에 탈까 봐 두렵군요."

뒤도 돌아보지 않았다. 그러나 그 목소리의 주인공이 누구인지 진현은 잘 알고 있었다. 수천 년 동안 잘 알고 지내던 사이였기 때문일 것이다. 그리고 그것은 표면상이 아닌 그와는 절대적으로 적인 사람의 수하手下였기에 적으로서 잘 알고 있다는 것일지도 몰랐다. 어쨌거나 그리 달가운 존재는 아니었지만 그렇다고 아주 밉살스러운 이도 아니었기에 진현은 별로 거부감을 가지지 않았다.

그림자의 그 남자는 천천히 다가와 진현의 옆에 털썩 주저앉았다. 선하게 웃고 있는 눈매가 악의없음을 드러내는 것 같았다. 20대 중후반 정도로 보이는 하얀 얼굴과 어깨를 살짝 덮는 검붉은색 머리카락이 시원스럽게 부는 바람에 흩날렸다. 천천히 뜨는 눈은 밝은 청색. 시원한 그의 인상과 잘 어울렸다. 검은색의 정장을 날렵해 보이는 몸에 휘감고 있는 그가 이렇게만 보여도 얼마나 강한지 진현은 잘 알았다.

그렇기에 함부로 대하지 않았다. 그가 마음만 먹으며 누트 에아와 같은 도시 정도는 손가락 하나에 날려 버릴 수 있다는 것을 몇 번이고 보아왔다. 막을 수 없는 것은 아니었다. 그러나 지금 그의 몸은 인간이다. 예전의 힘이 담겨져 있지만 그릇이 작다. 그렇기에 행동을 극히 조심해 왔다.

남자는 다시 살며시 미소 지었다. 그 미소란 것이 얼마나 그에게 잘 어울리는 것인지 슬쩍 옆을 쳐다본 진현조차 소름이 돋을 정도였다. 저토록 순수함의 끝에 다다른 미소를 지을 수 있는 사람이 있다는 것 자체가 그에게는 이해 불가능이었지만.

순수함이라는 것이, 어디까지나 좋은 방향만으로 가는 것은 아니었다. 악의없이 그저 보았던 것만으로 칼로 자신이 기르는 애완 동물의 폐부를 찢어발기거나 잠자리의 날개를 뜯어내는 어린아이도 말하자면 순수함이다. 지극히 잔혹한 순수.

"너무 그렇게 보지 말아주세요. 저는 이번 일과는 무관하답니다. 그저 당신께서 잘 지내시는지 뵈러 온 것뿐이에요."

"알고 있다."

진현은 짧게 대답하며 다시 앞으로 시선을 던졌다. 어느새 현홍과 니드는 도시 근처까지 다다라 있었다. 그가 다시 조용히 말했다.

"네 힘이 아니라면 저것은 뭐지?"

"아아… 저거요?"

남자는 빙긋 웃으며 누트 에아를 바라보다가 고개를 갸웃했다. 천진한 아이와도 같은 그 모습에 진현은 치를 떨었다. 그리고 곧 남자는 천천히 흐르는 시냇물과도 같이 조용히 입을 열었다.

"저것은 듀라인 신의 짓이에요. 정확히 말하자면 듀라인 신의 직속 친위대라고도 할 수 있는 듀라한 나이트들의 짓이죠. 그는 이 세계의 신들 중에서 선신善神과 마신魔神 중에서 마신 축에 드는 이여서 우리 마족에 근접한 인물이지만, 그래도 그의 속은 모르겠거든요. 그래서 저도 잘 모르겠네요."

그의 말은 뭔가 앞뒤가 맞지 않았다. 저 도시는 듀라인 신의 신전이 있는 곳인데 그가 다른 인간들을 싫어한다고 해도 자신의 신도들도? 남자는 진현의 의문을 알기라도 한다는 듯이 고개를 끄덕이곤 다시 말을 이었다.

"저도 그것을 알아내기 위하여 듀라인을 찾고 있는 중입니다. 그러나 언제부터인가 그는 모습을 감추고 마계에서도 사라진 지 오래입니다. 다른 12신들의 회의에도 모습을 드러내지 않는다고 하더군요. 보통의 신들은 다른 신들이 하는 일에 상관을 하는 것이 극히 드물지요. 그렇지만 함부로 행동하는 것은 안 되죠. 듀라인이 사라진 직후로 하여 종종 저렇게 듀라한 나이트들이 한꺼번에 출몰한다고 합니다. 이유를 모르겠어요. 그렇지만 저렇게 많은 인간들이 죽어 나간다면, 저희 마족들도 타격이 크거든요. 그래서 지금 듀라인을 수소문 중입니다."

그렇게 말하며 청년은 밝게 웃었다. 그 웃음의 의미가 무엇일까? 저렇게 웃으며 말을 해도 내심은 즐기고 있는지도 모른다. 악마는 악마다.

덜컥.

심장이 내려앉는 듯한 느낌에 진현은 고개를 숙였다. 아니, 악마는… 악마가 아닌 경우도 있다. 분명히. 청년은 그런 진현의 모습을 보다가 곧 생긋 웃고는 허리를 펴서 자리에서 일어났다. 투정 섞인 손짓으로 옷자락에 붙은 풀들을 털어낸 그는 천천히 검붉은 자신의 머리카락을 쓸어 넘겼다.

"마황자魔皇子께서 언젠가 한번 뵙자고 말씀하셨어요. 그리고 그때는 기다리지 말고 예전의 그 일을 청산하자고도."

살짝 벌려진 입에 물려 있던 담배가 땅으로 떨어져 내렸다. 마황자. 그 명칭을 듣고 두려워해서가 아니다. 자신의 옛 기억이 생각이 나서일 것이다. 그리고 아직까지도 그 일을 잊지 못하고 있는 마황자의 그 집착을 잘 알고 있었기에 이번에는 피할 수 없음을 깨달았다. 진현은 작게 눈을 치켜뜨고는 청년을 올려다보았다.

청년의 입가에 걸려 있던 미소가 살짝 흔들렸다. 남자는 등 뒤로 느껴지는 오한에 억지로 입가를 끌어 올리고는 다시 말했다.

"너무 그렇게 무서운 얼굴 하지 마세요. 어쨌거나 저는 당신의 얼굴을 뵙고 갑니다. 부디 다시 만날 때까지 옥체玉體를 평안히 돌보시길."

그렇게 말한 청년은 고개를 숙여 보였고 그런 그의 등 뒤로 검은 원이 나타나 그를 삼키듯 덮치고는 이내 사라져 버렸다. 진현은 조심스럽게 손을 뻗어 아직 불씨가 다 떨궈지지 않은 담배를 집어 들었다. 이곳에 와서 앞으로도 많은 이들을 만날 것이다. 유쾌하지 않은 만남도 분명 많을 것이고, 옛 기억을 돌이키게 만드는 이들도 만날 것이다. 겨우 나아가는 상처를 다시 손톱으로 긁어내는 것 같은 그런 아픈 일들이 일어날 것이다.

그것은 보지 않고도 알 수 있다. 천천히 입을 열었다. 이미 인사를 나눌 사람은 사라지고 없었지만 그래도 해야 할 것 같았기에 그는 목구멍에서 끄집어내듯 그렇게 가까스로 입을 열어 말했다.

"다음에 또 보도록 하지, 악마군단 제7군단장 베르."

마법검 3

붉은 바람. 그 도시의 이름처럼 누트 에아는 그렇게 변해 버렸다. 한 순간에 정말로 눈 깜짝할 시간도 주지 않은 채 모든 것이 휩싸여져 사라져 간 무엇처럼 그렇게 변해 버린 것이다. 그 건고하던 회색의 성벽은 반쯤은 허물어진 채 그렇게 수백 년은 지나가 버려진 도시를 연상하게 했다.

온통 모래뿐이었다. 쇠는 녹아 문드러진 채 그대로 굳어 있었다. 거대한 나무로 만들어졌던 문은 하나는 그대로 떨어져 나간 듯 도시 밖을 뒹굴었고 하나는 반쯤으로 잘라진 채 윗부분은 보이지 않았다. '어떻게 하면 저렇게 만들어질 수 있을까?' 하는 생각을 절로 나게 했다. 니드는 방금 전까지 자신의 발이 내딛고 있었던 도시의 모습에 입을 다물지 못했다. 아직은 그 위력이 가시지 않은 듯 강하게 부는 모래바람에 현홍은 이를 악물었다.

손을 뻗어 성벽을 만져 보니 세월에 낡아빠진 나무처럼 그대로 부서져 내렸다. 그리고 붉은 모래가 되었다. 모래바람을 피해 후드를 눌러 쓴 니드는 조심스러운 손으로 키엘을 자신의 로브 안쪽으로 끌어당겼다. 그러나 키엘은 자신이 살던 도시가 왜 이런 모습으로 변해 버린 것인지 이해할 수 없다는 표정을 지으며 망연자실해 있을 따름이었다. 네 발로 뛰어오느라 잔뜩 더러워진 두 손으로 옷자락을 꼭 쥐고는 크게 뜬 두 눈으로 성벽을 훑어보는 키엘의 눈은 마치 길을 잃은 어린아이의 그것과 같았다.

그리고는 곧 울상이 되어서 잔뜩 울어버릴 것처럼 되어버렸다. 떨리는 손가락 끝으로 성벽을 매만져 가던 현홍은 손바닥에 내려앉는 붉은 모래 한 움큼을 움켜쥐었다. 처음에 이곳에 왔을 때의 모습은 온데간데없이 사라지고 이제 남은 것은 푸른 초원 위의 황량한 사막과 같은 도시의 잔재뿐.

눈을 감고 이를 악물어보았지만 가슴을 두드리는 애타는 심정과 자신에게로의 분노, 그리고 후회와 같은 감정들은 사라지지 않았다. 오히려 그가 스스로를 자책하면 할수록 강하게 그의 심장을 억눌렀다. 그럼을 알면서도… 알면서도 행동으로 옮기지 못했다는 자책감이라는 감정은 없앨 수가 없었다.

진현이 말했던가… 자신의 문장의 능력은 자신만이 느낄 수 있다고…….

그렇다. 자신의 문장의 능력. 그는 깨달았다. 앞날을 볼 수 있다. 정해진 미래를 보고 읽을 수 있는 능력. 그것이 바로 자신의 오른 손바닥에 각인된 문장의 능력이었던 것이다.

예지라는 것. 그렇지만…….

"…알고도… 알고도 바꾸지 못한다면 아무 짝에도 필요없잖아!"
퍽!
그의 굳게 쥔 주먹이 성벽의 일부를 때렸다. 그러나 흩날리는 모래는 그의 말에 대답해 주지 않았고 공허하게 울리는 것은 그의 악에 받친 목소리뿐이었다. 하얀 손에서 흘러내리는 핏줄기가 그의 심정과 같았으리라. 붉은색의 피는 회색의 성벽과 붉은빛을 띠는 모래에 스며들어 묘한 빛깔을 띠었다.

멍청하게도. 왜 미리 알지 못했지? 왜 미리 알았음에도 미래를 바꾸지 못하는 거야!

미래라는 것은 절대 불변. 사라지기 전까지 변하지 않는 별의 궤도와 마찬가지라는 거야?!

그대로 주저앉아 버렸다. 두 손에 쥐어진 모래들이 상처를 찌르면서 아픔을 더하게 했지만 지금 상황에서 그 따위 고통은 아무것도 아니었다. 자신의 무능력함에 분노하고 있는 현홍에게는.

아무것도 할 수 없다는 것은 그리 큰 아픔이 아니다. 인간은 완전하지 않으니까.

하지만 알고 있음에도 운명이라는 굴레에 매여 아무것도 하지 못하는 것은……

조용히 감겨진 두 눈에서 물방울들이 그의 주먹 위로 떨어져 내렸다. 그런 그의 모습을 바라보는 니드 역시 침울하게 고개를 저을 수밖에 없었다. 그는 천천히 발걸음을 옮겨 도시 안으로 몸을 들이밀었다. 그러나 곧 욱 하는 신음 소리와 함께 고개를 돌렸다.

도시 안에 있는 것은 아무것도 없었다. 온통 생전에는 사람이었을 법한 고깃덩이들뿐. 역겹게 코를 찌르는 피 냄새에 니드는 고개를 숙이고 구역질을 해댔다. 키엘 역시 들어서자마자 느껴지는 아릿한 냄새에 코를 찡그렸지만 우선은 수인족인 그 아이에게는 그리 역겹지만은 않은지 코를 벌름거리다가 곧 어딘가를 향해 뛰어가 버렸다. 손을 들어 키엘을 불러보려 했지만 계속해서 치밀어 오르는 역겨움에 니드는 쿨럭거리는 숨을 가다듬은 채 그렇게 주저앉을 수밖에 없었다.

온통 시체 산이다. 살아 있는 것이라고는 벌레 한 마리조차 없는… 그저 시체와 모래, 회색의 벽돌로만 이루어진 것 같았다. 애초부터 그렇게……. 끅끅거리는 숨을 내쉬며 니드는 울어버렸다. 결국에는 그렇게 눈물밖에 보일 것이 없는 것이었다. 이 도시를 떠나올 때까지만 해도 살아 숨 쉬던 사람들이 한 시간도 채 되지 않아 푸줏간의 고기마냥 처참하게 도륙屠戮되어져 있었다.

붉은 모래바람이 아냐, 그건… 그건 피를 머금은 모래바람이었다고…….

이런 생각에 북받쳐 그냥 하염없이 울었다. 웃고 있던 아이들도 그렇게 한순간에 죽어버린 것이다. 인사를 나누던 경비원들은 성벽 이곳저곳에 버려진 채 갑옷은 찢겨지고 팔과 다리는 어디로 갔는지 보이지 않았다. 머리는 마치 폭죽을 그대로 맞은 것처럼 터져서 뇌수와 선혈이 낭자했다. 굴러다니는 것은 눈알인가? 길게 시신경이 그대로 연결된 채 여기저기 눈알들과 얼굴의 파편들이 보였다. 차마 눈 뜨고는 보지 못할 참상이었지만 그렇다고 눈을 감을 수도 없었다. 그럴 만한 기운도 남아 있지가 않았으니까. 왜 이렇게 되어버렸을까? 창대는 부러져 꺾인 채 땅에 꽂혀 있었다. 익숙한 얼굴도 보였다. 잔뜩 주름진 얼굴에 반쪽은 없는. 딱 한 번 보았지만 잊을 리는 없다. 경비대장이었던 젠드의 머리였다.

이제는 더 이상 눈물도 나오지 않았다. 성벽에 기댄 채 여기저기서 보이는 시체들 너머로 피어 오르는 모래바람이 다였다. 목구멍으로 치미는 역겨움에 몸을 움직이기만 해도 토악질이 나올 것 같았으나 이대로 앉아 있을 수는 없었다.

이렇게 만든 장본인이… 어딘가에 아직까지 남아 있을지도 모르는 일이었기에 지금은 키엘을 찾아야 했다. 성벽을 한 손으로 짚고 억지스레 일어섰다. 손바닥에 진득하게 달라붙는 것은 완전히 터져서 붙어 버린 사람의 피부 조각들과 피였다. 피는 아직 굳지도 않아서 흘러내릴 정도였다. 따뜻했다. 니드는 성벽을 짚지 않은 손으로 입을 가리고 기겁하며 성벽에서 물러섰다. 지금까지 그가 여행을 다니며 볼 것 못 볼 것 많은 것을 보고 살아왔지만 이런 광경은 처음이었다.

핼쑥해진 얼굴로 고개를 돌려보니 어느새 현홍도 도시 안으로 발을 들여놓고 있었다. 그는 잔뜩 울어서 부은 두 눈에 더 이상은 흘릴 눈물도 없고 역겨움도 일지 않는다는 무표정한 얼굴로 그대로 정면을 응시하다가 털썩 무릎을 꿇었다. 저대로 기절해 버려도 좋으련만. 현홍은 무릎을 꿇은 채 그렇게 도시 안을 보고 있을 뿐이었다. 입을 벌리고 무언가 말을 할 것처럼 그런 표정이었지만 목소리는 잠겨서 나오지 않는 것 같았다.

니드 역시 파리해진 얼굴을 들어 가까스로 다리를 끌었다. 이런 장면 보여주기 싫었다, 저 사람에게는. 그런 생각만이 맴돌았다. 다른 세계에서 와서는… 이런 장면 따위는. 이를 악물고 정신을 가다듬었다. 지금으로서는 혹시나 모를 생존자를 찾아야 했다. 정말로 1,000분의 1이지만 그래도. 다 토해 버려서 속이 텅 비어버린 것 같은 느낌을 받으며 니드는 천천히 현홍 쪽으로 걸어갔다. 그때까지도 현홍은 미동조차 하지 않았다. 그대로 돌처럼 굳어버린 듯 그렇게 가만히 허공을 응시할 뿐.
 이토록 수많은 사람들이 처참하게 죽어서 시체마저 찢겨져 버린 모습을 보고 평범한 사람이 온전한 정신을 가다듬기란 어려운 일이다.
 니드 역시… 그 역시 이 나라를 살아오면서 수많은 사람들이 칼에 맞아 쓰러지고 찢기우는 것을 보았지만 이렇게 대량으로 전쟁이 아닌, 학살을 당한 장면은 그도 처음이니까. 미쳐 버리지 않는 것이 다행일는지도.
 숨을 몰아쉬고는 조심스럽게 팔을 뻗어 현홍의 어깨에 손을 얹었다. 하지만 현홍은 니드의 팔이 자신에게 닿는 것을 모르는 사람마냥 미동도 하지 않았다. 얼굴은 석고상처럼 창백해져 갔고 미간은 좁혀져 금방이라도 펑펑 울어버릴 것만 같은 얼굴이 되었다.
 "왜 이렇게 되어버린 거야? 웃던 아이들은? 그 아이들을 달래던 어머니들은? 모두 다……."
 "현홍아……."
 애타는 마음에 이름을 불러보았지만 현홍은 고개를 저었다. 그는 천천히 두 팔을 들어 귀를 틀어막았다.
 "왜 이렇게 되어버렸지? 왜… 왜! 왜 모두가 죽어버린 거야!"
 "그만 해, 현홍아."
 "크윽……."
 고개를 세게 저어보지만 현실이 꿈이 될 리는 없다. 꿈이 현실이 될 수는 있어도…….
 귀를 틀어막아 버리고 아무런 소리도 듣지 않으려 애썼지만 귓가에는 어느새 알 수 없는 음성들이 들린다. 아까와 같은 바람들의 목소리가 지금 이곳을 떠나라고 소리친다. 어서 이곳을 벗어나라고.

"시끄러워, 입들 닥쳐!"

그답지 않은 험악한 소리로 악에 받친 듯 외치는 그의 목소리는 잔뜩 움츠러들어 있었고 또 반대로 더 이상은 그만한 목소리를 낼 수 없을 만큼 쉬어 있었다. 니드는 현홍이 몸을 앞으로 숙이고 이마를 땅에 박고는 알 수 없는 말들을 중얼거리며 소리치자 정말로 현홍이 정신이 나가 버린 것이 아닌가 하고 걱정하기에 이르렀다.

바람들은 정말로 혼신의 힘을 다해 현홍에게 말하고 있었다. 그들은 어떻게 해서든 자신들이 아끼는, 그리고 자신들을 아껴주는 이를 보호하고 싶었던 것이다. 작은 힘이지만… 보통 사람에게는 절대로 들리지 않을 미약한 힘을 가진 그들이지만 어떻게 해서든 지금의 위협에서!

다각.

말발굽 소리에 번뜩 정신이 들었다. 니드는 소스라치게 놀라며 현홍의 어깨를 잡고 있던 손을 놓았다. 살아 있는 사람이 있는 것인가? 아니면 이 도시를 이렇게 만든 장본인인가.

정답은 후자였다. 바람이 멈췄다. 귓가에서 울리던 그녀들의 목소리가 사라져 버렸다. 시간이 정지한 것처럼 말발굽 소리가 들리던 그 시점을 기해 바람도 멈추어 버렸다. 얼어버린 것처럼.

뭘까? 뭐가 다가오고 있는 것인가? 땅에 주저앉는 소리가 들려 고개를 흠칫 들어보니 바로 옆에는 니드가 있었다. 그의 표정은 절망? 공포? 그런 것들로 복합되어져 묘한 감정이 떠오르고 있었다. 크게 벌려진 동공에는 생기가 없었고 곧 죽어버릴 듯 그렇게 공포에 새하얗게 질려서는……. 현홍은 고개를 치켜들었다. 그리고 이를 악물 수밖에 없었다. 자신도 니드와 같은 표정이 되지 않기 위하여.

눈앞에 있는 것은 거대한 검은 그림자. 검은색의 털빛을 가진 말들을 타고 있었다. 그 빛은 헤세드의 윤기 흐르는 털이 아닌 마치 지옥의 검은 풀로 짠 듯 규칙적이지 못하고 뻣뻣해 보이는 그런 털이었다. 그리고 잘 뻗은 목 위에는 머리가 없었다. 아니, 머리는 있었지만… 살점들이 붙어 있지 않은 해골인 것이다. 눈알이 있어야 하는 구멍들 사이로는 붉은 안광이 흘러나와서 음울함과 함께 공포를 느끼게 했다. 그리고 그 말들에 탄 것은 말들의 털 색과 같은 검은 칠을 한 갑옷을 입은 기사들이었다. 하지만 말이 기사지 목 없는 기사는 정말… 시체보다 더 끔찍했다. 시체는 움직이지 않는다. 하지만 저들은 버젓이 목이 없음에도 사람처럼 움직이니 역겨운 것이다.

듀라인 신의 지배를 받는 듀라한 나이트 부대. '낮인데… 어떻게 지금 돌아다닐 수가 있는 거야!' 라고 생각했지만 주위를 둘러보니 모래 폭풍으로 인해 잔뜩 어두워져 있었다. 하지만 밝기는 마찬가지였는데. 현홍은 공포와 함께 목이 없는 그들을 보면서 역겨움까지 느꼈다. 자세히 보니 고삐를 쥐지 않은 다른 손에 검은 투구를 쓴 목이 들려져 있었다. 당장에 허리를 숙여 토하고 싶었지만 그렇게 하면 자신의 앞에 있는 저들이 화를 낼 것 같았기에 억지로 구토 증세를 억눌러 보았다.

정말로 목만 있고 머리가 없다니……! 잘려진 것인지 목은 목뼈와 함께 핏줄과 혈관이 그대로 보였다. 듀라한 나이트의 수는 언뜻 보기에도 40명에서 50명 정도. 현홍은 바닥을 짚은 손을 더듬어 가까스로 니드의 팔을 툭툭 칠 수 있었다.

"니, 니드, 대체 저, 저들이 어떻게… 대낮에?"

그러나 듣고 싶었던 니드의 목소리는 들리지 않은 채 현홍과 니드의 귀에 울리는 것은 어디서 들리는지 모를 스산함이 깃들어 있는 그런 목소리였다.

「아직도 살아 있는 인간들이 있다니. 그대들은 이곳의 주민이 아니군.」

현홍은 천천히 고개를 들어 주위를 살펴보았다. 분명 지금 움직이고 숨을 쉬는 인간이라고는 자신과 니드밖에 없으니… 말을 한 것은 듀라한 나이트들 중의 한 명일 것이다. 하지만 머리가 없으니 입을 볼 수가 없고 그로 인해 어떤 이가 말을 했는지도 알 수 없었다. 그것을 알기라도 한 것일까? 듀라한 나이트들 중에서 한 마리의 말이 앞으로 천천히 걸어나왔다. 해골 머리의 말이라서 별로 위엄은 없어 보였지만 가볍게 검은 철판 등으로 바딩Barding을 한 말은 고개를 흔들며 훤히 드러난 이빨 사이로 보이는 재갈을 깨물었다.

그 말 위에 탄 듀라한 기사는 다른 기사들과는 다른 모습이었다. 검은 갑옷과 검은 망토, 그리고 모래폭풍에 펄럭이는 망토 자락에는 붉은 색실로 화려한 무늬가 수놓아져 있었다. 다른 기사들과는 다른 위엄. 머리가 없는 것은 같았지만 훨씬 사람 같은 기운이 도는 듀라한 나이트였기에 현홍은 의아함을 감출 수 없었다. 입술을 잘근잘근 깨물고 있던 니드가 가까스로 입을 열었다.

"듀, 듀라한 나이트, 당신들이 어찌하여 이런 곳에… 이 시간에 모습을 드러냈단 말인가?"

한껏 떨리는 목소리는 저승사자를 본 것같이 공포에 질려 있었다. 낮게 쉰 목소리였기에 조금 멀리 떨어져 있는 듀라한 나이트들이 알아들을 수 있는지 의심스러웠지만 앞으로 나선 듀라한 나이트는 그 말도 알아들었는지 조용히 말했다. 듀라한 나이트라고 생각하기에는 조금 어폐語弊가 맞지 않을 정도로 놀랍도록 차분하고도 조용한 목소리로.

「그것은 우리들이 더 궁금한 것이다. 우리들은 이 뜨거운 대지를 원치 않는다. 우리들의 안식은 밤의 이슬이 내릴 때에만 한정되어 있는 것. 그로 인해 이 내리쬐는 햇빛은 우리들에게 고통을 줄 뿐이다. 말하라, 살아 있는 목숨에 그 얇디얇은 숨을 쉬고 꿈을 쫓는 인간이여. 우리들이 왜 이곳에 불려왔는지를.」

뭔가가 뒤바뀌어 있다는 생각이 들었다. 그 말을 물어야 하는 것은 인간들이다, 그들이 아닌. 그러나 듀라한 나이트들의 기사단장은 머리가 없는 목을 살짝 저었다가 다시 말을 이었다.

「이곳에 나온 우리들은 강렬하게 내리쬐는 햇빛으로 고통받고 반미친 상태에서 도시의 생명을 가진 것들은 모두 몰살시켰다. 남은 것은 너희뿐이다.」

"우, 우리… 뿐?"

다시 머리를 망치로 치는 듯한 고통과 함께 정신이 혼란해졌다. 여기에 온 이유가 사라졌다. 살아 있는 사람이… 정말로 없다고? 니드는 멍해진 정신을 겨우 가다듬고는 가슴의 옷깃을 부여잡았다. 정말로 다 죽은 것이다. 요람 속에 잠자고 있던 아기도 그 옆에서 잠을 재워주던 따스한 미소를 가진 어머니도, 모두가… 그렇게 죽은 것이다.

대체 누가 저들을 이 땅에 서게 했을까?

철커덕.

뭔가 쇠가 부딪치는 소리와 함께 보이는 것은 태양 빛에 비치는 차가운 검날이었다. 수많은 사람들을 죽였으면서도 피 한 방울 묻지 않은 매끈하게만 보이는 검푸른 기운이 흘러나오는 검을 보면서 니드는 숨을 삼켰다. 죽일 작정이다, 우리들을. 저들은 악의를 가지고 세상 위에 쓰러진 자들… 생명을 가진 모든 것들을 증오한다. 그렇기에 자신의 눈앞에 있는 인간들을 살려둘 생각은 추호도 없는 것이다. 이럴 때

살려달라느니 어쩌니 하기는 싫었지만 생을 가진 인간으로서 살고자 하는 것은 본능이다.

그렇지만 그 살려달라는 말조차도 입 밖으로 튀어나올 생각을 하지 않았다. 생각만 머리 속에 웅웅거리며 울릴 뿐 정작 행동으로는 옮길 수가 없는 것이었다.

스르릉.

시리도록 차가운 소리를 내면서 듀라한 나이트들이 하나둘씩 검을 뽑았다.

제기랄. 죽이는 데에 필요한 검은 하나면 족하지 왜 저렇게 많은 녀석들이 검을 뽑는 거야!

이런 상황에서도 니드는 이를 갈면서 불만을 토로했다.

현홍은 아무것도 하지 않았다. 아니, 정확히 말하면 정말로 공포로 인해 몸이 얼어버린다는 것을 체험하고 있는 중이었다. 몸은커녕 손가락 끝조차 까닥할 수 없었다. 몸이 움직여야 도망갈 수 있지만 지금은 이 황당한 상황에 웃음조차 나오지 않는데 도망은 무슨. 이 세계에 온 지 보름도 안 된 상황에서 벌써부터 목숨을 거는 이벤트가 생기다니… 너무하잖아!

그 와중에 니드는 천천히 일어나 현홍의 앞에 섰다. 볼품없이 떨리는 한 팔을 들어 조용히 현홍의 앞을 가로막았다. 무엇을 하려는 걸까? 현홍은 겨우 고개를 들어 니드의 뒷모습을 올려다보았다. 조용히, 하지만 사시나무 떨리듯 떨리는 몸과 같이 그의 목소리는 심하게 떨리고 있었다.

"우, 우리들을 죽일 건가 보군."

「듀라한 나이트에겐 생명을 가진 모든 것을 죽여야 하는 의무가 있다.」

 젠장맞을 의무 같으니라고! 부드득 하는 소리와 함께 악물어지는 이빨을 가까스로 추스르며 니드는 천천히 다시 입을 열었다.
 "빌어먹을 의무 같으니… 그래, 그렇게 많은 칼을 뽑아서 아기 한 명 죽이는 데에도 최선을 다하는 것이 너희들! 듀라한 나이트들의 의무인가 보군! 그렇게 인간들을 갈갈이 찢어 죽이니 속이 시원하더냐! 너희들도 예전에는 그 나약하고 언제 끊어질지 모를 숨을 내쉬며 대지를 걸었던 작자들이 아니냔 말이다!"
 입을 벌렸지만 말이 나오지 않았다. 현홍은 니드가 갑자기 공포로 인해 아예 미쳐 버린 것이 아닌가 하고 생각했지만 정말로 이제 죽는다면 할 수 있는 데까지는 발악하고 죽는 것도 괜찮은 방법인지도 몰랐다. 하지만 정말로 의외의 배짱에 현홍은 기운이 단숨에 빠져 버리는 것을 느끼며 몸을 아래로 가라앉혔다.
 말려보려고도 생각했지만 그전에 니드는 독을 품은 사람처럼 정말로 패악悖惡스럽게 외쳐 댔다. 실제로 입에서 피를 토한다 하더라도 저것만큼 독하게는 보이지 않을 터.
 "젠장할! 너희들 듀라한 나이트들은 언제까지나 그 검은 갑옷 속에 몸을 숨기고 영원이라는 것을 누릴 줄 안단 말이냐! 언젠가는 그 썩어 빠진 뭄뚱아리가 대지 속에 가라앉고 말 것이다! 그렇게 되면 알게 되겠지, 지옥으로 떨어져서도 너희들의 손에 처참하게 죽어 나간 사람들의 원망과 한숨을! 소중한 사람들이 죽어 나가는 것을 보아가는 그들의 피눈물을! 그리고… 그리고 그 순간에도 아무것도 할 수 없었던 자신에게로의 분노와 후회를!"
 두근.

뭘까… 이 심장의 멈춤은. 피 섞인 니드의 외침에 현홍은 그 말이 마치 자신에게로의 화살처럼 심장에 와 꽂히는 것같이 느꼈다. 그것이 누구에게 하는 말이든 간에. 니드의 한마디 한마디가 정말로 자신에게로의 분노와 후회를 담았다는 것쯤은 알 수 있었다. 사람들이 죽어감에도 먼발치에서 바라보고 뒤늦게서야 달려왔다. 분명 그 자리에 있었어도 생명 하나 건지지 못한 채 아무것도 하지 못했을 수도 있다. 하지만… 아무것도 못하고 지나간 일보다는 더 나을 것이다.

심장을 부여 쥐고 무릎을 꿇은 니드는 그렇게 통곡했다. 왜 저렇게 하는 것인지……. 사실 현홍은 이해가 가지 않았다. 자신이 우는 이유는 지금의 현실이 아주 오래전 자신의 부모님이 돌아가셨을 때와 비슷하기 때문에. 교통 사고로 돌아가신 부모님에게 정말로 해드린 것이 없었기 때문에. 그 후에 자신에게 분노를 느꼈던 것처럼 손 하나 까닥하지 못하고 지나간 지금의 일이 그때와 겹쳐져 보였기 때문이다. 어쩌면 니드도 자신에게 남아 있는 과거의 조각들 중에서의 하나와 지금이 겹쳐 보인 것일까?

하지만 그런 감정이라는 것은 세상으로의 분노를 가지고 죽어 넘어진 듀라한 나이트들에게는 이미 남아 있지 않는 것이었다. 그들은 하나의 흔들림도 없이 천천히 앞으로 걸어나왔다. 제일 선두에 있던 듀라한 나이트의 기사가 다시 음울한 목소리를 내어 말했다.

「너희들이 느끼는 그 감정이 무엇인지 우리가 알 길은 없다. 네 말처럼 우리들 역시 세상을 의지하며 검을 들던 기사들. 그러나 그 세상에 분노와 증오… 원망만을 남긴 채 죽어간 기사들이다. 지금 현재의 우리들이 믿는 것이 있다면 오직 우리들을 필멸의 땅에서 끄집어내 주신 듀라인뿐. 그의 의지는 우리들의 의지. 그는 세상에 살아 숨 쉬는 자들이 없기를 바란다.」

"젠장! 시체 산이라도 만들 셈이냐!"

「그가 바란다면.」

독사마냥 고개를 치켜들고 외치는 니드의 말에 기사는 짧게 대답했다. 그리고 천천히 검을 들었다. 이제는 정말 죽는 것인가. 태양 빛에 반사된 검광이 희미하게 눈을 찔렀다. 저 검이 내려쳐지면 정말로 죽는 것이구나. 이런 생각을 하며 현홍은 눈을 감았다. 더 이상 이런 모습을 보지 않게 된다면 죽어도 상관이 없을 것 같았다. 지금의 심정으로는 충분히 그러했다. 마지막까지 이해가 가지 않는 것이 있다면 왜 듀라인은 신이면서 자신의 신도들까지 모두 죽이는 파괴 행위를 지시했냐는 것. 한심하게도 죽는 순간까지 의문점을 남기고 죽다니. 현홍은 피식 웃어버렸다.

기사는 자신을 올려다보며 이를 갈고 있는 니드와 고개를 숙이고 있는 현홍을 슬쩍 쳐다보고는 지금의 시간이 아깝다고 여겼는지 그대로 검을 그어 내렸다. 검푸른 검의 끝에서부터 빛을 받은 검광이 그대로 이어져 내려 희미한 호선을 그렸다.

콰광!

이힝힝!

갑작스럽게 들린 것은 살이 베어지고 피가 튀는 아스라한 소리가 아닌 폭발음과 말들의 놀란 외침, 발자국 소리였다. 멍하게 기사를 올려다보고 있던 니드는 무언가 옅은 빛 한줄기가 날아와 기사의 검을 내려치자 흠칫 놀라며 주위를 두리번거렸다. 결국 검을 치켜들고 있던 기사는 검을 땅에 떨구고 말았다. 그러자 검은 곧 땅에 흡수되듯 재로 변해 사라졌다. 해골 머리의 말들은 고개를 저으며 진저리를 쳤고 곧장 몇 발자국 뒤로 물러섰다. 수십 마리의 말들이 그렇게 움직이자 땅이 울렸다.

현홍은 숙이고 있던 고개를 들어 니드를 보았지만 니드는 그런 자신을 내려다보고 있었다. 두 사람은 서로의 눈을 응시하다가 곧 동공을 크게 뜨곤 뒤로 고개를 돌렸다.

검은 그림자. 그것은 듀라한 나이트들의 말들과 같은 차디찬 밤하늘의 흙빛. 그러나 마치 검은 실크를 깔아놓은 듯 윤기가 나고 아름다워 보이는… 헤세드였다. 그 뒤로는 성 밖에 두고 왔던 카오루와 아시드 엘타의 모습도 보였다.

헤세드의 안장 위에는 언제나 그렇듯 무심한 얼굴로 정면을 응시하고 있는 사람이 있었다. 오른손에 쥔 운을 마치 아무것도 아니라는 듯이 빙글빙글 돌리고 있는 그 모습이 어쩌면 정말로 야속하리만치 자신감 넘쳐 보이는 행동이었다. 하지만 그 모습이 왜 그리도 사람의 마음을 놓이게 만드는 것인지 현홍은 순간 한숨을 쉬고는 땅에 완전히 주저앉고 말았다.

그것은 니드 역시 마찬가지였던 것 같았다. 그는 입을 벙긋거리며 뭐라고 말하고 싶지만 잘 안 된다는 듯이 부들거리다가 곧 포기해 버리고는 대신 눈을 감고 가슴을 쓸어 내렸다.

왜일까? 아직 진현이 싸우는 모습도 본 적 없고 얼마나 강한지 역시 알 수 없었는데 그 사람이 나타났다는 것만으로도 마치 살아난 것처럼 안심이 되는 것은. 애타게 구조를 기다리는 사람이 밝은 빛 속에서 손을 내미는 구조관들의 모습을 보았을 때와 같은 기분이었다. 아시드 엘타에는 언제 사라졌는지 모를 키엘이 타고 있었다. 키엘은 자신의 눈앞에 보인 듀라한 나이트들을 보고는 몸을 움찔거렸지만 곧 고개를 젓고는 훌쩍 뛰어내려 현홍과 니드에게로 달려왔다.
"키엘! 무사했구나."
현홍은 달려오는 키엘을 안아주면서 반가운 목소리로 외쳤다. 정말로 못 볼 줄 알았다. 진현도… 키엘도. 그렇게 된다면 얼마나 억울했을까. 뭔가가 안타까운 심정에 현홍은 키엘의 머리를 쓸어주던 손을 멈추고 고개를 들었다. 어느새 가까이 다가온 진현의 얼굴이 보였다. 역광에 비쳐 자세히는 보이지 않았다. 눈살을 찌푸리고는 가까스로 진현의 얼굴을 확인했을 때 현홍은 자신도 모르게 웃음 지었다. 헤세드의 고삐도 잡지 않은 채 오른손의 운은 옆으로 늘어뜨리고 한 손으로는 말의 목을 쓰다듬고 있는데 손길이 언제나와 다름이 없어 보였.

그렇기에 웃음이 나오는 것이다. 자신이 살아 있다는 느낌을 들게 만들 정도로 평상시와 다름이 없어서. 무언가 많은 생각들과 복잡한 마음 때문에 하고 싶은 말이 많은데 하지 못하고 있는 현홍의 귀에 무심한 듯, 아니면 안심하라는 듯이 평상시와 같은 무뚝뚝한 목소리가 들려왔다.
"뭘 그렇게 멍하게 있는 거냐? 뒤로 물러서."
왠지 열받는 목소리였지만 그 감정이 일어난다는 것도 행복했다. 정말로 이런 감정일까? 죽기 직전의 상황에서 구출되면 세상의 모든 것이 정말로 행운처럼 보인다는……. 눈물이 날 정도로 기뻤다. 니드는 멍한 표정으로 진현과 듀라한 나이트들만을 번갈아가면서 보고 있을 뿐 아무런 말도 하지 못했다. 아무래도 자신이 살아났다는 것과 과연 진현이 저들을 이길 수 있을까 하는 현실적인 갭의 차이가 너무 컸던 것 같았다. 어쨌거나 지금은 살아났고 조금이나마 목숨이 연장이 되었으니 그것으로 다행.

니드는 조심스럽게 키엘을 자신에게로 끌어당기고는 천천히 일어섰다. 다리가 후들거렸지만 이대로 있다가는 고래 싸움에 새우 등 터지듯이 재수없게 싸움 사이에 끼일 수도 있으니 물러서는 것이 상책이었다. 그러나 땅바닥에 주저앉은 현홍은 일어날 생각을 하지 않고 멍하니 진현을 올려다보고 있을 뿐이었다. 그 모습을 보던 진현은 미간을 살짝 좁혔다.
"뭐야? 어디 다친 거냐?"
"아니, 아닌데……."
그러나 일어나려고 해도 다리에 힘이 들어가지 않았다. 조금 전까지만 해도 엄청난 긴장 속에서 자신을 향해 내려쳐지는 검을 봐온 현홍으로서는 갑자기 긴장이 풀리자 다리가 그대로 풀려 버린 것이었다. 손으로 땅을 짚고 일어나려 했지만 생각처럼 쉽지 않았다. 진현은 고개를 한번 젓고는 헤세드에게서 내려섰다. 운을 땅에 꽂은 진현은 손을 내밀어 현홍의 팔을 붙잡아주었다. 현홍은 가까스로 그 팔에 안기듯이 일어날 수 있었다.
그리고 그 순간 갑작스럽게 그의 눈에서 흘러내린 것은 눈물이었다. 눈을 조금 크게 뜬 진현은 혹시나 자신이 잡은 팔이 아파서 그러나 하고 고개를 갸우뚱거렸지만 다음 순간에 들려온 것은 의외의 대답이었다.
"다, 다시는… 다시는 못 볼 줄 알았어. 그대로 죽어버리는 것이 아닌가 하고. 다시는 너도… 그리고 다른 사람들도 못 보는 줄 알았어."
"……."
그렇게 말하면서 자신의 손에 붙잡힌 진현의 팔에 기대어 우는 현홍을 보며 니드는 고개를 저었다. 그도 정말로 저 심정을 이해하고 있었기에 현홍의 행동이 어색하게 보이지 않았다. 듀라한 나이트들을 본 그 순간부터 정말로 죽을 줄 알았는데. 니드는 다시 한 번 몸서리를 치며 고개를 내저었다. 한껏 숨죽여 우는 현홍의 등을 몇 번 쓸어 내린 진현은 곧 고개를 들어 듀라한 나이트의 기사단장을 올려다보았다.

"재회의 기쁨은 나중에 만끽하자고."

그렇게 말하며 그는 천천히 손을 뻗어 땅에 꽂혀져 있던 운을 뽑아 들었다.

『아까처럼 억지로 마법을 쓰게 만들면 쓰지 않을 거야.』

"검 주제에 주인에게 대들 생각이라면 차라리 그 몸을 꺾지 그러냐. 그리고 별것 아닌 마법 갖고 생색은."

『악덕 주인 같으니.』

"난 원래 그래."

운과 진현은 정말로 검과 주인이 나누는 말이라고는 절대 들리지 않는 그런 대화를 나누었다. 그리고 곧 그는 가볍게 편자를 밟고 올라 헤세드에게 몸을 실었다.

헤세드는 주인의 가벼운 몸에 전혀 영향을 받지 않는 듯 고개를 흔들었다. 자신의 앞을 가로막고 선 듀라한 나이트들의 말들에게도 전혀 위축되지 않아 보였다. 천천히 앞발로 땅을 긁으며 고개를 내리는 것으로 보아〈전투 태세. 완벽 무장. 돌격 준비 완료〉정도의 단어가 생각나게 만드는 눈빛이나 표정이었다. 말이면서도 저렇게 간이 큰 말은 처음 본다는 시선으로 니드는 헤세드를 본 뒤에 다시 진현을 보며 입을 열었다.

"어쩔 생각이신가요? 싸우실 겁니까?"

니드의 당연한 물음에 진현은 고개도 돌리지 않은 채 당연하게 대답했다.

"싸우자고 덤비니 싸워야지 어쩌겠습니까? 보아하니 저들은… 뒤로 물러설 생각이 없고 그렇다고 이쪽도 수급首級을 채워주는 일 따위는 하고 싶지 않으니 말입니다."

"그렇지만 이기실 수 있는 것인가요?"

그제야 진현은 고개를 내려 걱정스러운 얼굴로 올려다보는 니드에게 시선을 주었다. 그의 눈은 무책임하리만치 담담했고 그 눈동자에 순간 니드는 아랫입술을 악물 수밖에 없었다.

"저는 이기지도 못하는 상대에게 칼을 들이밀 정도로 어리석지는 않습니다. 그리고……."

"그리고?"

어리둥절한 표정을 짓는 니드를 보며 진현은 살풋 미소 지어주었다. 걱정 말라는 듯한 의미를 담은 가벼운 미소를.

"하지만 살려고 하는 자의 의지는 죽으려고 하는 자나… 죽이려고 하는 자의 의지보다 강한 법이지요."

그렇게 대답한 진현은 운을 쥐지 않은 왼손에 틀어쥔 고삐를 다시 한 번 강하게 부여잡았다. 헤세드는 앞다리로 몇 번 땅을 긁다가 곧 천천히 앞으로 나아갔다. 가장 선두에 서 있는 듀라한 나이트의 기사단장과 겨우 몇 미터도 떨어지지 않은 위치. 듀라한 나이트들도, 그리고 그들의 대장도 한동안 말없이 자신들의 눈앞에 살아 숨 쉬는 인간들의 행동을 관찰하듯이 훑어보고 있을 뿐 아무런 행동도 하지 않았다.

천천히 듀라한 나이트들과 대치 상태에 들어간 진현이 피식 웃으며 조용히 말했다.

"역시 죽어시도 기사는 기사. 등 뒤를 치는 행위는 하지 않음에 감복할 따름입니다."

니 직이 말하며 고개를 숙이는 진현의 모습에 듀라한 나이트들은 슬렁이는 느낌이었다. 그러나 그것도 잠시 듀라한 나이트들의 기사단장의 목소리가 들려왔다.

「기사는 기사의 등 뒤를 치는 행동은 하지 않는다.」

니드는 듀라한 나이트들과 기사단장이 어딘지 모르게 놀라고 기대감에 부풀어 있다는 느낌을 받았다. 운을 한 손에 쥐고 옆으로 늘어뜨린 자세에 있던 진현은 천천히 숙였던 고개를 들었다. 그의 표정은 상당히 묘한 기쁨과 함께 즐거움이 배어져 나오고 있었다. 뭘까? 검을 쥐고 있는 손이 가볍게 흔들린다. 싸움을 눈앞에 두고 즐거워하고 있다. 강한 상대를 만나면 만날수록 목숨을 걸고 하는 놀이가 즐거워지는 것이다.

이것은 기사들만의 놀이. 입가에 떠오른 미소를 지우지 못한 채 진현은 검을 살짝 위로 쳐들었다.

"전 정식 기사는 아닙니다만… 어쩌면 당신들과 같은 맥락을 있는 사람일런지도 모르겠군요. 도전을 받아주시겠습니까?"

천천히 아주 소중한 물건을 다루듯 그렇게 앞으로 검을 내뻗었다. 검끝은 흔들리지 않았고 그것은 그의 의지를 반영한다. 흔들리지 않는 의지. 죽어도 상관없고 산다면 더 더욱 상관없다. 죽어서도 잊지 못하는 기사의 영광을 듀라한 나이트라고 하여 잊을 리 없다.

듀라한 기사단장은 옆에서 다른 기사가 내미는 검을 받아 들었다. 검은 날을 지닌 검끝이 웅웅거리는 소리를 내며 떨렸다. 그것 역시 듀라한 나이트들의 의지였다. 오랜 시간 동안… 그들은 살육만을 벌여왔을 뿐 그들과 대치를 하며 도전하는 인간은 거의 보지 못했다. 그리고 기사의 결투라는 것은 더 더욱 맛본 지 오래되는 것이었다. 희열喜悅. 죽어서도 잊지 못하고 살아서 만끽했던 명예를 걸고 목숨을 건 결투.

이해하지 못하는 사람들이 있는 것은 당연한 일이다. 목숨보다 명예가 좋다고 말한다면 이해하는 사람보다 이해하지 못하는 사람들이 더 많은 것은 당연한 일. 본인이 아니면 알지 못한다.

검을 쥐어보지 못하고 그 검으로 상대를 베어보지 못했다면 검이 상대의 살을 베고 뼈를 자르는 그 감촉을 알지 못하듯이. 기사단장은 천천히 검끝을 진현의 검끝과 부딪쳤다.

챙.

짧고도 명명명명한 소리에 가슴마저 다 서늘해지는 느낌. 니드는 키엘을 끌고 멀찍이 뒤로 물러섰다. 현홍 역시 그 감정을 알지 못하는 사람답게 가슴을 졸이며 그 모습을 지켜보았다.

「나 듀라한 나이트들의 기사단장인 알렌시아 로미네크.」

"김진현이라 합니다."

진현은 짧게 말했고 자신을 알렌시아라 밝힌 기사단장은 비록 머리는 없지만 마치 목을 움직여 끄덕이는 것 같았다. 그리고는 다시 말을 이었다.

「알렌시아 로미네크는 진현 경卿의 도전을 받아들이겠다.」

그 순간. 앞으로 내밀고 있던 진현의 검이 뒤로 한껏 젖혀졌다. 헤세드가 앞으로 달음질쳤다. 물론 그 순간 알렌시아의 말도 두 발을 치켜들고는 돌진했다. 진현의 입가에는 희미한 미소가 떠올라져 있었다. 이해하지 못할 행동. 그것은… 진정 강한 사람과의 싸움을 즐기는 이가 아니라면 이해하지 못할 행동이다. 칼이 부딪치는 순간의 그 서늘한 감촉을, 자신을 아슬아슬하게 스쳐 지나가는 김을 보며 그들은 삶을 만끽하는 것이다. 자신이 살아 있다는 감정을.

한 걸음 헤세드가 앞으로 나가 섰을 때 알렌시아의 검이 진현의 목을 향해 베어져 들어왔다. 검푸른 검기가 희미하게 흘러나오며 검은 호선을 긋자 진현은 뒤로 제쳤던 검을 들어 자신에게 다가오는 검의 끝을 내려쳤다. 어디까지나 마상에서의 결투. 이것은 얼마나 말들을 잘 다루는가 역시 싸움에 결정적인 승부수이다. 짙은 쇳소리를 내며 부딪힌 검들은 순간적으로 서로에게서 떨어져 갔다. 그러나 그것은 자신을 쥔 주인의 의지로 다시 서로에게 부딪혀 들어갔다.

챙! 카앙!

맑기는 하지만 절대로 아름답다고는 할 수 없을 법한 쇳소리에 니드는 키엘의 어깨를 소리없이 쥐었다. 보고 있는 사람들은 하나같이 굳게 쥔 주먹에서 식은땀을 흘리고 있었지만 정작 목숨을 내건 싸움을 하는 진현과 알렌시아는 그렇지 못했다. 주인을 태운 말들은 마치 화려한 춤을 추듯 제자리를 빙글 돌면서 자신의 주인에게 유리한 위치가 되도록 하고 있었다. 헤세드도, 그리고 알렌시아의 해골 머리 말도 절대로 뒤로 물러설 수 없다는 기세였다.

붉은 모래 먼지가 두 마리의 검은 말들을 뒤덮었다. 검들이 마찰되면서 일어나는 하얀 광채와 붉은 장막같이 보이는 모래바람이 묘한 분위기를 연출했다. 말들의 발굽이 땅을 짓누를 때마다 땅은 비명을 지르며 모래바람을 피워 올렸다.

방금 전의 미소는 사라지고 없었다. 이제는 정말 목숨을 거는 것이다. 그렇지만 진현은 빙긋 웃고는 오른손에 들려진 검을 수평으로 겨누어 알렌시아의 왼팔에 들린 투구 속의 머리를 찌르고 들어갔다. 속도전이었다. 한 손에 아무것도 들리지 않은 사람과 무언가를 든 사람이 같을 수는 없다고 생각했다. 그러나 그것은 오산이었다. 그들은 죽어 넘어지고 새로 태어났을 때부터 머리가 없는 존재. 그렇기에 왼팔에 들린 머리는 수족과 마찬가지인 것이다. 아무렇지도 않게… 알렌시아의 검이 중단으로 비스듬히 진현의 검을 막아냈다.

"치잇."

짧은 신음 소리를 내며 진현은 저릿하게 느껴지는 손을 흔들고는 다시 검을 대치시켰다. 언제쯤 결말이 날까? 지루했다. 진현에게 있어서 사실 검술은 마법을 쓰기 때문에 필요가 없는 것이나 마찬가지였다. 그렇기에 제대로 배워두지도 않았다. 만약 그 예전, 자신이 처음으로 검을 잡은 어렸을 때의 스승에게서 제대로 검술을 배웠더라면 지금의 승부는 달라져 있을 것이다. 그때였을까. 지금까지 무뚝뚝하게 검을 받아내고 내려치기를 거듭하던 알렌시아의 통명한 목소리가 들렸다.

「이쯤에서 결말을 내자, 기사여.」

"……!"

알렌시아의 목소리에는 별 감정이 없어 보였다. 그러나 그것으로도 충분했다, 진현이 그 말의 의미를 파악하는 것은. 진현은 이를 갈고는 검을 들어 그대로 알렌시아의 어깨 갑옷을 내려쳤다. 거대한 바람이 검의 몸을 감싸는 듯 큰 바람이 일었다. 순간의 분노였을까. 알렌시아의 말에는 많은 의미가 있었다. 그중 하나가 바로 〈이길 수 있었는데 이기지 않았다〉라는 의미였다.

자신이 가진 실력에 단 한 번도 의문을 품지 않았던 진현에게는 그것이 그 어떤 모욕보다 더 심한 것이었다.

카앙!

검과 쇠로 만든 갑옷이 부딪치는 소리와 함께 알렌시아의 몸이 크게 흔들렸다. 휘청거리는 것인지… 마치 말의 등에서 떨어질 것만 같던 그 몸이 순간적으로 옆으로 휘었다.

키웅―

검이 바람을 가르는 소리. 찰나라고 이름 붙여도 좋을 정도로 짧은 순간에 승부는 결판이 났다. 길게 휘어 곡선을 그리며 날아드는 알렌시아의 검을 진현의 검은 막지 못했다. 빠르게 중단으로 막아보며 검을 세워 들었지만 그것은 날아오는 검의 방향을 바꿀 힘은 가지지 못했다.

퍼억!

살이 베어지는 소리가 일순 공기를 갈랐다. 그리고 이를 악물고 검 끝이 노리는 심장을 피하려 몸을 튼 진현의 왼팔에서 붉은 선혈이 튀어 올랐다. 신음 소리 하나 들리지 않았다. 말들의 걸음이 멈추었다. 승부의 마지막을 짐작했던 것일까. 헤세드도, 그리고 알렌시아의 말도 모두 그 자리에 멈추어 발을 모았다. 그들의 주인들도 마찬가지였다.

고개를 숙인 진현의 뺨에 식은땀이 흘렀다. 급히 몸을 돌리느라 떨어져 내린 안경은 이미 산산이 부서진 상태. 그대로 마치 시간이라도 죽어버린 것마냥 바람이 부는 소리마저 들리지 않았다. 진현의 회색 셔츠가 붉은 피로 물들어가고 그의 팔이 겨누는 땅에 붉게 핏줄기가 떨어져 내리고 있었다.

"젠장… 스타일 구기는군."

짧지만 속으로는 신음을 감추는 목소리. 그러나 진현은 천천히 고개를 들어 알렌시아를 돌아보았다. 왼손에 쥔 고삐를 억지로 틀어쥐었다. 아니면 말 등에서 떨어질 것 같았기에. 진현의 검은… 언제 그렇게 했는지 모르게 조심스럽게 알렌시아의 어깨에 틀어박혀 있었다. 갑옷을 뚫은 것일까? 쇠로 만들어진 갑옷의 파편이 공중에 날렸고 어깨를 보호하는 갑옷은 휘어져 검날과 함께 알렌시아의 어깨에 파고들었다.

진현은 왼팔에서 흘러내리는 검붉은 혈액을 팔을 몇 번 흔들어 떨구어 내렸지만 쉽사리 피는 멈출 생각을 하지 않았다. 그것은 알렌시아의 어깨에서 흘러내리고 있는 피 역시 마찬가지였다. 산 사람의 그것과는 다르게 마치 썩은 듯 검게 물들어 있는 피였다. 미동도 하지 않은 채 알렌시아는 그렇게 자신의 오른팔에 쥔 검을 부들거리며 떨었다. 떨어뜨리지는 않았다. 그것은 곧 싸움에서 졌다는 것을 의미하니까. 하지만 만약 계속해서 싸운다면 누가 이길지 모르는 일이었다. 진현은 왼팔을, 그리고 알렌시아는 오른팔을 다루는 어깨를 다쳤다.

현홍은 저 싸움의 현장으로 뛰쳐나가고 싶은 것을 억지로 참아야만 했다. 모르겠다. 왜 서로 한 걸음씩 물러날 생각을 하지 않고 피를 튀기며 싸우는 것인지. 왜 저렇게 누군가가 죽어야지 끝이 날 싸움을 하는 것인지. 자신으로서는 이해하기가 힘들었다.

신념을 위해 검을 든다고? 목숨보다 중요한 것이 어디 있단 말인가!

자신의 신념을 위해 싸우지 않는 사람은 모르는 것이다. 그렇기에 현홍은 그 감정에 충실하게 저렇게 미친 듯이 검을 맞대고 싸우는 두 사람에게 향한 분노와 슬픈 감정에 여실히 반응했다. 그는 어느새 울고 있었던 것이다. 주먹을 틀어쥔 채 저대로 자신의 앞에 저 두 사람이 있었다면 그대로 걸어차 주거나 주먹을 날리고 싶었.

이해할 수 없어! 목숨보다… 그까짓 신념이 중요하다고 말하는 사람들은!

이렇게 외치며 현홍은 고개 숙여 울었다. 그런 신념을 위해서 목숨을 바치고 다른 사람까지 죽게 만들다니… 명예? 그것이 목숨보다 소중한 거야? 신념이라는 것도 종족이라는 것도, 그리고 종교라는 것도 모두 다… 사람들이 살기 위해서 존재하는 것이다. 사람들을 죽이기

마법검 267

위해 존재하는 것은 무기뿐이라고.

　현홍은 숨죽여 울었지만 그 눈물이라는 것은 자신에게 한 가닥 남아 있는 신념을 위해 싸우는 이들에게는… 정말 한줄기의 물보다 더 하찮게 보일 수도 있는 것이었다.

　스윽.

　살이 베어지는 소리를 내며 진현은 천천히 상대방의 어깨에 꽂혀 있는 검을 뽑아 들었다. 여기서가 문제이다. 알렌시아가 졌다고 승복을 하고 물러난다면 더 이상의 싸움은 없겠지만 그렇지 않다면 이제는 기사도고 뭐고 마법으로 날려 버릴 수밖에 없는 것이다. 아무래도 생각보다 깊게 상처를 입었는지 팔에서 흘러내리는 피로 인해 시야가 흐릿하게 보였다. 아마도 그것은 이미 죽었지만 아픔을 느끼는 듀라한 나이트도 마찬가지일 것이다.

　알렌시아는 검을 들었다. 하지만 검끝은 부들거리며 떨리고 있었다. 저 상태로는 도저히 싸움의 재개는 힘들어 보였다. 만약 싸움을 하려면 왼손과 바꿔 쥐어야 할 터. 과연 무슨 의도일까?

　「멋진 칼 솜씨를 가지고 있는 기사였다. 좋은 승부였고.」

　"과찬의 말씀이십니다."

　진현은 이마에서 흘러내리는 땀 한 방울을 슬쩍 검을 쥔 손등으로 훔쳤다. 성능 하나는 좋은 것인지 운에는 듀라한 나이트의 피 한 방울 묻어 있지 않았고 갑옷을 베었음에도 흠집 하나 나 있지 않았다. 〈이거 정말 칼 맞아?〉라는 시선으로 운을 바라보고 있는 진현을 향해 알렌시아가 고개를 돌렸다. 사실 머리가 없으니 고개를 돌린 것인지 어떤 것인지는 몰라도 투구 안의 머리가 자신을 보고 있으니 그렇게 느껴야 되겠지. 약간이나마 섬뜩한 기분을 느끼며 진현은 쓰게 웃었다.

지금까지 살아오면서 엄청난 사고에서 사람들이 죽어 나가는 것을 봐 오고 자라난 진현 역시 살아 움직이는 것에 머리가 없는 것은 역겨웠다. 차마 말로는 하지 못했지만 말이다. 알렌시아는 자신의 어깨에서 흘러나와 떨어지는 피를 보며 조용히 말했다.

「이렇게 아픔을 느끼고 피를 흘려보는 것은 오랜만이로군.」

무언가 상념에 사로잡힌 듯… 아니면 살아생전을 되짚어보는 듯 그렇게 조용하게 말한 알렌시아는 천천히 자신의 검을 들어 올렸다. 현홍은 꼭 쥔 두 손을 더욱 세게 움켜쥐었다. 싸움이 다시 시작되는 것인가? 그러나 현홍의 생각은 괜한 걱정이었다. 어깨의 상처로 인해 검을 제대로 잡고 있을 수도 없는 상황일 텐데 역시 기사에게 명예는 목숨보다 중요했던 것인지 알렌시아는 억지로 검을 위로 치켜 올렸다. 검 전체가 부들거리며 떨리고 있었고 나직이 들려온 알렌시아의 목소리 역시 작게 떨리고 있었다.

「기사로서의 명예를 지키게 해주겠나?」

작은 목소리. 그러나 듀라한 나이트의 기사단장의 근엄함이 서려 있는 목소리였다. 진현 역시 작게 고개를 끄덕이고는 천천히 검을 들어 올렸다. 그의 검은 알렌시아와는 다르게 한 치의 떨림도 가지지 않았다. 그것은 진현 자신의 능력이었는지, 아니면 검인 운으로서의 능력이었는지는 모른다. 그러나 그 자신의 신념을 표하듯 그렇게 알렌시아와 진현의 검은 서로 맞부딪쳤다.

채앵.

처음의 짧은 부딪힘 뒤의 공격이 아닌 긴 여운을 남기는 울림. 그 울림은 기사들이 서로의 명예를 지키기 위한 것이라는 것을 안다는 듯 그렇게 한참 동안 공중을 메우다 사라졌다. 듀라한 나이트들도, 그리고 니드와 현홍도 아무런 소리도 내지 않고 가만히 그 장면을 지켜보았다.

하나의 신념이라는 것은 확실히 사람마다 다르기 때문에 타인이 이해할 수는 없는 것이다. 그러나 약간은 이해할 수도 있지 않을까 하는 생각을 현홍은 잠시 동안이나마 할 수 있었다. 잠깐의 시간이 지난 후 알렌시아의 검이 천천히 내려졌다. 그리고 그와 동시에 진현 역시 빠른 동작으로 자신의 검집에 운을 끼워 넣었다. 싸우지 않겠다는 의미. 알렌시아의 말이 뒤로 몇 걸음 물러섰다. 고삐를 잡지 않고 있음에도 그의 말은 마치 주인의 뜻을 알기라도 하는 것처럼 뒤로 물러서다 고개를 틀었다.

본 진영으로 돌아가고 있었다. 니드는 안도의 한숨을 내쉬었지만 지금 이곳에는 산 사람의 수보다 죽은 사람의 수가 더욱더 많았다. 다시 치밀어 오르는 화와 울분에 아랫입술을 깨물었다.

「이곳에 있는 이들을 죽인 것은 분명 우리들이다. 우리들에게 분노를 느끼나?」

"당연하지! 아무 죄도 없는 인간들을 죽인 것은 너희들이지 않나!"

진현이 대답하기도 전에 니드가 소리쳤다. 잠시 뒤를 돌아본 진현은 고개를 저었고 곧 알렌시아의 등을 보면서 나직이 읊조렸다.

"전 느끼지 않습니다."

"……!"

몸의 떨림이 멈추지 않았다. 몇 번이나 보아왔던 모습이다. 현홍은 이를 악물고 고개를 저었다. 항상 저런 태도였다. TV에서 아무리 많은 사람이 죽어도 그는 언제나 저렇게 무관심을 넘어서 냉소적이었다. 마치 사람이 죽어도 길가의 돌멩이가 부서지는 것을 보는 것처럼 그렇게 무관심의 극을 달렸다. 차라리 동물이 죽었다는 것에 더 반응을 보이는 것이 김진현이라는 사람이었다. 그러나 니드는 지금 자신의 귀에 들린 말이 무슨 말인지 모르겠다는 식으로 눈을 크게 뜨고 진현을 쳐다보았다. 아니, 노려본다고 하는 것이 더 정답이었을 것이다.

그러나 진현의 말은 차분하고도 간결하게 이어졌다.

"당신들 듀라한 나이트들에게 있어서 사람들을 죽이지 말라고 하는 것은 몬스터에게 사람을 죽이지 말라고 하는 것과 같은 것입니다. 그것은 먹지 말고 죽어라 하는 것과 같습니다. 자신이 믿고 있는 신념과 그리고 본능의 차이일 뿐, 그 이상도 그 이하도 아니라고 생각합니다. 하지만 이런 것이 예외가 될 테지요. 제가 인간임에도 불구하고 당신들이 저를 죽이지 않는 것은 〈사람을 죽여야 한다〉는 본능보다 〈기사로서의 명예〉라는 신념이 더 강했기 때문입니다. 어쨌든 좋은 승부였습니다, 알렌시아 로미네크 경."

너무나도 허망하여 니드는 그 자리에 주저앉고 말았다. 그렇다. 지금 자신의 분노는 허망한 것이다. 마치 길가에 있는 바위에게 〈왜 여기에 있는 거야!〉라고 소리치는 것과 같은 아무것도 아닌 그런 분노. 듀라한 나이트들도 살아생전 기사라고는 하지만… 저들은 이미 죽었다가 다시 살아난 몬스터. 그렇기에 인간과는 본능도 신념도 다른 것이다. 몸속 깊숙이 남겨져 있는 저들의 분노와 본능, 그것은 〈생명을 가진 모든 것들을 죽인다〉이다. 그럼으로 저들에게 아무리 〈인간을 죽여서 나쁘다〉라고 말해도 저들은 이해하지 못하는 것이다.

알렌시아는 아무 말이 없었다. 그러나 천천히 도시를 감싸고 있던 붉은 바람이 가라앉기 시작했다. 그와 함께 듀라한 나이트들의 몸도 점차적으로 희미해져 갔다. 마치 시간의 저편으로 사라지듯 아련한 빛만을 남기며 아지랑이와 같이 그렇게. 마치 환상과도 같이 느껴졌다,

지금까지 겪었던 일들이.

하지만 주위에는 여전히 피 냄새가 진동하는 시체들 천지였고 몸에 흐르는 긴장감은 꿈의 그것과는 사뭇 달랐기에 니드는 정신을 차렸다.

키엘은 새까만 모습의 듀라한 나이트들이 있었는데 희미한 그림자만을 남긴 채 사라지고 있자 크게 놀라더니 귀를 젖히고는 오들오들 떨었다.

그렇게 사라질 줄 알았던 듀라한 나이트들의 진영에서 조용한 목소리가 들려왔다. 음울하면서도 차분한… 알렌시아의 목소리였다.

「진현 경, 언젠가는 꼭 다시 만날 날이 있을 것이오. 그때에는 반드시…….」

"반드시 승부의 결말을 가르도록 하지요."

진현은 생긋 웃었다. 마치 순수하게 싸움을 즐긴다는 듯이 그렇게 맑게 웃는 진현을 보며 현홍은 할 수 없다는 식으로 고개를 저을 수밖에 없었다. 신념을 위해 싸우는 사람은 무섭다기보다 이제는 바보 같다는 생각 때문에 입가에 머무는 쓴웃음 또한 어쩔 수가 없었다. 알렌시아 역시 웃는 것일까? 마지막으로 바라본 듀라한 나이트들의 잔상은 작게 흔들렸다. 그리고 해가 뜨면 사라지는 물안개처럼 사라져 버렸다. 많은 생각을 하는 살아남은 인간들과 그런 생각을 두 번 다시는 할 수 없게 죽어버린 인간들을 남기고.

*　　　*　　　*

타오르는 붉은 연기는 죽은 사람들의 마지막 안식을 위하여 하늘로 길게 이어지는 실크 로드처럼 보였다. 수천 명이 되는 사람들이 죽었으니 그 행렬도 길고, 그리고 그 아름다움도 만만치 않을 정도였다. 〈죽음보다 아름다운 것은 없다〉라는 글귀가 떠올랐다. 그렇지만 현홍의 생각은 달랐다. 짧은 생이나마 열심히 살아가는 것보다 아름다운 것은 없다. 가슴이 저미도록 푸른 하늘과 그 푸른빛에 물든 흰 구름 사이로 붉은 연기가 용솟음쳤다. 어찌도 저리 파란 하늘일까. 파란 하늘 위를 향하여 높이 날아가는 그 긴 행렬을 보면서 현홍은 조심스럽게 고개를 숙였다. 죽은 사람들에 대한 애도의 눈물은 이미 흘릴 만큼 흘렸다. 하지만 그래도 작게 눈가를 비집고 나오는 눈물을 그로서는 어쩔 수 없는 것 같았다. 비라도 내린다면 좋았으련만. 이 도시의 장례를 치르기에 오늘의 날씨는 너무나도 차갑도록 맑은 하늘을 가졌다. 파란 하늘과 붉은 연기가 어울리지 않았다. 그렇지만 비가 내리면 시체를 태울 수가 없으니 그것 또한 곤란했다.

니드는 조심스럽게 시체로 추정되는 고깃덩어리들을 커다란 나무 박스에 넣어왔다. 그리고 높게 쌓아 올린 장작더미 위로 하나둘씩 집어 던졌다. 어차피 이제는 고깃덩이에 불과하니 아픔은 느끼지 않겠지만… 그래도 살아 있는 사람은 아픔을 느낀다. 피부로 느껴지는 그런 고통이 아닌 마음의 아픔을. 아릿하게 코끝을 감도는 단백질 타는 냄새에 역겨움도 느꼈지만 그전에 느껴지는 감정은 역시나 슬픔이었다.

고개를 들어 억지로 눈물을 참아보았다. 한 번도 얼굴을 마주친 적이 없는 사람임에도 불구하고 생명을 가진 무언가가 죽는다는 것은 슬픈 일이었다. 그리고 그럼에도 산 사람들은 살아야 한다는 것은 잔혹하지만 어쩔 수 없는 진리였기에 니드의 마음을 더욱 아프게 했다. 스쳐나마 보았음직한 사람들의 머리도 있었다. 니드는 차마 죽임을 당할 때의 고통으로 감기지 않은 사람의 눈을 조용히 감겨주며 나직이 중얼거렸다.

"죄송합니다. 아무것도… 아무것도 할 수 없어서……."

울지 않기 위해 아랫입술을 깨물어보지만 희미하게 떨리는 입술 사이로 낮은 신음 소리와 함께 다시 한줄기 눈물이 흘려져 내렸다. 소매춤으로 조심스레 눈물을 닦고는 그 머리를 불 속으로 집어던졌다. 그렇게 시간이 가는지 모르고 도시 전체의 사람들의 시체를 찾아서 태우는 니드와 현홍과는 달리 진현은 아무런 행동조차 취하지 않고 길게 이어지는 연기 자락의 끝만을 응시할 뿐이었다. 아무런 감정이 일지 않는다는 표정. 하지만 어딘가에서 보았었던 그 잔인하고도 아름다운 행렬에 슬쩍 눈가가 찌푸려졌다. 왼팔에 감긴 붕대 조각을 만지작거리는 진현의 곁으로 키엘이 슬그머니 달려왔다.

키엘의 두 손에는 어디에서 가져왔는지 모를 술병이 들려 있었다. 그는 조심스럽게 그것을 진현에게 주었다. 잠시 동안 하늘을 올려다보던 진현은 곧 조용히 미소 지어 보이고는 술병을 받아 들어 한 모금 받아 넘겼다. 그리고 그는 눈을 작게 뜨며 키엘을 내려다보았다.

"이 맥주는… 〈시간의 휴식〉의 맥주로군."

작게 혼잣말처럼 말하는 진현을 보며 키엘은 고개를 끄덕였다. 하지만 그것은 너무나도 힘없이 느껴졌기에 진현은 쓰게 웃을 수밖에 없었다. 이 아이로서는 그것이 자신을 한때나마 보살펴 주었던 찰스에게 할 수 있는 마지막 행동이었던 것일까. 아니면 자신도 모르게 본능적으로 자신이 머물렀던 곳의 음식을 가져온 것일까. 알 수 없었지만 진현은 살며시 키엘의 머리를 쓰다듬어 주었다.

키엘은 기분 좋은 듯 살풋 웃고는 현홍과 니드 쪽으로 달려갔다.

오른손에 들었던 술병을 자신의 곁에 있는 탁자 위에 올려놓았다.

저들의 행동이 오래 걸릴 것을 예상한 것인지 진현은 어느새 가져다 놓은 의자에 앉아 있었다. 다리를 꼬고 앉아 먼 하늘만을 바라보고 있는 그의 몸에 작은 울림이 느껴진 것은 별다른 시간이 지나지 않은 후였다.

『그 왼팔. 방심한 거냐… 아니면 실력인 거냐?』

진현은 천천히 자신의 허리 벨트에 꽂혀진 운을 검집째 뽑고는 탁자 위에 올려두었다.

"실력."

『거짓말.』

짧게 말하는 진현의 대답에 운 역시 짧고도 강한 어조로 말했다. 그러나 진현은 슬그머니 고개를 저었다.

"실력이야. 난 전적으로 그를 이길 수 없었어."

『거짓말하지 마, 인간아.』

마치 빈정대듯이 말하는 운을 보며 진현은 피식 웃었다. 그리고 조용히 두 손을 모아 쥐었다. 뚜둑 하는 마디가 엇갈리는 소리가 들려왔다. 어떻게 사람 손에서 저렇게 강한 소리가 날까 할 정도로.

"주인에게 하는 행세가 건방지군. 버릇부터 다시 고쳐 줄까?"

『농담입니다, 주인님.』

그 어떤 사람이 싸늘하게 웃으면서 주먹을 틀어쥐는 인간 앞에서 다시 한 번 자신이 한 말에 대해서 고려해 보지 않을까? 운은 그 진리를 처절하게 터득하면서 자신의 운명을 속으로 한탄해야만 했다. 둘은 한동안 아무 말 없이 하늘을 쳐다보았다. 붉게 타오르는 태양도 시리도록 파란 하늘 사이에 끼여 그 아름다움이 쇠약해졌고 파란 하늘은 이 세상 어디에서든 자신보다 아름다운 것은 없다는 듯 자태를 뽐내었다.

마법검 275

살랑거리는 바람은 조금 전의 싸움을 잊게 해주겠다고 약속이나 한 듯 차가운 몸을 흔들어 열기를 식혀주었다. 붉은 바람은 이제 없었다. 남은 것은 폐허가 된 도시와 폭풍이 지나간 뒤에 더 아름답게 빛나는 자연만이 있을 뿐이다.

화려하고도 붉은 태양보다는 은은하게 퍼지는 파란색의 하늘과 희미한 구름들이 어쩐지 더 아름답게 보였다. 그것은 어쩌면 강렬한 것은 오래 가지 못하기 때문이 아닐까 하는 생각이 들기도 했지만 진현은 그냥 피식 웃어 넘겼다. 조심스럽게 먼저 말을 꺼낸 것은 운이었다.

『넌 네 실력을 다 발휘하지 않았어, 진현.』

슬쩍 고개를 내려 운을 쳐다본 뒤에 진현은 다시 고개를 들었다.

"아니, 네가 뭐라고 하든 알렌시아와 싸운 것은 내 실력이었어. 〈인간 김진현〉의 실력."

『넌 너무 오래 살았어. 그래서 상념이 너무 많아.』

"알고 있어……."

들리지 않을 정도로 작게 속삭이듯 말을 내뱉은 진현은 조용히 하늘을 올려다보며 눈을 감았다. 의자의 팔걸이에 기댄 왼팔의 상처가 살짝 쑤셔왔지만 그는 개의치 않았다. 이런 아픔조차 그에게는 살아 있다는 것을 느끼게 해주는 무엇이었으니까.

"난 언제까지나 인간으로서 살고 싶어. 예전에 내가 뭐였든 간에 난 지금은 그냥 평범한 인간이다라고 믿고 지내고 싶은데 내 주위의 많은 것들이 날 그렇게 놔두지를 않아. 나도 상처가 있을 때에는 고통을 느끼고 슬플 때에는 울고 기쁠 때에는 웃는… 그런 평범한 사람인데. 내가 예전부터 기억하는 많은 것들이 날 놔두지를 않아."

조용히 말하는 그였지만 그 말 속에는 많은 감정들이 포함되어 있다는 것을 운은 알았다. 그렇기에 지금 운은 말해야만 했다.

『그렇지만 언제까지나… 인간의 힘만으로 싸울 수는 없는 일도 있을 텐데. 그때에도 넌 인간임을 포기하지 않을 거냐?』

피식.

진현은 낮게 웃었다. 그리고 천천히 손을 뻗어 운의 검집을 잡으며 중얼거리듯 말했다.

"모르겠어. 하지만 네가 있다면 조금은 인간임을 포기하지 않고 싸워볼 만한 것 같은데."

『쳇! 내가 무슨 무보수로 일하는 공공 근로 사업자인 줄 알아? 내가 위험한 순간이 되면 도망쳐 버릴 거다.』

"넌 다리가 없는데 어떻게 도망친다는 거냐?"

『칵! 난 마법을 쓸 수 있는 마법검이라는 사실 잊어버렸냐? 텔레포트 마법을 쓰면 된다고!』

키득거리면서 웃는 진현을 보면서 운은 투덜거렸다. 하지만 그의 말은 분명 본심이 아니었다. 그것은 진현도, 그리고 말을 한 운 자신도 알고 있는 사실이었다. 진현은 살며시 미소 짓고 있었다. 본래 그가 짓던 그런 냉소가 아닌 정말로 아름다운 풍경을 바라보며 감탄을 하는 인간처럼 살아 있는 표정.

허리를 약간 숙인 진현은 두 손을 깍지 끼곤 무릎 위에 걸쳤다. 그리고 말했다.

"인간이 아니었을 때 이런 아픔을 느끼지 못해서였을까? 인간이 되고 난 후에는 될 수 있으면 많은 아픔과 고통을 느꼈으면 해. 그리고 많은 것을 보고 느끼고 즐거워했으면 좋겠다. 그렇기에 어쩌면 나는… 이곳에 오게 되기를 바랬는지도 몰라."

『고통을 느꼈으면 한다고? 너, 변태구나!』

뒤의 말은 어쩌고 앞의 말만 듣고는 반응을 하다니……. 속으로 슬며시 검의 양끝을 잡아 부러뜨리고 싶은 마음을 억누르며 진현은 고개를 저었다.

"이곳이 아닌 원래 살던 세계에서의 나는 다칠 일도 없었고 너무나도 완벽한 환경에서 살았기 때문일까? 나에게 맞춰진 환경. 하지만 이곳은 아니야. 처음부터 원점. 나는 가진 것도 없고 그냥 인간일 뿐이지. 비록 예전의 나는 강했지만 인간의 그릇은 작고 그곳에 담을 수 있는 양도 작기에 나는 다른 사람보다 약할 수도 있어. 그래서……."

그는 짧게 숨을 내뱉었다. 깊은 안도의 한숨. 무얼까? 그것에 담긴 그의 감정을 운은 쉽사리 짐작할 수 없었다. 그렇기에 아무런 말도 하지 않고 그저 묵묵히 진현의 말을 듣고만 있을 뿐이었다.

"그래서 이곳이 너무나 좋다. 행복하다는 말을 하는 사람들의 감정을 느껴."

『진현?』

운은 조용히 그의 이름을 불러보았다. 하지만 진현은 살풋 웃는 의자에서 조용히 몸을 일으켰다. 그는 천천히 깍지 낀 팔을 앞으로 내밀었다. 평소의 그라면 저런 인간처럼 보이는 행동은 잘하지 않았는데 무언가 이상했다. 하지만 그런 운의 마음을 아는지 모르는지 진현은 그저 밝게 미소 지었다. 그리고 나직이 중얼거렸다.

"…조금은 더 이곳에 있고 싶어. 원래의 세상으로 돌아가지 않고……."

Part 5

Wheel of Fortune
운명의 굴레

Wheel of fortune 운명의 굴레 I

"저기… 있잖아, 나 웬만하면 데려가 주고 싶은걸?"

"안 돼."

눈을 반짝반짝하게 뜨고 자신을 쳐다보는 현홍을 향해 진현은 단호하게 대답했다. 누트 에아를 떠나 수도 스란 비 케스트로 발길을 옮긴지 벌써 일주일. 피니스 비 라임이라는 대륙을 가로지르는 거대한 젖줄 역할을 하는 강을 거슬러 올라가고 있지만 도무지 수도는 코빼기도 보이지 않았다. 다만, 보이는 것이라고는 산맥과 계곡, 울창한 숲… 거기에 서식하는 몬스터들. 정말로 이 정도로 많은 몬스터가 있을지는 꿈에도 상상하지 못한 진현과 현홍은 대경실색大驚失色을 해야 했다. 몇 걸음 걸으면 나오고 또 몇 걸음 걸으면 나오는 것이 몬스터. 한마디로 길가의 돌멩이 걷어차듯 발에 차이는 것이 몬스터라서 처음에는 놀라다가 이제는 신물이 날 지경이었다.

그만큼 조그마한 벌레 같은 몬스터에서부터 덩치가 산만한 오거 같은 녀석까지 장난 아니게 일행을 습격했다. 진현은 귀찮다는 식으로 거들떠보지 않았지만 다른 일행들은 정말 목숨 걸고 싸워야 했다. 키엘은 마법검인 운으로 인해 자신의 힘을 봉인하고 있던 목걸이가 부서져 없어지자 정말 힘이 사자보다 세졌다. 손톱을 세우고 바위를 긁어내자 바위가 두 조각이 나는 것을 보고 현홍은 앞으로도 더 잘해줘야지 하고 마음먹었다. 혹시나 심심풀이 삼아 키엘이 생글 웃으며 자신의 어깨나 툭하고 치면 어쩌겠는가. 오싹한 한기를 느끼며 현홍은 자신에게 다짐시키듯이 고개를 끄덕였다.

하지만 그 아이는 전혀 상관없다는 식으로 일행을 습격하는 몬스터들의 목줄기를 물어뜯었다. 마치 자신의 식사감을 사냥한다는 것처럼 당연하게. 니드와 현홍은 크게 놀라며 앞으로는 그런 짓 하지 말라고 당부했다. 어쩌다가 몬스터 맛이라도 들이면 곤란해지니까 말이다. 그리고 지금 그들은 몬스터와는 또 다른 상황에 직면해 있었다.

"대체 왜 안 된다는 거야! 내가 밥 좀 덜 먹으면 되잖아!"

키엘을 안고 모닥불을 쬐고 있던 니드는 쓰게 웃었다. 현홍의 악에 받친 외침에도 불구하고 진현은 요지부동搖之不動. 여전히 나무 기둥에 걸터앉아 마른 수건으로 운을 닦고 있었다. 요 며칠 자주 보는 풍경이었다. 언제나 그는 한가한 시간만 되면 앉아서 운을 닦곤 했다. 왜인지는 잘 모르겠지만 그도 검을 가진 검사로서 자신의 검을 소중히 다루고 싶어서일까. 니드는 고개를 갸웃거리며 그런 생각을 했다. 그리고 슬쩍 보이지 않을 정도로 작게 눈을 돌려 약간 멀찍이 떨어져 있는 사람들을 돌아보았다.

붉게 타오르는 모닥불 때문일까? 이제 겨우 10대 후반 정도로 보이는 소년들의 얼굴이 아까보다 더 붉게 변해 있었다. 한 소년은 입을 꼭 다문 채 공손히 무릎을 꿇고 앉아 결정이 나기만을 초조하게 기다리는 표정이었다. 그리고 다른 한 명 역시 옆의 소년과는 다르지만 그래도 긴장하는 감이 없지 않아 있어 보였다.

소년들의 나이는 대략 18~20세 정도로 보이는 나이였다. 자신을 에오로 미츠버라고 밝힌 소년은 그 나이 또래의 소년들과 다를 바 없이 장난기 가득한 에메랄드 빛 눈동자를 가지고 있었다. 특출나게 잘난 외모도 아니었지만 호기 넘치고 정의감이 뛰어나 보이는 소년이었다. 나중에 청년으로 성장하면 제대로 된 사람이 되어 좋은 일을 많이 할 것 같은, 그런 생각이 들 정도로 즐거워 보이는 성격을 가지고 있어서 분위기를 밝게 만드는 데 도움이 될 것 같았다.

그리고 그와는 전혀 다른 분위기를 가진 소년. 아니, 에오로라는 소년보다 한두 살 나이가 많아 보이는 이제 제법 청년티가 나는 소년이었다. 슈린. 이름만 있고 성이 없는 것으로 보아 고아였지만 다른 이들은 그에 대해 아무 말 하지 않았다. 짧다라고 말하기에는 조금 그렇고 그렇다고 단발도 아닌 듯한 약간 애매모호하게 자른 검은 머리카락은 마치 흑단黑緞과도 같은 느낌을 주었다. 편한 의상을 입고 있는 에오로와는 다르게 차분하게 보이는 하얀 코트를 입고 있어서 그의 성격을 더 가라앉아 보이게 했다. 그 나이에 저렇게 차분할 수 있을까 하는 생각과 함께 어딘지 모르게 진현과 닮았다는 생각도 들게 했다.

어떻게 해서 이런 위험한 산맥에서 두 소년만 여행을 하고 있는가 했더니 에오로는 상당히 빠른 몸놀림으로 그 나이답지 않게 검을 곧잘 다루었고 슈린이라는 소년은 마법을 구사할 줄 알았는데 알고 보니 클래스는 격투가였다. 이때는 정말 의외였지만… 상당히 콤비 플레이가

Wheel of Fortune 운명의 굴레　283

잘 이루어지는 두 사람이어서 이 정도면 마음먹고 여행할 만도 했다.

뒷머리를 한번 긁적거린 니드는 진현에게 조심스럽게 말을 꺼냈다.

"뭐, 괜찮지 않겠습니까? 어차피 저 소년들도 수도로 향하고 있다고 하는데 일행이 되는 것도. 말이야 뭐, 서로 나눠 타면 되는 것이고 말입니다."

그 말을 한 직후 검을 슬슬 닦고 있던 진현의 손길이 멈추었다. 그리고 고개를 번쩍 들어서 니드를 바라보았다. 그 기세가 어찌나 빠르던지 니드는 하마터면 신음 소리를 흘리며 뒤로 물러날 뻔했다.

놀란 가슴을 진정시킬 겨를도 없이 진현은 퉁명하게 대답했다.

"니드 역시 그렇게 생각하십니까? 하지만 저는 아직까지 이 나라에 제대로 적응이 안 되어서 그런지는 몰라도 사람을 믿을 수가 없군요. 하물며 요즘 세상이 얼마나 흉흉한데 말입니다. 사실 어린 나이라고 해서 아무 실력 없다고 생각했다가 아까 몬스터를 처리하는 모습은 가히 상상을 불허하더군요. 웬만한 위험으로부터 자기 몸은 지킬 수 있음에는 분명하고 실력이 상당하여 실력이 없는 사람들은 당하고 말겠더군요. 니드와 현홍은 성격이 좋아서 그런지 모르겠습니다만… 저는 잘 알지도 못하는 사람을 여행 도중에 일행으로 넣고 싶지 않습니다."

멍하게 쳐다보는 니드와 마찬가지로 너무나도 단호히 말하는 진현을 보면서 소년들의 얼굴 표정은 굳어져 갔다. 진현은 사람을 만나면 우선 의심부터 하고 보는 스타일인지라 그런 것도 어쩌면 당연한 일이었다. 키엘은 아직 분위기 파악을 잘 못하겠는지 계속해서 어리둥절한 표정이었다. 주먹을 불끈 쥐고는 진현에게 따지고 들려던 현홍의 말을 가로막은 것은 진현 자신의 목소리였다. 차갑고도 냉담하게 진현의 말은 이어졌다.

"냉정하다고 해도 뭐라고 할 말 없습니다. 그리고 우선 여행의 리더 권한을 가진 것은 처음 여행을 시작할 때부터 저라고 정해두지 않았습니다. 제가 뭐라고 해서 될 일은 아니지 않습니까? 같이 가고 싶으면 동행하십시오."

…라고 말해 봤자 〈그렇게 무서운 얼굴을 하고 있는데 어떻게!〉 하고 소리치고 싶은 니드였다. 사실 진현의 허락을 꼭 받아야 하는 것은 아니었다. 그렇지만 일행은 정확히 네 명. 의사를 말할 수 없고 우선은 어린아이인 키엘은 놔두더라도 다른 사람들을 일행으로 넣는데 나머지 세 명의 의견이 합쳐지지 않으면 곤란한 것이다. 그것도 진현 같은 성격의 사람은 더 더욱 말이다.

사실 말이야 바른 말이지 정해진 것은 아니라고는 하지만 확실히 지금 이 일행의 리더는 누가 보다라도 진현이었다. 그렇기에 여기서 진현의 승낙을 받지 않으면 곤란한 것이다. 만약 다른 사람들이 끼었다고 하여서 진현이 여행에서 빠지면… 이것은 죽도 밥도 안 되는 일이니까. 머리를 한번 휘저은 니드는 다시 조용히 말했다.

"진현의 마음도 이해하기는 합니다만… 우선 이 소년들은 그리 나빠 보이지도 않지 않습니까? 흉흉한 세상일수록 사람을 믿고 살아야지요."

"그렇다면 니드, 당신은 여행 길에 처음 만난 사람을 우선 경계하고 보겠습니까, 아니면 얼씨구나 믿고 보겠습니까?"

저 말은 예전에 한번쯤 들었던. 바로 현홍과 니드가 처음 만났을 때 현홍이 경계 자세로 했던 말이었다. 그 말을 했었던 사람은 찔려서 할 말이 없다는 듯 고개를 숙이고만 있었다. 어색한 웃음을 흘리며 머리를 긁적거린 니드가 답했다.

"아하하… 물론 경계하고 보겠지만……."

"그렇다면 제 행동이 지극히 당연하다는 것을 알고 계시겠군요. 이 문제는 더 이상 언급하기 싫습니다."

"아, 저기……."

황급히 무어라 하기도 전에 진현은 고개를 홱 돌리고 계속하여 운을 닦기 시작했다. 울고 싶은 마음의 니드는 다시 슬쩍 고개를 돌려 소년들을 바라보았다. 슈린은 말없이 진현 쪽으로 시선을 던지고 있었다. 멍하다고 말할 수 있을 정도의 흔들림없는 눈동자로 가만히 진현을 바라보고 있던 슈린은 곧 고개를 돌리더니 에오로의 귓가에 속삭였다. 에오로는 고개를 갸웃거렸지만 별 생각 없이 머리를 긁적거렸다.

현홍은 볼을 잔뜩 부풀리고는 진현을 노려보고만 있었다. 그렇지만 진현은 그런 시선에는 아랑곳없이 운을 닦다가 수건을 자신의 옆에 놓아두고는 운을 검집에 꽂았다. 그런 후에는 곧장 자신의 짐을 뒤적거려 책 한 권을 집어 들더니 독서삼매경에 빠져 버렸다. 아예 대화의 여지를 차단해 버린 것이다. 여기서 의문이 드는 것은 과연 책은 어디서 난 것일까 하는 것이었다. 고개를 갸웃거리던 니드가 입을 열었다.

"그런데 진현, 그 책은 어느 틈에 산 것인가요?"

눈은 여전히 책 안에 고정시키고 손가락으로는 책장을 넘기던 진현은 정말 일말의 움직임도 없이 입만을 달싹여 대답했다.

"누트 에아에서 쇼핑했을 때 산 것입니다. 서점 역시 한곳뿐이었는데 오래된 책들이 많더군요. 그래서 한 권 사보았습니다. 긴 여행은 심신의 피로를 쌓게 하지만 독서만큼이나 그 피로를 풀 수 있게 하는 것은 없지요."

순전히 자기 기준이었지만 니드는 고개를 끄덕이며 별말하지 않았다. 우선은 중요한 것은 책에 대한 토론이 아니었기 때문이다. 그때였을까. 상당히 머뭇거리는 목소리와 함께 에오로가 슬며시 일어났다.

"죄송합니다. 정말로 죄송하지만 어떻게 같이 동행할 수 없을까요? 저희는 저희 스승님의 부탁을 받아 꼭 수도까지 가지고 가야 할 물건이 있어요."

꼭 쥔 두 손은 파르르 떨리고 있었지만 목소리는 차분했다. 진현은 슬쩍 고개를 틀어 소년을 보다가 다시 책으로 시선을 돌려 버렸다. 완전한 무시인가. 약간 발끈한 느낌에 입가가 살짝 틀어졌지만 조심스럽게 고개를 젓고 있는 슈린을 보면서 입을 다물었다.

상당히 썰렁한 분위기에 니드는 당황해하다가 곧 어색하게 웃으며 에오로에게 말했다.

"아아… 스승님의 부탁이라구요? 견습 기사이신가 보군요."

"아, 견습은 맞아요. 견습 마검사입니다."

"마검사?"

눈알이 빠질 정도로 뚫어지게 진현을 노려보던 현홍이 피로한 눈가를 문지르며 고개를 갸웃거렸다. 대답을 한 것은 니드였다.

"마검사. 마법을 쓰는 마법사의 단점을 보완해 주며 검사의 단점도 보완해 주는 클레인 왕국에만 있는 새로운 클래스이지. 쉽게 마법을 쓰면서 검도 다룰 수 있는 클래스라고 생각하면 될 거야. 마법사는 속도에서 검사에게 밀리고 검사는 파괴력에서 마법사에게 밀리니까. 상호 보완 작용이라고 하면 쉬울까?"

"아하……."

이해하겠다는 표정으로 현홍이 고개를 끄덕였다. 니드는 생긋 웃어 보이고는 에오로와 슈린에게 물었다.

"하지만 그 클래스를 배울 수 있는 곳은 단 한 군데뿐이지요. 마법 길드가 있는 현자의 도시 세트레세인. 그 도시에 있는 마법 길드에만 그 클래스가 있는 것으로 압니다만… 그곳 출신이십니까?"

"예."

슈린은 약간 고개를 숙이며 짧게 답했다. 그 뒤를 이은 것은 에오로였다.

"저희 스승님은 현자의 도시 세트레세인과 이곳 클레인 왕국, 아니, 전 대륙을 통틀어 가장 위대하다고 불리는 위저드라는 칭호를 받으신 다카 다이너스티이십니다."

"아, 그렇군요. 그분의 제자… 예?!"

생글생글 웃으면서 소년들의 말을 듣고 있던 니드가 갑작스럽게 소리를 친 것은 그 순간이었다. 그 덕분에 독서를 방해받은 진현은 지그시 니드를 노려보았지만 정작 니드는 아무것도 느끼지 못했다는 식으로 자리에서 벌떡 일어섰다.

놀란 키엘은 귀를 쫑긋거리더니 현홍의 품으로 후닥닥 달려갔다. 자신의 품에 안겨드는 키엘의 머리를 쓰다듬으며 현홍도 알 수 없다는 표정을 지었다.

"다카 다이너스티의 제자였단 말입니까?"

"아, 예."

에오로는 자신의 자랑스러운 스승을 알고 있고 그에 대한 적절한 반응을 보여주는 니드를 보며 즐거운 듯한 미소를 지었다. 그러나 그는 의미를 잘못 알고 있었다. 니드가 경악을 한 것은 자신의 절친한 죽마고우에게 제자가 있다는 사실을 이제야 알았기 때문이다.

한쪽 이마를 손으로 짚은 니드는 횡설수설하듯 말을 내뱉었다.

"세상에, 그 친구에게 제자가 있었다고?"

슈린은 땅을 바라보고 있던 고개를 들어 니드를 올려다보았다.

"스승님을 아는 분이십니까? 친구 분… 친우親友이신가요?"

"하하… 참, 세상 한번 좁다고. 이런 곳에서 그 친구의 제자들을 만날 줄이야."

허탈하다는 식으로 웃어버린 니드는 다시 자리에 앉았다. 그리고 에오로와 슈린을 훑어보고는 고개를 끄덕였다.

"제가 타칭 대륙 최고의 대마법사인 다카 다이너스티의 친구 되는 사람입니다. 한데 한 달여 전쯤인가… 세트레세인에 찾아갔을 때에는 두 분은 안 보이시던데?"

"말씀 놓으십시오. 스승님의 친우 분께서 저희들에게 말을 높였다는 사실을 스승님께서 아신다면……."

"당장 놓도록 하지."

니드는 그 고통 십분 이해한다는 침울한 표정으로 세차게 고개를 끄덕여서 현홍과 진현의 고개를 동시에 갸웃하게 만들었다. 마치 동병상련同病相憐의 동지를 만난 듯한 표정이랄까? 하여튼 애매모호한 표정을 지으며 니드는 자신의 코발트 블루의 긴 앞 머리카락을 쓸어 넘겼다. 슈린은 작게 입가에 미소를 떠올렸다. 만난 지 몇 시간이 지났지만 한 번도 웃는 모습을 본 적이 없던 터라 상당히 이질적으로 보였다.

그는 살며시 고개를 들어 니드를 응시했다.

"그때 저희는 마법 길드의 수련회에 참여하고 있었던 시기였습니다. 그리고 스승님께서는 마법 연구에 몰두하신다고 연구실에서 나오시지 않았던 시기이지요. 세트레세인에 들르셨지만 스승님은 못 만나뵙고 가셨겠군요."

"아하하, 뭐……."

 뒷머리를 한번 긁적거린 니드는 멋쩍은 웃음을 지었다. 그날 며칠이 걸려 만나러 간 친구가 이상한 마법 실험인지 뭔지를 한다고 만나주지도 않아서 헛걸음을 했던 기억이 떠올랐기 때문일까. 그는 속으로 이를 바득바득 갈고는 진현을 돌아보면서 말했다.

 "저, 진현, 이 아이들은 제 절친한 친구의 제자가 되는 아이들입니다. 그러니… 어떻게 좀 안 되겠습니까?"

 대답은 없었다. 묵묵히 책만을 읽고 있을 뿐. 니드는 등 뒤로 식은땀 한줄기와 함께 썰렁한 바람이 자신의 곁을 지나가는 느낌을 받았다. 이제는 고개도 돌리지 않고 완벽한 무시였다. 직접 그 친구가 와도 데려가 주지 않겠다는 것처럼 보였다. 물론 그 친구였다면 사정도 안 했을 것이다. 〈혼자서 갈 거다〉라고 말하며 당당히 갈 친구였으니까. 저 고집에 니드는 두 손 두 발 다 들었다는 표정으로 쓰게 웃을 수밖에 없었다. 물론 사람을 쉽게 믿지 않는 그 마음은 이해하지만 말이다.

 "야! 이 삭막함의 극치를 달리는 녀석아! 저렇게 부탁을 하는데도 안 들어주겠다는 거야? 거기다가 저 아이들은 친구의 제자라고 하잖아!"

 "친구의 제자든 친구의 할아버지든 조상이든 간에 안 되는 것은 안 되는 거야. 정 그렇게 데려가고 싶으면 네가 데려가면 되잖아."

 찬바람 쌩쌩 부는 차가운 대답에 현홍은 주먹을 부르르 떨었다. 그리고는 옆에 아무렇게나 던져져 있던 자신의 배낭을 짊어지며 소리쳤다.

 "오냐! 하라면 못할 줄 알아? 간다고 가!"

 빽 하고 소리를 지르고 난 후 현홍은 성큼성큼 걸어가서는 니드와 소년들 앞에 멈춰 섰다. 불길한 느낌을 받은 니드가 차마 뭐라고 하기 전에 현홍은 두 손을 내뻗어 각각 에오로와 슈린의 손목을 잡더니만 이를 악물고 달려가기 시작했다.

"그래! 너 혼자 잘 먹고 잘 살아라! 이 나쁜 인간아!"

검은 숲 안쪽으로 사라지는 현홍의 목소리가 길게 메아리쳤다. 넘어질 듯 그렇게 질질 끌려가는 에오로와 슈린을 보면서 니드는 허망하게 내밀어진 자신의 손을 한번 슬쩍 보고 다시 진현을 본 후에 하늘을 쳐다보았다. 곧 그는 머리 속으로 사태를 파악한 후에 아시드 엘타와 카오루의 고삐를 잡고는 황급히 그 뒤를 따라나섰다. 물론 키엘도 멀뚱히 그 모습을 보다가 달려갔다.

타닥. 타닥.

나무들이 갈라지고 사그라지는 작은 소리를 내며 붉은 불꽃이 그리 깊어지지 않은 밤하늘에 하나씩 타올라 갔다. 붉은색과 노란색… 그리고 주황색의 빛을 지닌 불씨들은 조용히 공중으로 솟아오르다가 곧 그렇게 허망하게 사라져 버렸다. 과연 불씨들은 왜 그들의 몸을 떠나 날아오를까? 자유를 위해서? 아니면 알 수 없는 본능을 위해서?

한바탕의 소란이 사라진 후 진현은 살며시 보고 있던 책을 덮었다.

탁.

경쾌하면서도 짤막한 소리를 내며 하얀 지면은 사라지고 낡은 가죽 소재의 겉 표지만이 눈에 보였다. 그리고 그는 천천히 고개를 들었다. 싸늘하지만 여름의 무거운 공기를 머금은 바람이 그의 뺨을 스쳐 지나갔고 화려하게 흘러내리는 금발 아래에 숨겨진 오른쪽 눈동자도 희미하게 빛을 받아 반짝였다.

창백하다고 해도 좋을 만큼 하얀 그의 얼굴이 붉은빛을 받아 묘하게 아름다움을 더했다.

그의 콧대에 늘 걸려 있던 안경은 저번 알렌시아와의 싸움에서 깨어져 못 쓰게 되어버렸다. 그는 늘 끼고 있던 안경이 없어서 허전했는지 콧등을 한 번 슬쩍 만진 후 천천히 자리에서 일어났다. 검집에 꽂혀 있던 운이 조용히 떨렸다. 그러나 그 떨림은 평소의 그와는 다르게 작고 약하게만 느껴졌다.

『방해꾼은 사라졌군.』

피식 하는 작은 웃음소리와 함께 진현은 천천히 운의 손잡이에 자신의 손을 갖다 대었다. 마치 검이 손바닥에 달라붙는 듯 끈적하게 감기는 느낌과 함께 조심스럽게 검을 뽑아 들었다. 옆으로 슬쩍 뿌리듯 들고 있던 진현은 일행이 사라진 풀숲을 슬쩍 쳐다보고는 다시 옆으로 시선을 던졌다.

"나와라. 꼬마 아이들 대신 내가 놀아줄 테니."

작게 조소를 머금은 입가가 묘하게 흔들렸다. 그리고 그 직후 그의 맞은편 풀숲이 작게 흔들렸다.

* * *

"하여간에 저 성질 더러운 것은 아무도 못 말린다니까."

앞으로 걸어가면서도 계속해서 투덜거리는 현홍을 보면서 에오로는 자신의 아픈 손목을 쓰다듬었다. 여리게만 보이는 현홍에게 이런 괴력(?)이 있을 것이라고는 생각하지 않았던 모양이다. 현홍에게 잡힌 왼쪽 손목에 붉게 자국이 남아 있었다. 쳇, 여자처럼 곱게 생겨 가지고 힘은 더럽게 세잖아. 이런 들키면 맞아 죽어서 무덤 파고 비석까지 꽂아도 모자랄 생각을 하면서 에오로는 투덜거렸다.

슈린 역시 팔 전체에 힘을 주어 손목이 빠지는 것은 면할 정도였다. 막무가내로 손을 잡고 달려가면 위험하다는 사실을 현홍은 모르고 있었나 보다. 정말이지, 좋게 말해도 무식하다 싶을 정도의 힘이었다. 거기다가 순식간에 뜀박질까지 했으니……. 일행의 몸은 땀으로 흠뻑 젖어 있었다. 겨우 앞서 뛰어가던 현홍을 따라잡은 니드는 숨을 헉헉 몰아쉬며 이마에서 흐르는 땀을 닦아내었다. 자신의 손에 쥐어진 고삐를 달려왔어도 아무런 힘도 들지 않는다는 식의 얼굴을 한 키엘에게 넘긴 니드는 천천히 허리를 폈다.

"헉헉… 뭐가 그렇게 빠른 거냐, 너?"

"예전에 육상을 좀 했었거든. 단거리 달리기 선수."

그렇게 말한 현홍은 한 손으로 브이 자를 그려 보인 뒤 씨익 웃었다. 하지만 듣는 사람들은 별로 좋은 기분이 아니었다. 조용히 앞을 걷고 있던 슈린이 입을 열었다. 차분하고도 밤 공기를 가르지 않을 정도로 낮은 목소리로.

"하지만 그분… 혼자 두셔도 괜찮으신 것입니까?"

앉아 있을 때는 그리 큰 것을 몰랐는데 서니까 거의 진현과 맞먹을 정도로 큰 키를 가진 슈린이었기에 현홍은 그를 한참 올려다보면서 대답해야 했다.

"뭐, 어떻게든 되겠지. 알게 뭐야. 쳇."

"하지만 그분은 알고 계셨을 것입니다."

"응?"

낮은 음성으로 조심스럽게 말을 하는 슈린을 보며 현홍이 반문했다. 그는 슬쩍 니드를 돌아다보았고 니드는 어깨를 으쓱거리며 모르겠다는 듯 고개를 가로저었다. 조용히 자신의 코트 안으로 손을 넣은 슈린의 손에 들려져 나온 것은 니드의 지도와 같은 재질의 종이 뭉치였다. 종이 뭉치는 돌돌 말려져 끈으로 묶여져 있었고 그것을 보며 현홍이 물었다.

"이게 뭔데? 혹… 너희 스승님이 수도까지 전하라는 물건?"

슈린은 짧게 고개를 끄덕였다.

"저희도 아직 이 종이에 적힌 것이 무엇인지 모릅니다. 하지만 그저 스승님께서는 수도의 마법 길드의 길드장님에게 이것을 넘기면 된다고 하셨으며 저희는 그것을 따를 뿐이었지요. 하나……."

"하나?"

근심이 섞인 듯한 낮은 한숨을 내쉰 슈린은 극히 낮게… 마치 혼잣말을 하듯이 귀담아듣지 않는다면 들리지 않을 정도의 목소리로 말했다.

"하나, 이것을 가지고 세트레세인을 떠나온 직후부터 에오로와 저는 어떤 무리들에게 추적을 받기 시작했습니다. 그리고 공격도 받았지요."

"당연히 무슨 물건인지는 묻지 않겠지만, 공격이라니? 너희 스승한테는 공격이라든지 추적해 오는 무리가 있을 것이라는 얘기를 들은 거야?"

"아니오."

짧게 고개를 저어 보인 슈린은 아랫입술을 살짝 깨물며 슬쩍 고개를 들었다. 밤하늘보다 더 검을 정도로 깊이 있고 어두운 그의 눈동자에 새하얗게 쏟아져 내릴 것 같은 별들의 빛이 스며들었다. 초여름이지만 밤 공기는 아직 쌀쌀하다. 차가운 밤 공기에 폐까지 시릴 정도였다. 거기다가 이곳은 산이기에 온도는 더 낮게 떨어져 내렸다.

신전에서 고해 성사를 하듯 무언가 토해내듯이 그렇게 슈린의 입은 무겁게 열렸다.

"어쩌면 그 진현이라는 동료 분께서는 저희들이 당신들과 함께 가고 싶어했던 이유를 아실 것입니다. 사실 여차하면 당신들의 말이라도 타고 도망치려 했으니까요."

니드의 몸이 순간적으로 움찔하며 떨렸지만 현홍은 아무렇지도 않다는 얼굴이었다. 그는 살짝 머리를 옆으로 틀면서 손을 들어 어깨를 주물럭거렸다.

"흐음, 사실은 우리들의 말이 목표였다?"

"그렇습니다."

"그렇다면 지금에서야 그 사실을 말하는 이유가 뭐지? 이대로 우리들이 방심한 순간에 말들을 타고 갈 수도 있었잖아?"

"당신들의 말은 다른 주인을 인정하지 않아 보이더군요."

"아아."

현홍은 고개를 끄덕였다. 사실, 자랑은 아니라곤 하지만 이미 지금의 말들과는 처음 이곳에 왔을 때부터 동거 동락同居同樂을 같이했던 말들이니 주인이 그들을 소중히 여기는 만큼 그들도 주인을 소중히 여겼다. 어색한 미소를 실실 흘리며 머리를 긁적거린 현홍을 보며 슈린은 살며시 미소 지어보았다. 호오… 이 아이도 이런 미소로 웃고 이런 얼굴을 하는구나. 현홍은 생긋 웃었다.

"무엇보다 당신들의 동료 분은 강해 보이셔서… 차라리 말들을 훔쳐 달아나서 적이 되는 것보다는 이대로 동행을 하는 것이 낫다고 여겼습니다. 그리고 스승님의 친우 분을 만나뵈었고……."

한 손으로 턱을 매만지고 있던 니드는 도무지 모르겠다는 표정이었다.

"대체 감히 대마법사라고 불리는 다카 다이너스티의 제자들을 건드릴 정도로 간이 배 밖으로 나온 녀석들이 있단 말이야? 그리고 대체 그 종이에 뭐가 쓰여져 있기에 너희들을 습격하는 거지?"

"그것을 알면 고민을 안 하지요."

머리를 벅벅 긁으며 짜증난다는 식의 말투로 말하는 에오로였다. 확실히 그 나이 또래의 소년들이 겪기에는 위험했다. 현홍 역시 짜증이 난다는 표정이었다. 그는 허리에 양손을 얹고는 투덜거렸다.

"그럼, 그 녀석은 알고 있으면서 같이 가기 싫다고 했단 말야?! 하여간 정말이지 귀찮은 것 싫어하고 이익이 없는 일은 하지도 않는 녀석이라니까! 모르면서 그랬다면 조금이나마 용서의 여지가 있겠지만 알면서 회피했다는 거는 치사하기 이를 데 없는 거라고!"

솔직히 말해서 사실이었기에 니드는 묵묵히 침묵만을 지키며 저 하늘의 별을 관찰했다. 에오로는 두 손을 하늘 위로 뻗어 겹치더니 그대로 자신의 머리를 받쳤다.

"하지만… 뭐, 솔직히 말해서 목숨의 위협을 받을 수도 있으니 충분히 그럴 수도……."

"목숨의 위협 따위는 없어."

"절대로 그럴 리 만무萬無."

현홍과 니드는 에오로의 말이 끝나기도 전에 동시에 고개를 돌려 그를 바라보았다. 어깨를 으쓱인 에오로는 어색하게 미소를 지었다. 확실히 그 사람이 웬만한 위협으로는 목숨 걱정은 하지 않아도 될 것처럼 보였기 때문이다. 그들이 두런두런 대화를 나누고 있을 그때였을까. 차갑게만 부는 바람들 사이로 무언가 모이는 느낌을 받은 슈린이 황급히 고개를 쳐들었다. 그것은 현홍 역시 마찬가지였다.

확실히는 모르지만 순간적으로 바람이 모였다. 어디론가. 그리고 일순 정지해 버렸다. 줄이 끊기는 듯 뚝 하는 소리가 나는 것 같았다. 이것은 마치 TV 뉴스에서 핵이 폭발할 때와 같은 원리. 바람이 한곳을 중심으로 모였다가 다시 퍼져 나가는 것이다. 그리고…….

콰앙!

엄청난 폭발음과 함께 주위의 나무들과 풀들이 흔들거리더니 곧 모두 눕듯이 부러져 버렸다. 말들은 요동 쳤고 니드는 멍하니 서 있는 키엘을 황급히 땅바닥에 쓰러뜨린 후 두 마리 말의 고삐를 틀어쥐었다. 앞발을 들고 땅을 구르는 말들은 당장이라도 달려나갈 것만 같았다. 니드는 날아오는 나무들과 돌멩이들의 파편을 피해 머리를 가리며 주저앉았다.

에오로는 옆에서 멀뚱히 주저앉아 있는 키엘을 자신의 팔로 감싸 안고 그 자리에 털썩 소리를 내며 엎드렸다. 슈린과 현홍 역시 팔로 머리를 가리며 몸을 숙였다. 뭔가가 아주 근처에서 폭발한 것 같았다. 그리고 그 방향은… 일행들이 온 그 방향 그대로였다. 흙먼지와 함께 찢겨진 풀 조각들이 휘날렸고 바람이 용솟음쳤다. 쉽사리 가라앉을 생각을 하지 않았다. 테러리스트들이 건물에서 폭탄을 터뜨릴 때 이런 기분으로 사람들이 고개 숙였을까.

두근거리는 심장과 놀란 머리를 진정하지 못하고 현홍은 두 팔로 머리를 안았다. 바로 옆에 있던 슈린이 조심스럽게 머리를 들다가 날아오는 나무 파편에 뺨을 스쳤다. 한쪽 눈가를 찡그리며 그는 다시 고개를 숙였다. 그 모습을 보던 현홍은 걱정스러운 기색이 완연했다.

"슈, 슈린이라고 했지? 괜찮은 거야?"

"신경 쓰실 것 없습니다. 경미한 상처입니다."

하시만 그의 말과는 달리 하얀 뺨에서는 핏줄기가 흘러내리고 있었다. 하는 수 없다는 식으로 이를 악물던 슈린이 키엘을 안은 채 바닥에 엎어져 있는 에오로에게 외쳤다.

"에오로! 방어 결계를 펴."

그러나 억지로 슈린 쪽으로 고개를 돌린 에오로는 눈가를 잔뜩 찌푸렸다.

"엎드린 상태에서 캐스팅하라고?! 귀가 멍멍해서 외웠던 것도 기억 안 나!"

"이 멍청아! 어서 안 하면 파편들에 깔려 죽게 생겼다!"

차분해 보이던 슈린은 험악한 말을 내뱉듯 외쳤고 현홍은 그런 그의 모습을 보며 어딘지 모르게 역시 진현과 닮았다는 생각을 했다. 겉으로 보기에는 차분하고 왠지 완벽해 보이지만… 실상은 그렇지 않은. 자로 잰 듯 예의 바르게 행동하지만 그것이 어디까지가 진심인지 알 수 없는 그런 모습이 닮아 있었다. 그 외침을 들은 에오로는 이를 갈았고 역시 자신도 그 말에 대해서 절감했기에 억지로 눈을 감고 캐스팅을 시작했다.

"성스러운 바람의 축복이여, 만물을 감싸 안아 보호하는 대지의 숨결이여. 지금 그대에게 도움을 바라는 자가 있으니 여기서 그대의 힘을 실현해 보여라. 블래스트Blast!"

낮게 중얼거리던 에오로의 말이 끝남직한 시각 곧 그를 중심으로 작은 소용돌이가 일렁이기 시작했다. 안개가 퍼져 나가는 일정한 궤도로 투명한 바람들이 일행의 주위를 감쌌다. 작은 바람은 점점 커지고 높아져 원을 형성했고 그 안으로는 파편들이 날아들지 못하고 벽에 부딪히는 것처럼 퉁겨졌다. 현홍은 자신의 머리 위로 쏟아지던 나뭇조각들이 더 이상 떨어져 내리지 않자 슬며시 고개를 들었다.

눈에 보일락 말락 한 얇은 바람으로 폭풍을 막듯 이렇게 할 수 있다는 사실이 신기했다. 자신의 문장의 속성이 바람이라고 했지만 아직까지 바람의 목소리를 듣는 것뿐 자신이 할 수 있는 일은 아무것도 없었다. 자신보다 어린 소년들만큼의 힘도 가지고 있지 않다고 생각한 순간 무력함에 살짝 고개가 숙여졌다.

바람의 방어막 안쪽으로는 소리조차 잘 들리지 않는 것인지 폭발음과 함께 숲 속을 울리는 굉음들도 점차 귓가에서 멀어졌다. 하지만 아직까지 저 멀리 보이는 불꽃들과 회색 빛의 희뿌연 연기들은 밤하늘을 향해 치솟아오르고 있었다. 현홍은 알 수 없는 묵직한 무언가가 가슴을 짓누르는 느낌을 받았다. 저 연기는 마치 얼마 전 누트 에아에서 피어올랐던 그것과 같은 느낌이어서일까?

싫은 기억이 떠오르려 했기에 현홍은 황급히 고개를 저어버렸다. 흥분해 있는 말들을 다독거리고 있던 니드가 현홍에게 황급히 달려왔다.

"다친 곳은 없어?"

"아아… 난 괜찮아. 슈린이 조금 다쳤어."

니드가 슈린 쪽으로 고개를 돌렸다. 길게 흘러나오는 핏방울들이 하얀 코트의 옷깃을 적시고 있자 슈린은 하는 수 없다는 듯이 한 손을 들어 자신의 뺨을 감쌌다. 살며시 눈을 감고 마치 시간도 방해할 수 없을 것처럼 부드럽고도 잔잔하게 슈린의 입가가 달싹여졌.

"만물을 감싸 치유하는 대지의 손길이여. 모든 것을 받아들이는 어머니여. 지금 그대의 손길이 필요한 자가 그대의 앞에 있으니… 그대의 부드러운 손길로 어루만져 주소서. 리커버리Recovery."

이마의 땀을 아무도 모르게 식혀주는 미풍처럼 담담하게 말을 끝맺은 그의 손에서 투명한 기운이 흘려져 나왔다. 하얀 아지랑이와도 같이 손가락의 끝에서부터 피어 오른 그 기운은 슈린의 상처 부위와 얼굴에 잠시 머무는 듯하더니 눈 깜짝할 사이에 손으로 흘러 들어가 버렸다. 비디오의 리플레이Replay 기능을 이용한 것처럼 말이다.

그때 이미 그의 뺨에서 흘러내리던 피는 온데간데없이 사라졌고 뺨의 상처 또한 남아 있지 않았다. 다만 옷깃의 묻은 피로 인해 그가 상처를 입었었다는 것만을 알 수 있게 해주었다.

"슈린, 너도 마법을 쓸 줄 아는 거냐?"

상처를 치료하는 모습을 유심히 바라보고 있던 니드의 목소리였다. 자신의 옷깃에 묻은 피를 손가락으로 슥슥 문지르던 슈린의 손길이 잠시 멈춘 후에 고개를 들어 니드를 보았다. 담담한 표정. 정말로 표정의 변화가 희박한 소년이었다.

"대마법사를 스승님으로 두었으니 기초 정도의 상처 치료 마법과 방어 마법 정도는 알고 있습니다. 하지만 본 클래스는 격투가이지요."

"생긴 것이랑은 다르네."

아무런 악의 없이 농담조로 말하는 현홍에게 슈린은 여전히 표정없는 얼굴로 고개를 끄덕였다. 그렇지만 그도 곧 이어 슬쩍 미소를 내비치며 말했다.

"그것은 그쪽도 마찬가지인 것 같습니다만?"

"아아… 나?"

검지손가락으로 자신을 가리킨 현홍이 쑥스럽다는 식으로 빙긋 웃으며 머리를 긁적였다.

"어렸을 때부터 얼굴 때문에 괴롭힘을 많이 받아서… 무술을 조금 몸에 익혔지."

어떤 의미에서 괴롭힌다는 것을 내심 짐작하는 니드는 묵직하게 고개를 아래위로 움직였다. 바닥에 엎어져 있었던 에오로는 키엘에게 묻은 먼지를 털어내 주었다.

"한동안은 유지될 수 있겠지만 대체 이 폭발은 뭐지?"

걱정스러운 표정이었지만 그 표정 아래는 짜증이라는 감정도 묻어나 있었다. 그들이 세트레세인을 떠나온 직후부터 몇 날 며칠 동안 계속하여 이런 공격을 받아온 것이다. 짜증이 날 만도 하지. 쓴 미소를 지으며 현홍이 고개를 돌렸다. 분명 폭발이 일어났던 방향은 자신들이 온 방향이다. 아무래도 자신이 잘 알고 있는 누군가가 연루된 일이라는 생각이 들었다.

이것은 물론 문장의 예지 능력이 아닌 자신의 감. 그런 결론을 맺은 현홍의 행동은 역시 빨랐다. 뒷일은 생각하지 않고 행동으로만 하는 데에는 그 누구보다 더 일가견이 있었으니까. 그는 재빨리 폭발이 있는 곳으로 뛰었다. 방어막은 들어오는 것은 방어하고 나가는 것에는 아무런 제약을 두지 않는 것인지 현홍의 몸은 아무렇지도 않게 연기 속으로 사라져 갔다. 매캐한 나무 그슬림 냄새가 코를 아프게 할 정도였지만 별로 개의치 않았다.

갑자기 가만히 있던 현홍이 단독으로 달려가 버리자 멍한 표정의 니드 역시 황급히 현홍의 뒤를 따라나섰다. 에오로는 남아 있는 슈린과 앞으로 달려간 두 명을 번갈아가면서 바라보더니 짓궂은 미소를 흘리며 검을 부여잡은 채 앞으로 내달렸다. 물론 자신의 주인이나 다름없는 사람들이 달려갔으니 키엘 역시 따라가는 것은 인지상정. 말들도 이제는 진정이 되는 것인지 주인들의 뒤를 따랐다.

남아 있는 슈린 혼자뿐. 그것을 만든 장본인이 사라지자 바람으로 엮어져 있던 방어막 역시 살며시 엷은 미풍으로 화해 숲 안쪽으로 사라져 들어갔다. 엉망이 되어버린 숲을 보며 슈린은 낮은 한숨과 함께 어깨를 으쓱거리고 곧 발을 움직여 일행들 쪽으로 걸어갔다.
"이봐요! 갑자기 왜 뛰는 거예요?!"
한참을 뛰다가 뒤늦게서야 의문을 가진 에오로가 바람에 휘날려서 눈을 찌르는 자신의 암갈색 머리카락을 쓸고는 외쳤다. 현홍은 살짝 옆으로 고개를 틀었다. 두 사람은 정말로 빨랐다. 마치 그들의 발에 얽혀 붙는 풀들과 잡목들이 없다는 것마냥. 아무런 제약 없이 다리를 놀려 앞으로 나아갔다. 거의 같이 뛰기 시작했지만 니드는 저만치 먼 곳에서 숨을 헉헉 몰아쉬며 뛰어오고 있었다. 물론, 묘족인 키엘과 말들이 두 사람의 옆에서 달리고 있는 것은 전혀 이상하지 않았지만.
그러나 말들은 우선적으로 그들보다는 뒤에서 달리고 있었다. 앞을 가리는 잡목들도 많았고 산지인지라 확실히 말이 달리기에는 힘든 조건이었기 때문이다. 예전에 단거리 달리기 선수였었고 수많은 무술을 배웠음에 몸이 가벼운 현홍은 아무런 장애 없이 뛰었다. 얼마나 빠르냐에 자신의 목이 날아갈지 적의 목을 날릴지가 결정되는 에오로 역시 마찬가지였다.
"말 놔도 돼! 그리고 지금 뛰는 이유는 아까 버리고 왔던 그 성격 나쁜 인간이 연루된 일 같아서야!"
"말 놔도 된다고 하니 고맙게 말을 놓겠지만… 그거 확실한 거야?"
"아니, 내 예감이야!"
기운이 빠져서 순간 다리가 꼬여 비틀거렸던 에오로가 겨우 넘어지지 않고 균형을 잡았다. 그는 그 자리에 우뚝 서서는 현홍에게 말했다.
"잠깐, 잠깐! 감이라니! 그런 믿지 못할 것 때문에 내가 뛰었다고? 그리고 그 사람이 연루된 일이 아니라면 괜히 갔다가 불똥만 우리에게

튄다고."

 서서히 속도를 줄여서 멈춘 현홍은 자신의 이마에 맺힌 땀방울들을 걷어냈다. 그의 붉은 와인 빛 머리카락이 땀에 얽혀 얼굴에 달라붙었다.

 "하지만 폭발이 일어난 방향은 우리가 온 방향이야. 100% 중에서 50% 이상이 확실하다면 한번 믿어볼 만하지 않아?"

 "그렇기는 하지만……."

 숲을 메우던 매캐한 연기가 점점 더 짙어지는 것으로 보아 폭발의 중심지에 다가서고 있는 것 같았다. 무작정 전의를 불태우며 달려왔던 에오로는 자기도 자기지만 현홍은 더 대책없다는 식의 표정이었다. 그리고는 손을 내저었다.

 "우선은 자초지종을 보자고. 혹여 알아? 그 사람이 모닥불로 장난치다가 조금 불이 크게 번진 것일지도 모르고, 아니면 그 사람이 가지고 있다는 마법검 가지고 놀다가 불발이 되었는지도 모르니까."

 "네가 보기에는 그 인간이 그런 인간으로 보이디?"

 "…하하."

 아니라는 듯 고개를 저으며 머리를 긁적이는 에오로를 보고 현홍이 고개를 내저을 때쯤 멀리서 달려오던 니드가 그들의 곁에 멈추어 섰다. 말들은 그리 긴 거리를 달리지는 않았지만 이리저리 장애물을 피하느라 피곤했던 것 같았다. 하얀 콧김을 뿜어내는 말들의 몸에는 작은 땀방울들이 맺혀져 있었다. 그리고 그것은 니드 역시 마찬가지였다.

 "아, 아이고, 죽겠다. 스물둘밖에 되지 않았는데… 나도 다 늙었나?"

 "아하하… 별로 늙게 보이지는 않는걸요."

 소리 높여 웃는 에오로와는 달리 니드는 정말 휘청이는 무릎을 양손으로 붙든 채 숨을 가다듬었다. 정말이지 체력은 꽝인 니드였기에 짧은 달리기를 같이 하더라도 피로는 그가 더 극심했다. 이 시점에서 현홍은 엉뚱하기는 했지만 문득 한 가지 의문이 들었다. 그것은······.

"니드, 너 나보다 어리네?"

순간의 정적. 마치 이 공간 안에는 현홍 자신밖에 없는 것처럼 공기가 멎었다. 입을 떡하니 벌리고 에오로는 현홍을 바라보고 있었다. 마치 머리 위에 커다란 돌멩이라도 떨어진 사람마냥 알 수 없다는 듯 고개를 몇 번 갸웃거린 현홍이 입을 열었다.

"뭐야? 왜 그런 얼굴로 쳐다보는 거야?"

"마, 말도 안 돼! 네가 니드보다 나이가 많단 말이야?!"

"당연하지! 2살이나 더 많다. 많은 게 당연하잖아!"

볼을 잔뜩 부풀리고 허리에 손을 얹은 현홍의 표정에는 아랑곳없이 에오로는 믿을 수 없다는 듯이 두 손으로 자신의 머리카락을 쥐어뜯으며 하늘을 향해 절규했다.

"있을 수 없어! 믿을 수 없어! 저 얼굴로 나보다 나이가 더 많단 말이야! 아니, 그것까지는 이해가 되지만 니드보다 나이가 많은 것은 이해가 안 돼! 이건 신의 농간이라고!"

알 수 없는 말로 외쳐 대는 에오로를 보며 현홍은 조용히 무시하기로 하고 고개를 돌렸다. 그 순간 그는 비틀거리며 자신의 옆에 있는 부러진 나무 기둥을 붙잡아야 했다. 믿었던 니드마저 있을 수 없다는 식으로 안색이 파리해진 채 자신을 보고 있었기 때문이었다. 자신의 불만을 입 밖으로 내면서 중얼거리고 있던 현홍이 다시 고개를 돌렸을 때 다급한 목소리가 들려왔다.

"현홍! 피해!"

그리고는 팔 한 가운데를 덥석 누군가가 잡는 느낌. 그 힘에 못 이겨 현홍은 중심도 채 잡지 못한 채 뒹굴고 말았다. 땅에 얼굴이 스쳐서 피부가 조금 까졌는지 쓰린 느낌에 눈을 찌푸렸다. 억지로 눈을 뜨고 옆을 보니 자신의 팔을 잡아당긴 것은 에오로였다. 에오로가 자신의 머리를 한 손으로 가리고 또 한 손으로는 현홍의 팔을 잡아당긴 것이었다. 그리고 그들이 막 땅에 널브러져 뒹굴고 있었을 때 무언가 커다란 물체가 두 사람의 머리 위를 스쳐 지나갔다.

콰앙!

아까의 폭발과는 분명 비교할 수 없을 정도로 작기는 했지만 알 수 없는 커다란 소리와 함께 그렇지 않아도 불에 그슬려 부러져 있던 나무가 아예 쓰러져 버렸다.

고개를 숙이고 있지 않았다면 그대로 부딪혔을 그 그림자는 부러진 나무에 몸을 박고는 땅으로 떨어졌다. 쓰린 뺨을 비비고 일어난 현홍의 눈에 그 그림자의 실체가 보였다. 마치 초록의 풀 냄새가 물씬 나는 듯한 짙은 암녹색의 머리카락을 가진 여성이었다. 자세히 보면은 20대 중반쯤 되어 보일까? 온통 찢어지고 불타 그슬린 회색 빛 망토를 두르고 있어서 그리 화려하게 보이진 않았다.

얼굴은 꽤나 예쁘장해서 미인인 것 같은데 눈꼬리가 약간 위로 치켜 올려져 있어서 독한 인상을 주었다. 거기다가 지금 몸에는 드문드문 핏자국과 얼굴에도 약간의 상처가 나 있었다. 예사롭게 보이지 않는 여성이었다.

오른손에 들고 있는 손바닥보다는 약간 더 큰 크기의 검이 부들거리며 떨고 있었다. 하긴, 날아와서 나무에 부딪혔는데 몸이 성할 리 없었다. 악문 입술에서는 피가 흘러져 나왔다. 현홍은 갑작스러운 이 상황에 고개를 두리번거렸는데 그런 그를 황급히 끌어당긴 것은 니드였다. 여성의 몸은 크게 비틀거렸지만 꽤나 인내심이 강한지 간신히 숨을 고르고 손에 쥔 단검을 부여잡았다. 악에 받친 모양새.

 타이트하게 몸에 달라붙어서 운동성이 좋아 보이는 검은색 슈트는 여러 군데 찢어져 있었다. 약간 아슬아슬해 보이는 차림이라 현홍은 살짝 얼굴을 붉혔다. 하지만 여성의 몸치고는 상당히 단련이 잘 되어 보이는 근육이 박혀 있는 몸이어서 여자의 몸이라기보다는 약간 마른 체형의 남자 같다는 인상도 주었다. 여성은 다른 사람들은 쳐다보지 않고 다만 에오로만을 힐끔 보더니 눈을 약간 크게 떴다.

 "당신은 슈린과 나를 습격한?!"

 현홍을 붙잡아 쓰러뜨린 뒤에 몇 번 땅을 구른 후 황급히 무릎을 세우고 앉은 에오로 역시 여성을 보더니 기억났다는 식으로 소리쳤다. 여성은 에오로를 보면서 다시 이를 악물었다. 그녀는 뭔가를 해야 한다는 결단이 선 모양이다. 가슴께로 들어 올린 단검을 허리 쪽으로 세워 들고는 그대로 에오로를 찔러 들어갔다. 헉 하는 신음 소리와 함께 현홍은 입을 가려 버렸다. 정말로 눈 깜짝할 사이에 일어난 일. 다쳤다고 생각했는데 여성은 아무렇지도 않게 에오로 쪽으로 몸을 날린 것이다. 그것도 눈에 거의 보이지 않을 정도의 빠르기로.

 그러나 에오로 역시 그리 만만한 상대는 아니었다. 어느새 손은 허리춤에 가져가 있었고 여성이 바로 앞까지 직면해 오자 그대로 두 발을 굴러 몸을 위로 솟구쳤다. 한 바퀴 허공에서 몸을 비튼 에오로는 땅에 착지하고 난 직후 그대로 검을 뽑아 길게 휘둘렀다. 어두운 숲 속에 은빛 호선이 수평으로 내비쳤다. 달려가던 여성은 몸을 땅에 박을 듯이 무릎과 허리를 낮춰 검을 피했다. 그리고 포기하지 않은 채 다시 에오로의 빈틈을 찾아 검을 찔렀으나 그런 그녀를 내버려 둘 리 없었다. 누구든지 말이다.

"까앙!"

쇠와 쇠가 부딪히는 커다란 소리와 함께 정체를 알 수 없는 여성은 자신이 들고 있던 단검을 허공에 놓쳐 버리곤 그대로 몇 미터 구른 후 땅에 쓰러지고 말았다.

"어… 김진현!"

큰 동작을 한 탓에 옆구리의 허점이 그대로 들어나서 목표가 되었던 에오로는 감고 있던 눈을 떴다. 분명 찔릴 것이라 생각했는데. 그러나 그의 앞을 가로막고 서 있는 것은 여성이 입고 있는 검은 옷과는 판이하게 다른 고급스러운 소재의 옷을 입고 있는 청년이었다. 당연히 이때에는 얼굴을 보지 않아도 누군지 알 수 있었지만 말이다.

밤하늘의 별보다 더 환한 빛의 금빛 머리카락이 작은 바람에 살랑거렸다. 마치 영화 속에 나오는 정의의 기사처럼 모습을 드러낸 진현은 한 손에 들고 있던 검을 허공에서 몇 번 돌린 후 검집에 꽂아 넣었다. 수많은 별들이 마치 스포트라이트를 비추듯 그에게서는 빛이 나고 있었다. 물론 현홍은 이 불공평한 상황에 불만을 외쳐 댔다.

"야! 넌 어디 있다가 이제야 정의의 기사인 양 나타나는 거야! 개폼 잡지 말고 뒤에 쓰러져 있는 에오로나 일으켜 주라고!"

무표정한 얼굴로 쓰러진 여성을 바라보고 있던 진현은 그때가 되어서야 아차 하는 표정으로 고개를 돌려 에오로에게 손을 내밀었다. 자의가 아닌 타의로 손을 내민다는 것이 에오로는 별로 마음에 들지 않았지만 어쩔 수 없다고 생각하곤 진현의 손을 잡고 몸을 일으켰다. 문득 그는 진현의 손이 보통의 사람의 체온보다는 상당히 차갑다고 생각했다. 싸늘한 기운에 진저리가 쳐질 정도였다.
 니드와 키엘, 그리고 현홍은 황급히 그들에게 달려왔다. 불만스러운 표정의 현홍을 내려다보면서 진현이 조용히 말했다.
 "지금까지 뭘 했냐고? 꼬마들이 두고 간 물건들과 조금 놀아주고 있었는데……."
 "그렇다면 저 여성이 에오로와 슈린을 공격한 무리들 중 한 명이라는 소리야? 무리인데 왜 다른 사람들은?"
 현홍은 불길하다는 눈으로 진현을 올려다보았다. 애당초 기대 따위는 하지 않는다. 진현은 그 자신에게 살의를 가지고 공격하는 이에게 자비를 베풀 정도로 다정하지 못하다. 그것은 잘 아는 사실이었다. 옷깃을 부여 쥔 손이 자그맣게 떨렸다. 물론 진현은 대답해 주지 않았다. 아마도 그 역시 비록 대답을 하지 않는다 하더라도 자신의 생각을 현홍이 알고 있음에 한 치의 의심도 하지 않기 때문이다.
 어쩔 수 없는 상황이다라고 치부하려 해봤자 진현이 자신의 목숨을 노리는 상대를 죽이지 않고 적당히 생포하는 방법을 모를 리 없다. 그런데 그가 그렇게까지 자신에게 적의를 가진 사람들을 죽이는 이유는?
 현홍은 거칠게 고개를 내저었다. 그러던 와중 땅에 쓰러졌던 여성이 다시 천천히 일어나고 있는 모습이 보였다. 아무도 그녀가 계속하여 공격할 여력이 있을 것이라고 생각하지 않았기에 몸을 움직이지 않았다. 땅에 부딪힌 팔이 부러지기라도 했을까? 무언가 엇갈린 듯한 느낌을 주는 오른팔을 왼손으로 부여잡은 채 여성은 비틀거리며 일어서려 애썼다.
 하지만 마치 걸음마를 처음 배우는 아이처럼 여성은 쉽사리 몸을 일으키지는 못했다. 그녀의 눈이 증오와 공포를 담고 있다는 것쯤은…

보는 사람은 누구나 알 수 있었다. 누구에게로 향한?이라고 묻는다면 한 명밖에 없었다. 지금의 자신을 이 모양으로 만든 자.

차가운 눈으로 여성을 내려다보던 진현이 천천히 입을 열었다.

"여성을 다치게 하는 것은 남자 된 도리가 아니거늘… 하나, 당신이 제 목을 노리고 덤볐기에 별수없었습니다. 계속하시겠습니까?"

정중하게 묻는 태도. 그는 살짝 허리를 숙이기까지 했다. 그때서야 현홍은 알 수 있었다. 왜 지금까지 저 여성이 목숨을 부지할 수 있었는 가에 대해서. 진현은 지독한 여성 상위론자였다. 그렇기에 아마도 저 여성이 그들의 무리들 중에 가장 형편없는 실력을 가지고 있었다고 해도 지금까지 살아남을 수 있었던 것이다. 이를 갈며 일어난 여성은 독기 어린 목소리로 외쳤다. 잔뜩 쉰 목소리가 쇳소리와도 같은 느낌을 주었고 그 목소리는 처절하기까지 했다.

"죽을 때까지! 너와 나, 둘 중에 한 명이 죽을 때까지 계속할 것이다!"

"하아……."

슬슬 고개를 내젓는 진현은 마치 아무것도 모르는 어린아이를 달래는 것 같아 보였다. 두 팔을 조금 벌려 공손히 고개를 숙인 진현이 다시 말을 이었다.

"그렇다고 하여 당신이 저를 이길 수 있을 것 같습니까? 차라리 그럴 바에는 오히려 더 실력을 쌓은 후에 저를 죽이시는 것이 좋을 텐데 말입니다."

"김진현! 무슨 소리를……!"

미간을 살짝 찌푸린 현홍이 황급히 고개를 들었다. 그러나 진현의 태도는 여전했다. 이상하게도 그는 지금의 이런 상황을 즐기는 것 같았다. 차분하게 땅으로 내리깐 눈동자가 살짝 흔들렸지만 그 모습을 본 이는 아무도 없었다. 긴 허니 블론드가 화려하게 흘러내리는 중간으로 내비치는 하얀 얼굴에는 그리 깊은 표정은 떠오르지 않았다. 하지만 입가에는 여전히 미소가 걸려 있었다.

여성은 이를 바득바득 갈았다. 당장에 찢어 죽여도 시원치 않은 원수를 보는 듯한 그런 야수의 눈으로 진현을 노려보았다. 사실 지금의 이 상황은 적반하장賊反荷杖이라는 말로 칭할 수 있는 상황이었다. 목숨을 노리고 공격을 한 것은 여성 쪽이었고 사과를 하는 것이 그 대상이었던 진현이라는 것에 대해서 니드와 에오로는 알 수 없다는 표정이었다. 사실 그들은 아직까지 진현이 얼마만큼이나 여성을 위하는 인물인지 몰라서였다. 만약 진현의 목숨을 노린 대상이 남자였다면 그는 이미 죽은 목숨이었을 것이다.

비록 상처를 입히기는 했지만 그것은 여성이 자초한 것이고 진현에게 달려들었던 사람답지 않게 여성은 거의 정상적이라고 할 수 있었다. 아마도 다른 무리의 사람들은 다 남자였으리라. 그리고 그들은 지금쯤 노릇노릇하게 구워진 채 몬스터의 먹이가 되기를 기다리고 있는지도 모른다. 성별의 차별이 확연하게 드러나는 이 순간 진현은 여전히 생글생글 웃고 있을 뿐이었다.

어느새 느긋하게 걸어오고 있던 슈린이 일행들의 뒤에 서 있었다. 그 역시 어딘가에서 보았던 그 여성을 잊지 않고 있었는지 조금 눈을 찔끔거린 뒤에 천천히 앞으로 나왔다. 진현과 어깨를 나란히 할 정도로까지 다가온 슈린이 옆에 서 있는 진현을 살짝 바라보며 말했다.

"잠시… 제가 할 말이 있습니다만, 실례해도 될런지요?"

진현은 고개를 살며시 끄덕였다. 그리고 한두 발자국 뒤로 물러섰다. 기다렸다는 듯이 슈린이 조용히 입을 열었다.

"당신은 저희를 습격한 무리의 일원이시군요. 한 가지만 묻겠습니다. 당신에게 저희를 공격하라고 사주한 사람이 누구입니까?"

현홍은 약간 어깨를 비틀거리고는 슈린을 올려다보았다.

"저기… 나라면 죽어도 말 안 할 것 같은 질문을 하는구나."

허탈하다는 표정은 에오로도 마찬가지였다. 그것을 쉽게 말할 정도라면 자기라도 일을 시키지 않을 것이다. 그런데 슈린은 그것을 아는지 모르는지 담담히 질문을 하고 있는 것이다. 여성은 코웃음을 쳤다. 한껏 비웃음이 묻어나는 얼굴로 슈린을 올려다보고 있었다.

"너라면 말할 것 같니, 꼬마야?"

"……."

별로 화가 나는 얼굴은 아니었다. 그렇지만 슈린의 얼굴에 슬쩍 비쳐 지나간 이채를 진현은 볼 수 있었다. 아마도 같은 방향으로 슈린의 얼굴을 보고 있던 현홍도 느꼈으리라. 그것이 무엇일까 생각하기도 전에 슈린의 몸이 사라졌다. 아니, 이동한 것이다. 격투가답게 큰 키와는 달리 재빠른 몸짓. 그것은 에오로를 능가하는 속도였다. 흠칫 놀란 니드는 고개를 두리번거리며 그의 모습을 찾았다. 그러나 그와 상응하는 속도감을 가진 세 명은 동시에 고개를 들어 앞에 있는 여성을 바라보았다.

그 여성 역시 몸을 움찔하며 그 자리에서 피하려 했으나 상처 입은 몸으로 원래 자신과 같은 속도를 내었다가는 어찌 될는지 모른다. 그녀가 채 반응을 하기도 전에 슈린은 그 여성의 뒤로 가 있었다. 그의 하얀 코트가 작게 흔들렸지만 그는 개의치 않고 담담한 얼굴로 손을 내뻗었다.

"아악!"

그의 커다란 손이 닿은 곳은 부러진 여성의 팔. 담담하고도 아무렇지 않게 돌멩이를 줍는 듯한 표정으로 슈린은 상처 입은 팔을 잡았다. 자지러지는 듯한 비명을 지르며 여성의 몸이 아래로 숙여졌다. 감겨진 두 눈에서 눈물이 흘려져 나오고 온몸은 사시나무 떨듯이 떨렸다. 고통에 익숙해진 그녀도 차마 어찌할 수 없었던 모양이다. 부러진 곳을 함부로 잡으면 다시는 뼈가 잘 붙지 않을 수도 있었다. 그것을 아는 현홍의 안색이 창백하게 바뀌었다. 어쩌면 저리도 잔인한 짓을 마치 무생물을 취급하듯 할 수 있는가 의문이었다.

하지만 그가 더 놀란 것은 아무도 그의 행동을 제지하지 않고 있는 것이었다. 진현은 아무렇지 않게 손을 들어 머리카락을 쓸어 넘겼다. 그를 보며 얼굴을 찌푸린 현홍이 다시 슈린 쪽으로 고개를 돌렸다.

"잔인해! 그만둬, 그녀는 상처 입었어!"

"저는 반드시 이 여자의 배후를 알아내야 합니다."

딱딱하게 말하는 슈린의 목소리가 오싹하게만 들려왔다. 이를 악문 여성은 이미 기절을 했는지 몸이 움직이지 않고 있었다. 귀찮다는 표정이었다, 슈린은. 차분하고 사리 판단이 각별한 소년이라는 것은 알고 있었지만 이것은 사리 판단이 분명한 것이 아니라 잔인한 것이다! 할 수 없다는 식으로 아랫입술을 깨문 현홍이 재빨리 슈린에게로 달려갔다. 그는 손을 뻗어 아직까지 여성의 팔을 잡고 있는 슈린의 손목을 붙잡았다.

"그만두라고 말했지. 더 이상 이런 짓 하면 용서하지 않아."

슈린은 현홍의 손에 잡혀 있는 자신의 손에 핏기가 점점 사라지고 있다는 것을 보았다. 정말 생긴 것과는 다르게 힘 하나는 좋은 사람이다. 그렇지만 애써 내색하지 않은 채 슈린은 살풋 웃었다.

"당신이 용서하지 않으면 어떻게 하겠습니까?"

부드득.

이가 갈리는 소리와 함께 현홍의 눈이 치켜떠졌다. 싸늘한 눈. 조금 전의 그와는 다른 차분하게 가라앉은, 그리고 냉정한 눈에 슈린은 고개를 갸웃했다.

"조금만 더 이 여성의 팔을 잡고 있는다면 몸소 체험하게 해주지."

농담이 아니다. 그답지 않게 얼굴은 딱딱했고 차가운 기운마저 배어져 나오고 있었다. 그가 정말로 화가 났을 때. 현홍에게서 흘러나오는 분노감에 슈린은 약간 난처함마저 느꼈다. 자신도 모르게 말실수를 한 것이라고 생각했다. 정말로 단숨에 화를 내는 현홍을 보니 자신도 모르게 도발되어 그러면 웬만해서는 입 밖에 내지 않는 말들을 해버린 것 같았다.

자신의 손목을 잡고 있는 현홍의 손에 힘이 점점 더 들어감을 느끼며 당혹해하고 있을 때였다.

"두 사람 다 머리나 좀 식히는 것이 어때?"

그런 말이 들린 직후 슈린과 현홍은 동시에 옆으로 고개를 돌렸다.

퍼억!

둔하지만 결코 작을 수는 없는 소리가 숲 속을 가득 메웠다. 정말로 한순간에 싸움으로 번질 뻔한 이 상황에서 그것을 막은 것은 또 다른 폭력이었다. 불가결한 것이었지만. 진현은 땅에 쓰러진 세 명을 보면서 한숨을 푹 내쉬었다. 그의 손에는 어느새 꺼내든 담배 한 개비가 들려져 있었다. 하는 수 없다는 표정은 에오로 역시 마찬가지였다. 그는 뽑았던 검을 다시 검집에 집어넣고는 어깨를 으쓱거렸다.

"슈린은 평상시에는 차분한데 고집이 조금 있는 편이지요."

"현홍은 평상시에는 활발한데 한번 화를 내면 무섭도록 화를 내는 경향이 있습니다."

두 사람은 서로를 보며 생긋 웃어주었다. 도무지 싸우는 사람들한테는 적응을 할 수 없어라는 중얼거림을 남긴 채 니드는 한 손을 들어 이마를 짚으며 비틀거렸다. 자신 같은 사람은 도저히 따라갈 수 없었다. 속도감있게 진행되는 이 상황에 니드는 고개를 절레절레 흔들어 버렸다. 멀뚱히 인간들의 싸움과 알 수 없는 상황에 키엘은 고개를 갸웃거렸지만 아무런 행동도 취하지 않았다. 그저 가만히 니드의 옆에 붙은 채 상황을 주시할 뿐. 니드는 쓴웃음을 지은 채 키엘의 머리를 쓰다듬어 주었다.

* * *

원래의 야영지는 완전히 폐허가 되어버렸다. 진현은 그것을 마법 사용이 미숙한 운의 탓으로 돌렸지만 역시나 운은 그 사실을 완강히 부인했다. 기절해 버린 두 사람과 부상자 한 명은 각각 말의 등에 얹은 채 공격을 받았던 곳과는 상당히 먼 곳까지 와서 새로 짐을 풀었다. 아직 아침의 해가 모습을 드러내기 전까지는 시간이 상당히 남아 있던 터라 계속 걸을 수는 없었다. 풀들이 드문드문 자라고 잡목이 거의 없는 곳을 찾기란 쉬운 일이 아니었지만 그나마 경사가 없는 곳도 다행이라고 생각하고 일행은 자리를 잡았다. 사방이 고요했고 들리는 것은 작은 산짐승의 울음소리뿐이었다.

조용한 것이 더 불안했다. 폭풍 전야의 고요함과 그리고 그 후에 있을 커다란 상황을 잘 알기에 어쩌면 고요함이라는 것은 시련의 앞날을 예지해 주는 존재일 수도 있었다.

그렇지만 한바탕의 소란과 단시간 내의 많은 일들 때문에 조금이라도 쉬고 싶은 것이 일행들의 마음이었다. 사실 여기서 일행은 진현과 니드, 에오로, 그리고 키엘밖에 없었지만 말이다. 기절한 겸으로 잠을 자는 것인지 현홍과 슈린은 일어날 생각을 하지 않았다.

근처의 작고 큰 나뭇가지들을 모아온 것은 키엘이었다. 키엘은 생긋 웃으며 그것을 진현에게 내밀었고 그가 잘했다는 의미로 머리를 쓱쓱 쓰다듬어 주자 키엘은 친근하게 부비적거려 왔다. 예전에 〈진현은 아빠 같은 존재고 현홍은 엄마 같은 존재로군〉이라는 말을 꺼냈다가 목숨을 위협당한 사태가 벌어진 이후 니드는 상당히 말을 조심해 왔다.

그래서 이번에도 〈아들과 아빠 같군요〉라는 말이 입 밖으로 나오기 전에 재빨리 자신의 입을 틀어막을 수 있었던 것이다. 역시 목숨이 걸린 뼈저린 학습은 사람에게 잊을 수 없는 교훈을 남겨주기 마련인 것이다.

묵묵하게 나뭇가지들을 꺾어 대충 쌓아 올린 진현이 운을 뽑아 들었다. 고개를 갸웃거리며 무슨 일을 할 것인지 감을 못 잡고 있는 니드를 두고 진현이 친절하게 말했다.

"불을 피워야지요."

생긋 웃으면서 말을 하는 진현과는 달리 니드의 얼굴은 형용할 수 없을 정도로 창백해져 갔다. 그리고 그것은 아마도 비록 얼굴은 없다지만 운 역시 마찬가지였을 것이다.

"마, 마법검을… 그런 용도로까지 활용하시나요?"

"그럼, 이런 데 쓰지 어디 쓰겠습니까?"

고개를 푹 숙이고 꿈틀거리는 니드를 대신하여 가만히 있던 운이 소리쳤다.

『내가 무슨 네 전용 라이터라도 되는 줄 알아! 난 마법검이라고! 이 세상에 둘도 없는 마법검!』

"둘도 없는 마법검 같은 소리 하고 앉아 있네. 성능은 꽝에다가 자칫하면 도시도 날릴 녀석이 무슨 헛소리냐. 너 같은 마법검은 웬만한 도시에는 발에 걷어차이다 못해 굴러다닐 거다."

『카악! 내가 미쳐요! 차라리 날 누트 에아로 돌려보내 줘! 생각을 다시 해야겠어!』

그렇지만 진현은 어디까지나 상냥함의 극을 달리는 온화한 미소로 얼굴 전체를 물들이고 있을 뿐이었다. 에오로는 신기하다는 눈으로 운을 바라보았다. 아마도 그 역시 검을 다루는 검사답게 좋은 명검은 확실히 탐이 나는 눈치였다. 그리고 반대로 그의 눈빛에는 저런 주인을 만나서 안됐다는 측은함도 스며져 있었다. 자신의 짐에서 짙은 회색의 두꺼운 모포를 꺼내어 대충 평평한 땅에 깐 니드는 손짓으로 키엘을 불렀다.

쪼르르 달려간 키엘은 니드의 생각을 알았는지 모포 속으로 들어가 몸을 누였다. 하지만 땅이 조금 배기는지 약간씩 몸을 뒤척거린 뒤에야 살며시 눈을 감았다.

모포를 어깨까지 끌어다 잘 덮어준 후 니드는 키엘의 심장 고동 소리에 맞추어 조용히 다독여 주었다. 아무리 체력도 좋고 인간과는 다른 묘족이라고는 해도 아이는 아이. 그렇기에 이 여행은 키엘에게는 힘든 여행일지도 몰랐다. 투덜거리는 운을 협박하여 결국 장작에 불을 붙여낸 진현은 헤세드의 등에서 모포와 그 밖의 식기 도구를 들고 왔고 덤으로 현홍까지 들어다가 모포를 둘둘 말아서는 아무렇게나 던져 두었다.

사실 다른 사람들이 보기에는 분명 아무렇지 않게 놔두었다고는 하지만 그로서는 제법 땅이 고르고 습기가 없는 곳을 골라서 누인 것이었다. 비록 알아챈 사람은 없었지만. 에오로는 고개를 두리번거렸다. 자신들의 짐은 얼마 전에 자신들을 습격해 온 사람들로 인해 소실된 상태여서 모포 같은 것은 없었다. 그리고 지금 일행들에게 있는 모포는 총 5개. 여분으로 하나 더 장만하여 들고 다니는 일행이었지만 부상자인 여성에게 모포를 준다고 치자면 남는 것은 2개뿐이었고 사람들은 많았다.

"아아… 내 모포를 써도 돼."

니드는 상냥하게 웃으며 고개를 끄덕였다. 그렇지만 에오로는 미안하다는 표정으로 머리를 긁적일 뿐 차마 그렇게 하지는 못하겠다는 표정이었다. 아시드 엘타의 등에 태워진 여성을 조심스럽게 끌어 내리고 있던 진현이 고개를 돌렸다.

"대신으로 불침번 서주시면 됩니다."

사실 이렇게 조건을 세우는 것이 도움을 받는 사람의 마음이 편하다는 것을 알고 있는 진현이었기에 그렇게 말을 한 것이다. 역시 에오로는 환하게 웃으며 힘차게 고개를 끄덕였고 아시드 엘타의 등에서 자신보다 키가 큰 슈린을 끙끙거리며 땅에 눕혔다. 니드는 조심스럽게 모포를 땅에 폈고 그 위로 슈린을 눕힌 뒤 살짝 덮어주었다. 이제 잘 사람들은 자고 남을 사람들만 남았다.

여성의 상처를 세심히 살펴보던 진현이 니드를 불렀다.

"니드, 잘못하면 상처들이 곪을 수도 있을 것 같군요. 그리고 부러진 팔이 걱정입니다. 부목으로 쓸 만한 것을 가지고 와주시겠습니까?"

"아, 예."

니드는 곧 주위를 두리번거리다가 에오로를 보았다.

"에오로, 상처 치유 마법을 쓸 수 있을까?"

에오로는 살짝 웃으며 고개를 끄덕였고 곧 진현에게로 다가와 여성을 살펴보았다. 그는 턱을 매만지며 상처를 쳐다보더니 진현을 향해 시선을 돌렸다.

"이거, 정말로 용케도 급소는 빗나간 상처들이 많군요. 경상과 타박상, 그리고 화상에 이르기까지 총망라해 두었지만 이렇다 하게 죽을 만한 상처는 없네요."

대답없이 진현은 그저 살풋 웃었다. 살짝 숨을 가다듬은 에오로는 두 손을 포개어 여성의 부러진 팔 위에 손을 가져갔다. 두 눈을 감고 천천히 숨을 고르듯이 에오로의 입이 달싹여졌다.

"전능한 대지의 모태이신 어머니의 이름으로 그대의 몸에 자신을 누인 자가 고통받고 있으니… 그대의 이름으로 그대의 힘으로 그대의 자비심으로 이자의 몸을 치유하시길……. 힐링Healing."

조용하면서도 부드럽게 땅에서 무언가가 꿈틀하는 것 같았다. 수면에서 조심스럽게 고개를 들이미는 물안개처럼 아무 소리도 없이 흘러 나와 상처 입은 자의 몸을 감싸 안았다. 슈린이 썼던 치유 마법과는 다른 하얗고 투명한 기운은 따스함마저 느껴졌다.

서서히 여성의 몸을 감싸 뒤덮었던 기운이 사라지고 다시 땅으로 모습을 감추었을 때 그때까지만 해도 힘겨운 숨을 내쉬던 여성은 어느새 편안하게 잠들어 있었다. 살며시 손을 내밀어 여성의 부러진 오른팔을 만져 보던 진현이 눈썹을 조금 까닥였다.

"신기하군요. 부러졌던 팔이 이렇게 감쪽같이 붙다니. 위대한 대지의 어머니의 힘인가……."

"대지는 모든 것을 받아들이는 만물의 어머니이죠. 그것이 죄인이든 암살자이든 말이에요."

생긋 웃어 보인 에오로는 손을 털며 자리에서 일어났다. 그리고 원래 자신의 자리로 돌아가 나무 기둥에 몸을 기대었다. 진현은 공격 마법이라면 모를까 치유 마법은 자신에게 필요없다고 여기곤 배우지 않았는데 새삼 배워야 되겠다는 생각을 하게 되었다.

대충 모포를 덮어준 진현은 소리가 나지 않게 조심스러운 손짓으로 수통의 꼭지를 열었다. 상쾌한 듯한 소리가 나며 수통의 입구를 연 진현은 그것을 땅에 놓인 주전자에 붓기 시작했다. 니드는 키엘을 살피던 행동을 멈추고 진현에게로 고개를 돌렸다.

"차를 끓이실 생각이신가요, 진현?"

"예. 니드도 드시겠습니까? 거기… 에오로 군도?"

니드는 고개를 저어 사양을 표했지만 에오로는 통쾌하게 고개를 끄덕였다. 언제나 그렇듯 자신의 생각을 확실하고도 경쾌하게 표현할 줄 아는 소년이었다. 진현은 잘 타오르는 장작불의 맞은편으로 두 개의 굵은 나무를 꽂은 후 작은 나이프로 끝에 미세하게 칼집을 내었다. 그리고 그 위에 다시 어느 정도의 무게가 있어도 부러지지 않을 만큼의 나뭇가지를 끼워 넣은 후에 주전자를 걸어두었다.

왠지 허술하게 보이기는 했지만 나뭇가지는 용케도 부러지지 않은 채 주전자를 잘 매달고 있었다. 밤 기운은 제법 싸늘했다. 그것은 밤이 깊어감에 따라 더욱 몸으로 느낄 수 있었다. 여름이지만 풀빛에는 작게 서리가 맺혔고 사이사이로 이슬들이 떨구어져 내려왔다. 진현은 자신이 살던 세계에서 입고 왔던 검은 양복 웃옷을 꺼내 입었고 니드는 두꺼운 자신의 망토를 여몄다.

하지만 별로 추위는 타지 않는 것인지 에오로는 연신 웃으면서 장작불 쪽으로 두 손을 내밀고 있었다. 니드는 그 모습을 보고 있자니 어딘지 모르게 현홍과 비슷한 면이 있다고 생각했다. 밝고 유쾌해서 주위의 사람들도 즐겁게 해주는 면이랄까. 하지만 현홍이 먹을 것 하나가 걸린 사소한 일에 잘 침울해지거나 화를 잘 내는 반면 에오로는 언제나 여유만만에다가 낙천적이라는 것이 다른 점 중 하나였다.

밤이 조용히 깊어가고 있었다. 새벽 해는 아직 멀었겠지만 빠르고도 고요하게 산의 밤은 진행되었다. 작은 풀벌레 소리들과 풀 냄새가 사람의 마음을 편안하게 했다. 방금 전까지의 싸움도 모든 일들도 모두 밤의 장막 아래로 거두는 듯이 산은 자신을 시끄럽게 한 자들에게 벌이 아닌 다른 무언가를 주었다. 조용한 안식과 기분 좋은 상쾌함을.

그리고 그 속에 몸을 누인 인간들은 자신을 향해 조금씩 문답을 던지며 하루를 살아가는 것보다 더 큰 깊은 교훈을 얻는다. 자연이라는 것의 위대함 중 하나가 바로 그것이다.

자신을 돌아보게 해준다는 것. 그리고 잊을 수 없는 교훈을 준다는 것. 아무리 좋은 집에서 평생을 산 사람도 깊은 숲 속에서 하루를 산 사람과 비할 수 없는 것이다. 빠르게 돌아가는 쳇바퀴 속에서 땀을 흘리며 찰나를 살아가는 인간들이라고 하지만 자연은 1초마다 다른 모습을 보여준다.

고개를 돌렸다가 다시 방금 전에 보아왔던 그 숲을 바라봐도 같은 모습은 없다. 바람에 살랑거리는 나무 잎사귀도 바람이 멎었을 때에는 다른 방향으로 몸을 틀고 자리 잡는다. 그것이 무엇을 의미하는지 짧은 생을 살아가는 인간은 알 수 없지만. 한 가지 짐작해 볼 수 있는 것은…….

　모든 것을 받아들여 주는 자연은 정말로 아름답다라는 단순하지만 변할 수 없는 진리.

　그 어떤 아름다움도 햇빛을 받아 푸르게 빛나는 초록의 풀잎과 그 위에 머금어져 있는 이슬보다 더 못한 아름다움을 가지고 있다. 진현은 자신의 손에 들려진 컵 안에 맴도는 작은 녹차 잎사귀를 바라보았다. 수면을 따라 조용하지만 일정한 방향으로 돌고 있는 잎사귀를 보며 어쩌면 그것이 인간의 운명과 같다는 생각이 문득 들었다.

　그리고 일정한 방향이기는 하지만 어떠한 존재에 의해… 그리고 스스로의 의지로 인해 방향이 바뀔 수도 있는 것이라는 것도…….

　고개를 들어 하늘을 보니 조용하게 떨어지는 별똥별이 눈에 들어왔다. 이 수많은 별 중에서 운명을 달리하고 떨어지는 별이 있다는 것은 놀라울 것이 없는 일. 물론 별 하나 찾기 힘든 자신의 세계에서는 어려운 일이지만. 하늘을 향해 짧은 한숨을 내뱉은 진현이 조용히 눈을 감았다.

　숲 속의 밤은 그런 그들에게 작은 휴식처와 고요함을 내어주며 그들의 일상을 달랬다. 앞으로도 변화 속에서 달려야 하는 그들에게 짧게나마 작은 일상에서의 탈출을. 그리고 평안을…….

〈제1권 끝〉

 용어 해설

드래곤Dragon 인간이 상상하지 못할 정도의 힘과 거대한 몸집을 가진 생물. 드래곤Dragon이란 말은 '도마뱀, 뱀'을 뜻하는 라틴어 'Draco'에서 유래했다고 한다. 초기 신화에서 드래곤은 대개 단순한 도마뱀의 모양을 하고 있었고 신적 존재나 인간을 초월한 존재로 여겨졌다. 그 개체의 수에 대해서는 정확히 알려진 바 없으며 크게 인간들이 사는 곳에서 사는 드래곤들과 그들만의 세계에서 살아가는 드래곤들로 나뉜다. 크기는 해츨링에서부터 몸 길이 100m가 넘는 에인션트 드래곤까지 다양하다. 보통은 나이에 따라 크기가 다르며 종류에 따라서도 크기는 달라진다. 드래곤의 무기 중 가장 보편적인 것이 브레스이다. 화이트 드래곤의 냉기 브레스, 블루 드래곤의 전격 브레스, 블랙 드래곤의 산성 브레스, 그린 드래곤의 포이즌 브레스, 레드 드래곤의 파이어 브레스 등이 대표적이다. 그리고 골드 드래곤과 실버 드래곤처럼 금속형 드래곤은 두 가지의 브레스를 쓸 수 있는 경우도 있다.

용龍 드래곤과 혼동이 되어 해석상 쓰이는 경우도 있으나 드래곤이 도마뱀에 유사하다 치자면 용은 뱀과 더 흡사하다. 드래곤과 같은 날개는 없으며 뱀처럼 긴 몸 길이는 드래곤의 길이에 비할 바가 아니다.

일반적으로 용은 말의 머리와 뱀의 꼬리에 옆구리에는 커다란 날개가 달려 있고 발이 네 개라고(각각에 네 개의 발톱이 달려 있다) 이야기한다. 용은 또 다른 모습으로 그려지기도 한다. 용의 뿔은 사슴의 뿔을 닮았으며 머리는 낙타를, 눈은 악마의 눈을, 목덜미는 뱀을, 배는 연체 동물을, 비늘은 물고기를, 발은 독수리를, 발목은 호랑이를, 그리고 귀는 소를 닮았다고 이야기한다. 확실한 모양이 정해지지 않은 것은 드래곤과 흡사하며 이들 용 또한 직위나 색깔로 다른 성격과 다른 능력을 가지고 있다고 한다. 드래곤이 인간으로 변할 수 있는 것처럼 용 또한 인간이나 그 외의 짐승들로 변할 수 있다. 드래곤은 자기 중심의 생물이고 악의 성향을 띤 것이 더 많지만 용이라는 생물은 조금 더 신적인 의미를 가진 신성한 동물이다. 그들은 발이나 입에 여의주라는 자신의 힘이 응축이 된 구슬을 가지고 있으며 이것은 용 그 자신을 나타내는 것이다.

생명의 나무 '생명의 나무'는 일반적으로 낙원의 중심에 있으며 재생, 원초의 완전성으로의 회귀를 나타낸다. '생명의 나무'는 우주 축이며, 선악을 초월한 일원적인 존재이다. '생명의 나무'는 또한 하나의 순환의 시작과 끝을 나타낸다. '생명의 나무'에는 12개(어떤 경우에는 10개)의 열매가 있는데 이것은 태양의 열두 가지의 모습을 나타내며, 한 순환 주기의 끝에 '하나'의 현현顯顯과 동시에 나타난다. 생명의 나무의 열매를 먹거나, 혹은 그 나무의 즙을 마시는 사람은 영원한 생명을 얻는다. 유대교의 '생명의 나무'는 '성도'의 중앙에서 자란다. 힌두교에서 '생명의 나무'는 아디티(산스크리스트 어로는 순진 무구, 무한), 즉 개성의 본질이다. 이란에서는 아몬드 나무가 '생명의 나무'이다. 미트라 신앙에서 생명의 나무는 소나무이다. 북유럽에서는 '이그드라실'이나 물푸레나무가 '생명의 나무'이고 생명의 근원이다. 샤머니즘에서는 일곱 개의 가지가 달린 자작나무가 '생명의 나무'이다. 그 나무는 일곱 개의 혹성과 샤만이 하늘로 올라가는 일곱 개의 계단을 상징한다. 자작나무의 가지는 별이 빛나는 하늘의 궁륭이다. 게르민에서는 보탄신의 전나무가 '생명의 나무'이다. 나중에는 라임이나 린덴(보리수)으로 변했다.

세피로트의 나무 세피로트의 나무란 천국에 있는 '생명의 나무'를 의미한다. 세피로트는 유대신 비교의 카발라(Cabala/Cabbala/Cabbalah/Kabbalah 등 여러 형태로 표기되는 유대 신지학, 또는 신비주의나 밀교 주법을 행하는 전통을 말함)에서 사용되던 문양을 말하는데, 세피로트의 어원은 확실하지 않으나 대략 다음의 두 가지 설이 널리 알려져 있다. 하나는 히브리 어인 [Sappir(청옥)]에서 유래되었다는 설이다. Sappir란 창조 때 하나님이 뿜어낸 광선의 빛깔을 말하는 것으로 알려져 있다. 다른 한 가지 설은 [쉬를 나타내는 헤브라이 어 Safar에서 유래했다는 것으로, 또한 이 용어는 [헤아린다는 의미로 해석되기도 하는데 그 이유는 각각의 세피로트마다 숫자가 매겨진 원칙들이 있고 10개의 광선과 22개의 알파벳 문자들이 있기 때문이다. 구약 성서에서 생명의 나무는 에덴의 중앙에 심어져 있는 '지식의 나무'의 옆에 있는 나무라고 되어 있다. 이 나무는 모든 생명의 원천이자 인류의 탄생을 상징적으로 나타내는 존재이기도 하다. 카발라 사상에서는 이에 우주 전체를 상징시키는 개념을 부여하고 있는데 그 내용은 매우 난해하고 많은 의미를 포함하고 있다. 요약해 보면 이 생명의 나무는 광대한 우주를 의미함과 동시에 그 추형인 소우주로서의 인체를 나타내고 신에 이르는 정신적 편력을 의미한다. 이 나무는 10개의 구슬(세피라:Sephira)와 22개의 길(파스:Pass)로 이루어져 있다. 현재의 인간은 중앙의 가장 아래의 마르쿠트(왕국)에 위치한다. 그리고 22개의 길을 거쳐 세피라를 하나씩 얻어 나가면서 중앙의 가장 위에 있는 케테르(왕관)를 향해 정신의 여로 또는 명상의 여행을 계속한다는 것이다. 각각의 세피라에는 사람들을 지도·수호하기 위한 대천사가 있다고 한다.

사안邪眼(Evil Eye) 사물, 사람이나 가축 따위를 쳐다보면 재앙이나 죽음을 불러온다고 하는 불길한 눈동자. 그렇지만 그 의미는 각 나라마다 다른 경우가 많다. 이 소설상의 세계에서 사안이란 마족과 계약을 한 자이거나 마족 그 자체를 나타내는 의미의 징표로 해석된다. 그러므로 그리 좋은 환대는 받지 못한다.

마도 왕국 클레인(The kingdom of Magic)   마법과 검술의 나라. 기사도와 정의를 숭상하고 기사라는 직위를 가진 이들이 최고의 대우를 받는다. '클레인' 이라는 중간성을 가진 이들이 왕족이며 국가는 정의와 율법의 아비게일 여신을 받드는 최고위 신궁神宮의 고위 사제들과 성기사 의회의 대표들이 모여 정치를 한다. 그렇지만 왕권이 약한 것은 분명 아니며 나라는 왕의 통치 하에 있다. 아비게일 여신의 신탁을 받은 자만이 성기사가 될 수 있으며 12명의 성기사로 이루어진 백금의 기사단(The Knights of Platinum)은 모든 기사들의 선망의 대상이며 꿈이다. 백금의 기사단과는 다른 왕의 직속 친위 기사단인 백금용(The Platinum Dragon) 역시 명망 높고 인재가 많기로 유명하다. 그렇지만 실력으로 보면 백금의 기사단이 한 수 위로 평가된다.

카르틴 제국(The Empire Kartin)   여황제가 다스리는 거대한 제국. 대지의 넓이는 클레인 왕국의 2배에 달할 정도이다. 여성들의 위치가 다른 나라보다 높은 나라이기도 하다. 황제의 직속 기사단인 여성 기사단(The Imperial knights)이 존재하며 그들의 실력은 뛰어나고 용맹하여 다른 나라들이 두려워할 정도라고 한다. 달과 순수, 순결함의 여신인 라 세르나 여신을 믿는 사람이 많다. 처녀 신을 믿어서인지 나라 자체에 신전에 귀의하여 일생을 처녀로 사는 신녀들이 많고 그들의 입지는 굳다. 클레인 왕국과 다른 점이 있다면 완벽한 계급 사회라는 것. 몇천 년이라는 유구한 세월 동안 굳혀져 온 것이기 때문에 쉽사리 없앨 수 없을 정도이다. 왕과 한 핏줄인 왕족, 귀족과 기사―신관―평민으로 구별된다. 카르틴 제국의 여황제는 극히 국모로서 적당한 인물이라는 평가를 받으며 젊은 나이에도 안정된 정치를 펼침으로서 주변 국가들에게 귀감을 사고 있다.

유니엄 공국(The Dukedom of Unium) 카르틴 제국의 남쪽 바다 위의 작은 섬들로 이루어진 소국小國이다. 몇 개의 민족들이 통합하여 살아가며 가장 큰 실권을 자랑하는 칼리프 대공의 세력이다. 대륙의 모든 나라들 중 유일하게 기계의 힘을 이용할 줄 안다. 어찌 보면 가장 진보적이라고도 할 수 있다. 비행정 아스카리프 등과 같은 강력한 무기를 앞세워 과학적인 힘을 추구한다. 하나 현대의 세계처럼 과학의 힘을 무분별 남용해 자연의 훼손이 심각하게 대두되고 있는 것이 현실이다.

어쌔신 길드Assassin Guild 카르틴 제국에 있는 비밀 결사. 금전적이나 정치적인 동기로 인하여 누군가를 암살하거나 물건을 훔치는 등의 임무를 맡는 집단이다. 정확한 본거지가 어디인지는 알려진 바 없으며 카르틴 제국과 무관하다고는 할 수 없는 집단이지만 아주 관련 깊다고도 할 수 없다. 그들은 그저 자신들에게 맡겨진 임무를 행하기 위하여 목숨까지 바치며 임무를 이행하기 전에는 본거지로 돌아가지 않는다고 한다. 어렸을 적부터의 교육의 의하여 완벽히 기계적으로 임무를 완수한다. 카르틴 제국은 그들에게 일정량의 자금을 주면서 그들에게 임무를 맡기는 경우도 있다.

현자의 탑 대륙에서 가장 현명하고 많은 지식을 가진 사람들만이 모인 곳. 어느 나라에도 소속되어 있지 않으며 어느 나라에도 귀속되지 않는다. 클레인 왕국의 남쪽 섬에 위치해 있으며 웬만하지 않은 사람은 출입이 통제되는 곳이다. 모르는 것도 없으며 알지 못하는 것도 없는 곳이고 현자의 탑 사람들은 항상 지식을 연구하며 가장 소중한 것은 지식이라 부른다. 대륙의 모든 비밀이 이 탑에 있다고 해도 과언이 아닐 정도.

마법 길드 클레인 왕국의 동쪽 끝의 세트레세인이라는 도시에 그 본거지를 두고 있는 말 그대로 마법사들의 연맹이다. 이렇다 할 것이 있는 것은 아니지만 대륙의 거의 대부분 마법사들이 이 길드의 소속인만큼 위세는 대단하다고 할 수 있다. 그들은 한곳에 본거지를 둔다는 것도 드물지만 그것이 수도가 아니라는 점은 더욱 의심이 되는 사실인데 그 이유는 세트레세인이라는 도시에 바로 대륙 최고의 마도사 단 한 명의 위저드Wizard 다카 다이너스티가 있기 때문이라고 한다(실상 그는 귀찮아하지만). 이곳의 마법사들은 거의 대부분 마법 학원의 선생 노릇을 하고 있다.

로사리오Rosario 가톨릭에서 예수 그리스도와 성모 마리아의 행적을 묵상하는 기도인 '묵주默珠의 기도' 또는 묵주를 일컫는 말. 널리 쓰이는 묵주는 가느다란 쇠사슬에다 장미 꽃송이 모양의 큰 구슬 1개에 작은 구슬 10개씩을 1단段으로 하여 모두 5단을 꿰어서 테 모양이 되게 하고, 테에서 갈라져 나온 줄에다 작은 구슬 3개와 큰 구슬 1개를 꿰고, 끝에 십자가를 매단 것이다.

음유 시인(Troubadour, Bard) 중세 유럽에서 봉건 제후의 궁정을 찾아다니며 스스로 지은 시를 낭송하던 시인. 수많은 이야기와 노래를 부르며 대륙 곳곳을 누비는 사람들이다. 본디 왕족이나 귀족들의 곁에서 있는 음유 시인부터 천민까지 종류는 가지각색이다. 이 소설상에서의 그들은 계급으로서 결코 높지 않은 천민이며 많은 사람들에게 환대받지 못하는 이들이다.

류트Lute 16세기를 중심으로 유럽에서 유행했던 발현 악기를 말한다. 류트란 원래 아라비아의 알루드(al' ud)에서 나온 것으로 초기의 것은 플랫이 없었다. 같은 종류의 악기가 페르시아를 통해서 중국으로 건너와 비파琵琶가 되었다는 설도 있다.

룬Rune 초기 게르만 민족이 1세기에서 16이나 17세기까지 쓰던 특수한 문자. Rune은 '비밀' 이란 뜻이며 일찍이 게르만 민족이 점술占術에 사용한 부호符號를 가리켰던 것으로 추측된다. 보통 판타지상에서는 신비적인 주술이나 마법에 이용되는 언어를 말하며 이 소설상에서 역시 그렇다. 조금 더 짙은 의미를 파악하자면 룬 어 한 글자, 한 글자에 마법적인 의미가 들어가지만 그것은 고대 언어에 비하면 턱없이 모자란 것으로 설정되어 있다. 말 그대로 룬 어는 마법적인 의미가 짙다고 한다면 고대 언어는 신성적인 의미가 더 짙다.

고대 언어(Ancient Language) 이 소설상에서 가상적으로 만들어낸 언어이다. 아주 오래전 신족과 마족의 전쟁에서 소실된 언어라고 설정되어 있다. 그 예전에는 인간들 역시 그 언어를 썼다고 되어 있지만 전쟁 이후에 인간들만은 그 언어를 쓸 수 없게 되었다. 드래곤과 용들이 쓰는 말과 마찬가지로 단어 하나에 힘을 가지고 있으며 절대적이다. 그렇지만 고대에서부터 내려오는 몇 권의 책들로 인해 어느 정도의 단어들은 민간에도 뿌리 깊게 박혀 있다. 하나 그것이 한계이며 문장이나 깊이있는 마법적 능력을 행사하지 못하며 해석이 가능한 단어들도 지극히 제한적이다. 그렇지만 여기서 현대의 세계에서 온 인물들은 고대 언어를 행할 수 있는 힘을 가지고 있다.